お父やんとオジさん

伊集院 静

講談社

お父やんとオジさん

序章

　ボクがまだ五歳か六歳の頃、お母《かあ》やんは、時々、ボクを海が見える入江の堤道に連れて行った。

　それは決ってお父《とう》やんが長い間、家からいなくなっている時だった。

「海を見に行こうか、ター君」

　嬉しそうな顔をして小声でささやかれるとボクはついコクンとうなずいてしまった。

　四人姉妹の中の誰かではなく、歩きはじめたばかりの弟でもなく、なぜボクなのかわからなかった。何より遊ぶことが大好きだったボクは近所の悪ガキどもが大声を上げて走り出すのを横目で見ながらお母やんと並んで歩いた。突っ掛け下駄が小石を蹴る乾いた音と草の匂いがした。

　お母やんは忙しい人だった。いつも立ち働いていて食事をしている姿を見たことがなかった。わがままな六人の子供の世話やら、しょっちゅう厄介事を起こす若衆たちの面倒やら、お父やんがどんどんひろげていく家業のことやらでいつも忙しくしていた。だから海を見に行くことがお母やんのたったひとつの楽しみに思えた。

　家から五分も歩けば入江の堤道に出た。

海から吹いてくる風にお母やんは髪をなびかせ上機嫌の時にするハミングが聞こえた。やがて水平線が見えるとお母やんは堤の草の中に立ち、目を細めて水平線の彼方を眺めていた。

そうしてお母やんは静かに話し出した。

「この海のむこうに母さんの生まれた村があるのよ。今頃は小川のそばにホウセンカが咲いていて、とても綺麗なの……」

「そこに祖父《じい》ちゃんや祖母《ばあ》ちゃんがおるのか？　そこはどんな所なんや」

「お祖父さんもお祖母さんも、母さんの家族皆がいるわ。気候もおだやかで、村の人たちは皆やさしくて、それはそれは美しい村なのよ」

「そこは遠い所なの？」

「そうね。そんなに遠くはないけど……、近くて遠い所だわね」

お母やんはそう言ってからちいさなため息をこぼした。そうしてほんの少し哀しそうな顔をした。どんな時だっていつも明るくしているお母やんのさみしそうな目をボクは黙って見ていた。

やがて何かがふっ切れたようにお母やんは両手を空に上げて背伸びをしボクに笑いかけた。ボクも笑ってうなずきかえし、

「さて帰るといたしますか」

とおどけて言うお母やんの声に、いたします、と返事した。

子供のボクには明るく笑うお母やんと、ため息まじりに哀しそうな顔をするお母やんの間に何があるのかわからなかった。

それでもお母やんの生まれた美しい村のことが気になって、或る時、お父やんに訊《き》いたことが

あった。

「お父やん、海のむこうにあるお母やんの生まれた村は遠い所にあるの」

お父やんは少し驚いたような目でボクを見てから大きな手を横に振って言った。

「遠くなんかあるものか。潮の加減が良けりゃ一晩で行けるぞ」

「ふぅーん、そうなんだ。姉ちゃんが言うとったが国境いうもんがあって入られんのとちがうか」

「国境？　そんなもんが海の上にあるものか。わしは一度も見たことがないぞ。われが大きゅうなったら、あれの村にもわしの生まれた村にも連れてってやるわ」

「本当か、お母やんも一緒にか」

「ああ皆して行くぞ」

お父やんはそう言ってから大きな身体をゆすって笑った。

ボクはこの界隈で一番大きな背丈でどこの誰より腕っぷしが強いお父やんのことが大好きだったし、明るくてやさしくて何を質問してもちゃんと答えてくれるお母やんのことも大好きだった。

　ボクの世界は、悪ガキどもと走り回る原っぱ、入江や桟橋、廃工場……、そして夕刻から女たちが立つ色街とそこを囲む三業地の、それも昼間の世界が、知っている世界のすべてだった。そこを出た場所にどんな人が住んでいて、何が起こっていたかなんて知るはずもなかった。

　ボクは学校に通いはじめ、野球に夢中になり、家の中にどんどん人が住むようになり、いつしかお母やんがボクを海に連れて行くこともなくなった。

家にはテレビが入り、子供たちは瀬戸内海沿いのちいさな町以外にいろんな町があっていろんな人が住んでいることを知った。東京や大阪から帰ってきた人が荷物をかかえて家にやってくると、お母やんと姉たちは駆け寄り、頼んでおいた洋服や帽子、靴……、色とりどりの布地をひろげ、その上にボタンを並べて嬉しそうに声を上げていた。

ボクは一度、シルクと呼ばれる肌ざわりのいい布地を指で触れ、鼻を寄せてみた。リンゴの皮の匂いに似た甘い香りがした。それはボクが初めてかいだ都会の匂いだった。

女に学問などいらない、というお父やんに、高校に進学したいと希望する姉たちはお母やんを盾にして抵抗していた。逆上したお父やんに引っぱたかれたのかお母やんと長姉の顔にアザができてる朝もあった。

少しずつ姉たちはお父やんに近づかなくなり、お父やんが家にいない時など平気で悪口を言うようになった。それを耳にしたお母やんは顔を真っ赤にして怒った。

「父さんの悪口は二度と言ってはいけません。皆がこうして生きて行けているのは父さんのお蔭なんですから」

或る時、次姉が口答えをした。

「外に女をつくって子供を産ませてる人にどうして肩を持つのよ。母さん、おかしいよ」

乾いた音がしてお母やんの手が次姉の頬を叩いていた。そんなお母やんを見たのは初めてだった。

でもそれは本当のことでボクにはお父やんのしていることが次姉の言うように悪いことなのかどうかわからなかった。

「ねえ、あんた、私、知ってる？」

小学校のクラス替えの日、隣りの机に座った女の子に声をかけられた。ソバカスだらけで髪をうしろで束ねたその子は少しませているように見えた。初めて逢う子だった。ボクが首を横に振ると彼女は小声でささやいた。

「私とあんたはお父さんが同じなのよ。よろしくね」

「………」

ボクはソバカスが何を言ってるのかわからず、ちいさな声で、よろしく、と言った。

その意味を教えてくれたのは家の番頭のシミゲンさんだった。

「……そうですか。その子が言うならおやっさんの子でしょう。男の子ですか、女の子ですか」

「女の子じゃ。お父やんの子ならどうして家《ここ》で一緒に住まんのじゃ」

「その子にはちゃんと家はあるんですよ。何という名前でしたか？　ああ、それならおやっさんの娘さんです。そうですか、同じ歳ですね……」

シミゲンさんは煙管《キセル》をゆっくりと吸い込んで合点がいったようにうなずいて、ボクを見た。

「若、その娘さんの話ですが、女将《おかみ》さんにはなさらない方がいいでしょう」

「どうして」

「これは男の世界の話ですから。若がそうなさるとオヤジさんもきっと喜ばれます」

「ふぅーん」

ボクは色街や新開地で、昼間、お父やんが知らない女の人と歩いているのを何度か見かけていた。お父やんも女の人もとても楽しそうに笑っていた。

お母やんの説得もあって長姉はお父やんから高校進学を許可して貰い、そのかわりに入学前から駅前にあるお父やんが経営するダンスホールの切符売り場で働くことになった。姉は上機嫌で、夕刻になると自転車に乗って口笛を吹きダンスホールに行った。

次姉と三姉はそんな長姉を見て言っていた。

「私たちには絶対にあんなことは承知しないわよね」

ボクは弟と二人で夜空を見上げ、人工衛星を探したり、月を仰いで、どのあたりにロケットは着いたのだろうかと話していた。

五年後、東京でオリンピックの開催が決り、弟はお手伝いに手を引かれ記念切手を買うために郵便局の前に並んだりした。家には大勢の人が出入りし、お父やんはどんどん仕事をひろげ、神戸からパッカードに乗って帰ってきたりした。着るものもカラフルになり、家の中を紫色のガウンを着てうろうろしていた。それを見て弟は力道山のようだと拍手をしていた。

長姉のお蔭で次姉も三姉も高校に進学できるようになり、ボクも来春、中学に入学が決っていた。

その年の秋、長姉の通う高校の担任教師が家にやって来て、お父やんに面会を申し込んだ。皆何の話か隣りの部屋で聞き耳を立てていた。

「ですからお父さん。ヒロミさんほどの成績ならどこの国立大学でも合格しますし、奨学金も貰えます」

「金を貰う？　先生、今、わしの娘が他所《よそ》さんに金をめぐんで貰うと言うたのか」

「そうではなくて奨学金のことです」

「何を屁理屈を言っとる。金は金だろう。先生、あんた今日、この家に入ってくる時、家の中を見たか」

「は、はい」

「なら娘一人、大学に行かせる金に困っとる家ではないのはわかったろう」

「はい」

「わしにはわしの考えがあって娘をどう育てたらいいかを決めておる。家と学校なら家で決めたことが優先するのは常識だろう。わしも学校はろくに出ておらん。もし娘の嫁ぐ相手が学校に行っておらん時、娘が夫や姑《しゅうとめ》たちに対して上手く行くと思うのか。学問が女の人生に何をしてくれる。断じて大学などならん。とっとと帰れ」

だがどうしても東京に行きたいと主張する長姉を見て、お母やんはいろいろ考えた末、お父やんに言った。

「どうでしょうか。あの子に最先端の洋裁を勉強させて、戻ってからこの町で洋品店をさせるというのはどうでしょうか」

「洋品店か……、最先端か……」

お父やんは最先端が大好きだったのでお母やんの提案を承諾した。

それでも娘を他の土地に一人で行かせることが心配で、長姉をすぐに嫁がせようと見合いの相手を探すように近所のやり手婆さんに頼んだりした。

相手が見つからなかったのか、お母やんが説得したのか、春はほどなくやって来て、長姉が家を出て行く日が近づいた。お父やんは不機嫌になり、家を空けるようになった。

それでも出発の前夜、家に帰ってきて家族全員で食事をするように命じた。静かな食事だった。お父やんが黙り込んでいたから誰も言葉を発しなかった。突然、弟が大声を上げた。

「お父やんとピー姉は東京に行ってしまうのか。そんなん、ボク嫌じゃ。皆一緒におって欲しい」

何を聞き間違えたのか弟は泣きじゃくり出した。

「男が泣くんじゃない」

お父やんが怒鳴り声を上げたので弟はさらに大声で泣き出した。

お母やんが弟を庭の方に連れて行った。

弟の、嫌じゃ、嫌じゃ、という声を聞きながら皆黙って食事をした。

その夜、棟が違う場所にあったボクの部屋に長姉がやってきた。

「へぇー、こんなふうになってるんだ。初めて入ったわ。やっぱり男臭いね。明日、東京へ行くわ」

「気を付けて行きなよ」

「私、東京に行ったら、もうこの家には帰って来ないから」

ボクは長姉の顔を見返した。

姉は唇を噛んで、ボクの顔をじっと見ていた。

「あなたは大学に進学させて貰えるはずだから、そこで何かやりたいことが見つかったら好きにしていいのよ。この家を継ぐ必要なんかないんだから。自由に生きていいのよ。父さんと母さんはこの国に渡ってきて苦労をしたけど、私たちは違うのよ。この国で新しい世界を作ればいいの。差別なんかさせないように、強くて、やさしくて、誰より恰好良く生きるのよ」

そう言って長姉は白い歯を見せウィンクした。

ボクと、そして家中の誰もがボクはお父やんの跡を継ぐものだと思っていた。だから、

『自由に生きていいのよ』

という姉の言葉にはとても新鮮な響きがあった。

長姉は部屋を出ようとして立ち止まった。

「それと私は父さんのことを嫌いじゃないからね。父さんのことをいろいろ言う人がいるけど、本当は素晴らしい人なの。勇気がある人なの。そのことは母さんが一番良く知ってるわ。それを忘れないで欲しいの」

「うん、わかった」

次の日の夕刻、家族全員で駅に長姉を見送りに行った。

相変らずお父やんは黙り込んだままだった。

番頭のシミゲンさんが長姉の大きなトランクを持ってプラットホームに立っていた。長姉はお母やんがこしらえたワンピースを着て二人の姉と笑っていた。ボクは弟と並んでお父やんとお母やんの間に立っていた。

寝台列車がホームに入ってきて長姉がお父やんにペコリと頭を下げ、お母やんの手を握って、行って来ます、と言って列車に乗り込んだ。お母やんはハンカチで涙を拭っていた。弟がまた泣き出し、ボクは弟の尻を思いっ切りつねった。痛かったのか弟は本気で泣き出した。トランクを運んだシミゲンさんが列車を降り、ベルが鳴り響いた。長姉はデッキに立って次姉と三姉に手紙

を頂戴と笑って言った。

皆が、行ってらっしゃい、と声を上げた。長姉はおどけた顔で敬礼した。

ボクはお父やんの顔を見た。怖い顔をしたお父やんの目が光っていた。列車が動き出すとお父やんはうしろを振りむきもせずシミゲンさんと大股で歩き出した。

ボクが生まれて初めて見たお父やんの涙だった。

長姉の姿が家から消えてしまうと、いつも先頭を歩いていたアヒルの子がいなくなったような感じで二人の姉も妹も弟も何だか気が抜けたように過ごした。

お父やんに子供たち全員が叱られる時、決って長姉とボクが一歩前に出させされ、

「おまえたちは長男と長女なんだぞ。おまえたち二人がちゃんとしないからいけないいんだ」

と言われ、他の子供より余計に叱られた。

「長女なんて損な役よね」

長姉はそう言って不満そうな顔をしていた。

ボクは長姉の〝靴事件〟を知っていた。

彼女が高校に入学した時、お父やんは長姉に革靴を神戸から買ってきた。それはとてもお洒落《しゃれ》な靴だった。ところが長姉が通う高校は革靴が禁止されていた。彼女はそれでも平気で高校の正門前までその革靴を履いて登校し、そこで待ち受ける風紀係の教師の目の前で靴を脱ぎ、ゴム靴を履いて校内に入った。姉はそれを三年間やり通した。教師たちは苦虫をつぶしたような顔で姉を眺めていた。

「だってそうでしょう。父さんの言いつけなのよ。父さんが高校に行かせてくれてるんだから」

長姉はそう言って胸を張って通学していた。

ボクは長姉の行動を誇りに思った。

中学に上がるとボクの世界は家の周囲から何倍もひろがり、町全体を見て回るようになった。アメリカとソ連が対立し、ベトナムでは戦争が激しくなり、中国が核実験をして死の灰が日本に降ってくると報道されていた。東京はオリンピックの開催で道路が整備され、建築ブームが起こり、東海道新幹線が開通しようとしていた。

相変らずボクは野球に夢中で陽が沈むまでグラウンドで白球を追いかけていた。

数年前から家に出入りしていた家族が北朝鮮に帰って行った。祖国に帰ろうとする人たちと日本に残って生きて行こうとする人たちで夜遅くまで言い合いが続いていた。

「あの国へ行ってはいかん。天国などと新聞は言うとるが、そんなことはない。わしがどれだけ止めてもどうして帰って行くんじゃ」

お父やんは大声を上げて言っていた。

前の戦争で国がふたつに分れ、その国同士で朝鮮戦争が勃発したのも知っていた。

その戦争がはじまったのはボクが生まれた年の六月だった。海のむこうで起こった戦争はボクたち家族とは何の関係もないとボクは思っていた。でもそれは間違いだった。

戦争はお母やんを苦しめ、お父やんに命懸けの行動をさせていた。ボクがその事実を知るようになったのはずいぶんと後のことだった。

或る年の秋、一人の男が我が家にやってきた。静かに秋雨が降る午後のことだった。

その朝、目覚めて部屋のカーテンを開けると窓辺に伸びた八つ手の葉が濡れて光っていた。

どんよりとした雨雲がひろがっていて、霧のような雨が降っていた。

ボクは着換えて母屋に朝食を食べに行った。

お母やんの姿がなかった。姉たちはすでに学校に出かけたようで弟が行儀良く味噌汁を食べていた。

「オッス」

「オッス」

「お母やんは?」

お手伝いが御飯を差し出しながら言った。

「昨日の夜、おっしゃったでしょう。今日は早くから下関にお迎えに行かれるって」

「そうなんだ」

「お兄やん、雨じゃから野球ができないね」

「そうだの。でも今日の雨は上がるんじゃないか」

「上がるかな。それならボクも野球ができるぞ」

「そうか。マー坊も試合か」

「うん。まだ試合には出してもらえんけど」

「上級生になったら出られるさ」

「そうじゃの」

何だか静かな朝だった。

人の気配が失せている気がした。ボクはお母やんが台所にいない朝が初めてなのに気付いた。

弟と二人で家を出た。背後で、今日は早く帰って来て下さい、と奥様がおっしゃってましたから、とお手伝いの声がした。

「お兄やん、オリンピックがはじまるの。日本は金メダルを獲《と》れるかの」

「どうなんかの。アメリカとソ連が強いのと違うか」

「アメリカとソ連は大きいからの。お母やんが家におらんと変じゃの」

「おまえもそう思ったか」

「うん。けど昨日もその前もお母やんは何か変じゃった」

「変って何が変なんじゃ」

「わからんけど、何か変じゃった」

「お父やんに叱られとったか」

「いや」

「泣いたりしとったか」

「いや。よう笑うとった」

「じゃ変じゃないじゃないか」

「でもいつもと違《ちご》うとった」

「そうか……」

弟は小学校に上がってから、いっとき妙なものが取り憑《つ》いて、お母やんを心配させたことがあった。病院に連れて行ったり、御祓《おはら》いに行ったり大変だった。

「あの子は神経がこまやかだから、あなたも気遣ってやってね」

お母やんから弟の世話をするように言われた。

弟は庭で地蜘蛛《じぐも》や蟻を見つけるとそこに何時間もしゃがみ込んで観察していた。それは自分の何年か前の姿だった。ボクが庭の隅で一人でしゃがみ込んでいた時は背後からお母やんが近づいてきて声をかけた。

「何を見つけたの。宝物かしら」

「軍隊蟻じゃ。糸トンボの死骸を運んどる」

「怖くないの」

「怖くはないよ。蟻だもの」

お母やんがしてくれたことをボクは弟にするようにしていた。

「マー坊、何を見つけたんじゃ」

「地蜘蛛の巣じゃ。じきに這《は》い出してくる」

「そうか、おっ巣が動いとるな」

「つかまえたら何に入れたらええかの」

「お母やんに言えば瓶をくれるじゃろう」

「わかった。ちょっと見張っといてくれ」

弟はお母やんと声を上げ台所の方に駆けて行った。

学校までの道を二人して歩きながら、ちいさな傘を差して前を歩く弟もお母やんと海を見に行ったような気がした。

「お兄やん、お父やんの所にくる人はどうしてあんなに喧嘩ばかりするんかの」

傘を上げて弟が訊いた。

「喧嘩をしとったか」

「ほれ三日前の夜じゃ」

弟は三日前に家を訪れたお父やんの客の話をしていた。五、六人でやってきた客は大声で韓国語を話していた。

「あれは喧嘩と違うて、ああいう話し方をする人たちなんじゃ」

「そうなんか、お父やんと喧嘩しとるのかと思うた」

「ハッハハハ、たしかにそうじゃの。おまえはキム先生の所には行っとらんものな。ハッハハハ」

「それは誰じゃ」

「お母やんの先生じゃ」

ボクも弟と同じ年頃の時、お父やんたちが酒を飲みながら大声で話をしているのを喧嘩をしていると間違えたことがあった。

「お母やん、お父やんたちはどうしていつもあんなに大声で喧嘩をしてるの」

それを聞いてお母やんはボクを隣り町に住むキム先生の所に連れて行った。

立派な白い髯《ひげ》を生やして白い衣裳を着たキム先生は棚から一冊の本を出してボクに読んで聞かせてくれた。

まるで静かに歌を歌っているような心地好い響きだった。

「これは韓国の詩じゃ。美しい山や河のことを詠《うた》っておる」

ボクはキム先生から静かに話す韓国の言葉を初めて聞いた。

——キム先生はどうしているんだろうか。

ボクはキム先生の白い髯とちいさな目を思い出していた。

やがて前方で道がふた手に分れた。弟は左へ、ボクは右の道にむかって歩き出した。

「オッス」

「オッス」

雨は午後も止まず、野球部の練習も中止になった。

野球部の部室から出ようとすると陸上部の同級生が体育館の二階の窓から大声で呼んだ。

「おーい、タダハルよ。お好焼屋でも寄っていかんか」

「いや、今日は何か家であった気がするの」

「そんなこと言うて、誰か彼女に逢いに行くんと違うか」

「そうかもしれんの」

ボクは笑って手を振り、グラウンドを囲むネット沿いの小径を歩き出した。

見るとグラウンドのトラックを一人黙々と走るランナーの姿が見えた。陸上部の女子部員だった。今秋、転校してきた一年生で可愛いと評判の子だった。ボクはぼんやりと彼女を見ていた。

霧雨の中を赤いウインドブレーカーを着て走る彼女を包む空間だけがまぶしく見えた。

「タダハルよ、何を見とれとんのじゃ」

先刻の同級生が背後にいた。

「ほれ、おまえの部の転校生、よう頑張っとるなと感心しとったんじゃ」

「ならおまえ一緒に走ってやれよ。ヒッヒヒ」

ボクの脇腹を指で突きながら笑う同級生にボクはため息をついて歩き出した。

家の門をくぐって真っ直ぐ部屋に行こうと思ったが、腹が空いているのに気付いて台所に寄った。誰もいなかった。テーブルの上に蠅帳《はいちょう》をかけたオハギが見えた。それを取ろうと台所の奥に行った時、居間に通じる障子戸が開け放たれ、そのむこうに人影が見えた。

人影は母屋の東の庭を見渡す縁側にぽつねんとしていた。

——誰だ？

その縁側に一人で座ることができる大人は、この家ではお父やん以外にはいなかった。

ボクは障子戸の方に歩み寄って相手を見た。お父やんではないのはうしろ姿でわかった。痩身《そうしん》だががっしりとした骨格をした人だった。来客なら玄関寄りの客間にいるはずだ。そこはお父やんとお母やん、そして子供たち家族が過ごす場所だった。

縁側に胡坐《あぐら》をかいてじっと佇《たたず》んでいた。そのうしろ姿は、先刻から微動だにしなかった。

——何をしてるんだ、この人は？　いったい誰なんだ？

ボクは急に不安になった。その人は庭に降り注ぐ秋の雨をじっと見つめたまま今にもどこかに消えてしまいそうに思えたからだ。その人の周囲だけが妙に冷たく感じられた。

ようやく肩先が動き、煙草の煙りが白い布のように揺れて、池の水面に流れて行った。こんなふうに静かに庭を眺めている人をボクは生まれて初めて見た。この家の中にも、この界隈《かいわい》にも、今までボクが逢った中にもいなかった……。

その時、ボクの肩に誰かが触れた。

お母やんだった。

「あの人、誰?」

ボクが訊くと、お母やんは嬉しそうに白い歯を見せたかと思うと急に目から大粒の涙をこぼして言った。

「あなたの叔父さんよ」

——えっ、ボクのオジさん……。ボクのオジさんって……、あの人が?

「ボクのオジさんって……」

「そうよ。母さんの弟。さあそばに行って挨拶をしてきなさい」

お母やんはあふれる涙を拭おうともせず、ボクの手を引いて居間に上がり、縁側にむかって歩き出した。

足音に気付いて、その人が振りむいた。

お母やんの顔を見て、その人がかすかに笑った。お母やんは声を詰まらせながら言った。

「サンゴ、長男の、タダハルよ」

お母やんの言葉に、その人は大きく目を見開いてボクの顔を見つめ両手を差し出した。その手にお母やんがボクの手を重ねた。やわらかな手だった。

「こんにちは、タダハルです」

「初めまして」

おだやかな声だった。

オジさんはボクの手をずっと握ったまま片方の手でボクの二の腕や肩をつかんで、

「大きいですね。何歳になりますか」

と訊いた。

「十四歳です」

「そうですか……」

お母やんはボクたちが話すのを泣きながら見ていた。

そうしてオジさんのお茶が空なのに気付いて、お茶を入れに台所に戻った。

オジさんはボクの手を放さずにいろんなことを質問した。

「そうですか、中学三年生ですか。何か運動はしていますか」

オジさんの日本語は少したどたどしかったが綺麗《きれい》な発音だった。

「勉強は何が好きですか」

「勉強はあんまり……」

ボクが頭を掻《か》いていると、お母やんが戻ってきて笑って言った。

「毎日、野球ばかりをしてるんです。少しあなたが言って聞かせてやって下さい」

お母やんの言葉にオジさんは白い歯を見せて笑った。

「私も君と同じ年頃は姉さんから勉強しないで剣道ばかりをしていると叱られましたよ」

「そうだったかしらね」

「はい。ハッハハハ」

二人は一緒に笑い出した。

ボクはお母やんのこんなに楽しそうな顔を見たことがなかった。

お母やんとオジさんはとても仲が良く見えた。

――そうか、二人は姉弟なんだものな……。

玄関の方から物音がした。

お父やんが帰ってきたのがわかった。母は涙に濡れた頬を拭い、オジさんにお父やんが帰ってきたことを告げた。オジさんは姿勢を正して座り直した。

お父やんは部屋に入ってくると韓国語でオジさんに声をかけた。オジさんはとても静かな韓国語でお父やんに話しかけ、両手をついて額が畳につきそうなほどお辞儀をした。お父やんは笑いながらオジさんのそばに歩み寄り、顔を上げるようにうながした。


部屋に戻っていたボクをお母やんが呼びにきた。

「オジさんを紫風閣まで送ってきて欲しいの」

紫風閣はこの町で一番の料亭だった。

「紫風閣で何かあるの」

「オジさんの同窓生が歓迎会をして下さるの」

「オジさんはこの町にいたことがあるの」

「そうよ。旧制中学に通っていたの。剣道部の副主将だったのよ」

「本当に？」

お母やんは嬉しそうにうなずいた。

シミゲンさんの運転する車でボクとオジさんは紫風閣にむかった。オジさんは窓の外をジッと見ていた。

「ずいぶんと町も昔と変わりましたでしょう」

シミゲンさんが言うと、オジさんは前方の古い煙突を指さして酒造工場の名前を口にした。

「そうです。よく憶えておいでだ」

オジさんは懐かしそうに窓に流れる町の風景を見ていた。ネクタイをしたせいか、オジさんの顔は凛《りん》として映った。

紫風閣のある小高い丘の麓《ふもと》でシミゲンさんは車を停車させた。

「この先は車が入りませんので……」

「ボクが玄関まで送ってくるよ」

ボクはオジさんと並んで料亭に続く小径を登って行った。

途中、オジさんは立ち止まり、海の方を振り返った。そうして町を右から左にゆっくりと眺めた。

「何年振りにみえたんですか」

「十九年振りです。町並は変わりましたが、山も、岬も、海も昔のままです。やはり美しい町ですね」

オジさんが町を眺望していると、紫風閣の方から声が聞こえた。

「金古《かねこ》、金古君」

ボクたちが振りむくと、数人の男たちがこちらにむかって手を振っていた。

「タダハル君、ありがとう」

オジさんは言って手を差し出した。

ボクはその手を握り返すと、オジさんは真面目な顔で言った。

「逢えて嬉しかったよ。いつか一度ゆっくりと話をしましょう」

オジさんはボクに丁寧にお辞儀をして上で待つ人たちに手を振りながら小径を登って行った。

ボクは車に戻ってからお母やんにオジさんに傘を持たせるように言われていたことを思い出し、傘を持って紫風閣に届けに行った。外から覗《のぞ》くと、庭に面した大きな座敷の上座の中心にオジさんは座っていた。オジさんを囲んでいる人の中には役所の偉い人の顔もあったし、皆が皆きちんとした人たちだった。

——オジさんは偉いんだ……。

ボクは傘を下足番の男に預けて車に引き返した。

帰りの車の中でボクは少し自慢気にシミゲンさんに言った。

「オジさんって偉い人なんだね。役所の偉い人が頭を下げていたよ」

「そうですか。あの方は若い時からとても優秀だったと聞いています。むこうでも陸軍大佐までなられたそうです」

——陸軍大佐……。

「どうして今回は日本に来たの」

「東京オリンピックの韓国チームの応援団ということで里帰りを兼ねて見えたんですよ。何でもむこうの審査が大変だったと聞きました。オヤジさんがいろんな所に手をつくして呼んで差し上げたんだそうです。女将さんがあんなに嬉しそうにしていらっしゃるのを見て、本当によかったと思います。仲の良い姉弟ですね」

「そうだね。お母やんは喜んでいるものね」

「はい、本当に喜んでいらっしゃいますね」

「オジさんは旧制中学に通っていたんだね。剣道部で副主将をしていたそうだよ」

「はい。なんでも戦前、神宮大会まで出場する腕前で天皇陛下の前で試合をなさったそうです」

「それはすごいね」

「はい。私もそう思います。若が運動がお上手なのはオヤジさんと、あのオジさんと同じ血が入ってるからでしょう」

シミゲンさんの話を聞いていてボクは生まれて初めて逢った自分の親戚にあんなに立派な人がいたことが嬉しくてしかたなかった。

「オジさんはいつまでいるのかな」

「たしか二週間と聞きました。でも応援に行かなくてはいけないので明後日には東京へ出発しなくてはならんそうです」

「そうなんだ。それだけしかいないのか……」

「本当ですね。もっと長ければ女将さんも嬉しいでしょうにね」

「今夜、迎えに行く時、ボクも一緒に行こうかな」

「いや、送りの車が用意してあるそうです」

その夜、ボクはオジさんの顔がもう一度見たくて待っていたが、十二時を過ぎてもオジさんは帰って来なかった。

翌朝、目覚めると、オジさんの姿はもう見えなかった。

オジさんは下関の訪問団宿舎に戻るために夜明け方、お母やんと一緒に車で出発したということだった。


十五日間にわたってくりひろげられた戦後、日本での最大のイベント東京オリンピックは、ローマオリンピックの時とは違って靴を履いたエチオピアのアベベ選手がマラソンを連覇し、円谷幸吉が銅メダルを獲った。女子バレーで〝東洋の魔女〟と呼ばれた日本チームが金メダルにかがやき日本中が興奮した。

オジさんが応援にきた韓国はボクシングとレスリングで銀メダルをふたつと柔道で銅メダルをひとつ獲った。メダルを獲った選手の中には日本に住んでいた在日韓国人の若者もいた。


オジさんが韓国に帰る日、家族全員で船が出る下関まで見送りに行った。お母やんは前夜からオジさんに逢いに下関に泊りがけで出かけた。長姉もわざわざ東京から駆けつけた。

ボクはこの日、野球部の試合があり、監督から先発の投手をするように言われ、オジさんを見送りに行くことができなかった。ボクはマウンドに立ち、オジさんの船が出発すると聞いていた時刻、海の方角の空を見て、オジさんに別れを告げた。

その夜、家に戻ると、目を真っ赤にしたお母やんが台所にいた。近所から女衆も来ていて宴会の支度をしていた。

「誰かお客さんでも来るの」

「そうじゃなくて今回いろいろして下さった父さんにご馳走をこしらえているの」

居間の障子戸から長姉が顔をのぞかせて笑った。長姉は髪型を変え、お洒落になっていた。庭の方から縁側に行くと次姉と三姉が本を読んでいた。

「あんた、見送りに来なかったのね。オジさん、恰好良かったわよ」

「残念ね。姉さん、オジさんって市川雷蔵に似ていなかった?」

「そうね。雷蔵に似てるわ」

姉二人のむこうで弟が饅頭《まんじゅう》を頬張っていた。台所からボクの名前を呼ぶお母やんの声がした。

「酒屋さんに行ってビールを頼んできて。届けるのに時間がかかるようだったら持ってきてくれない」

「わかった」

酒屋にむかって歩き出すと背後から長姉の声がした。

「元気にしてるの」

「ああ」

「オジさんに逢ったんだって」

「うん」

「どうだった」

「あんな立派な人がオジさんにいたなんて考えてもみなかった」

「そうよね。私、小学生の時、オジさんと文通してたのよ。字もとても綺麗だった」

「えっ、本当に。その手紙、今も持ってるの」

「ずいぶん前のことだもの。どこかに行っちゃった。母さんが持ってるかもしれないわ。よくはわからないけどオジさんはむこうでとても苦労したみたいよ」

「苦労って？」

「それはわからないわ。でも母さんは本当にオジさんのことが好きなのね」

「そうだね」

酒屋に行きビールを頼むと、人手が出払っていると言うのでボクは木枠の箱に入ったビールを持って帰ることにした。

長姉と二人歩いていると通りのむこうから酒屋の店員が自転車でやって来て長姉に声をかけた。

「おうヒロミちゃん、帰って来たの」

「油売ってちゃだめよ。うちの大事な弟がこうして持たされてるじゃない」

店員は頭を掻きながら言った。

「ヒロミちゃん、美人になったね。やっぱり東京帰りは垢抜《あかぬ》けてるな」

「何を言ってるのよ。それよりダンスホールにはちゃんときてくれてるの。他で遊んじゃだめよ」

店員は赤い舌先を出し肩をすくめて去って行った。

「東京はいろんな人が集まってるわ。あなたも大学に行くなら東京じゃなくちゃだめよ。きっとあなたの将来に役に立つわ」

ボクは長姉の話を聞きながら、アベベが走っている時にテレビに映った東京の街並を思い浮かべていた。

「姉ちゃん、どうしてオジさんは韓国に行ったんだろか」

「それはあの国がオジさんの故郷だからでしょう。戦争が終った時、母さんの家族は皆韓国に帰ったって、母さんが言ってたわ」

「どうしてお父やんとお母やんは帰らなかったんだ」

「それは父さんが日本で生きるのを選んだからよ」

「じゃお父やんが帰っていたら、ボクたちはむこうで生きてたんだな」

「そうね。でもむこうは大変だって母さんは言ってたわ。国がふたつに分れて、大きな戦争もあったでしょう。爆弾で山がみんな無くなったって父さんが言ってたわ。たくさんの家族がばらばらになったって」

「そんなに大変な戦争だったんだ……」

「そうか、あなたは生まれたばかりだったものね。戦争がはじまって母さんは家族の人が心配であなたをおぶって神社にずっとお祈りに行っていたもの。私、何度も一緒に行ったことがあるからよく覚えているわ。でもあなたが生まれた時も大変だったわ」

「何が大変だったの？」

「だって父さんはずっと跡継ぎの男の子が欲しかったんだもの。それが私から三人まで女の子しか生まれなかったから、男の子のあなたが生まれた時は父さん大喜びで家の前にお祝いに来た人の自転車がずっと並んでいたのよ。私、あなたが羨ましかったわ」

——そんなことがあったんだ……。

ボクは長姉の話を聞きながら、何かにつけてお父やんや番頭のシミゲンさんが、男なんだから、という言葉を口にするのを思い出していた。

家が見えてきてボクはビール箱を一度地面に置いた。

「一緒に持とうか」

「平気だよ。オジさんには家族はいるの」

「いるわ。男の子と女の子が一人ずついるって母さんが言ってたわ。私たちのいとこになるのよね。お祖父《じい》ちゃんもお祖母《ばあ》ちゃんも生きてるわ」

「お母やんは逢いたいだろうね」

ボクが言った時、家の玄関先にお母やんの姿が見えた。

「あら、母さん待ってるわ」

「どこを道草していたの。父さんがもう帰ってみえてるのよ。早くしなさい」

そう言ってビール箱からビールを二本抜いて急ぎ足で家の中に入った。お母やんはいつものお母やんに戻っていた。

ボクはオジさんと楽しそうに話をしていたお母やんが別の人のように思えた。

その夜、お母やんはボクの部屋にやってきた。盆の上に蜜柑《みかん》がみっつ載っていた。

「オジさんがあなたによろしくって」

「見送りに行けなくてごめんな」

「いいのよ。オジさんもあなたと同じ年頃の時は剣道ばかりしていたもの」

「もうオジさんが来ることはないのかな」

「そうね。そんな日が来るといいわね。でも今回父さんが一生懸命に手をつくして下さったから訪問団から抜け出して、ここにも来ることができたのだもの。これでもう母さんは満足よ」

「何年振りに逢ったんだっけ」

「それが偶然だけど今日、十月二十五日でちょうど十九年振りだったの。奇妙な縁でしょう。十九年前の今日、あの子は船に乗って行ったの」

「そうなんだ……」

「ボク、オジさんのこと好きだよ。あんないい人がオジさんだったって知って嬉しかったもの」

ボクが言うと、お母やんの目からまた大粒の涙があふれ出した。

「よく泣くね、お母やん」

「そうだわね。何だか身体の奥の方に仕舞っておいた涙が全部出てきたみたいね。でも母さん、あなたをオジさんにずっと逢わせたかったの。そんなことができたら夢みたいだって思っていたんだもの。私たちはもう生きているうちには逢えないだろうけど、母さんはとてもしあわせよ」

そう言ってまた泣き出した。

こんなに泣くお母やんを見たのはあとにもさきにも、この二日間だけだった。

翌日からはまたいつもの家になった。

大勢の人が出入りし、時々、若衆たちが喧嘩し、お父やんはどこかに出かけ、なかなか家に戻ってこなかった。

ボクは、時々、オジさんのことを思い出すことがあった。

それは決って自分が挫《くじ》けそうになったり、卑怯《ひきょう》なことをしそうになる時だった。どこかでオジさんが自分を見ているような気がした。お母やんがボクにオジさんを逢わせたかったのはボクにオジさんのように生きて欲しいからだと思った。

ボクの中でオジさんのイメージはどんどんとふくらんで、いつの間にか英雄になっていた。

お父やんはお父やんで大きくて強くて好きだったが、ボクはオジさんのような人になりたいと思った。

韓国人だって、この町の偉い日本人から丁寧に歓迎され、立派に生きているオジさんのような人もいるのだぞと誰かに言いたかった。

ボクの身体の中にはオジさんと同じ血が流れていることが誇りだった。

でも普段のボクはオジさんのように生きることはできなかった。

ボクは自分のことがだんだんわかりはじめるとひどい自己嫌悪に陥り、オジさんのことさえ疎ましく思いはじめた。

高校生になった頃にはオジさんのことを思い出すと、奇妙なオジさんの姿しか浮かんでこなかった。

最初はいつものように紫風閣の大広間で上座の中央に座り、町の偉い人たちに囲まれていた、まぶしいオジさんの姿があらわれた。晴れの席に座ったその姿に、お母やんの楽しそうに笑う顔が重なり、やがて姉弟で仲良く語り合っているオジさんの笑顔にかわった。でも幸福な光景はずっと続くことはなかった。笑っている二人をどこからともなく降ってきた霧のような秋雨がかき消した。そうしてそこに東の庭の縁側に佇んでいるオジさんのうしろ姿がはっきりとあらわれた。

今にも秋雨とともに地面の奥底に消えてしまいそうな、孤独で、寂寥《せきりょう》にみちたうしろ姿だった。やがて庭も失《う》せ、闇の中に石の座像のようになったオジさんだけが残った。

――どうしてこんなふうな光景しかあらわれてくれないのだろうか。

ボクはオジさんのことを思い出す度に、オジさんに済まないと思った。

その雨に濡れた石の座像のようなオジさんの幻影は五年しても、十年経ってもボクが大人になっても失せることがなかった。

オジさんの死の報せが、東京にいるボクの下に届いたのは、オジさんに逢ったあの日から十七年後の春のことだった。

お母やんのよこした手紙にオジさんが先月、病で亡くなったことが簡素にしたためてあった。

ボクは手紙を読み終えて、オジさんと楽しげに語り合っていたお母やんの姿を思い浮かべた。

――やはり生きているうちに逢うことはなかったのだ……。

とボクは思った。

その夏、帰省した時、ボクはお母やんと二人で一晩、話をした。

話題がオジさんの話になった。

「病気だったんだってね……」

そう言いながら、昼間、お父やんに帰省の挨拶をした時の光景を思い出した。

「オジさんが亡くなったそうですね」

お父やんは足の爪を切りながらボクの顔を見ないで言った。

「オジさんとはどこのオジさんだ」

「母さんの弟の……」

「あいつか。むこうで毎日、昼間っから酒を飲んでいたらしい。命を粗末にする奴は生きる資格はない。おまえも気を付けろ」

「はい」

お父やんはひどく不機嫌だった。

家業を継ぐことを拒絶したボクをお父やんは許さなかった。ボクたちは長い間確執が続いていた。

その夜のお母やんはどことなくものうげに見えた。

「オジさんは何の病気だったの?」

「父さんはあの子が酒浸《さけびた》りになっていたと言うのだけど、私には信じられないの。あの子は日本にいる間は一滴も酒は飲めない子だったから」

「そうなんだ……」

ボクはオジさんの話をこれ以上しない方がいいような気がした。するとお母やんが独り言のように話しはじめた。

「母さん、この頃、あの子は、本当はこの国に帰りたかったんじゃないかと思うの」

「けどむこうに家族もいたんでしょう」

「いいや、その時じゃなくて、日本を出て行く時の話なの。祖国の独立のためなんて、あの子が考え出すことじゃなかったもの」

「………」

ボクは黙ってお母やんの話を聞いていた。

「何度も船から降りてきたのよ。私の父さんも母さんも最初の船で出発したのに、あの子は何度も船から降りてきたの。だから本当は帰りたくはなかったのよ。むこうに行ってからもいろんな人に騙《だま》されてお金を巻き上げられたって言っていたもの。きっと帰ってきたかったのよ……」

そう言ったきりお母やんは黙り込んだ。

「さあ遅いから寝たらどうだい？」

ボクが声をかけた時、お母やんは唐突に言った。

「可哀相に穴倉の中に一年近くも隠れていたのだから……」

「穴倉って何の話？」

「だからあなたのオジさんの話よ。知ってるでしょう？」

ボクはお母やんの顔を見返した。

「穴倉に一年近くって何なの」

お母やんはボクの目をじっと見てから、

「オジさんは人間一人が入れる穴の中で一年近くも暮らしていたの」

ボクには何の話かわからなかった。

数日後、ボクは隣り町で養生しているシミゲンさんを訪ねた。

シミゲンこと清水権三《しみずげんぞう》は父が海運業から手を引いたのを機会に番頭役を退き、隣り町の生家に戻った。

一年前から入退院をくり返し、今は自宅で養生していた。

突然の訪問にシミゲンさんは驚いていた。

「若、こんなむさくるしい所にわざわざお見えいただいて……」

シミゲンさんは蒲団から起き上がろうとした。

「そのままでかまわないよ。……ひさしぶりだね。身体の具合いはどう?」

「なーにたいしたことじゃありません。やることもないんで横になってるだけでして」

昔と同じ言い方にボクは笑った。

「それにしても若はご立派になられた。私は嬉しゅうございます」

シミゲンさんは目を細めてボクを見た。

「立派になんかなってやしないよ。相変らず風来坊のようなことをしてるよ。逢いに来るのが遅くなってごめんね」

ボクがそう言うとシミゲンさんは唇を少し震わせ右手で顔を隠すようにして鼻先を抑えた。

「東京では迷惑をかけたね。済まなかったね」

ボクは頭を下げた。

「とんでもないことです。若、頭を上げて下さいまし」

十年前、お父やんの意思に反して家を継がないと言い出したボクをシミゲンさんは何度も上京して説得した。ボクはそれでも言うことをきかなかった。ボクはそのことを謝った。

奥さんがお茶を運んできた。

「若、ビールじゃなくていいんですか」

　ボクは笑って首を横に振った。

　その日、シミゲンさんは体調が良かったのか、ボクたちはちいさな入江が見える縁側に座って、昔話をした。

「そりゃ、オヤジさんの仕事振りはたいしたものでした。私はオヤジさんにお仕えして本当にいい人生を送ることができました。もう二十年若ければ、オヤジさんの力になれるんですがね……」

　シミゲンさんはそう言い肌着をめくって二の腕を叩いた。刺青《いれずみ》が夏の陽差しに光っていた。

「まだ元気じゃないか。お母やんは元気になったら帰ってきて欲しいと言っていたよ」

「…………」

　シミゲンさんは何も答えず沖合いを見ていた。大男と競り合っても一歩も引くことのなかったシミゲンさんの身体がちいさくなっているのにボクは気付いた。

「女将さんはお元気で？」

「ああ少し歳を取ったけどね」

「あんなにやさしい人はいらっしゃいません」

「そう言えば、お母やんの弟さんが今年の春に亡くなったんだよ」

「えっ、そうなんですか。たしかまだお若かったのに……、そうですか。女将さんはさぞ気を落しておいででしょう」

　シミゲンさんは考え込むようにして言った。

「シミゲンさん、少し訊きたいことがあるんだけど」

「何でございましょう」

「その亡くなったボクのオジさんのことなんだけど、お母やんがこの間、妙なことを話していたんだ。オジさんが長い間、穴倉の中に隠れていたって。それっていったい何のことなの。シミゲンさんは何か知ってるの。もし知っているのなら聞かせて欲しいんだ」

「……そうですか、女将さんがそんな話をなすってましたか」

そう言ったきりシミゲンさんは黙り込んでしまった。

「シミゲンさん、覚えているだろう。東京オリンピックの時、オジさんが家に来たことを。あの時、ボクはオジさんに逢えたことで勇気づけられたんだ。オジさんと同じ血がボクの身体に流れていることに誇りが持てたんだ。たった一度しか逢っていない人だけど、ボクには大切な人だったんだ。だからオジさんのことを知っておきたいんだよ」

シミゲンさんはボクの話を聞きながら二度、三度とうなずいた。

「知っていることがあったら話を聞かせてくれないか」

「若、私は詳しいことは知りません。そうまでおっしゃるなら私が知っていることだけをお話しましょう」

そう言ってシミゲンさんは遠い昔のことを思い出すようにぽつぽつと語り出した。

夏の陽差しが降り注いであたたかな縁側で聞いた話はボクの想像を越えていた。それは時折、鳥肌が立つような、お父やんとお母やんとオジさんの話だった。

一章

照りつける八月の陽差しが要子《ようこ》の全身に降り注いでいた。

身体中がけだるかった。何度かめまいを感じたが、

――しっかりしなくては。

と自分に言い聞かせて、夫の宗次郎《そうじろう》が戻ってくるはずの海からの通りを見つめていた。

昨日までとは別の町のように通りには大勢の人が屯《たむ》ろして、町は騒然としていた。大声を上げて走る者もあれば、万歳《マンセー》と叫んでいる者もいる。商店の中には店先の商品をあわてて片付けている店もあった。

突然、要子の前を金赤の派手な振袖を肩に掛けた男が奇声を上げて通り過ぎた。朦朧《もうろう》としそうな視界の中に鮮烈な色彩が遠ざかるのを見て、要子はもう一度同じ言葉をつぶやいた。

「戦争が終ったのだ……」

つい今朝方まで、頭のどこにも思いつくことがなかった戦争の終結がやって来た。

雑音混じりのラジオから聞こえた声が天子さんの本当の声なのかどうかはわからなかった。それは神社の境内に集まって玉音放送を聞いていた誰もが同じ思いだったはずだ。放送の途中で神

社の宮司が泣き崩れたのを目にして、要子は日本が戦争に敗れたことを確信した。

哀しみも喜びもなかった。予期もしなかったことが突然起これば人は皆ただ驚き、戸惑うだけだった。

玉音放送からどれだけの時間が経ったのかわからなかった。これから何が起こるのか要子にはわからなかった。

ともかく今は家の前に立って、宗次郎を待ち続けるしかない。家の中には長女のヒロミが寝ている。家を守らなくてはならない。

喉が渇いていた。唾も出てこない。彼女は下腹をそっと撫でた。お腹の中には夫が楽しみにしている二番目の子供が成長していた。

——大丈夫、心配しなくてもいいわ。

要子は自分とお腹の児に言い聞かせるようにつぶやいた。

騒然とする町を要子は見続けた。

要子は目を見開いた。

視界の中にあらわれた人影は、その巨軀《きょく》からして夫の宗次郎である。要子は夫にむかって手を振った。それに気付いたのか弁当箱をかかえた夫が走ってこちらにむかってきた。

「こんな所に立って何をしとるんじゃ。さあ早く家の中に入れ」

宗次郎の手が要子の肩を抱いた時、要子は全身の力が抜けて気を失ないそうになった。

濡れ手拭いが取り去られると、視界の中に要子を覗き込む宗次郎の心配そうな顔があった。

「どうしてあんな所に立っていたんだ?」

「…………」

要子は黙って夫の顔を見つめていた。そうしてあわてて起き上がり、娘の姿を探した。

「心配せんでええ。よう眠っとるわ」

「乳をやらなくてはいけない時間です」

要子が言うと、宗次郎はヒロミを抱いてきて彼女に預けた。

赤児は戦争が終ったことなどまるで関係ないかのように喉を鳴らして乳を吸った。

「港の方の様子はどうでしたのでしょうか」

「どうもこうもない。職場長はただおろおろするばかりで埒《らち》はあかん。荷積みが途中の作業だけはやり切ろう言うことになって、それをやり終えて戻ってきた。けどもう荷を積んだ船がむかう港がないじゃろうて……」

夫も戸惑っていた。

「しかしあいつらは許せん」

夫が怒ったように言った。

「どうしたんですか」

「作業員の何人かが道具を海に投げ捨てて甲板で煙草を吸い出しやがった。火が荷に点《つ》いたらえらいことになるからと怒鳴りつけた。同じ国の者じゃから余計に腹が立つ」

「どうしてそんなことを」

「日本は敗れたんじゃから、もうおまえたちの言うことは聞く必要はないと言い出した。職場長をこづく者もおった」

「あなたはどうしたんですか」

「強引に止めさせた。世話になった人を殴るようなことはできんじゃろうが……」

港の出来事を思い出してか夫は顔を紅潮させていた。

「これからどうなるんでしょうか」

「………」

夫は何も言わなかった。

その時、ドンドンと表戸が大きな音を立てた。

ドン、ドン、ドン……、夫は大声で、そんなに叩くんじゃない、と怒鳴って木戸を開けた。

そこに弟の吾郎が立っていた。顔から汗を吹き出し、どこから走ってきたのか荒い息をしていた。素足だった。

「吾郎さん、どうしたの？」

要子の声に吾郎は白い歯を剝《む》き出すように笑って大声で言った。

「義兄《にい》さん、姉さん、日本は戦争に負けたんです。僕たちは解放されたんです。日本の支配は終ったんです。今日から自由なんです。日本人が負けたんです。万歳《ばんざい》です。万歳、万歳、いや万歳《マンセー》です」

興奮した吾郎は最後に祖国の言葉で万歳と叫んだ。

「義兄さん、姉さん、軍需工場で集会がはじまってます。仲間が、同胞がどんどん集まってるんです。さあ一緒に行きましょう」

吾郎は興奮していた。

「待ちなさい。あなたは何を言ってるの。家に戻ったの。父さんと母さんに逢ったの。二人とも心配してるはずよ。すぐに家に帰りなさい」

要子は鋭い声で言った。

吾郎は一瞬たじろいだが、すぐにまた集会に行こうと言い出した。

「私は許しません。そんな話を私の家にしに来てはいけません。主人に失礼でしょう。謝りなさい」

夫はただ呆きれて弟を見ていた。

昭和二十年八月十五日の夕暮れだった。


「日本が戦争に負けてしまうなんて……」

要子は天井の薄闇を見つめながら胸の中でつぶやいた。

興奮しているせいかなかなか寝付けなかった。

昼間、神社の境内で聞いた玉音放送の天皇陛下の声が耳の底に残っていた。

あれが天子さんの本当の声かどうかはわからなかった。ただ放送の途中で神社の宮司さんが大声を上げて泣き崩れた。

要子は宮司の姿態を見て日本は本当に戦争に敗れたのだ、と確信した。

九日前に岩国の方角の空が赤く染まり、新型爆弾が広島に投下され街が全滅したという噂が流れた。二日もしないうちに大勢の人が避難してきた。身体のあちこちを火傷《やけど》した家族もいた。

戦争の形勢は要子にわかるはずはなかったが、門司、岩国、光……といった街が次から次に空襲を受けているのを聞いていたし、夫の宗次郎は軍事物資を積み込んだ船が寄港する港がないと言っていた。

夫も要子も口には出さなかったが、あきらかに戦争の状況はかわりはじめていた。それでも隣組の班長や軍隊を退役してきた老人たちは、そのうち日本軍が大攻勢に転じると言い、今こそお国のためにつくすのだと町内の女たちを叱咤《しった》していた。

——これからこの国はどうなるのだろうか。

要子には想像もつかなかった。

夫や自分のように朝鮮からやってきた人間はどうすればいいのだろう。父や母はどうしているのだろうか。

両親の顔が浮かぶと、夕方に見た弟の吾郎の汗にまみれた顔があらわれた。

『義兄さん、姉さん、日本は戦争に負けたんです。僕たちは解放されたんです。万歳《ばんざい》です。いや万歳《マンセー》です』

日本で生まれ育った吾郎が国の言葉を大声で口にした。班長にでも聞かれていたらどんな仕打ちを受けたか。

幼い頃から気性が激しく、性格が真っ直ぐな子だから、何をしはじめるかわからない。

——明日にでも実家に行き、あの子によく言い聞かせておかなくては……。

オギャーッとかたわらで寝ていたヒロミが声を上げた。

要子はヒロミの背中を撫でた。泣き声が高くなった。乳を欲しがっている。要子は起き上がった。

「乳か……」

夫の声がした。

「ええ、何だか夕刻から気が立っているようです」

夫は起き上がって土間に行こうとした。

「お水なら持ってきますよ」

「いや大丈夫だ」

要子はヒロミに乳を与えた。

宗次郎が喉を鳴らして水を飲んでいた。

夫は戻ってくると胡坐をかいたまま要子と乳を吸うヒロミをじっと見ていた。

「明日は港の方に行かれるのですか」

「……積み残した荷があるし、あのまま放っておけば盗まれてしまう」

「私は明日早くに父と母に逢ってこようと思います。これからどうするのかも聞いてきます」

「義父《とう》さんに二日前に職場長から貰った味噌と塩があるから届けてくれ」

「はい、ありがとうございます」

「いや港に出る前にわしが実家に送って行こう」

「大丈夫ですよ」

「だめだ、昨日までとは違うから送って行く。帰りに迎えに行くまで実家にいろ」

「そんなに大変なのでしょうか」

「正直、わしにもどうなるのかはわからんが、おまえと赤ん坊は義父さんのところにいた方がいい」

表通りの方から人の声がした。酔っ払っているような声だった。そんなことは昨日まではなかった。遠ざかる奇声を聞きながら要子はヒロミのやわらかな髪を撫でた。

夫の寝息が聞こえてきた。


翌朝、宗次郎と実家にむかった。通りを歩くと家々の前に人が出ていた。何をするわけではなく、成り行きを見ているようだった。誰の顔にも心配そうな表情が浮かんでいた。混乱しているのだ。実家に着くと早朝だというのに何人かの男たちが家の前に屯ろしていた。夫は父としばらく立ち話をして港に出かけて行った。

昼過ぎに、夫がやってきて今日は実家にいるように言われた。

何人もの人が実家にやってきて、父と話し合いをしていた。時折、語気の強い父の声がした。普段は物静かな父のそんな声を聞いて、この家も混乱しているのだと思った。

「大丈夫なのかしら？」

要子が心配そうに奥の部屋から表の方を覗くと、母はヒロミに頬ずりをしながら、

「大丈夫よ。父さんにまかせておけば」

と要子の手を握った。要子は弟のことを思い出した。

「母さん、吾郎君はどうしてるの」

弟の名前が出ると母の眉間にシワが寄った。

「昨日の夜、父さんの前で馬鹿なことを言い出して、父さんにひどく叱られたの。そうしたら家

を飛び出したまま、まだ戻ってきていないの」

「昨日の夕方、私の所にも来たわ。宗次郎さんの前で万歳なんて叫んで、私、叱りつけたわ。どうしてしまったのかしら、あの子……」

表の方から大声がした。尾を引くような声に男たちの呼応するような声が重なった。

奥の部屋に父が入ってきた。頬が紅潮していた。

「塩田《えんでん》事務所に行ってくる」

「お身体は大丈夫ですか」

父がうなずくと母はすぐに支度をはじめた。

「要子、宗次郎君は戻ってきたか」

「ええ、昼過ぎに一度戻ってきて、今日はここにいるように言って、また港に出かけました」

「その方がいいだろう」

父は言ってヒロミの頭を撫で、目を細めて笑った。

「お腹の子供はかわりないか」

「はい」

表の方で雄叫《おたけ》びのような声が上がった。

父は顔を曇らせて表に目をやった。

「宗次郎君が帰ってきたら、騒ぎの中に決して入るんじゃないと伝えなさい」

「騒ぎって何が起きてるんですか」

「いいからそう伝えるんだ」

上半身裸になった父の胴に母が晒《さら》しを巻いていた。

もう少し強く巻け、父が言うと母は晒しを持つ手に力を込めた。父が二度、三度咳をした。

「お身体、本当に大丈夫ですか」

母が心配そうに父の顔を窺《うかが》った。

父は今春、心臓の調子が悪くなり、家で静養していた。

「この家には若衆を置いて行くから戸締りをちゃんとして表には出るな」

「わかりました」

父が表に出ると喚声が上がった。

「何があったの、母さん」

「塩田の日雇《ひやとい》と巡査さんが揉《も》め事を起こして怪我人が出たらしいの。父さんに騒ぎを止めて欲しいって使いの人がきたの」

「…………」

要子は窓から外を覗いた。
二、三十人の男たちが父の後を声を上げて進んでいた。
金古昌浩《まさひろ》はこの町の主要の産業である塩田で働く日雇者を束ねていた。

若い時から朝鮮と日本を往来し、いつしか労働者の斡旋《あっせん》をするようになった。仕事が次第にひろがって大正が終る年に幼な児だった要子たちを連れて日本に渡ってきた。父の人柄を頼って大勢の労働者が朝鮮や九州各地からこの町に移ってきた。

昌浩の方針で要子は女学校に通い、日本で生まれた弟の吾郎も妹も日本の学校で学んでいた。

半島の出身で日本の学校に通わせて貰っている子供はこの町にはいなかった。要子が通った女学校でも一人きりだったし、吾郎を町の名門中学に入学させる時も昌浩は大変な苦労をした。

夕刻になっても父も宗次郎も実家に帰ってこなかった。

塩田事務所から使いの者がきて、今夜は戻らないと言われた。

母は若衆を呼んで、吾郎が勤労に出ていた軍需工場に様子を見に行くように言い、息子がいたら連れて帰ってくるように頼んだ。

夜半、サイレンの音が海の方から聞こえた。

要子と母は蒲団から起き出し、二階の物干しから海の方を眺めた。

火の手は上がっていなかった。

「宗次郎さんは大丈夫かしら……」

要子が海側の空を見上げると母が要子の肩にそっと手を置いた。

「宗次郎さんは大丈夫よ。父さんが見込んだ人だもの。あの人は無茶なことはしないわ。母さんにはわかるわ」

「そうね。そうよね」

要子は自分に言い聞かせるように言った。

「さあ中に入りましょう。お腹の赤ちゃんが風邪を引くと困るわ」

要子はうなずいて物干しから下りようとした。その背中にサイレンの音がまた鳴り響いた。

要子は母とヒロミと並んで寝床に就いた。

お腹に手を当てるとかすかに反応があった。ちいさな生命の反応に宗次郎の声が耳の奥から聞こえてきた。

『あなたはたくさん子供を産んで下さい。そして子供たちを育てて下さい……』

丘の上から春の陽光にかがやく瀬戸内海を眺めながら宗次郎が夢を語ってくれたのはつい半年前のことだった。

要子はヒロミを抱いて岩の上に腰を下ろし、海にむかって仁王立ちしている夫の背中を見ていた。

――この人が今話してくれている夢がいつか実現する日がくれば、その日はどんな日なのだろう……。

要子は何十年も先のことをしっかりと考えている宗次郎が頼もしかった。

――この人に出逢えてよかった……。

要子はこころからそう思った。


「ねえ、ヨウちゃん、あの人またこっちを見てるわ」

ミズエが要子に耳打ちした。

里子《さとこ》が口を半開きにして対岸の松の木の下に立っている人影を見ていた。

「サトちゃん、あんた何を見とるの。早うこっちに来んさい」

ミズエが里子の着物の袂《たもと》を引っ張った。

「あの人またおるが……?」

里子が人影の方を指さして素頓狂な声を上げた。

「静かにしんさい。声が大きいよ」

ミズエが怒ったように言った。

塩田の堤道を歩く三人は、もう何度かその人影を見ていた。

声をかけてくるわけではなかった。

去年の暮れ、津島先生の家に裁縫の手習いに行っての帰り道、その人影を見つけた。

「何か怪しい奴じゃないの」

相手の存在に気付いたミズエが言った。

相手はただ松の木の下に立って要子たちを見ているだけだった。

「背の高い人じゃね」

里子が突っ立ったまま対岸を見て言った。

手を振りそうになった里子をあわててミズエが止めた。

「サトちゃん、そんなことをして婦人会のおばちゃんに見つかったら正月早々えろう叱られるよ」

去年の十二月八日、ハワイの真珠湾攻撃で日本はアメリカと戦争をはじめていた。

要子が通う女学校でも国を挙げての戦争時に男女交際は禁ずるとの厳しいお達しがあった。

ミズエは要子と同じ歳だが三歳年下の里子にはそれがよくわかっていない。

三人は急ぎ足で歩いた。

要子はちらりと相手の姿を見たが、すぐにうつむいて歩調を速めた。

「ヨウちゃん、あの人を知っとるの」

ミズエが小声で訊いた。

要子はうつむいたまま頭《かぶり》を振った。

塩田から人夫たちの掛け声が聞こえた。足元を一月の木枯らしが吹き抜けていた。

二月の節分を過ぎた日、裁縫の授業が終った後、要子は津島先生に奥の部屋に寄るように言われた。

「ミズエちゃん、私、ちょっと先生に逢うてくるから先に帰ってかまわんよ」

「ヨウちゃん何かやったの？　いやヨウちゃんは先生のお気に入りやから叱られたりはせんもんね。うち待っとくわ」

「サトも待っとる」

ミズエの隣りで里子が言った。

要子は里子に笑い返して先生の部屋に行った。

部屋に入ると先生は洋裁の本をめくっていた。

要子は先生の部屋に入るのが好きだった。

部屋の中には洒落た洋服のデザイン画やカラフルな生地がたくさんあった。神戸で生まれ育った津島先生は家の中では、時折、洋服を着ることがあった。先生は洋服がよく似合った。その姿は見ているだけでまぶしかった。

御主人が光の海軍省に赴任し、すぐに台湾に渡って、開戦後は南方戦線に出ていた。

津島先生の御主人は若いのに海軍でも出世頭と評判だった。婦人会の希望でこの町の若い娘たちに裁縫を教えていた。

「要子さん、一月の裁縫はあなたが一番良くできていたわ。そうお母さんに話をして下さい」

「ありがとうございます」

「それと先日、あなたの家から頂き物をしたの。その御礼も申し上げておいて」

「はい」

「今日、あなたを呼んだのはそれとは違うお話があったの」

「はい……」

「昨日の午後、タカヤマソウジロウさんとおっしゃる男性の方がここに見えて、あなたのことを尋ねられたの」

「はあ……」

「その人のことはご存知ない？」

「知りません」

「相手の方もあなたは自分のことを知らないはずだとおっしゃってたわ。その方からあなたの家のことを訊かれたの。どうしようか迷ったのですが、とても誠実そうな青年に見えたので、私の判断であなたの名前とお父さまのことを教えてさし上げました」

そう言われた時、要子は相手があの松の木の下に立っていた青年だと思った。

「戦時下で男女のことを慎むように皆言っているけど、私はそう思わない。私も主人と音楽会で偶然出逢って交際を申し込まれたの。私の家に主人は突然訪ねてきたの。最初、両親は反対したけど主人の強引さと誠実な人柄に最後は結婚を許してくれたわ」

津島先生は昔を懐かしむように言った。

「それともうひとつ、これも私の判断でその方に申し上げたのですが、その方があなたを日本人の方ですよね、と訊かれたので、私はどうしてそんなことをお尋ねになるのですか、と逆に訊いたの。そうしたらその方はあなたと同じ朝鮮の人だったの。だから金古要子さんはあなたと同じ国の方ですよと教えてさし上げました。かまわなかったかしら」

かまうもなにも今ここで初めて聞く話だったから要子はただ黙ってうなずいた。

「これで用件は終わりです。いいものを見せてあげるわ」

先生はそう言って奥の洋間に要子を招き入れた。

部屋の中央に光沢を放つミシンが置いてあった。

要子は目をかがやかせた。

「二日前に届いたの。最新型のミシンよ。神戸に届いていたのだけど輸送に時間がかかったの。このミシンをトラックで運んで来たのがその方だったの。運転手の助手をなさってるんですって」

「津島先生、その方のお名前をもう一度聞かせて貰えませんか」

「タカヤマソウジロウさん。待って、どこかに名前を記しておいた紙があるはずよ」

先生はテーブルの上にあった小紙を要子に差し出した。

高山宗次郎。

津島先生の美しい文字で書かれたその名前が要子の目にまぶしく映った。

その年の春、女学校の卒業式が終わった数日後、要子の家に客があった。

その日、要子は女学校の同窓生と岩国の錦帯橋を見物がてら花見に出かけていた。

夕刻、家に戻ると、弟の吾郎がニヤニヤと笑いながらやってきて、

「姉さん、今日の昼間、家に姉さんを嫁さんに欲しいという人がやってきたぞ」

「えっ」

要子は弟の顔を見返した。

弟は、時折、要子をからかうことがあった。

「何を出まかせを言ってるの。私はまだ十七歳よ。お嫁に行くわけないじゃないの。嘘だって、その顔にちゃんと書いてあるわよ」

「嘘かどうか母さんに聞いてみろよ。父さんはひどく怒っていたけどな」

「いい加減な話はよしなさい。それよりあなた勉強はちゃんとしてるの。あなたを入学させるのに父さんは苦労して下さったのよ」

「そっちは大丈夫だ。試験の成績も誉められたよ。それにいい話があるんだ。僕、剣道部に勧誘されて入部することが決ったんだ」

「剣道部？　そんなことをしたら勉強が疎《おろそ》かになるでしょう。また父さんに叱られるわよ」

「ハッハハハ」

弟が大声で笑い出した。

「そう思うでしょう？　ところが父さんも許してくれたんだ」

「えっ父さんが、……」

「そう。実はこの話には訳があってね。中学校《うち》の剣道部の顧問が父さんの塩田事務所の前の所長

さんなんだ。その人が父さんの所に僕を剣道部に入れてくれと頼みに行ったってわけだ。父さんも断われなかった」

弟はそう言って嬉しそうに鼻にシワを寄せた。

たしかに吾郎は同じ歳の少年に比べて運動神経が良かったし、一時、父に内緒で剣道場に通っていた。それが父に知れて母も要子もひどく叱られたのを覚えている。その父が弟に剣道をさせることを許可したとは思えなかった。

夕食が終わると、要子は母に呼ばれた。

母の表情が険しかった。

「今日は岩国に行ってきたのね。桜はもう咲いていた?」

「まだ満開ではなかったけど、人出は多かったわ」

「そう、男の人に声なんか掛けられなかったわね」

「ええ、母さん、それどういうこと」

「父さんがあなたをしばらく外に出ないようにさせろとおっしゃったわ」

「どうして?」

「実は今日の昼間、家にお客さんがあったの。父さんも少し知っている人で旧港の本通りで廻船問屋の番頭をしている田村さんという人。その方が若い人を同伴して見えたの。タカヤマさんとおっしゃる方……。あなたはその人を知っているの?」

「……いいえ」

「本当ね。話をしたこともないのね」

「はい」

要子はうつむいたまま答えた。

松の木の下で自分を見ていた青年のことは津島先生から教えられて知っていたが、話をしたことはない。第一あれから一度も姿を見てなかった。

「実はそのタカヤマさんがあなたをお嫁さんに欲しいって言いにみえたの」

要子は思わず顔を上げて母を見返した。

母はひどく不機嫌な顔をしていた。

「父さんはひどく怒っていらしたわ。その方、道であなたとばったり逢って、あなたを嫁に欲しいって思った、とおっしゃるのね。父さんは相手の方に、自分の家の娘を市場で牛や馬を買うように決めたのかって、私もそう思うわ。それにその方は自分が同じ朝鮮の出身とおっしゃるだけで、朝鮮のどこの出身で、どういう家柄なのかもはっきりわかっていらっしゃらないの。そんな話はおかしいでしょう」

要子は母の話を聞きながら、松の木の下の青年の姿を思い浮かべた。

「父さん、最後に珍しく声を荒らげて相手の方におっしゃったわ」

「何って?」

「どこの馬の骨ともわからぬ奴に娘をやれるかって。二度と娘に近づくんじゃないって」

プッ、と思わず要子は吹き出した。

「何がおかしいの、笑ってる場合じゃないでしょうに」

母は怒っていたが、要子は笑いが止まらなくなってしまった。笑いを堪《こら》えようと両手で顔を隠している娘を見て、母は大きな溜息《ためいき》を零《こぼ》した。

「要子さん、あなたをお嫁に欲しいと言ってこられたのはその人たちが初めてじゃないのよ」

要子はまた母の顔を見直した。

「そうなのよ。去年の初めから、あなたが女学校に通っているのを知っていくつかの家の家長さんが人を通して息子の嫁にと申し込んでこられているの」

「私はまだお嫁に行くなんて……」

要子が正直な気持ちを言った。

「私はあなたの歳で父さんに嫁いだの。あなたが今お嫁に行っても少しもおかしくはないのよ。父さんはあなたの嫁ぎ先を真剣に考えなくてはとおっしゃってるわ。ともかくこれから父さんの所に行って、今回の件を謝るのよ。その方とは逢ってもいないし、話もしていないことをはっきりと父さんに話すのよ」

「わかりました」

部屋を出ると吾郎がニヤニヤ笑いながら立っていた。

「ほら本当だったろう」

要子は弟の顔を睨《にら》みつけて父の部屋にむかった。

父に謝り、しばらく外出することを禁じられた。勿論、津島先生の家に裁縫の手習いに出かけることも止められた。

その夜、要子は風呂から上がると庭に出て星空を仰いだ。

春の星座がゆっくりと頭の上をめぐっていた。父に叱られたことよりも自分が知らない間に結婚の話が進められていることがショックだった。結婚はまだずっと先のことだと思っていた。誰かを好きになったことも、ましてや同級生たちが昼休みに話すように、恋をしたこともなかった。

男子校の生徒から恋文を貰ったことはあったが、相手は皆日本人だし、要子はどの手紙も目を通さずに捨てていた。

先刻の父の言葉がよみがえった。

『いいか結婚というのは家と家が結ばれるものだ。その家に相応《ふさわ》しい家柄の相手を選んで結ばれるんだ。今日の男のような自分の家のことも知らない、どこの馬の骨ともわからぬ奴に娘をやれるか。あの番頭もわしに恥をかかせてとんでもない奴だ』

父は怒りがおさまらないらしく、要子の後に弟が呼ばれて、剣道部に入って成績がひとつでも落ちたらすぐに学校をやめさせて塩田の仕事を手伝わせると言った。

——家と家か……。

要子は五年前に両親とともに朝鮮の祖父の家を訪ねた日のことを思い出した。

川沿いにあるちいさな農家に祖父母は暮らしていた。すぐ背後に臥龍山《がりゅうさん》という名前の美しい山が連なり、川のせせらぎの音が聞こえるおだやかな村だった。

川を少し下れば海が入り込んだ浦があり、水際で牛を洗っている少年がいた。要子は片言の朝鮮語が話せたが、日本語しか話せない弟は村の子供たちにからかわれていた。負けん気の強い弟は近所の子供に立ちむかって行き、喧嘩をはじめて母に叱られていた。

「姉さん、僕、こんなところ嫌だよ。早く日本に帰りたいよ」

「何を言ってるの。ここはあなたの国なのよ。そんなことを父さんの前で言ってはだめよ」

母の実家に一泊した時、夜の庭で見た星がとても美しかったのをよく覚えている。

『自分の家のことも知らない、どこの馬の骨ともわからぬ奴に娘をやれるか』

頬を紅潮させてまくしたてていた父の顔が浮かんだ。

その顔に松の木の下に立つ青年の姿が重なった。同じ国の人だと津島先生も母も言っていた。はっきりと顔は見たことがなかった。が、あの人にも故郷が、家があるはずだと思った。

『結婚というのは家と家が結ばれるものだ』

また父の言葉が耳の奥から聞こえた。

要子はスカートのポケットから小紙を取り出した。

それは津島先生から貰った青年の名前を記してある紙だった。今日まで捨てずに取っておいた。

要子はその文字をぼんやりと眺めた後、紙を千切って庭の藪の中に捨てた。


東京、名古屋、神戸の上空に米軍機が突然あらわれ、空襲して人々を驚かせた四月が過ぎ、ミッドウェー海戦がくりひろげられ、下関から門司までの海底トンネルが完成した六月の或る日、金古家に訪問者があった。

その日、昌浩は塩田事務所から早く帰宅し訪問者を待った。

相手は廻船問屋の社長で、昌浩の勤める塩務局にも商工省の顧問をしている人から逢ってくれるように手紙が届いていた。廻船問屋の社長と一緒にやってきたのは、あのタカヤマという青年だった。

昌浩は塩務局の上司から面会に応じるように言われたので、接客の準備をして待機した。社長は菓子折と洋酒を手土産品に持って、三ヵ月前の番頭の非礼を詫びた。青年は自分の家の家系図を朝鮮から取りよせ、父に差し出し、要子との縁談を再考して貰えないかと申し込んだ。昌浩は礼儀を弁《わきま》えた相手の態度に改めて申し出を考えたいと返答した。

用意していた食膳が客間に運ばれ、三人は酒を酌み交わした。その席で昌浩は相手に提案し

「申し出はわかりますが、高山君、君は朝鮮から独りでやってきて、今はトラックの荷積みの助手をしているに過ぎんのだろう。わしの娘を荷役の青年に嫁がせるというのは……」

するど廻船問屋の社長が少し考えた後で切り出した。

「どうでしょうか、金古さん。今、高山君はたしかに我社《うち》の荷役助手ですが、私としては彼に運転手の資格を取って貰って、一人前の運転手にしようと思っています。正式な運転手なら給与も充分に貰えますし、独立も夢ではありません。これからトラックの需用は大きく伸びます」

世相をよく知っていた昌浩は相手の提案にやはり少し考えた後、

「わかりました。では高山君が正式に運転手になった時にまた見えてくれませんか」

その時、母が丁度料理を運んできた。

社長は青年に、それでどうかと訊いた。すると青年ははっきりした声で言った。

「それまで娘さんを他に嫁がせないと約束して下さいますか。約束して貰えれば私は死にもの狂

いで働いて運転手になってご挨拶にまいります」

その言葉に昌浩は黙り込んでかたわらにいた妻の顔をまじまじと見て答えた。

「わかりました。約束しましょう」

そんな話があったこととは露知らず要子は前日から津島先生の家に泊り込んで洋裁を習っていた。

翌日、家に戻った要子は父に呼ばれ、高山という青年から結婚の申し込みがあり、一年待つことを約束したと告げられた。

要子は何と答えていいのかわからず黙ってうなずいた。

その後、父は寄合いに出かけた。母が洗濯物を畳んでいた要子の所にやってきた。

「昨夜、父さんと話し合ったのだけど、あの高山さんという方はあなたのことを本当に好いているわ。好いて貰って嫁ぐのが一番いいんじゃないかと父さんはおっしゃってたわ。たしかに今の荷役の助手では生活は大変だろうけど運転手になったらどうにか食べては行けるらしいわ。考えてみれば父さんも裸一貫でやってきたんだしね。それに……」

「それに何？」

要子は手を止めて母を見た。

「高山さんってとても誠実な人に思えるの。あの人ならあなたをしあわせにしてくれそうな気がするの」

目をしばたたかせて話す母の顔を要子はじっと見ていた。

洗濯された弟の剣道着が電燈の灯りに白く光っていた。

その年の秋、金古の家では名誉ある出来事があった。

長男の吾郎が明治神宮国民体育大会剣道大会、通称、神宮剣道大会の全国大会に一年生ながら中等学校府県代表として選ばれた。

大正十三年、第一回大会を開催した神宮剣道大会は全国から在郷軍人、専門学校生、青年団、道場の代表が集い、明治神宮の神前で華々しく催され、多数の観客が押し寄せ注目を浴びることになった。

中等学校の生徒、一般の部も参加するようになった第二回大会以降、回を重ねる度に盛大になり、昭和十四年の第十回大会からは戦時体制下の国民の体力向上を目的に国策としてさらに大規模な大会となった。

この大会に出場することは大変な名誉であり、代表選手は新聞の全国版に名前が紹介され、取材記事までが掲載された。

中等学校の代表者は町で英雄扱いを受け、神宮大会にむけて出発する日は名前を入れた幟《のぼり》が出て、駅のプラットホームにあふれ、県知事から激励の言葉を受けて上京するほどだった。

金古吾郎の名前は町で一躍有名になり、父は職場でさまざまな人から祝福された。

吾郎が一年生ながら代表に選出されたのは県予選での活躍が認められてのものだった。吾郎は県予選から代表決定の決勝戦まで先鋒《せんぽう》として出場しすべての試合に勝利した。

剣道に興味のなかった父は新聞で息子の活躍を初めて知り、局長からわざわざ祝福の言葉を貰った。

「いやたいしたものだ。局長がわしの手を握って町の名誉のために吾郎に頑張って欲しいと言われたのだからな」

家に新聞記者が取材に訪れ、近所の子供たちが集まり、毎日が騒動のようだった。

当の吾郎はそんな騒ぎには関心がなく、代表が決ってからも黙々と稽古に励んでいた。

「吾郎さん、良かったわね」

要子が言っても、吾郎は少しはにかんだような表情をしてから、

「全国大会になると相手も格段に強いし、恥かしい試合はできないからね」

と口を真一文字にして母たちを見返した。

弟を駅に見送る日、要子は母と二人で駅に行った。

数日前から合同合宿をしていた弟の顔は家で見るより逞《たくま》しく大人びて見えた。

「母さん、何だか吾郎君じゃないみたいね」

要子が言うと、母は涙ぐんで息子を見ていた。

万歳三唱と選手の名前を呼ぶ声の中で汽車は東京にむかって出発した。

汽車が見えなくなると、見送りの人たちはぞろぞろと解散した。何人かの人に母は激励の言葉をかけられていた。人影がまばらになった時、ホームにぽつんと一人の青年が立っていた。その人は母にむかって深々とお辞儀をして、要子を見てもう一度頭を下げた。要子も礼を返した。

大きな歩幅で改札口にむかう青年がもう一度ちらりと要子を見た。

「あの人誰なの、母さん」

「あの方が高山さんですよ」

「えっ」

要子は思わず相手の姿が消えた駅の待合室を見たが、それらしき人影はなかった。

「あなた本当に知らなかったのね」

母が苦笑した。

「あんな背の高い人なの……」

「そうね。同じ国の人にしては大柄ですね」

「どうして先に言ってくれなかったの」

要子が頰をふくらませて言うと、

「まだ一緒になると決ったわけではないでしょう」

と母は清《す》ました顔で言った。

駅からの帰り、要子は母と二人で神社に吾郎の健闘を祈願しに行った。

「母さん、吾郎君は勝てるかしらね」

二人は家まで塩田の堤道を歩いた。

「勝てなくてもいいわよ」

母がぽつりと言った。

「どうして、勝たなきゃだめなんじゃないの」

「それは勝ってくれれば嬉しいけど、それより無事に帰ってきてくれる方が大事よ」

「そうなの」

「あなたも子供を産めばわかるわよ」

母はかすかに口元に笑みを浮かべて言った。

——そんなものなんだ……。

要子は母の背中を見ながら思った。

「ねえ、母さん。私、あの人のお嫁さんになるの？」

「それはわからないわ。あの人が父さんとの約束を守って下されば、そうなるかもしれないわね」

「決っているわけじゃないんだ」

「父さんが決めて下さるわよ。心配しなくても大丈夫よ。私もそうだったから……。さあ早く帰って夕食の準備をしましょう。今夜は父さんにもご馳走をさし上げなくてはね」

母がちいさくスキップをしたように見えた。

そんな母を見たのは要子は初めてだった。母の所作を見て、要子は今しがた母が言った『心配しなくても大丈夫よ。私もそうだったから』という言葉を思い出し、母にも自分と同じ年頃の日々があり、同じように結婚に対する不安があったのだろうと思った。

要子は塩田のむこうにひろがる瀬戸内海に目をやった。

沈みかけた秋の夕陽に海は黄金色にかがやいていた。まぶしく光る水平線に、先刻、駅のプラットホームで見た人の姿が浮かんだ。あわてて会釈をしたものだから相手の面立ちは覚えていなかった。ただ頭を下げてから大きな歩幅で歩き出した姿はとても男らしく思えた。

——どんな人なのだろうか……。

要子は水平線を見やりながら思った。

吾郎の神宮剣道大会は四回戦で二年連続して優勝している強豪の熊本県代表に敗退した。吾郎はよく頑張り、どの対戦も勝利した。全国紙にも吾郎の活躍は取り上げられ、地元の新聞では〝無敗の剣士〟として大きな記事となった。

その年の十二月、ミズエが九州に嫁いで行った。見合いで結婚したミズエは九州に出発する前夜、要子に逢いにきて、同じ町内に好きな人がいたことを打ち明け泣き崩れた。要子はどう声をかけていいのかわからず一緒に泣くだけだった。

年の瀬、妹の富子が風邪をこじらせ肺炎にかかった。大晦日《おおみそか》から元旦にかけて生死の境をさまよい、祈禱師《きとうし》の老婆が家に入ってきて、たくさんの札を家中に貼り付けた。そのお蔭か、三日の朝に富子は意識を回復した。

粥《かゆ》を食べるようになった富子を見て母は泣きながら粥を妹の口に入れてやっていた。

二月に日本軍はガダルカナル島から撤退をはじめたが新聞で報道される戦局は依然日本軍が有利な戦いをしているとあった。陸軍省から勇ましいポスターが配布され、『撃ちてし止まむ』と標語が刷られたポスターが町内に貼られた。

父の働く塩田の作業員たちから兵役に行く人が出はじめ、朝鮮でも徴兵制度が施行されるようになった。

四月に入り、連合艦隊司令長官の山本五十六が戦死し、六月に軍神となって国葬が営まれた。兵役に出る者もあったが、戦地に送る塩の生産や荷積みで塩田も港の荷役も賑わっていた。

五月の午後、高山宗次郎が廻船問屋の社長と二人で金古家を訪ねてきた。

約束どおり運転手の資格を取得し、専用のトラックを一台まかされるようになったことを報告した。

この日、初めて要子は宗次郎の前で挨拶した。

「初めまして要子と申します」

「初めまして高山宗次郎です」

相手の声は緊張のせいか裏返っていた。

要子はすぐに顔を上げることができなかった。ようやく顔を上げて相手を見ると、ネクタイをしたシャツが汗でびっしょりと濡れていた。要子は台所に行き、手拭いを水で絞って差し出した。宗次郎は恐縮したように手拭いを受け取り、顔を拭ったが、拭う端から汗が吹き出していた。

――よく汗を掻《か》く人だ。

と要子は思った。

吾郎と富子が挨拶に出て、宗次郎を紹介された。

その夜、要子は父に呼ばれ、宗次郎に嫁ぐように言われた。

要子は、わかりました、ありがとうございます、と母に教えられたとおりに返答した。

式は九月と決まって、八月の中旬に宗次郎が住み家を探してきた。

廻船問屋の裏手にある屋根続きの空家に社長が安い店賃《たなちん》で住まわせてくれた。隣りはトラックの燃料が不足してきたため馬車を使いはじめた会社が二頭の馬の馬小屋にしていた。

要子と二人で下見に行った母が馬小屋を見て驚いた顔をした。雨漏りの瓦を修復し、破損した壁板を打ち付け、畳を表替えした。壁紙を妹と貼り替えると部屋の中は小綺麗になった。

母は修繕の終った部屋を見て、ささやかな出発がいいでしょう、と笑って言った。式の前に家具を運び込んだ。

九月の日柄の良い日の朝に、廻船問屋の社長夫婦を仲人に立て金古家の家族と宗次郎の上司一人が出席して水天宮で式を挙げた。そのまま写真館に行き、記念撮影をし、ちいさな茶屋で皆して昼食を摂り、宴を終えた。

その日の午後から宗次郎は仕事で長崎に行かなくてはならなかった。

要子は初夜を一人で過ごした。

結婚が決ってからも要子は宗次郎と話らしい話もしていなかった。

「何か私の方で準備しておくものはあるでしょうか」

「いや何もありません。元気にきて貰えればそれで充分です」

その言葉に要子は両手を少し上げ拳を握りしめるようにして、

「身体は子供の時からとても元気ですから」

と笑って言うと、かすかに宗次郎も笑い返した。

その笑顔を要子は可愛いと思った。

部屋を見回すと、壁に宗次郎の作業着がかかっていた。シワになった袖口を戻そうとすると汗の匂いがした。

要子は押入れにあるはずの宗次郎の柳行李《やなぎごうり》を開いた。汚れた下着、靴下、シャツが無造作に入っていた。

要子は着物の袖に襷《たすき》をかけ、夫の洗濯物をかかえ土間に下り、木桶を手に外へ出て井戸端に行き、水を汲み上げ、夫の衣服を洗いはじめた。何もかもが父と違って大きな衣服だった。その大きさを要子は誇らしく思った。

水は冷たくはなかった。要子は懸命に洗いながら、今頃、九州の夜道をトラックを運転している夫のことを思った。

零れ出した額の汗を拭いながら空を見上げると秋の星がまたたいていた。

明日はいい天気だ。陽差しをたっぷりと吸い込んで夫の衣服が乾いてくれると思った。

馬の嘶《いなな》きが壁のむこうからした。

――賑やかな家に嫁いできたのだ。

と要子はつぶやいた。

翌年の十一月に長女のヒロミが誕生した。

宗次郎は産婆がかかえた娘を顔が崩れそうなほど嬉しそうに笑って見つめていた。

所帯を持ってからの一年、朝早くから夜遅くまで宗次郎は働きどおしだった。休日は一日も取らなかった。懸命に働いたのには理由があった。

一緒に暮らすようになってしばらくした夜、夫は要子に言った。

「これから一生懸命働いて貯金をし、ずっと残るものを買おうかと思うのだが、何か考えはありますか」

「ずっと残るものですか。あなたは何かあるのですか」

「私は自転車が欲しいと思っています」

「自転車ですか？」

「はい、自転車があればどこにでも行けるしトラックの燃料がなくなってからも荷役ができるのではないかと、それに使わない時はどこかに貸し出せばいいし」

要子は夫の言葉を聞いて、この人は計算に長《た》けた人だ、と思った。

「そうですね。それなら贅沢《ぜいたく》と思われることはありませんね」

「あなたは何かありませんか」

「私ですか……。あっ、そうだ。もしできることなら古いミシンを買っていただければ嬉しいです。私、裁縫が得意で何でも縫う自信があります。ミシンがあれば近所の縫い物の注文も受けられます」

「ミシンですか。それはいい……」

どちらを買うかは決めなかったが夫は少ない給与から貯金をするように要子に言った。二人が考えていたほど金はたまらず一年と半年かかって、夫は自転車の中古を見つけて買ってきた。

「明後日、休日を貰いました。結婚して初めての休日です。三人でどこかに出かけましょう」

「本当ですか。それなら私、美味《おい》しいお弁当を作ります」

当日の朝早く、まだ夜が明け切らない時刻に家を出発した。戦時下、若い夫婦が子供を連れて遊びに行く姿を見られては大変だと思った。

要子は夫の漕ぐ自転車の後部席に娘を抱いて乗った。春の暁の風が頬に心地よかった。

「少し速度を上げるよ」

宗次郎に言われて、要子は夫の腰に手を回した。娘は腕の中で驚いたように目を開いている。

「気持ちがいいね、ヒロミちゃん」

要子は娘に声をかけた。

ちいさな坂道をいくつか越え、峠をゆっくりと登り切ると、やがて前方に瀬戸内海がひろがった。朝日が昇ろうとしていた。

「まあ綺麗……。こんな綺麗な海を見るのは初めてです」

「寒くはありませんか。ヒロミは大丈夫ですか」

「はい。ヒロミも嬉しそうです」

自転車はそこだけ原っぱになった場所を進んだ。潮の香りと草の匂いがした。

宗次郎が自転車を止めた。弁当の入った包みと水筒を手に宗次郎が前を歩き出した。海からの風が宗次郎の髪を揺らしている。

前方に岩が見えた。その岩に宗次郎は上がり、要子に手を差し出した。

岩の上に登ると海はさらに大きくひろがった。

「こんな場所があったのですね」

岩の上に立つとこころが清々《すがすが》しくなった。

「以前、此処《ここ》に会社の上司ときたんです。その時、いつか誰かとまた此処に来たいと思っていたんです」

要子は海を見つめる夫の顔を見上げた。

いつか誰かと……。その誰かを、この人は私に決めてくれたのだ、そして、そのいつかが今なのだ。だからこの人は父に何度も頭を下げにきてくれたのだ……。

弁当を開いて食べはじめると春の陽差しが三人のいる岩だけを抱擁してくれているかのようにやわらかな光に包まれていた。

食事を終えて夫がお茶を飲みはじめると、要子はヒロミに乳を与えた。

宗次郎が立ち上がった。

大きな手を空にむかって突き上げ、岩の前方にゆっくりと歩いた。そして大声で話しはじめた。

「私はこれからずっと懸命に働きます。あなたはたくさん子供を産んで下さい。そして子供たちを育てて下さい。男の子が生まれたら私が行けなかった学校に行かせましょう。私は懸命に仕事をして、私たちの家の土台を作ります。いい仕事をしてお金もしっかり残しましょう。その土台の上に、私たちの息子が次の大きな仕事をしてくれるはずです。頑張って生きて行けばきっとそうなると思います。ねぇ、そうでしょう」

夫が要子を振り返った。

「ええきっとそうなりますよ」

要子も大声で答えた。

春の光の中で宗次郎の身体がさらに大きく見えた……。

――この人が今話してくれている夢がいつか実現する日がくれば、その日はどんな日なのだろうか……。

要子は何十年も先のことをしっかりと考えている宗次郎が頼もしかった。

――この人に出逢えてよかった……。

要子はこころからそう思った。

翌日の午後、父と宗次郎が一緒に帰ってきた。二人ともどす黒い顔をしていた。

母はすぐに食事の支度をした。

要子に風呂を沸かすように言った。

二人はかまわず洗い場に行き、上半身裸になり、身体を拭きはじめた。

夫が父の背中を拭いていた。父の顔にはあきらかに疲弊の色が出ていた。

二人は何も言葉を発さずに食事を摂った。

「あなた、床が敷いてあります。少しお休みになっては……」

「いや、もうすぐ人が呼びに来る。塩田事務所に出かけなくてはいけない。宗次郎君と少し話があるので……」

「わかりました」

母も要子も部屋を出た。

二人は長い時間話をしていた。

表戸が大きな音を立てて開いた。母が玄関に出た。

「どうしたの、吾郎さん。それ……」

母が声を上げた。その声を聞いて皆が玄関に飛び出した。

玄関に衣服を血で染めた吾郎が立っていた。

「どこをやられた?」

父が吾郎を抱き上げた。

父の声を聞いた途端、吾郎はがっくりとうな垂れて腕の中に倒れ込んだ。

声をかける父に母が駆け寄り、弟の身体を探った。

夫の宗次郎が吾郎をかかえて奥に運んだ。要子は洗い場で桶に水を汲み母に渡した。

横たわった弟の衣服を母が脱がせて身体を拭いていた。宗次郎が弟の怪我の具合いを調べていた。

「殴られてはいますが、ひどい傷はないようです」

宗次郎の言葉に父はうなずき、弟の肩を揺さぶって訊いた。

「しっかりしろ。何があったんだ」

吾郎は目を閉じたままだった。ようやく目を開けた吾郎が父に事情を話した。

吾郎は軍需工場で独立解放組織の集会に出て委員に任命されたという。数日前から軍需品の略奪が頻繁に起っていたので、それを皆で守っていた時、工場が三十人余りの男たちに襲われた。相手の中には何人かのヤクザがいて日本刀を振り回してむかってきたので大騒ぎになり、騒ぎに巻き込まれて負傷したという。

「その相手は日本人か」

父が訊くと吾郎はうなずき、あとから巡査が来て、泥棒だと訴えると逆に殴られた、と言った。

「おまえが一緒にいた、その独立がどうのというのは誰が言い出した?」

「刑務所から釈放された人で……」

「名前は？　日本人か、朝鮮の者か……」

吾郎は首を横に振った。

「どこの誰かもわからん奴になぜついて行った」

「僕たちを解放し、独立させて……」

「馬鹿者、二度と家を出るんじゃない。もしもう一度……」

「あなた、吾郎も疲れていますし……」

母が父にすがるようにした。

父は大きく息をはいて、隣室に行った。宗次郎が父を追った。

母は弟の手を握り、涙を零していた。

「僕、解放組織の委員に任命されたんだよ。一番若い僕がだよ……」

要子は弟を叱りつけたくなったが、母の顔を見て我慢した。

吾郎はまた目を閉じた。

「この子は人を信じてしまう子だから……」

母は言って、要子に弟の着換えを持ってくるからと立ち上がった。

こんなに毎日、いろんなことが起きると何を信じていいのかわからなかった。戦争が劣勢なのはわかっていたが、それでも三日前までの日々にはたしかなものがあった。国が敗戦するだけでこんなに何もかもが混乱するとは思ってもいなかった。

八月十五日の敗戦から一ヵ月余りの間に日本統治下で日本に渡ってきた朝鮮人、台湾人、中国人などが日本全国に七十余りの独立、解放の新しい組織を起こしていく。

障子越しに隣室からの父と夫の話し声が聞こえた。

また母の声が聞こえた。

『父さんのおっしゃるとおりに従っていくのが家というものだから、おまえもこれからは宗次郎さんが決めたことに従っていけばいいのよ』

嫁ぐ日の前夜、母が要子に言った言葉がよみがえった。

障子が開いて宗次郎が出てきた。

要子は夫の顔を見上げた。

「おまえとヒロミはここにいなさい。私は義父さんと出かけてくる。吾郎君を外に出さないようにしてくれ」

「わかりました。握り飯か何かをこしらえましょうか」

「そうだね。私は一度家に戻って様子を見てくるから」

夫はそう言って足早に玄関にむかった。

要子が玄関先に出ると、家にむかって走り出している夫のうしろ姿が見えた。軍需工場の方から黒煙が上がっていた。


九月に入り、街はいったん騒ぎがおさまり、平穏に戻っていた。

ちいさな騒動や小競り合いが日本人と朝鮮人、台湾人との間であったと噂が出たが、父は塩田所に出て仕事を再開していた。

宗次郎は父から塩田にくるように言われたが、荷役場で仕事をしたいからと断わり、朝早くに出かけ遅くに戻ってきた。

九月上旬の晴れた日、要子は初めてアメリカ兵を見た。娘を抱いて、軍需工場へ続く引込み線沿いの堤道を歩いていた時、背後から聞き慣れないエンジン音がした。振りむくと砂煙りを朦々《もうもう》とあげながら車がむかってくるのが見えた。車影は夫が運転するトラックとは違っていた。見る見る要子の立つ場所に近づいてきた。要子は思わずヒロミを抱き締めた。急ブレーキをかけて二台の車が停車した。一台の車がバックしてきた。車には四人の兵隊が乗っていた。日本兵の軍服ではないと思った瞬間、要子は彼等がアメリカの兵隊とわかった。白い肌をした兵隊たちが要子を見ていた。一人は白い歯を見せて笑っている。要子は足がすくんで動けなかった。

要子の立つ堤道と車が停車した道の間には小川があった。

「すみません。お母さん」

中の一人が奇妙な発音の日本語で話しかけた。

日焼けしたその兵隊は日本人に似ていた。

「お母さん、港はどっちですか」

——港？

「三田尻の港です。どっちですか」

要子はやっとの思いで右手を上げ港の方角を指さした。

「サンキュー、ありがとう」

すると隣りにいた兵隊が白い袋を要子にむかって投げた。

「サンキューマミー、プレゼ……ベイビー」

白い袋は要子の足元に落ちて小川に続く斜面に転がった。

車は猛スピードで走り去った。

要子は娘を抱いてその場にしゃがみ込んだ。

最後に声をかけた若い兵隊の笑顔が目に残った。小川の縁に兵隊が投げた白い袋が引っかかっていた。

母は要子が見せたバターの缶を見て顔をしかめて言った。

「こんなものを貰うなんて、父さんに見つかったら叱られますよ。すぐに捨ててきなさい」

「でも母さん、このバターも砂糖もしっかりしたものよ。私はあの人たちに道を教えてあげただけだもの。お礼にくれたのよ」

「どうしてあなたにそれがお礼だとわかるの。たくさんの日本の兵隊さんたちを殺した人たちからものを貰うなんて……」

「あの人たちは悪い人には見えなかったわ」

「ともかく捨ててきなさい」

障子戸が開いて吾郎が入ってきた。

「何をもめてるの?」

要子はあわててバター缶と砂糖の袋を仕舞おうとした。

「何だい、見かけないものだね」

吾郎がバター缶を取った。

「どうしたのこれ?」

要子も母も返答しなかった。

「もしかしてアメリカ軍がやってきたの?　そうなんだね。どこ?　どこにいるの……」

「……引込み線沿いの道に二台の車に乗ってきて港の方に走って行ったわ」

吾郎が目をかがやかせて立ち上がった。

「待ちなさい。どこに行くの」

「アメリカ軍がきたんだろう。解放軍だよ。日本人は皆屈するんだよ。僕らを解放しにきたんだよ。すぐに独立解放の人たちに報せて上げなくては……」

「いけません。父さんに言われているでしょう」

「父さんはわかってないんだよ。もう日本人は何の力もないんだよ。父さんのようにまだ日本人の下で働いていては一緒にアメリカ軍に捕まってしまうよ」

「勝手なことを口にするのはやめなさい。父さんがなさってることに逆うことは許しません」

「母さんも父さんもわかっていないんだ。他の街では新しい組織が次から次にできて彼等の手で新しい国をつくりはじめてるんだ」

「吾郎、それ以上、馬鹿な話をするのはやめなさい。父さんがどんな思いで私たちを守ろうとしているか、あなたはわかっているの」

母の声を聞いてか、奥の部屋で眠っていたヒロミが泣き出した。

「吾郎さん、いい加減にしなさい。母さんの気持ちを考えなさい」

吾郎は口をへの字にしてうつむいた。

その夜遅く、宗次郎が二日振りに帰ってきた。

日焼けして元気そうだった。

「義父さんは？」

「今夜も帰れないらしいわ。塩田所の方がいろいろあるみたい」

風呂に入れ、簡単な食事を用意すると、吾郎がやってきて宗次郎に街の様子を訊いた。

「軍需工場には行かなかったの」

「あの工場にはもう人はいませんよ」

「えっ、どうして？」

「略奪がくり返されて何人かが警察に連れて行かれたからです」

「誰が？　独立解放の人たちなの」

「私にはそういう人たちのことはわかりませんね。ただあなたはあそこに居なくてよかった。何人か死んだ人もいるという話です」

「えっ……」

吾郎の顔が青くなった。

「吾郎君、たしかに日本は戦争で負けましたが、日本を倒したのは私たちじゃないんですよ。アメリカが勝ったんです。北海道の方じゃソ連兵が入ってくるって大変だそうです。勝った国で日本を取り合うかもしれないんですよ。私は独立だとか、解放だとか難しいことはわかりませんが、今は自分たちの身を守ることが一番大事なことでしょう。私たちが騒ぎ続けたら日本人だって黙っていないでしょう」

要子はしばらく逢わないうちに夫がかわったような気がした。

今までなら吾郎に対して宗次郎はこんなふうにはっきりとものを言わなかった。

「でも日本人は大勢の同胞を強制的に連れてきて苦しい労働を……」

「吾郎さん、やめなさい。宗次郎さんは疲れていらっしゃるの」

「でも姉さん、僕たちは」

弟の言葉を遮るように宗次郎が箸《はし》を卓袱《ちゃぶ》台の上に音を立てて置いた。

宗次郎が吾郎を睨みつけた。そんな目を要子の家族にしたのも初めてだった。

「吾郎君、今、この家を日本人が襲ったらどうするんですか。この家のどこかに塩が隠してあると誰かが噂を立てればすぐにやってきますよ。大勢で押し込まれたら義母《かあ》さんやうちのは、子供はどうなります。今は日本中がそういうふうになっている」

「そ、それは……」

「部屋に戻りなさい。早く戻るんです」

要子は声を荒らげて言った。

吾郎はすごすごと部屋を出て行った。

宗次郎は黙って夕食を続けた。

要子は茶を出し、昼間、アメリカ兵から貰った袋を出して夫に見せた。

宗次郎はバター缶を開け匂いをかぎ、指先で舐《な》めた。

「これでは戦争に負けるはずだな……」

宗次郎は独り言のように言った。

「お義父さんは戻ってこないのか」

「ええ、母さんが様子を見に行こうかと言ってましたが、使いの若衆が来て、家を動かないように言われたので」

「塩田所の方をうろうろしない方がいい」

翌朝、家に男が二人、宗次郎を迎えにきた。

一人は短髪の男で清水権三と名乗り、要子に丁寧に挨拶したが、もう一人は人相が悪く要子の身体を舐めるような目で見た。

「危ないことはなさらないで下さいね」

要子が宗次郎に弁当を渡しながら言った。

「義父さんのことで何かあったら、あの清水という人の家が問屋通りの手前にある。そこに彼の家族がいるから私を呼んでくれと伝えるんだ。二、三日、帰れないからな」

「わかりました」

宗次郎はヒロミの頬を指先でふれると白い歯を見せて笑った。


父は驚くほどやつれて家に帰ってきた。

母は父の顔を見て、声を上げそうになり、あわてて口元をおさえた。

要子は父を送ってきた顔見知りの若衆に訊いた。

「塩田所で何があったのですか」

若衆たちは黙りこくって何も返答しなかった。明日、迎えにきますから、と告げて重い足を引きずるようにして引き揚げて行った。

床を敷いて、母は父に休むように言ったが、父は、酒を一杯持ってくるように言った。母は顔をしかめたが、吾郎がすぐに台所に行きグラスに入った酒を持ってきた。

父はその酒を一気に飲み干し、口元を手で拭った。

「明日、主だった連中をここに集める。吾郎、これから星野の家に行き、わしが今から言うことを伝えなさい。次の連中だ。金本、光岡、花川、……」

父の口から出た人たちの名前は朝鮮から来て塩田所や他の工場、工事現場で働いている人たちだった。どの人も要子や吾郎が子供の頃から知っている人たちだった。

「朝鮮に帰ろう……」

父がちいさな声で言った。

母も、要子も、吾郎も父を見た。

「朝鮮に帰って一からやり直しだ。この国にはわしたちが暮らしていける場所はもうない。皆して朝鮮に帰ろう」

そう言ってから父は両手で顔を覆って、

「九番組の者に済まないことをした。わしがしっかり見ていてやらなかったばっかりに……」

と嗚咽《おえつ》した。

要子は、父がこんなふうに涙を流すのを生まれて初めて見た。吾郎も父を見ていた。

——何があったのだろう?

要子は塩田所でよほどのことがあったのだと思った。

「あなた、少しお休みになって下さい」

母は父を抱きかかえるようにして寝所に連れて行った。

吾郎が興奮した顔で要子を見た。

「姉さん、父さんの言ったことを聞いただろう。僕たち祖国に帰るんだね」

母が戻ってくると、弟はうわずった声で、母さん、僕たち祖国に帰るんだね、ようやく帰るんだね、と同じ言葉をくり返した。

「あなたは早く星野さんの家に連絡してきなさい。それと星野のおばさんに時間があったら家に来て貰えないかと伝えて」

吾郎が家を出ようとすると、母は星野の家に干物を届けるようにと弟に持たせた。母は夕闇の中を駆け出した弟のうしろ姿を心配そうに見ていた。

「母さん、塩田所で何があったの？」

「…………」

母は何も答えなかった。

「宗次郎さんも明日家に呼んでおいた方がいいでしょう」

「じゃ私、今から行ってくる」

「明日の朝に吾郎に行かせなさい。お腹の赤ちゃんは大丈夫なの」

「ええ、とても元気よ」

母は要子のお腹を見て、ちいさくうなずいた。

すぐに星野のおばさんがやって来た。

「主人があんなに疲れて帰ってきたのは初めてです。塩田所に何があったのか知っていますか」

星野のおばさんは父の遠縁にあたる女性で塩田所の事務所で働いていた。

「金古さんから何も聞いてないの」

星野のおばさんは要子たちが塩田所の事情を知らないのに驚いていた。

それは話の途中で母が要子に席を外すよう言い出すほど悲惨な出来事だった。

塩田所の労働者は敗戦が決まったものの会社から仕事を続けるように言われた。賃金も今までどおり出すと約束された。しかし一部の労働者が待遇改善を要求し、仕事をボイコットした。父は彼等と会社の間に入って交渉を続けた。ボイコットしている人たちは九番組と称される労働者で日本に連れてこられて間もない人たちだった。その中に労働争議のプロパーが入り込んでいた。彼等は強硬だった。父は辛抱強く説得を続けたが、二日前に倉庫の塩を運び出した者が出た。それもトラックを乗りつけての略奪だったから計画性がうかがえた。

父は労働者の中に犯人はいないと主張し、事件の真相を突き止めるから時間を与えてくれと会社に申し出たが、会社は警察を入れた。その警察の中に元憲兵が混じっていた。

九番組が取調べを受けた。父はそれを聞いていなかった。警察は強引に取調べをし、五人が自供したので、その場で五人を射殺した。

父は激怒し、所長に詰め寄った。ところが逆に父に対して所長は監督不行き届きと塩の略奪に対して疑いをかけてきた。塩田所内は騒然となった。五人の仲間を殺された新規の労働者の中には父と会社が結託して取調べをし仲間を殺害したと言い出す者もいた。

「そんなひどいことが起きてたの……」

母は父が寝ている寝所の方を見ながらため息をついた。

星野のおばさんは沈んだ声で言った。

「あんなに信頼していた所長さんが金古さんにはっきりおっしゃったそうよ。ここで働いている朝鮮人の反抗分子は私の判断で殺してもいいように最初から規則にあるんだってね。金古さんは所長さんの顔をじっと睨み付けたまま黙って事務所を出られて、一番組から五番組までの人を集めて、五人の埋葬をしてやるように言われたそうよ」

母が唇を嚙《か》んで泣くのを我慢しているのがわかった。

「そ、その人たちに家族はあったの……」

「九番組はおかしな人の集りだったから、ほとんどが独り身で連れてこられた人ですよ。埋葬に行った時もひと揉めあったと言ってたわ。もうこの国におってもしようがないんじゃないのかね」

吾郎が汗だくの顔で帰ってきた。

ともかく明日、と母は星野のおばさんに言って彼女を見送った。

翌日の昼前に家の裏手の空地に五十人を越す人が集まった。

時折、怒鳴り合う声がした。その度ごとに父の声がした。

要子は母から外に出ないよう言われたので弟と二人で部屋にいた。吾郎は窓を少し開けて外の様子をうかがっていた。

朝鮮語がわからない吾郎には話し合われている内容は理解できないはずだった。

話し合いは三時間も続いた。奥の部屋には女たちが集まっていた。要子がヒロミを抱いて挨拶に行くと皆がかわりがわりにヒロミを抱いてくれた。

「次の児はいつね。そうもう来月ね。元気な男の子を産めるとええね」

「高山さんを港で見たけどええ男っ振りじゃね。赤ん坊を産んだらまた可愛いがって貰わんとね」

ハッハハハと女たちの笑い声が部屋の中に響いた。

外では男たちが生きる道の選択で侃々諤々《かんかんがくがく》の話し合いをしているというのに女たちは誰も陽気である。

「高山さんはええ男じゃから朝鮮に帰ったら目を光らせにゃいかんよ」

またドッと笑い声がした。

「大丈夫よ。ヨウちゃんは美人じゃし、亭主の方が一目惚れしたものね」

母は目をしばたたかせて女たちの話を聞いていた。

「た、た、大変じゃ」

吾郎が血相をかえて部屋に入ってきた。

「表の方に棍棒やら鳶口《とびぐち》を持った男が父さんを出せと言って詰めかけとる」

「誰かね、塩田所の会社の連中かね、あいつら許せん」

女たちが立ち上がって表に飛び出した。

母があわてて裏手に行った。要子は表を見た。三十人余りの労働者風の男が家の前に屯ろして大声を上げていた。風態の良くない刺青をした男たちもいた。

裏手から怒声がした。大勢の人が駆け出す靴音が続いた。

金古を出せ、金古はおるか、と男たちは怒鳴っていた。

父があらわれた。父を囲むように塩田所の各番組の人が立ち並んだ。

「何をしにきた？」

父が声を上げた。

「おまえが塩田所の日雇を煽動しとるんだろう。俺たちは会社に頼まれて日雇を取り戻しに来たんじゃ。黙ってそいつらを渡せ」

星野さんのお父さんが一歩前に出て言った。

「おまえたちはどこの者か。わしらは別に金古さんに言われて塩田所に出とらんのではない。塩田所どころか、この国を出て行くかどうかを話しおうとるところじゃ」

「そんな勝手なことはさせんぞ」

「何が勝手じゃ。日本は戦争に負けたんだぞ。その日本人がわしたちに命令ができるとでも思っとるのか」

「おまえたちと塩田所は契約を交わしとるんじゃ」

「最後にわしたちを殺してもええという契約書か。その契約書で何人の人間が死んだかわかっとるのか。ふざけたことを言うと、この場で叩き殺すぞ」

星野さんが声を張り上げた。

「そりゃ、こっちの科白《せりふ》じゃ。腕ずくでも言うことを聞かせるぞ」

「待て、待つんだ」

父が睨み合っているふたつの集団の間に入った。そうして家の方を振りむき、

「争いをしてはならん。ここで悶着を起こしたら会社の連中の思う壺だ。必ず警察がくる」

「警察が何ですか。いつまでも日本人の言うなりになってはおれん」

数人が前に進み出た。

「待て、待つんだ」

父が彼等をおさえようとした。だが父はすぐにその場に倒れた。一人の棍棒を手にした男が突進してきて背後から父を殴り倒していた。それをきっかけに五、六十人余りの人間が入り乱れて争い出した。父を抱きかかえた若衆が玄関に入ってきた。母が駆け寄った。頭から血が出ていた。玄関のガラス戸が音を立てて割れた。

「何をするんだ」

吾郎が玄関を飛び出した。

「待ちなさい、吾郎」

要子が叫んだが、吾郎は争いの中に突進して行った。

砂煙りが上がり、殴り合う者や丸太棒を振り回す者もいた。何人かが地面に倒れていた。

その時、銃声がした。皆が動きを止め、皆が地面にひれ伏した。もう一度、銃声が響いた。大半の人が身をかがめた。次の銃声がしたとき、日本刀を手にした男が立っていた。地面に閃光《せんこう》が走った。

「その日本刀を捨てろ。今度はどてっ腹を狙うぞ」

男はあわてて刀を地面に放った。

「おい、おまえもじゃ」

二人の男が銃を構えていた。

「とっとここから失せろ。今度ここに来たら次は死人が出るぞ」

甲高い声を出して相手に詰め寄ったのは宗次郎だった。もう一人の男は先日、挨拶した清水という男だった。


要子はその夜、ヒロミを連れて家に戻った。

実家には昼間の事件で各番組の衆が寝ずの番をするようになり、騒々しくなったのでヒロミが落着かないから家に帰ると、要子は両親に言った。

それは表向きのことで、あの騒ぎの中で拳銃を撃った宗次郎に対して父が驚いたからだった。母も動揺していた。

それは要子も同じだった。しかし騒ぎがおさまってみると怪我をしていたのは番組の衆ばかりで腕や肩を斬られて深手を追っている人もいた。あのまま騒ぎが続いていれば死人が出たかもしれない。

宗次郎のやり方が良かったかどうかはわからない。でもあの状況で他に騒ぎをおさめる方法があったのかどうか……。

誰が片付けたのか、家は綺麗に掃除がしてあった。

やすらかな顔をして蒲団に眠っているヒロミを見て、要子はやはり自分の家が一番落着くと思った。

宗次郎が清水という男と土間に荷を入れていた。真新らしい木箱が積み上げられて行く。

「これで全部です」

清水が宗次郎に言った。

「そうか、ご苦労だったな」

「じゃ私はこれで、奥さん、失礼いたします」

清水が深々と頭を下げた。

「清水さん、昼間は本当に有難うございました。どうぞお茶を入れますから」

「いや、女房が待ってますんで。それと奥さん、清水さんはやめて下さい。権三と呼んで貰えば、私も楽なんで……」

「ありがとうよ、権三さん」

宗次郎が笑って言うと、権三は照れたように頭を掻いてぺこりとまた頭を下げて出て行った。

「いい方ですね」

「ああ、いい男だ」

「すぐに食事の準備をします。風呂はもう沸いていますから、どうぞ」

「うん……」

宗次郎はそう言ったきり三和土《たたき》に腰を下ろしていた。

「どうかしましたか。どこか怪我でもなさってるのでは？」

宗次郎は首を大きく横に振った。

夫が何かを気にしているふうに見えた。

要子は竈《かまど》の火を入れながら何気ないふうに言った。

「昼間は本当にびっくりしました。あなたがあんなふうになさるなんて考えてもみませんでした」

「えっ」

「私も驚いたよ」

要子は宗次郎を見た。夫は三和土に座ったまま自分の両手をひろげて眺めていた。

「初めて人にむけて拳銃を撃った……」

――そうだったのだ……。

要子は少し安堵《あんど》した。

「手が熱くなるもんなんだな。夢中だったからな。あの連中が義父さんの家に殴り込むということを報せてくれたのは権三さんだ。私が急いで家にむかおうとすると権三さんは一人、二人が加勢しても手に負える連中じゃないと言った。それで智恵を貸してくれて、ああしたんだ」

「拳銃もあの方が」

「いや、あの銃はおまえも知っている荷役の監視に来ていた将校の伊豆少尉さんが敗戦の日にもうこんなもんはいらないと言って海に捨てようとしたので、それを貰い受けた。その時、伊豆少尉さんから手ほどきを受けて、海面にむかって二発撃ったきりだ」

「清水さんも持っていらっしゃいましたね」

「あの人は何でもできる人だからな……」

そう言って宗次郎は要子を見て言った。

「心配しなくてもいい。元々は漁師で若い時にぐれていたという話だ。ちゃんとした人だよ」

「ええ、それは見ればわかります。やさしい方だということが……」

「義父さんと義母さんは驚いただろうな」

「そんなことはありません。両親はあなたのなさったことに感謝しているはずです。私からも、このとおり、お礼を言います」

「二度とあんなことはしないから」

宗次郎は要子を見てちいさくうなずいた。

要子は口元に笑みを浮かべて、

「さあお風呂に入って下さい。美味しいものを作りますから」

宗次郎が立ち上がって要子に歩み寄った。

「お腹の子はどうだ？」

そう言いながら肩にふれられると要子は思わず夫の胸に顔をつけた。

夫の匂いがした。その匂いをかいだ途端、鼻の奥が熱くなり、ふたつ、みっつ涙が零れ落ちた。

「心配をかけたな。もう大丈夫だ」

要子は返答すると泣き出してしまいそうで何度もうなずき返した。

二章

母が家にやってきたのは二日後の昼過ぎだった。

母の顔は少しやつれたように見えた。

「母さん、大丈夫？」

「ええ、私は大丈夫。父さんの方が少し心配だけど。やはり所長さんたちのことが辛かったんでしょう」

要子は父の動揺がわかる気がした。二十年、父は日本人とともに生きてきた。朝鮮から大勢の人たちを連れてきて、仕事を覚えさせ、日本の姓名を与え、日本人として生きることを自分にも部下たちにも課してきた。日本人労働者とは、給与、待遇の面で差はあったが、会社側と交渉し少しずつ改善もしてきたし、強制的に労働をさせたことは一度もなかった。九州、山口、広島などの他の街では炭鉱や工場でひどいことが行なわれているのは知っていた。しかし父は持ち前の粘りと人柄の善さで理想の職場をつくったと自負があったはずだ。

日本人と諍《いさか》いを起こしたり、不平不満がある人たちに父はいつも言い聞かせていた。

「たしかに最初は属国の民だったが、新しい法律でわしたちは新国民として迎え入れられているんだ。わしは祖国を捨てて服従しろと言ってるんじゃない。日本は東亜をおさめている国だ、ここには祖国と違って仕事がある、家族を持ってもいい、生まれた子供たちは日本の教育も受けられる。わしたちは新しい国民なんだ」

父はそれを自ら実践してきた。要子も吾郎も日本人としての教育を受けさせたし、日本の生活慣習もすすんで暮らしに取り入れた。そのように生きることは父の誇りでさえあった。

新国民として信じていた自分と部下たちに会社は、反抗すればいつでも殺すことのできる権利を持っていると言った。戦争に敗れ、統率する組織を失なってもなお自分たちを牛や馬のように考えていた。

要子にとっても、その事実は衝撃だった。

敗戦で価値観がかわったのではなく、最初からそういう価値観が存在していたのだ。

終戦の時点で日本及び統治下の国々に金古家と同じ立場の人たちが二百十万人いた。その人たちがすべて、今の要子たちと同じように混乱し、不安を抱いて生活していた。

「父さんは朝鮮に帰ることを決心されました。塩田所の各番組の人たちもほとんどの人が父さんの意見に従うようです。それで父さんは宗次郎さんに逢いたいと言ってらっしゃるの。宗次郎さんにも一緒に帰ることをすすめたいのだと思うわ」

「………」

要子は何も言わなかった。

「こんなふうになってしまうと皆が一緒に行動する方が母さんもいいと思うわ。ただあなたはお腹の赤ちゃんのことがあるし、子供が生まれた後でもいいのではないかとも思っていらっしゃるみたい」

「もう準備をはじめているの」

「ええ、星野さんや花村さんの家では隣り街の親戚の人たちに集まるように報せに回っていらっしゃるわ」

「帰るのは何日《いつ》のことなの」

「父さんは皆の準備ができ次第すぐにでも出発すると言ってらっしゃるわ。下関には帰国を希望する人たちが何万人と集まって船に乗る順番を待っているそうよ」

——そんなに急なことなのだ……。

母はこれから挨拶に回る家があると言って、家を出た。母が帰国の準備をはじめているのがわかった。

その夜、宗次郎が戻ってきた時、要子は夫に母が昼間訪ねてきたことと父の意向を伝えた。

夫は要子の話を聞いてしばらく黙り込んでいたが、要子の顔をまじまじと見つめて言った。

「私はこの国に残ろうと思う」

——やはり……。

と要子は思った。

要子は宗次郎の目を見返して言った。

「わかりました。では明日、私が父にそれを伝えてきます」

「いや私が行って話そう」

「私も一緒に行っていいですか」

「ああそうしよう」

その夜、要子は寝息を立てている夫のかたわらで眠れずにいた。

父と母は自分のことが心配なのだろう。宗次郎に嫁いだと言っても、すぐそばに両親はいたし、ヒロミのお産の時も母がいてくれたので安心して産むことができた。それ以上に両親は普段から要子たちの暮らしを気にかけてくれた。宗次郎は朝早くから夜遅くまで働き通しで、他の若い男に比べたら何倍も働いていた。それでも給与は少なかったし結婚当初、生活は苦しかった。母が食材を持ってきてくれたり、古着を見つけて届けてくれたことでおおいに助けられた。

あれは結婚して一ヵ月が経った夜のことだった。

夫の上司で運転手仲間の下田さんに子供が生まれ、その祝いの宴をするから家にきてくれと会社の人が報せにきた。仕事を終えて帰った夫にそのことを告げると、夫は困った顔をした。

「どうしたのですか」

「下田さんの家は口うるさい祖母《ばあ》さんがいて、しきたりに厳しい家だから、何か祝いを包んで行かなくてはならない。けど今家には包む金が一銭もない……」

「どうしましょうか」

「どうしたらいいかな」

要子は実家に行って借りてこようかと思ったが、それを夫に言えなかった。

二人が思案していた時、表で声がした。昼間、宴のことを報せにきた会社の人の声だった。

夫はすぐに灯を消した。

「高山君、高山君いるのか。そろそろ下田さんの家に行こうと思うんだが、……」

二人とも闇の中で声を立てず、ひそむようにしていた。

ようやく相手が立ち去ったが、二人は灯を点けずにじっとしていた。

三十分もしないうちにまた表戸を叩く音がした。今度は会社の別の人だった。呼びに行くように言われたのだろう。

「高山君、高山君、皆待ってるぞ。居ないのかい」

足音がして相手は家の中に入ってきそうな勢いだった。要子は思わず夫のそばに寄った。夫の手が要子を抱き寄せた。立ち去る気配がして二人は押し入れの中に隠れた。

一時間すると、表戸を強く叩く音がした。

「高山君、わしの子供を見てくれよ」

下田さん当人の声だった。

二人は押し入れの中でじっとしていた。要子は切なくなって涙が零れ出した。夫は身体を固くして息を殺していた。

それ以来、要子は二度とこんなことが起きないようにいざという時のお金を準備しておこうと思った……。

今は何とか暮らして行けるようになり、少しの貯《たくわ》えもある。でもこの暮らしが敗戦の前のように続く保証はなかった。考えはじめるといろんなことがさまざまな不安になった。

両親と離れることも不安だったが、赤児の時に一家で日本に渡ってきた要子にとって朝鮮がどんな国で、そこに宗次郎と自分が生きて行く場所があるかどうかもわからなかった。このまま日本に残って生きる方がいいのかどうかもわからない。でも宗次郎がいてくれさえすればどんな暮らしも耐えてみせる自信はあった。

自転車に乗って、あの丘の上で夫が話して聞かせてくれたことは朝鮮では実現できない気がした。

朝鮮に行っても、日本に残っても不安は同じような気がした。生きて行くということはこうしてどちらかを選択しなくてはならないことなのだろう。

要子は寝息を立てている夫の顔を見た。

あの騒ぎの中で、拳銃を撃ち、今まで聞いたこともない大声で男たちに立ちむかっていた夫の姿を見た時、要子は正直、驚いた。気がやさしい人だとばかり思っていた夫の別の顔を見た。拳銃を手に相手を睨み付けた夫を怖いと思ったが、半面、相手に屈せず立ちむかって行く夫を頼もしくも思った。

『私はこの国に残ろうと思う』

夫がそう言った時、要子は、やはり、と思った。

半年前、まさか今のような事態になるとは想像もせず、宗次郎と要子は父とともに生まれたばかりのヒロミを連れて朝鮮に里帰りをした。

父には新しい働き手を引き取りに行く用もあったが、働き通しの娘婿に旅をさせてやりたいという思いもあって二人分の旅費を用意してくれた。

初め夫はあまり気乗りがしていなかったが、船賃と小遣いまで父から渡され、三日の旅に出る決心をした。

父の親戚は総出で二人を迎えてくれた。誰も皆親切だった。ただ親戚の女性の何人かが要子の服装を見て訝《いぶか》しそうな目をした。

要子は父に言われて日本の着物を着て訪ねた。日本にいる時もそうしているので要子には異和感がなかった。

「どうして朝鮮の女がそんなものを着ているの?」

口に出して訊く人に父は笑って答えていた。

「長女は日本の女学校を出ました。息子は天皇陛下の前で剣道の試合に出ています」

父がそう説明すると皆目を丸くして要子を見たが、それはおかしい、と口にする人もいた。

父の生家、親戚が住む村と夫の生家がある場所は広い潟を隔てたむかいにあった。

働き手を引き取りに行くという父と別れて二人は夫の生家を訪ねた。

小高い丘の麓の川が流れている場所に夫の生家はあった。

ちいさな茅葺《かやぶ》きの家だった。

夫は家を見た途端、口元をゆるめて要子に、あれだよ、と言った。要子が笑い返すと夫が歩調を早めた。

見ると家の庭先で一人の女性がしゃがみ込んで仕事をしていた。夫が、オモニ、と声をかけた。その声に女性は顔を上げ、要子たちをじっと見ていたが、駆け寄る夫に気付いて、両手を上げ、家にむかって何事かを叫び、夫に近寄って行った。白いチョゴリが飛び跳ねていた。

——お母さんだ。

要子は目を細めて二人を見た。

二人は抱き合い、義母は泣いていた。

夫が要子を振りかえり手招いた。要子は義母に会釈し、ヒロミを抱いて近づいた。要子が挨拶すると義母は要子の身形《みなり》を見て一瞬、戸惑いの表情を浮かべたが、白い歯をのぞかせて要子に、よく見えてくれました、と言いヒロミを抱いた。

家の奥から男が一人出てきた。左足を引きずるように歩いていた。口髭《くちひげ》をたくわえた男は怪訝《けげん》そうな顔で夫と要子を見ていた。宗次郎の父のようだった。義母が声をかけたが、相手はじっと立ったまま、甲高い声で宗次郎にむかって言った。

「その女は誰だ？」

相手の表情にはあきらかに嫌悪が感じられた。

夫は、アボジィと声を出し、要子を指さして自分の妻だと言った。

「おまえの妻がどうして日本の衣服を着てるんだ」

義父は怒ったように言って家の中に戻ってしまった。すぐに義母が追いかけた。

「あなた、私、衣服を着換えます」

「いや、いいんだ。アボジィはお酒を飲んでいる。話せばわかるよ。ここにいなさい」

家の中から義父の怒鳴り声が聞こえた。夫が家に入っても怒鳴り声は止まなかった。しばらくして夫が出てきた。

「何を言ってもわかって貰えん。せっかく孫を連れてきたというのに。引き揚げよう」

要子はどうしていいかわからなかった。着物を着てきた自分の考えの浅さを恥じた。家から出てきた義母に要子は詫びた。義母はうなずきながら義父は酒を飲んでいて要子のことがよくわからないのだ、許して欲しい、と言って要子の手を握った。

夫と義母はしばらく立ち話をし、義母はいったん家の中に戻り、布袋を手に戻ってきて、それを要子に渡した。義母は目を細めてヒロミを見つめ、名前を訊いた。要子がヒロミと告げると、ヒロミや、ヒロミやと孫娘の頬を撫でた。家の方から怒鳴り声がした。義母は要子の手を握り、息子をお願いしますと、頭を下げた。

要子は何度もうしろを振りかえり、手を振る義母に応えた。坂道を乗合い馬車の停留所にむかって歩いて行くと、坂上から鍬《くわ》を肩に担いだ男が一人下りてきた。

「兄さんだ」

夫が言った。

夫が手を振ると、義兄は立ち止まり、夫に気付くと目をかがやかせて駆けてきた。夫が家の方を振りかえり義兄に説明していた。夫の目に涙が浮かんでいた。

義兄が要子を見た。要子が挨拶すると義兄は笑ってうなずき、ヒロミを覗き込んで目を細めた。夫は義兄に用意してきた封筒を渡した。それは夫が半年働いて貯えた金だった。義兄は黙って金を受け取り、夫を慰めるように肩を叩いた。家の方からまた怒鳴り声がした。義兄は険しい顔をして大声で返答し、要子によく来てくれたのに嫌な思いをさせて悪かった、と頭を下げた。そうして次に来る時は違う衣服で来るように言った。

乗合い馬車を待っている間、夫は黙り込んでいた。要子は悲しくなり泣き出してしまった。夫は黙って要子の肩を抱いた。通りすがりの人が奇妙なものを目にしたように要子たちを見て通り過ぎた……。

釜山《プサン》で待ち合わせた父に要子は夫の生家で起こったことを話さなかった。とてもいい人たちでお土産品を貰ったと布袋を父に見せた。

夫は帰りの船の中で、自分がどうやってあの村を出てきたかを要子に話した。

夫は、あの生家の三男として生まれ、子供の時から近所の農家に小作農の手伝いに出された。生家の田畑は、父親が足を悪くしてから酒を飲むようになり、人手に渡ってしまっていた。長兄も次兄も小作農に出るようになった。食べて行くのがやっとの暮らしだった。

夫が十二歳の時、村に日本への出稼ぎ人を探す口入れ業が来て、次兄は小作農をやめ、日本に渡った。やがて次兄から夫に手紙が来て、日本に来れば仕事があるから来いと書いてあった。夫は母と長兄に頼んで日本に渡った。十三歳の春だった。ところが手紙の住所にあった九州の門司の工場を訪ねたがすでに次兄は工場をやめてどこかに行ってしまっていた。

夫はその工場で働きはじめ、十五歳になった時、人の紹介で要子たちの街に来て、沖仲士をするようになった。

「家を出て行く時、片道の船賃を母と兄から貰った。これしかできないと言われた……」

要子は夫の半生を初めて知った。

船の甲板から対馬を眺めている夫の横顔を見て、

――この人は大変な苦労をして日本にやってきたのだ。

と思った。

あの旅のことを要子はよく覚えていたから、夫が日本に残る、と言い出した時も驚かなかった。

要子は夫と並んで実家にむかった。

家を出てから夫はほとんど口をきかなかった。朝から緊張しているのが伝わってきた。

空襲で崩れ落ちた体温計の工場跡の資材置場に一面、秋草が生い茂り、赤い花が海からの風に揺れていた。

「まあ綺麗ですね」

要子は立ち止まって思わず声を上げた。

宗次郎も足を止め一面に咲く赤い花を見つめた。要子が草の中に入った。夫も続いた。

「これと同じ花を、私は子供の頃、村で見た気がします」

「そうなんですか。ケイトウです。ほら、この赤い花のかたちと色が鶏のとさかに似てるでしょう。鶏の頭と書いてケイトウと呼ぶんです。私、この花が子供の時から好きなんです。そうですか……、あなたも子供の時にこの花を見ていらしたんですね。朝鮮の風景は日本と同じですものね。山も海も美しかったですね」

「あなたは朝鮮に行きたいですか」

夫の声が背中越しにした。

「いいえ、私はあなたがお決めになることについていきます。いつか丘の上であなたが話をして下さったように、私はたくさん子供を産んで育てます。私たちの家のことはあなたがお決めになることです」

「義父さんや義母さんと離れ離れになって淋しくはないか」

「ちっとも淋しくありません。私にはあなたとヒロミと、これから生まれてくるこの子がいます」

　そう言って要子はお腹をさわった。

「実家に行った後で一緒に行って欲しいところがあるのですが」

「どこですか」

「覚えていらっしゃいますか。あなたが私のことを尋ねに行かれた津島先生のお宅です。結婚をした時に一度、挨拶に行ったきりで、ご無沙汰しているんです。ヒロミをお見せしたいし、それと先生から布地を譲って貰おうと思っています。もうすぐヒロミも歩きはじめますから、この子にスカートを作ってやりたいんです。このケイトウの色のように真っ赤な布地があればと思います。この子はきっと赤が似合います」

　要子はそう言って、夫を振りむき笑いかけた。

「あなたも新しい服を作ればいい」

　夫の言葉に要子は嬉しそうにうなずいた。

　実家の前には縄でくくられた荷が積み上げられていた。

　顔見知りの道具屋が庭先に出した家具を見ながら手帳に書き込んでいる。若衆が筵《むしろ》をかけた荷に縄をかけている。

　母が要子たちに気付いて、男と話をしていた父に声をかけた。

　父は要子たちに客間に上がるように言った。

　父は少し顔色が戻り、元気そうに見えた。これから大勢の人を連れて国に帰る責任感が父に活力を与えている気がした。

父はいきなり夫に言った。

「宗次郎君、わしたちと一緒に朝鮮に帰ろう」

夫は父の顔を正面から見て言った。

「義父さん、私たちは日本に残ります」

夫の言葉に父も母も驚いたように顔を見合せ、宗次郎と要子を見返した。

父はしばらく夫の顔をじっと見ていた。そうして固唾《かたず》を呑んで祖国に帰らない理由を尋ねた。

「あの国に私の帰る場所はありません」

「それならわしらと一緒に新しい仕事をすればいいじゃないか」

「有難い話ですが、私は自分で仕事をしていこうと思っています」

「…………」

父は黙りこんで、喉の奥から絞り出したような声で、

「そうか、それならしかたないな……」

と言い、要子の顔をちらりと見た。

要子は唇を真一文字にして父に大きくうなずいた。父は力なく視線を畳の上に落した。

それでも父はあきらめ切れないのか、翌日、夫が留守の時に母を家によこして、宗次郎の真意を訊きにこさせた。

要子は母にだけ夫の生家で目にしたことを話した。母はその話を聞きながら言った。

「母さんは父さんの考えとは違うわ。あなたは宗次郎さんについて行くべきです。それが夫婦というものです。ただ父さんはあなたたちが心配なのでしょう。私から父さんによく話しておきま

すから」

そう言ってから母はちいさな包みを要子に差し出した。

「何ですか?」

要子が母の顔を見ると、母は静かに言った。

「もう土地や家財の半分近くを処分しているの。あなたには嫁入りの時、何もしてあげられなかったから……。お金は当てにならないので金の粒に換えてあります。朝鮮に帰ったらもう二度と逢えないかもしれないから。でも大丈夫よ。宗次郎さんならどこにいてもちゃんとして下さるわ。私とあなたが見込んだ人だもの」

要子は鼻の奥が熱くなった。

母はもう自分と二度と逢えないかもしれないことを覚悟しているのだ、と思った。

「出発はいつなの」

「明日、明後日にもと言ってる人もいるし、わからないわ。出発の日が決ったらすぐに報せるわ。身体の方はどう?」

母は要子のお腹を見た。

「平気よ。この子はヒロミより元気な赤ちゃんみたい。きっと男の子だわ」

「そうだと宗次郎さんも喜ばれるわね。私ももう一人男の子を産みたかったけどかなわなかったわ」

「私は産みます。二人でも三人でも男の子を……」

要子が笑って言うと母も笑って頼もしそうに見つめた。

朝鮮の家族には、家長が二人以上の男児を持つことが望ましいという慣《なら》いがあった。特に家の長男に嫁いだ女はそれが使命だった。男の子が一人だけでは、その子が不慮の死を遂げると家系が断絶してしまうからだ。だから妻の身体が弱く子を授からなかったり、女ばかりが生まれると離縁させられることがよくあった。離縁しないかわりに妾婦《めかけ》を持つこともしばしばあった。

まだ出発の日が定まらない日の夕刻、家に吾郎が訪ねてきた。

「義兄さんはまだ帰ってきていないの」

「もうすぐだと思うけど、何かあの人に？」

「何かじゃないよ。姉さんたちはどうしてこの国に残るの。日帝三十六年の圧制と残虐な仕打ちを忘れてしまったのかい。僕たちは祖国に帰ってこれから新しい国を作るんだよ。そうすることが使命だろう」

吾郎は鼻の上に汗を掻きながら言った。

「吾郎さん、そんな話をうちの人の前で決っしてしないで。うちの人はうちの人の考えがあって日本に残ることを決められたんですから。このことは父さんも母さんも納得して下さったのよ」

「姉さんは祖国のことを思わないの」

「吾郎さん、あなたは日本の人からそんなにひどい仕打ちを受けたの。たしかに他の人が辛い目に遭ったのは私も知っているわ。でもそれで日本人が皆悪いってことじゃないでしょう。それに祖国とか、日帝とかいう言葉を急に使うのはよしなさい」

要子が大声を出したので寝ていたヒロミが泣き出した。

その時、表戸が開いて宗次郎が戻ってきた。

手に荒巻の鮭を数本かかえていた。

宗次郎は吾郎の顔を見ると笑って言った。

「どうだね？　引き揚げの準備はすすんでいるかい」

「実はそのことで義兄さんに相談があって待ってたんです」

「吾郎さん、その話をしないでと言ったでしょう」

「でも姉さん……」

「帰ってちょうだい」

要子は声を荒らげた。

宗次郎は二人の様子を見て、

「わかった。吾郎君、話は外で聞こう」

「あなた、いいんです」

要子が言うと、宗次郎はわかっているという目をしてうなずき、外に出た。

二人は一時間余り外で話をしていた。

要子は夫に悪い気がした。

——どうしてあんなに真っ直ぐなのだろうか……。

やはり一人息子として甘やかされて育ったせいのような気がした。要子は同時に自分の気持ちが少しずつ実家から離れ出しているのがわかった。

夫は戸を閉じるなり大きく吐息を零した。

「あなた、すみませんでした」

「かまわないよ。私は吾郎君にとってはたった一人の兄だしな」

要子は夫の顔を見た。夫は笑っていた。


大勢の人が桟橋を取り囲むようにしていた。

千人、いや二千人、もっとその数は多いように思えた。

聞けば、出航する船の当てがなくて何日もここにいる人たちも大勢いるようだった。

要子は岸に群がった人たちを見て、こんなに大勢の人が海を渡ってこの国にきていたのだと、あらためて驚いた。

「大勢の人たちですね」

要子はかたわらに立つ宗次郎に言った。

宗次郎も同じように群衆を眺めていた。

「ほら、こっちだ。あの桟橋だ」

父の声に皆が屯ろしている人を掻き分けて進み出した。

「子供の手を離すなよ。荷物をちゃんと確認しろ。盗まれそうになったらすぐに大声を上げるんだぞ」

「金古さん、少しゆっくり歩いてくれ。後の方が遅れている」

星野さんの声がした。

こらっ、人の足を踏むな、と大声がして、花村さんの奥さんが浮浪者風の男に肩を摑まれていた。その男の襟元を宗次郎が鷲摑《わしづか》みにして野太い声で言った。

「わざと踏んだわけじゃない。許してやってくれ」

浮浪者風の男は顎《あご》を上げ、あわててうなずいた。

桟橋に出るとさらに人垣は密集した。

三田尻からきた金古だ。××丸の者はおるのか、と大声を上げた。人垣のむこうから返答する声がした。

「お義母さんとここにいなさい。吾郎君、うちのを頼んだよ」

宗次郎は言って星野さんと二人で、どけ、どかんかと声を上げて桟橋の突端に出た。

突端の方で何やら口論になっていた。それでもやがて船までの道が空いて、先に幼い子供や年寄りがいる家族が乗船をはじめた。船は二、三十人で一杯になる大きさで、その船で少し沖合いに停泊する貨物船にむかうようだった。

もう五人、船頭が声を上げた。

お義母さん、吾郎君、夫が二人を呼んだ。

「さあ行きなさい」

要子が吾郎を振りむくと、吾郎は身体を震わせていた。

「どうしたの、吾郎さん。母さんと行きなさい」

わなわなと唇が震えている。目には涙がたまって今にも泣きそうな顔をしていた。

「何をしているの、こんな時に」

母が吾郎の背中を抱いて押した。こらっ、勝手に乗るんじゃない。船頭の怒鳴り声がした。見ると海に飛び込んだ男が一人、船縁に手をかけようとしていた。その手を船頭が足で踏みつけた。その様子を見て、乗船していた子供が声を上げて泣き出した。

夫は母を抱きかかえるようにして乗船させ、吾郎に手を差し出した。躊躇《ちゅうちょ》している吾郎の手を摑んで一気に引き寄せ、船に乗せた。そうして夫は船縁を蹴り、桟橋に飛び移った。

船がゆっくりと岸から離れた。

要子は母に手を振った。母が泣いているのがわかった。心配そうな顔をしていた。そんな母の表情を見たのは初めてだった。

「すぐに行くから待っとれ。吾郎、母さんと離れるな」

最後に乗船する父が母と吾郎に声をかけた。

母は何度もうなずき、要子に手を振った。

「要子、要子――」

母が名前を呼んだ時、

「姉さん、姉さん、僕、僕……」

吾郎が絶叫し、いきなり海に飛び込んだ。

あっ、と皆が驚いた時、吾郎は岸にむかって必死で泳ぎ出した。

「何をしとる。引き返せ、引き返すんだ、吾郎」

父が怒鳴り声を上げた。

かまわず吾郎は岸にむかって近づいてきた。船は吾郎を置いて沖の貨物船にむかって行った。

星野さんたちに引き揚げられた弟はずぶ濡れになったままその場で泣きじゃくっていた。

「この馬鹿っ垂れが」

父に叱られても吾郎は子供のように何度も首を横に振っていた。

要子は吾郎のそばに行き濡れた髪を拭ってやり、小声でささやいた。

「吾郎さん、そんなふうにしては父さんと母さんが悲しむでしょう。あなたは天子さまの前で戦った立派な剣士でしょう。こんな恥かしいことをしては笑われるでしょう。次の船にはちゃんと乗るのよ」

吾郎は泣きじゃくりながら、姉さん、姉さんと小声でつぶやいていた。

「わかったわね。あなたは皆の代表でしょう。父さんと母さんと私の自慢の弟なのだからね」

ようやく吾郎がうなずいた。

泣きながら要子の着物の袖を持とうとする吾郎の様子を見ていて要子は涙があふれてきた。夫が近づいてきて要子の肩をやさしく撫でた。

「こんなふうにまでして、こんなにして帰らなくてはいけないんでしょうか」

涙声で話す要子を宗次郎は抱き寄せた。

二度目の乗船で父と二人で船の端に座った吾郎はうつむいたまま顔も上げなかった。

それでも船が沖合いに進むと、

「姉さん、姉さーん」

とたしかに吾郎の声が要子の耳に届いた。

要子は海に背をむけその場にしゃがみこんで声を上げて泣き出した。

夫と二人で三田尻に着き、ヒロミを預かって貰っていた権三さんの家に立ち寄り、我家にむかっていると、要子は急に陣痛を覚えた。

二日後に産婆が元気な女児を抱き上げて要子に見せた。

金古昌浩が同僚、配下の者の家族、六十余名とともに祖国にむかった十月、すでに朝鮮半島は分割占領されていた。

朝鮮総督府が統治していた体制がそのまま米ソ軍によって引き継がれていた。三十八度線以南を米軍が、以北をソ連軍が統治し、やがてソ連軍の指揮の下、金日成《キムイルソン》将軍が平壌《ピョンヤン》に入り、北朝鮮共産党中央組織委員会が創建されていた。一方三十八度以南の統率を守るためにアメリカから李《イ》承晩《スンマン》が帰国した。

一九四六年、朝鮮半島への帰還者の輸送は米軍の協力もあってすでに一年にわたって続いていたが、日本統治時代と何も変わっていない祖国の有様に失望し、日本に戻ってくる者たちも少しずつ増えていた。

日本からの帰還者が続々上陸する釜山ではコレラが発生し、その年の秋までに一万余りの人が死亡した。日本占領軍総司令部、ＧＨＱは日本への再入国者からの伝染病のひろがりを防止するために不法入国船の捜査、逮捕を日本政府に指令した。この指令によって、金古昌浩が娘の要子に孫を見せにくるように望んだこともできなくなった。さらにＧＨＱは朝鮮への帰国を十二月十五日までに完了するように指示し、海峡の船舶航行は軍の統制下に置かれた。

一九四八年八月、南朝鮮の共産化を怖れるアメリカは李承晩を大統領とする〝大韓民国〟政府を樹立させた。同じく北朝鮮では金日成将軍が〝朝鮮民主主義人民共和国〟創建を宣言した。朝鮮半島には主義の異なるふたつの国が誕生した。

帰国した人たちの消息は途絶え、朝鮮半島からのわずかな密航者から知るしかなかった。

その年、要子は次女のヨシミに続いて三女のサトミを出産した。

男児を望んでいた宗次郎は女児の出産に落胆した。それは要子も同じだった。

宗次郎の仕事は順調だった。朝鮮半島の危機もあって海運、造船が盛んになり、三田尻港は活気に満ちていた。

子供が増えたので、ひろい土地を購入し、新しい家を建て、十数名の雇用者と家族も同じ敷地に住むようになった。

夫の仕事が忙しくなって行く中で、要子は米軍にかわって駐留してきた英連邦軍のニュージーランド部隊の兵士の洋服の縫製の注文を受け、クリーニング店も開店させ、そこがニュージーランド兵たちの休憩所になった。

その年の夏、宗次郎は念願の貨物船を購入し、海運業をはじめた。宗次郎は取引先との接待の場にも出かけるようになり、酒を覚えた。従業員はさらに増え、家には人がひっきりなしに出入りした。毎日があわただしく過ぎ、三人の娘たちの世話のために賄《まかない》婦《ふ》とお手伝いの女性が雇われた。

宗次郎は事業が伸びるのに合わせるように恰幅《かっぷく》が良くなり、貫禄がついてきた。周囲の人たちからは〝高山のオヤジさん〟と呼ばれはじめた。

「オヤジさんのお帰りです」

関西方面、四国、九州での仕事を終えて宗次郎が家に帰ってくると若衆の声が家中に響き渡った。

　宗次郎は新しい仕事で神戸に長く滞在していた。

「女将さん、オヤジさんのお帰りです」

　要子は宗次郎の帰宅を聞くとミシン台から立ち上がり、三女のサトミを抱き、ヨシミの手を引いて玄関に小走りにむかった。長女のヒロミと嬉しそうに尾を振って吠え立てる犬たちが家長の帰宅を迎えた。

　宗次郎は飛びついてきた娘を抱き上げると、日焼けした顔で頬ずりし、

「神戸から土産品を買うてきたぞ」

と笑いながら言った。

　娘たちをかわるがわるに抱き上げる宗次郎を見て要子は丁寧に頭を下げた。

「お帰りなさいまし……」

　夫は要子を見て大きくうなずいた。

　神戸のテイラーで仕立ててきた麻地のスーツを着て、洒落た靴を履いていた。

「良くお似合いになりますね」

　要子が言うと、宗次郎は少し照れたような表情をして、

「おまえに頼まれたものは権三が持ち帰っとる」

「ありがとうございます」

「お父やん、私の土産はどこにあるの」

　ヒロミに続いて、片言を話すようになったヨシミが、ミヤゲ、ミヤゲと声を出していた。

宗次郎は家に上ると、東の庭が見渡せる縁側にどんと座り込んで娘たちを膝の上に抱き、その顔を一人ずつ見つめていた。

権三が要子に挨拶し、仕事の報告を簡単にした。

「ご苦労さまでした」

「いや思ったより長くなってご心配をかけました。けれど仕事の方は上手《うま》く行きました」

権三が神戸で購入した布地の束を渡した。

要子はあざやかな色のシルク地を眺めながら、やはり都会にはいい布地があるのだ、と感心した。

その布地をヒロミが首を伸ばして覗き込んでいる。


台所の方から女の声がした。見ると権三の妻の弥生《やよい》が木桶をかかえて立っていた。すぐかたわらで権三の孫息子がつぶらな瞳を要子にむけていた。

「今日、お戻りと聞いたものですから」

弥生が木桶の中の見事な鯛を要子に見せた。

「あら、立派な鯛だこと」

トト、トト、と孫息子が鯛を指さしている。

「本当ね。美味しそうなトトね」

そう言って要子は孫を抱き上げた。

腕の中で身体をよじる孫の感触に、ちいさくても男児なのだ、自分の子たちとは違う、と思った。

孫は宗次郎の姿を見つけると、オヤジチャンと大声を上げ、要子の腕からすり抜け夫のそばに駆け寄った。

宗次郎は目を細めて権三の孫を抱いた。頭を撫でてやりながら耳を寄せて何やら話を聞き、大袈裟《おおげさ》にうなずいていた。その表情で夫が男児を欲しがっているのが要子にはよくわかった。

宗次郎が神戸に出かける前夜、権三と二人で酒を飲んでいた時、肴《さかな》を運んで部屋に入ろうとした要子の耳に夫の言葉が飛び込んできた。

「権三、わしはどうしてもこの家の跡継ぎが欲しい。跡継ぎを授かったら、今の何倍も働こうというもんだ」

「次は男のお子さんが授かりますよ」

権三の声がした。

「いや、あれは女腹かもしれん」

「そんなことはありません。弟さんもいらっしゃったじゃありませんか」

「そう言えば帰った連中はどうしているのかな……」

「夏前に金を持たせて釜山へ行った男がもうすぐ戻ってくる頃です。しっかりした男でしたから間違いなく繋《つな》いでくるでしょう」

「だといいがな……」

要子はわざと足音を立てて障子戸を開いた。

宗次郎の口からその言葉が出たことが要子には辛かった。

――あれは女腹かもしれん。

子を三人産んで皆女児だったのだからそう言われても仕方がない。

ヨシミを身籠る前から神社に願を掛けに行き、男児を授かる食事を摂るようにした。それでも女児だった。

今も早朝に願を掛けに行っているし、男児を授かるという九州の神社まで出かけて貰って手に入れた守り札を肌につけていた。


夏の終りに要子は宗次郎に居間にくるように言われた。

「何か……」

要子が居間に入ると夫が胡坐をかいた畳の上に封筒が置いてあった。

「やっと手紙が届いた……」

「えっ、父と母からですか」

夫はゆっくりとうなずいた。

要子は夫のそばに駆け寄り、封筒を手にした。表に要子様とだけあり、裏に金古と記してあった。一年半振りの便りだった。

開封すると、便箋が入っていた。父と母からだった。

元気にしていることと三人目の孫娘が生まれたことの祝いと宗次郎からの送金への礼の言葉が綴《つづ》ってあった。

要子の頬に涙が伝った。

「父も母も元気そうです。吾郎は相変らずの様子ですが、きっと元気にしているのでしょう。たくさんのお金を送って頂いて本当にありがとうございました」

要子は畳に額がつくほど夫に頭を下げた。

「そんなふうにせんでいい。皆元気なら良かった。わしの家の方は父親が亡くなっていた。二年も前らしい」

「まあ……」

「酒をたくさん飲む人だったからな。わしたちが逢いに行った直後から寝込んでいたようだ」

「それはお気の毒に……、何かして差し上げなくては」

「いや送った金を墓所の費用にすると兄から報せてきた」

夫は畳の上に視線を落としたまま力なく言った。

「あなた、お父さまの供養をこちらでいたしますか」

「そうだな。いずれ折を見てやろう」

「吾郎は釜山で運転手をしているそうですが、会社の社長と折り合いが悪いそうです。でもともかく皆元気そうで安心しました」

「そうか……。あっちは大変らしい」

「どんなふうにですか」

「済州島で反乱があった。それをおさえ込みに行った軍隊の中でも反乱があって百人近い者が処刑されたらしい。北の方から共産党員が潜入して厄介なことになっておる」

「北と南に分れたと聞きましたがひとつにはなれないんでしょうか」

「ひとつにしようとしたらまた戦争になるかもしれんな」

「朝鮮で戦争があるんですか」

「いや、はっきりとはわからんが、日本に残った連中でさえ北と南に分れているのだからな。北朝鮮に故郷がある連中は、今に金日成がアメリカ軍を追い払って統一すると言っとる」

「大丈夫なのでしょうか」

「そんな馬鹿なことはしないだろう。けれど金日成のうしろにはソ連と中国がついておるから何をするかわからんな」

要子は夫の話を聞きながら、どうして自分たちの国だけがふたつに分れてしまい、争いになるかもしれないのだろうかと思った。

父と母、そして弟の顔が浮かんだ。

——どうか家族が巻き込まれないで欲しい。

と要子は祈った。


次の春、長女のヒロミが学校に上がった。

入学式の日、要子は宗次郎に頼んで写真館で記念写真を撮って貰った。

出来上がった写真の中の夫もヒロミも良く写っていた。

要子は写真を夫に見せ、これからは子供たちの入学式、卒業式に写真館で記念写真を撮らせて欲しい、と申し出た。夫は写真を眺めながらちいさくうなずいた。

入学して十日目、ヒロミが泣きながら学校から帰ってきた。何があったのかと尋ねてもヒロミは返答しなかった。

夜になってようやく教室で同級生から、朝鮮人と呼ばれてからかわれたことを打ち明けた。

要子はヒロミが入学する前にそのことを少し心配していた。入学前に言ってきかせておかなくてはいけなかったと反省した。

夫は不在だった。要子はヒロミと二人で縁側に出て話をした。

「あなたが朝鮮人だということは本当のことよ。それはわかるわね。父さんの父さんと母さんも、私の父さんと母さんも、あなたのお祖父さんお祖母さんたち皆が朝鮮で生まれて育った人よ。朝鮮人だということは恥かしいことではないのよ。そんなふうに言う人の方が恥かしいことをしてるのよ」

「朝鮮人は朝鮮に帰れって言われた」

「そんなことはないの。父さんが日本で皆で生きて行こうと決められたの。だから父さんも皆と一緒に頑張って働いていらっしゃるのよ。朝鮮に帰れなんて誰にも言えないの。だから明日学校に行ったら、その人にはっきり言いなさい。帰れなんて言うのは間違ってる、とね。ヒロミさん、逃げては駄目よ。あなたがちゃんとしていればそんなことは言わなくなるはずよ」

ヒロミはこくりとうなずいた。

要子はそれでも心配で、翌朝、ヒロミの通う小学校に行き、担任の教師に事情を話した。

わかりました。私がちゃんと生徒たちに話しましょう、と約束してくれた。

どんなふうに先生が話をしたのかわからなかったが、ヒロミは元気に家に帰ってきた。

五月になった或る日の昼下がり、要子が東の庭の花壇に水をやり、生垣にしゃがみ込んで雑草を抜いていた時、従業員の家族用共同炊事場から女たちの話し声が聞こえてきた。

　彼女たちは要子がそばにいるのに気付いていなかった。

「オヤジさんにこれができたらしいね」

「これって、女のことかね」

「女以外に何があるのよ。何でも古町に住む女で芸者上がりの女らしいわよ」

「ああ知っとるわ。派手な女で男と見れば色目を使う女よ」

「その女に×××らしいわよ」

　女が声を潜ませた。

　要子は思わず息を止めた。

「えっ、子供ができたの」

　素頓狂な声がした。

「ちょっと声が大きいわよ」

「本当に？　それは大変だわ」

「オヤジさんは前から男の子が欲しいと言うとりなさったからね。しょうがないかもしれんよ」

「そうね。女将さんの子は女の子ばかりだものね……」

　要子はあまりの話に心臓が高鳴った。

　そっと生垣を離れ、台所に行き水を飲んだ。動悸《どうき》はとまらなかった。

　その夜、要子はなかなか寝付けなかった。

　この頃、宗次郎が家を空けることが多くなっていたが、その女の家にいるのではと思うと耳元まで熱くなった。とうとう朝まで起きていた。

翌日の昼過ぎに家に戻ってきた宗次郎は要子の顔を見て言った。

「どうしたんだ、目が赤いぞ」

「何でもありません」

要子は顔を伏せて台所に行った。

よほど夫に話そうと思ったが、そうしなかったのは嫁ぐ前の夜に母から男の人は必ず一度か二度、女の問題を起こすと聞かされていたからだった。

「あの人にはそんなことはないわ」

要子は笑って言った。

「そうじゃないの。外に出るということはそういうことが起っても不思議ではないということなの」

「じゃ父さんは」

「父さんにもありました」

要子は驚いて、母の顔を見返した。

母は表情ひとつ変えずに静かにうなずいた。

権三に相談しようと思ったが、権三も困まるだけだと思った。

そんな思案が続いていた六月、要子は妊娠しているのがわかった。

宗次郎にそれを報せると、目をかがやかせて、

「そうか、それは良かった。頑張って丈夫な子を産んでくれ」

と喜んだ。

秋の終りに古町の女性が女の子を産んだという噂が要子の耳に届いた。

宗次郎はそんな噂などあずかり知らぬふうに仕事に励んでいた。

年が明け、珍しく一月の終りに瀬戸内海沿いの街々に雪が降った。臨月を迎えていたが要子のお腹の赤ん坊はなかなか出てこなかった。

宗次郎が三十一歳の誕生日を迎えた節分の三日後、赤児は元気な産声を上げた。

要子の四度目の赤児を取り上げた産婆が生まれたばかりの赤ん坊を両手で包むようにして、

「奥さま、おめでとうございます。立派な男の子でございます」

と赤ん坊のおチンチンを指さして笑った。

そう言われた時、要子は大粒の涙を流して我が子を見つめた。

やったぞ、男の子だ。男の子が生まれたぞ、誰かすぐにオヤジさんに報せてこい、と若衆の大声と廊下を走り出す足音が聞こえた。

宗次郎は報せを聞いてすぐに家に戻り、要子のそばにいるつぶらな瞳の男の子を見て満足そうにうなずき、

「よくやった。よく産んでくれた」

と要子の手を何度も握った。

その夜、高山の家は男児誕生の祝いに駆けつけた客であふれかえった。

宴は夜遅くまで続き、歌声と太鼓の音が響いていた。

宗次郎は以前から用意していたらしく跡継ぎの名前を直治《ただはる》と命名した。

直治の誕生と合わせるように宗次郎が注文していた三艘《そう》目の貨物船が三田尻の港に入航してきた。

長男の誕生は宗次郎の事業欲をかき立て、大きな仕事の受注が続いた。

宗次郎は家に早く帰るようになり、我が子の顔をじっと見つめていた。

桜の花が咲きはじめると、宗次郎は直治を抱いて花見に出かけ、宝物を扱うかのように可愛がった。

そんな夫の姿を見て、要子は男の子を授けてくれた神さまに感謝した。

韓国にいる両親と弟に手紙を書き、送金とともに密航者に託した。

宗次郎は母屋の普請をはじめ、やがて歩き出す長男のために大広間をこしらえた。

薫風が吹き抜け、六月も下旬に入り梅雨に入ろうかとする時、九州、瀬戸内海方面を台風が襲った。

要子はその夜、佐世保港にむかっている宗次郎の船を心配して直治を抱いてラジオの気象情報を聞いていた。〝エルシー〟と名付けられた台風の中心は途中で対馬方面に北上して行った。

要子はその報を聞き安堵して眠りについた。

翌朝、直治の乳の時刻になり、要子は目を覚ました。台風のことが気になってラジオを点けると、今日は快晴だとアナウンサーの声が流れた。

——早目に洗濯をしておこう。

と思いながら寝間着の襟元を開いて乳を出そうとした時、ラジオから緊急ニュースを報せるアナウンサーの声がした。

何かしら……、とラジオをぼんやり聞いていると、

『臨時ニュースを申し上げます。韓国ＫＢＳが伝えたところによると、本日未明、北朝鮮軍が三十八度線国境を越え、韓国領土内に大規模な攻撃を開始しました。韓国ＫＢＳによると本日未明、北朝鮮軍が三十八度線国境を越え韓国領土内に……、臨時ニュースを申し上げます……』

ラジオのアナウンサーの声が要子の耳の奥で木霊《こだま》した。

「朝鮮で戦争がはじまったんだわ……」

要子は直治に乳をやるのを忘れて呆然としてつぶやいた。


要子は三人の娘と、生まれたばかりの男の子を抱き、祖国でいったい何が起ったのかとラジオを見つめた。

心配していた台風は北西にむかったとラジオの気象放送は告げていた。そうなら風雨は、今、戦争がはじまった半島を直撃しているはずだ。

——戦場は暴風雨に濡れているのだ。宗次郎さんの言っていたとおりに北の軍隊が南に攻め入ったのだ……。

要子は夫の宗次郎から、北の軍隊が去年の暮れから盛んに三十八度線を越え、国境付近を攻撃していることを聞いていた。

「どうしてそんなことをするんですか？　同じ国の人たちでしょう」

「たしかにそうだが、三十八度線を北に越えたむこうではアカの連中が南を自分たちの国にしようとして、すべての家にある金属類を没収しているらしい」

宗次郎は船を持ちはじめてから、時折、半島へも出かけているようで情報に詳しかった。

——ともかく夫にこのことを伝えなくては……。

要子は電報局に行った。

チョウセン、センソウハジマル

宗次郎が荷を届けることになっている廻船問屋に電報を打った。

家に戻ると、権三の妻の弥生が待っていた。

「ラジオをお聞きになりましたか」

「ええ……、今、佐世保に電報を打ってきたところです」

「そうでしたか。私の取越し苦労でした。ご家族は大丈夫でしょうか」

弥生が心配そうに言った。

「私もそれが気掛りです……」

要子は海側の空を見上げた。

台風が去った後特有の澄んだ青空がひろがっていた。こんなに青い空の下で戦争がはじまっているのが、要子には信じられない気がした。

朝鮮の美しい山河と父、母、そして弟の吾郎の顔が浮かんだ。

朝鮮に行ってから、数度、手紙が届いた。両親は野良仕事をしていたが、吾郎は釜山でタクシーの運転手をしたり、父の知り合いの会社に勤めたらしいが、どれも上手く行ってはいないようだった。

　要子は吾郎のことが心配だった。何事に対しても真っ直ぐにしかものを見ることができない弟は人から誤解を受け易い。相手を傷付けているのではと思われることも平気で口にする時があった。当人がそれに気付かないのは、両親に守って育てられ、純粋に生きてこられたからだろう。父の仕事のお蔭で朝鮮人なのに日本の学校に通わせて貰い、剣道でヒーローにまでなった。要子が少女の頃、味わった差別を弟はほとんど受けていない。

　折に触れ注意をしてきたが、弟は理解できなかった。剣道部の主将になれなかった時も不満を口にした。

「僕の方が実力があるのに副主将なんておかしいよ」

「吾郎さん、そんなことを決して口に出してはいけませんよ。先生があなたを副主将に任命して下さっただけでも大変なことなんですから。よく考えてみなさい。朝鮮人のあなたが剣道部の主将になったら他の部員や、その人たちの親御さんはどう思われるの。もう二度とそんなことを口にしてはいけません」

　吾郎は唇を尖《と》がらせて、わかったよ、と返答した。若いから思慮に欠けると言ってしまえばそれまでだが、弟はあまりにも無防備過ぎた。

　その一番の出来事が夫の宗次郎とのやりとりだった。

　或る午後、要子は台所で弟の素頓狂な声を聞いた。最初、弟が夫に何を言っているかわからず、もう一度、同じ言葉を耳にして要子は急いで二人がいる居間に行った。

「ハッハハ、義兄さん、このサマは変だよ。おかしいよ。笑われちゃうよ」

弟は小紙を手にして腹をかかえて笑っていた。そのそばで夫は目をしばたたかせてうつむくようにしていた。

弟は要子を見ると、その小紙を出して言った。

「姉さん、義兄さんはこんな文字を書いてるんだよ」

「いや、私はよく字がわからなくて……」

夫の言葉を要子は遮るように弟のそばに歩み寄って、手にした小紙を奪い取った。

「何をしてるの。それは宗次郎さんの大切な仕事の書き付けでしょう。勝手に見ていいはずがないでしょう。それを笑って、あなたは何なの」

要子の剣幕に弟は驚きながら言った。

「だって義兄さんが字を間違えているから……」

乾いた音がして弟が頬に手を当て、目を見開いていた。

要子は弟の頬を咄嗟《とっさ》に叩いていた。

「私たちはあなたに笑われることは何ひとつありません」

「いや、そうじゃないんだ。吾郎君は……」

夫が訳を言おうとしたが、要子は弟にむかって声を荒らげて言った。

「いいんです、あなた。弟だからと言ってあなたの大切な書き付けを勝手に見たりすることは許しません。すぐに出て行きなさい」

要子が涙を流しているのを見て、弟はあわてて謝ったが、要子は弟の手を引いて表に出た。

「吾郎さん、帰って母さんにあなたがしたことをすべて話しなさい。そうして私がどうして怒ったのか聞きなさい」

「姉さん、どうして怒ってるか訳がわからないよ」

「いいから言われたとおりにしなさい。私が怒った理由がわかるまで二度と来ないで……」

弟はすごすごと帰って行った。

要子は憮然《ぶぜん》として弟のうしろ姿を見ていた。

弟が笑ったのは宗次郎が書いた日本語のことだった。

宗次郎は十三歳の時に次兄を慕って日本に渡って来た。母親と兄から片道だけの船賃を工面して貰い、故郷を出た。それからは工場の下働きからはじめてさまざまな仕事をして、今日まで来たのだ。だから朝鮮でも日本でも学校に通っていない。なのに宗次郎は独学で日本語の読み書きを覚え、話す時の発音もしっかりしている。おそらく誰かに教わったことはないはずである。さぞ苦労して覚えたのだと思う。しかし話すことはできても文字を書くとなると、時折、苦労していることがある。宗次郎から尋ねられれば要子は文字を書いてみせるが、その時も夫のプライドを傷付けないように細心の注意を払う。

「こうだと思うのですが……」

要子が書いてみせると、

「私も、そんな気がする。うん、これでいいはずだ」

と言って頷《うなず》く。

嫁いでくる時、母に呼ばれて言われた。

「宗次郎さんの前で何かを読んだり、書いたりはしないように」

そう言われて要子は母が何を言いたいかすぐにわかった。

だから嫁いでくる時には女学校時代に大切にしていた本も、辞書もすべて実家に置いてきた。

結婚して三ヵ月目に要子は夫の柳行李の中に尋常小学校の国語の教科書があるのを見つけた。

そこに夫が鉛筆で何度も文字をなぞった跡が残っていた。それを見て要子は宗次郎を尊敬した。拙《つたな》い筆跡には夫の誠実があらわれている気がした。

弟が笑ったのは〝様〟という字である。

時々、夫はその字を違えて書く。どこかに出すものならカタカナで書いてくれれば自分が清書すると言ってある。間違った字もその時に黙って直す。夫は要子の字を眺め、納得したように頷いたりする。

それとは逆に要子でも知らなかった字を書くことがある。権三などはそれを見て感心したように言う。

「オヤジさんはよく字を知ってらっしゃる」

夫はただ笑っている。

柳行李の中には九九の計算を書いた紙もあった。夫は数字には強い。それでも数が多くなったり、掛け算、割り算、になった時は慎重に紙に書いて何度もたしかめる。丁寧な性格なのだ。

そんな夫にむかって弟が学校で習った歴史のことなどをさも誰でも知っているかのように話しかけたりすると、要子はひやひやするし腹が立つ。弟は夫のことを馬鹿にしたりはしないし、むしろ慕っているのだが、これまで何度か夫が不機嫌になった顔を見たこともあった。

こと生きて行くことに関して、弟は夫の足元にも及ばないのに、それが弟にはまだよく理解できていなかった。

いつしか夫は弟と二人で話をするのを避けるようになっていた。仕方のないことだと思う。弟に悪気はなくても他人を傷付けてしまう。傷付いたことがない人間はそれにいつまで経っても気付かない。


二日後の夕刻、宗次郎の船が港に帰ってきた。

要子は子供たちを連れて桟橋に迎えに出た。

胸に抱いた直治の顔を見た。直治は海に連れて行くと、その大きな瞳をさらに見開いて船を見つめる。

――この子は海が好きなんだ……。

要子は我が子を見てそう思った。

「ほら、見てごらんなさい。父さんの船がこっちにむかってますよ。お帰りなさいって言いましょうね」

要子が言うと、直治は言葉がわかったかのように、また目を見開く。

船影が近づき、舳《へ》先《さき》に宗次郎の姿が見えた。海風に衣服をふくらませて岸を睨んでいる姿は勇ましく映る。

「ほら、父さんよ。お帰りなさいって」

要子が直治に言うと、かたわらで着物の袖を摑んでいたヨシミとサトミが、

「お父やーん」

と声を上げ両手を振った。

それに気付いたのか宗次郎が手を上げて応えた。その父親を見て、また娘たちが大声を上げた。

宗次郎が桟橋に揚ってくると娘たちが飛びついて行った。宗次郎は一人一人を抱き上げ嬉しそうに笑っている。

「お帰りなさいませ」

歩み寄る夫にむかって要子が声をかけると、宗次郎は直治に手を差しのべ、腕の中に抱き頬ずりをした。直治が、キャッと声を上げた。直治には父親のことがわかるようだ。

宗次郎は直治を抱いたまま歩き出した。娘たちも宗次郎に抱いて欲しいのだが、宗次郎は直治が生まれてから息子に夢中で彼女たちに目がむかない。男児が生まれたことがこれほど夫を喜ばせるとは要子は想像もしなかった。

要子は娘たちの名前を呼び、両手で二人の娘の手を引き、宗次郎のあとに続いた。

夕食が終った後、宗次郎は権三と要子を居間に呼んだ。

「わしは明日、進駐軍の将校に逢って、朝鮮の様子を聞いてくる。もしかすると数日でソウルは陥《お》ちるかもしれんな」

「そんなに北の軍隊は強いんですか」

「権三も知っとると思うが、南におった進駐軍のほとんどは日本に引き揚げた。李承晩はアメリカに亡命しとったから、アメリカだけが頼りで肝心の南の軍隊を鍛えておらん。それに比べると北の方はロシアと中国がついとる。攻め込んだら一気に南を奪うつもりだろう」

「では南に住んでる人はどうなるんですか」

要子が訊いた。

「北が一気に南を制圧すれば朝鮮は全部、北のものになるじゃろう。アカの、共産党の国になるじゃろう」

「共産党の国はダメなのですか」

「ダメなのか、いいのかは、わしにはわからん」

「けどオヤジさん、満州から引き揚げてきた連中の話によるとロシアの軍隊はひどいことをしたらしいですが」

「うん、わしもその話は聞いた。どこまでが本当かはわからんが、女、子供まで殺した兵隊もおったと言う。それより気になるのは日本海の北の領域で操業中に拿捕《だほ》された漁船と貨物船が何艘もあるという噂じゃ。海軍は一般の船に手は出さんのが海の規則じゃ。それを平気で破る連中の国がまともとは思えん」

「ではどうなるのでしょうか」

「かなりの数の人が日本に逃げてくるじゃろう」

「日本にですか。その中に父や母や弟も入れるのでしょうか」

「いや、そんなに船の数はない」

「………」

夫の言葉に権三と要子は口をつぐんだ。

寝所から直治の泣き声がした。

要子は立ち上がって寝所に行った。蒲団の中で元気に泣き声を上げている直治を見て、日本に残ると決めた宗次郎の判断は間違っていなかったのだと思った。

そう思うと、朝鮮に帰った両親や弟のことが心配になった。

三章

一九五〇年六月二十五日、北朝鮮軍による雨中の奇襲攻撃が開始された。三十八度線を突破してきた北朝鮮軍は、どの方面においても韓国軍守備隊の位置と能力を驚くほど熟知し、一年半前から用意周到に兵力を準備していた。一方、韓国軍にとってはこの日が二ヵ月近く続いた警戒態勢がようやく解除された日曜日ということもあり、各部隊の多くの指揮官、将兵が久しぶりの休日で休暇、外出、外泊中であったため即座に対応できなかったことも悲劇を生んだ。奇襲を受けた韓国軍は一部を除いて壊滅状態にあったが、正確な戦況はソウルに入ってこなかった。それどころか、ＫＢＳでは韓国軍の反撃と勝利を報じていた。

翌日、戦況はますます韓国軍に不利になり守備隊は後退を始める。参謀本部は、今に反撃して平壌《ピョンヤン》まで攻め込むという楽観論を捨て、首都ソウルを固守することを決めた。陥落寸前の状況にありながら、それでもまだソウル市中はおだやかだった。市民がこの戦争がいかに緊迫したものかを知るのは、翌二十七日の早朝、行政府を南の水原《スウオン》に移転させるというラジオ放送を聞いた瞬間からだった。市民は一斉にソウル脱出の準備を始め、市内は大混乱になった。

翌二十八日、夜明けとともにソウル総攻撃がはじまり、午前十一時半頃にソウル陥落が宣言された。平壌放送で金日成が「共和国の首都ソウルを解放した」と宣言した。

攻撃開始から四日目で韓国の象徴であるソウルは北朝鮮の手に落ちた。そして休む間もなく南へむかい、敗走のかたちになりつつある韓国軍を釜山の海に蹴落とそうと進撃した。

平壌では金日成をはじめとする首脳たちが、一ヵ月も経たないうちに朝鮮半島を制圧できると予測していた。八月十五日の解放記念日にはソウルで祝賀会をするつもりでいた。事実、攻撃開始からの五日間はその勢いがあり、戦闘による損害は韓国軍約四万四千人（戦列離脱兵約二万三千人と推測）に対して、北朝鮮軍の損害は公称では負傷を含めて千二百人、戦車数輌だった。

北朝鮮軍が国境を越えて攻撃してきたことは初めの五日間はふたしかな噂話のようにしかひろまっていなかったが、ソウルが陥落し、大統領が逃げ出した話はたちまちの内に全土にひろがり、北朝鮮軍の勇壮な戦車や兵士を見たという者まであらわれ、戦禍を逃れるために南にむかう人たちの口から戦争の様子は町から村まで伝わって行った。

金古吾郎は本名の金五徳《キムオードク》として釜山で働いていた。彼は六月二十五日の北朝鮮軍の奇襲侵攻を三日前に知っていた。

侵攻があることを教えてくれたのは五徳が釜山の町でタクシーの運転手をしていた時に知り合った白俊植《ペクチュンシク》という男だった。

俊植とは釜山の南羅《ナムナ》市場《シジャン》の食堂で逢った。二年前の冬のことだった。

五徳は会社の社長と言い合いになり、むしゃくしゃして仕事を放り出し、昼間から食堂に入って酒を飲んでいた。日本ではほとんど酒を飲まなかった。それがこちらに帰ってから酒を覚えた。彼が日本で思っていた国と、この国はまったく違っていた。失望感が五徳に酒を覚えさせた。まだ朝早い時刻から酒を飲んでいるのは夜の荷役を終えて一杯やっている連中か、仕事にあぶれてヤケ酒を飲んでいる者しかいなかった。仕事を終えた連中の酒には勢いがあり、朝から客を取る女たちもかたわらにいた。それとは逆に仕事にあぶれた連中は酒も陰気だった。

五徳は自分がどちらの種類の人間なのか酒を飲みながら考えた。

「どちらでもねぇや。畜生、あの馬鹿社長」

五徳はつい日本語で声を出し、空になったマッカリの器をかかげて、酒を持ってくるように怒鳴った。

父の顔が浮かんだ。タクシー会社は父の知り合いの紹介で入れて貰った。社長と喧嘩して悪態をついて退《や》めたことがわかると、父は怒り出すに違いなかった。父の顔が消えると、悲しい顔をして自分を見つめる母の顔があらわれた。

五徳はマッカリの注がれた器を一気に干し、

「畜生、馬鹿野郎」

とまた怒鳴った。

すると背後から歌声が聞こえてきた。

♪馬鹿を承知の渡世の道に〜、日本の歌だった。こんな場所で日本の歌など口にしたら気の荒い港の労働者たちに袋叩きにされる。

――誰が歌ってるんだ。

五徳がそっと振りむくと食堂の隅の壁にもたれて男が一人、歌っていた。無精髯を生やしたままで日焼けした顔は岩のように見えた。

♪馬鹿と度胸の渡世の道に〜、その歌は五徳も日本で耳にして知っていた。

男が五徳に器を上げて笑った。五徳は目を逸《そ》らした。

「まったく馬鹿が多いよな」

男が言って五徳を見て笑った。

五徳は男を見て笑い返した。

男は立ち上がり、五徳のそばにきた。

「おまえさんも日本から来たのか」

五徳はうなずいた。

「俺もそうだ。日本にゃ三年しかいなかったけどな。白俊植だ。よろしくな」

差し出した手を握り返すと、俊植の握力は異様に強かった。五徳も負けじと握り返した。

「おう、いい握力だ。仲士か」

「いや、タクシーの運転手をしてたが、今、社長と喧嘩して退めてきたばかりだ」

「タクシー乗りにしちゃあ、いい力だ」

「剣道をやってたんだ」

「そうか、俺は柔道をやってた。よかったら一杯おごらせてくれ。社長と喧嘩ってのが気に入った。ブルジョアはこらしめないとな」

悪い男ではなさそうだった。

「おまえ名前は？」

「金五徳だ」

「五徳か、日本じゃ何と呼ばれてた」

「吾郎だ。金古吾郎だ」

「そうか、俺は星山俊郎《ほしやまとしろう》だ。ここは吾郎と俊郎でやろうじゃないか」

日本語で話している俊植にむかって荷役の男が怒鳴り声を上げた。俊植はさらに大声で相手に怒鳴り返した。それで相手が黙り込んだ。どうやらこの辺りではいい顔らしい。

「おい、吾郎さんよ。河岸をかえよう。ここじゃ日本語で話しにくいしな」

五徳は俊植について食堂を出た。

酒代は俊植が払ってくれた。

「す、すみません。ご馳走になって……」

五徳が頭を下げて礼を言うと、俊植はハッハハハと笑いながら市場の通りを歩き出した。

それから二軒の酒場に行った。元々、酒が強くなかった五徳は二軒目で意識をなくし、翌朝、目を覚ましたら見知らぬ部屋で寝ていた。

枕元に伝言があった。

『三日後の夕方に戻ってくるから、あの食堂でまた逢おう。俊郎』

会社に戻ることもできない五徳は三日後の夕刻、食堂に出かけた。

俊植はほどなくあらわれた。

「おう、居たか。嬉しいな。腹は空いてないか。美味い豚足を喰わす店がある」

たっぷり肉を喰い、酒を飲んだ。

「吾郎さんよ、おまえ、この国をどう思う」

「どう思うって？」

「今のままでいいと思うか」

俊植の目が光っていた。

「今のままじゃ、ダメだ。これじゃ、アメリカの傀儡《かいらい》だ。日本が敗れて解放されるかと思っていたら前より悪い。朝鮮の人民のための国を造らなくてはいけない」

俊植は目をかがやかせて五徳の話を聞き、大きくうなずいて言った。

「俺と同じだ。やはりな。見込んだだけのことはある」

俊植は手を差し出し、五徳が握り返すとさらに力強く手を握った。

「俺たちでこの国を新しくしてやろうぜ」

五徳もうなずいた。

俊植の世話で五徳は鋳物工場で働き出した。

俊植が工場長と知り合いで五徳の給与は他の者より高かった。

夕刻になると俊植からの伝言を少年が運んできて二人して飯を喰い、酒を飲んだ。

俊植は世界情勢に詳しかった。中国での毛沢東の共産党と蔣介石《しょうかいせき》の国民党の戦況やソ連の北朝鮮の支援など誰も知らないことを話してくれた。話を聞いていて、五徳は胸の血が沸き立つ思いがした。

俊植は、時折、釜山を出てどこかに行った。

五徳は鋳物工場の工場長に、俊植の仕事は何なのかと訊いた。工場長は笑って何も答えなかった。

その頃、釜山では頻繁に労働者のストライキやサボタージュ、暴動が起っていた。この騒動を煽動しているのが共産主義者と言われていた。

特に一九四八年の春が激しかった。二月七日には救国闘争という名目で国連朝鮮臨時委員団の活動に反対し、米ソ両軍の撤退を求め、選挙妨害闘争にまで発展した。

この騒動は交通機関をストップさせ、警察署が襲撃され、放火、電信・電話線の切断など公共施設が破壊された。船舶労働者の海上ストに炭鉱労働者のスト、学生たちが同盟休校までするようになった。二週間で鎮圧されたが、全国に及んだ騒動は八千四百七十九名の検挙者を出した。

この騒動の間、俊植は姿を消していた。

二月の騒動が終ってほどなくひさしぶりに帰ってきた俊植は、五徳に打ち明けた。

「俺は新しい国を造ろうと思っている。その仕事をおまえも手伝ってくれないか」

五徳には勿論、異存はなかった。

五徳は三月になって俊植と済州島《チエジユド》に渡った。

済州島で南朝鮮労働党（南労党《なんろうとう》）による大きな暴動が起った。死傷者が出た。軍が鎮圧にやってくる前に俊植と五徳は島を離れた。五徳が俊植に命じられたのはほとんどが連絡係で、書類を届け、返書を貰ってくることだった。

封筒の中身が何なのか五徳にはわからなかった。俊植は島でも神出鬼没で姿を消したかと思うと、突然あらわれたりした。ただ彼が南労党とか共産主義組織に属しているように見えなかった。

酒に酔うと俊植は自分のことを、満州浪人ならぬ、朝鮮浪人じゃ、と笑って言った。

その年の秋、済州島でまた暴動が起こり、連動するかのように麗水《ヨス》、順天《スンチョン》で軍隊内部の反乱が起こった。反乱軍は次第にふくれ上がり軍人と共産主義者を合わせて三千名となり、占領地域を拡大して行った。政府は戒厳令を出し反乱軍討伐隊を編制し、鎮圧にあたった。

五徳は次第に身の危険を感じはじめ、そのことを正直に俊植に打ち明けた。

俊植は五徳の気持ちを理解してくれたのか、一度、故郷の三千浦《サンチョンポ》に戻るように言った。

釜山の町で俊植と別離する時、彼が声を潜めるようにして言った。

「この一年の内に北朝鮮軍は南に侵攻してくる。その時、南で大勢の者が蜂起するはずだ。できれば吾郎君に手伝って欲しい。その時が来ればいずれ連絡する」

五徳は故郷の住所を俊植に教えて、一年振りに家に帰った。

父も母も息子の無事な顔を見て涙を流した。

「釜山では暴動ばかり続いていたから、おまえが巻き込まれたのではと思って父さんも私も心配でたまりませんでした」

「このとおり元気ですよ。心配をかけてすみませんでした」

父はその夜、五徳を庭に連れ出し、この一年の間何をしていたかと尋ねた。

五徳は父に本当の話はしなかった。

五徳は夏から冬にかけて、家の野良仕事を手伝った。

村には五徳と同じ歳位の青年が数人いた。

彼等は五徳をどこか白い目で見ていた。青年たちの親たちも同じ目で五徳を見た。

親たちは韓国軍の徴用にも息子たちを出そうとしなかった。時折、見かけない男たちが村にあらわれると、彼等を囲み、詰問するようにして追い出した。

年が明け、春になった頃、俊植から手紙が届いた。その頃、三十八度線を越えて北朝鮮軍が侵入してきて、ちいさな銃撃戦がくり返されているという噂が三千浦の村まで聞こえてきた。

臥龍山《ワリョンサン》の山桜が散り、山の新緑がまぶしくなった六月二十二日、台風が近づいて雨が激しく降り出した夜半に俊植は五徳に逢いに来た。

父と母は俊植を見て訝しそうな顔をした。

五徳は俊植と庭で話をした。

「この三日の内に北朝鮮軍が三十八度線を越える。侵攻がはじまれば一ヵ月もしないで韓国は北朝鮮に制圧されるだろう。この辺りに軍が侵攻してくるのは早ければ七月の初旬、遅くても中旬には光州《クアンジュ》の方から入ってくるだろう。彼等は戦える年齢の者はすべて徴集するはずだ。逆えば殺されるだろう。その時はこれを相手に見せろ」

そう言って封筒を渡し俊植は雨の中に消えて行った。

家に戻ると父が俊植のことを問い詰めた。

五徳は何も返答しなかった。

「五徳、いいか。国を裏切るようなことをしたら息子といえども許さんぞ」

父の目は血走っていた。

「わしはまだいいが、母さんを悲しませることだけはしてはならんぞ」

「父さん、わかってるよ」

五徳はズボンのポケットの中に仕舞った俊植から受け取った封筒を握りしめて言った。

た。


俊植の言ったとおり、三日後に北朝鮮軍は三十八度線を突破し、四日の間にソウルを陥落させた。

大勢の難民が三千浦の村にもやってきた。

父と母は畑に出ていたが、五徳は丘の上に登って北朝鮮軍がくるのを待った。

七月に入り十日が過ぎても北朝鮮軍は姿を見せなかった。中旬を過ぎた夜、五徳は父に呼ばれた。

「今日、村の寄合いがあって、家の息子たちを避難させようということになった。おまえも皆としばらく隠れろ」

「嫌です」

「何を言う。親の言うことが聞けないのか。それともおまえはアカの手先になろうとしてるんじゃないだろうな」

父が大声を出すと、母が外の様子を窺うようにして、

「あなた声が大き過ぎます。五徳はそんなことをするような子ではありません。そうよね、五徳さん」

母の言葉に五徳は黙ってうなずいた。

そこは臥龍山の奥にある洞窟だった。

この村一帯の地下にある鍾乳洞の中に、六人の青年が潜むことになった。

中の一番年長者の李という青年が五徳に対してあからさまに嫌悪を示していた。

五徳は沈黙していた。

「日本人の匂いがするな。臭くてかなわん」

李が言うと、他の若者がヒィッヒィと笑い出した。

「おまえのアボジもオモニも日本人にぺこぺこしてたらしいな」

両親のことを言われて五徳は逆上した。

「僕も両親も新しい国を造るために帰ってきたんだ。そんな言われ方をされる覚えはない。そう言ってる君たちは何だ。軍隊に連れて行かれるのが怖くてこんな所にこそこそ隠れていて男として恥かしくないのか」

五徳が大声を出した。声が洞窟の中に響いた。

表で足音がした。皆、顔を見合わせ、燭台《しょくだい》の火を消した。

すぐに食事を運んでくる当番の娘があらわれた。

「どうしたの？　大きな声出して父さんたちに叱られるわよ」

燭台の火を点けると李の妹が立っていた。

五徳は李を睨みつけ、駆け出して洞窟を出て行った。

その夜半、五徳は初めて北朝鮮軍の兵士を見た。


六月二十五日、韓国KBSラジオの臨時ニュースで北朝鮮軍の三十八度線突破の侵撃を聞いた時、戦場から三百キロ離れた三千浦に住む金古家では、戦争は遠い場所ではじまったのだという印象だった。

実際、それまでの数年間に北朝鮮軍が攻撃してきたニュースは何度も報道され、その度に韓国軍が撃退したという頼もしい話ばかりを南の人たちは聞かされていた。二十五日のニュースも、韓国軍が相手を撃退すべく、ほどなく応戦が開始されるというものだった。

三日後にソウルが陥落した時もＫＢＳラジオのニュースはそれを報道しなかったどころか、反撃開始の戦勝のニュースをくり返していた。

ところが翌日、李承晩が行政府を大田《テジョン》に移動し、その二週間後にはさらに大邱《テグ》に後退させたというニュースを聞き、金古の家では家長の昌浩がこの国で今何が起ころうとしているかを把握しはじめた。

――これはえらいことが起こるやもしれんぞ……。

昌浩は日本が敗戦した時の、すべてのものがひっくり返った状況を体験していたから、安易に動かない方がいいと考えていた。

昌浩は北朝鮮軍の侵攻を知ってから息子の五徳の行動に注意していた。去年の夏、一年余り音信不通になっていた五徳が突然家に帰ってきた。

妻は息子の姿を見て涙を流していた。

昌浩は妻から、五徳を必要以上に叱らないで欲しい、と言われた。妻が自分にそんなことを言うのは結婚して以来、初めてのことだった。

「あの子も環境がかわり戸惑っているのだと思います。でも素直で正直な性格は子供の時と何ひとつかわっていません。それにもう大人ですから自分でどうしなくてはいけないかがちゃんとわかっているから戻ってきてくれたんです」

昌浩は一年振りに家に戻ってきた息子を見て、何ひとつ成長していないように思えたが、妻の意見を受け入れることにした。

息子は妻が言ったように黙々と野良仕事を手伝った。それでも時折、こころここにあらずといったふうに鍬《くわ》を持つ手を止めて北の方をぼんやり眺めていることがあった。

今年になって、梅雨に入り、野良仕事はさらに忙しくなった。身体が弱っていた父親が寝込んだので一人でも働き手が必要だった。

朝早くから昌浩は五徳と野良に出かけた。剣道で鍛えていただけあって五徳の働きは頼りになった。

池を隔てた向かいの田畑では昌浩たちと同じように息子や娘が野良に出て一家で働いていた。昌浩は帰国して五年の間、年老いた両親にかわって懸命に働き続けた。村の寄合いにもすすんで出るようにしたが、日本人の手先になって生きていたという評判が広まっていて、昌浩への村の衆の反目は根深いものがあった。日本にいた時の部下が時折、訪ねてくることがあったが、彼等も昌浩と同様に周囲の人たちから白い眼で見られていた。日本にいた時のように昌浩が中心になって何か仕事をはじめて欲しいという人もいた。しかし昌浩は持病の心臓の具合いが悪くなっていた上に事業を立ち上げる気力が失せていた。昌浩が信じていた日本という国の敗戦とその後の混乱に翻弄されたことは昌浩の自信を喪失させた。そして何より自分が忠誠を尽くしていた日本人が自分たちを虫けらのように扱っていたことを知った時、彼の人生観は根本から崩れてしまった。

親子三人で食事をすると、日本で暮らす娘の要子の話が出ることがあった。

「姉さんはどうしているのかな。子供を三人も産んだなんてさすがだね。きっと姉さんに似て可愛い子だろうね」

昌浩は五徳に釜山の話を訊いたりした。

息子の口から出てくる言葉は、釜山でのストライキや済州島での暴動の話ばかりだった。

「今のままではこの国はいつまで経っても良くなりはしないよ。このままじゃ、アメリカの傀儡政権でいるだけで北と南はひとつになれないよ」

「そんなことは国の偉い人たちがやることだ」

「父さん、それは違うよ。国は僕たち一人一人が作るものなんだよ。それがコミューンというものなんだよ」

「五徳、食事の時はそんな話をしてはいけません」

さすがに妻が窘《たしな》めたが、五徳は不満そうだった。

昌浩は妻から五徳が妙な話を打ち明けたことを聞いた。

「あの子が、もうすぐ自分たちを救いに北から軍隊がやってくると言うんです」

「まだそんなことを言ってるのか。愚かな奴だ……」

六月に入って釜山から白という友人が訪ねてきた。それ以来、野良仕事をしていても五徳は落着かなかった。叱りつけたい気持ちを昌浩は妻の言葉を思い返して止めていた。

そんな時に、北朝鮮軍の侵攻のニュースが流れた。昌浩はどうして五徳がそんな情報を知っていたのかと思った。まさか北と繋《つな》がっているのではと疑ったが、息子にそんな大胆な行動ができるとは思わなかった。

三千浦の村にも予備役の兵士徴集の命令が届いたが、半分近くの若者はすでに徴集されていたからどの家も従う者はなかった。

ソウルが陥落し、行政府が大田に移ったニュースが流れ、七月に入って避難民が村にやってくるようになって、村の長老から呼ばれ、息子たちをひとつ処《ところ》に匿《かくま》うことになった。北朝鮮軍は侵攻しながら街や村で食糧を調達し、同時に若者を兵士として集め戦場に送り出しているという噂が届いていた。

昌浩は五徳に村の若者と一緒に臥龍山の奥にある洞窟に隠れるように命じた。五徳は行きたくないと言った。妻が言いきかせて五徳は村の若者たちと洞窟に行った。

昌浩は自分が村の衆から疎んじられているように五徳が村の若者から嫌われているのを知らなかった。

五徳が洞窟に行った夜、昌浩は海の方から砲撃音を聞いた。二、三分続いて砲撃音はすぐに止んだ。

「何の音でしょうか」

妻が心配そうに言った。

昌浩は離れの間に休んでいる両親のそばにいるように妻に告げて表に出た。

ただ闇がひろがっているだけで蛙《かえる》の鳴き声と家の前を流れる川のせせらぎの音が聞こえていた。昌浩は川沿いの道を下って小高い丘の上に登った。そこに立って西の方を睨んだが何もかわったことはなかった。

昌浩は息子が隠れている臥龍山の方を振り返った。かすかに山の稜線が浮かんだ。

その時、砲撃音がした。振りむくと海の方から閃光が空を走り、続いて花火のように火花が弧を描いた。

——戦闘をしている。もうここまで来ているのか。

昌浩は北朝鮮軍の侵攻の速さに驚いた。

彼はすぐに丘を下り、家に戻ると両親に身支度をさせ、荷車に乗せて臥龍山の西手にある寺に避難した。同じように避難をはじめた家もあって、寺の境内には何組かの避難家族が集まった。

「あなた、五徳は大丈夫でしょうか」

「あの洞窟なら大丈夫だ」

時折、砲撃音がしたが、それが味方のものか敵のものかわからなかった。


村の若者の中で一番年長の李と言い争って洞窟を出た五徳は臥龍山の沢づたいに海の方に進んだ。

途中、五徳は眠くなり、竹林の中でうたた寝した。

眠りを覚ましたのは、砲撃音だった。

爆竹のような音で目覚めた五徳は目をこすりながら身体を起こした。

聞こえていた音はすぐ止んだが、五徳は胸騒ぎがしていた。

釜山で逢った白俊植の話では北朝鮮軍は侵攻して一ヵ月で南を制圧すると言っていた。この村まで攻め込んでくるのは早くて七月初め、遅くても七月の中旬には光州方面から入ってくると断言していたから、中旬を過ぎた今、北朝鮮軍の先兵がいつ自分たちの村に入ってきてもおかしくはないと思っていた。

五徳は北朝鮮軍に加担するつもりはなかった。彼等がどんな気持ちでこの戦争をはじめたのかを知りたかった。誰もが平等に生きることができるという共産主義が真実で、この国の人々を本当に幸福にするために戦っているのかをたしかめたかった。

『おまえはアカの手先になろうとしてるんじゃないだろうな』

父は共産主義を学ぼうともしないで頭っから否定していた。

母は違っていた。五徳が、軍隊が北からこの国を救いに来てくれるかもしれないと告げた時、母は静かに言った。

「母さんには難しいことはわかりません。けど同じ国の人が啀《いが》み合ったり、争ったりするのはいけないと思うわ。ましてや同じ国の人を傷付けたり命を奪うようなことがあったら、それは間違っています。たとえ兵隊さんでも家族があるんですから……」

「そんなふうにはならないと思うよ。元々同じ国の人間なんだから」

「そうね。母さんもそう思うわ」

五徳も朝鮮人同士が銃口をむけて殺し合うことはないと思っていた。

だから俊植は一ヵ月足らずでひとつの国になれると言っていたのだろう……。

五徳は竹林を出て、海が見渡せる突端の岩場の上に立った。入江の水面は黒く沈んでいた。対岸の稜線がかすかに浮かんでいた。

――空耳だったのか……、

と思った瞬間、耳をつんざくような砲撃の音とともに空に閃光が走り、水面が白く浮き上がった。続いて地鳴りがして足元が揺れた。五徳は岩の上にしゃがみ込んだ。応戦しているのか五徳がいる海岸の方から機関銃の音がして、無数の火花が光った。砲撃の音が激しく続いた。五徳は四つん這いになって入江を覗いた。何艘かの小舟がこちらにむかって進んでいた。小舟の上から銃を撃っている兵の姿が見えた。

——ついに来たんだ。

五徳は胸の中で叫んだ。

銃撃戦は三十分程で終り、五徳の立つ岩の下方の海岸線に兵士の声がした。海岸線で灯りが揺れていた。銃声は止んで対岸から続々と小舟が接岸しようとしていた。応戦していた相手は退いたのだろうか。

東の空が少しずつ明るくなろうとしていた。五徳の目にようやく北朝鮮軍の兵たちの姿がはっきりと見えはじめた。入江を渡ってきたせいか兵士たちは水に濡れ黒く光って勇猛そうに見えた。岸に上がった兵士たちは海岸線を北にむかって進みはじめた。五徳がざっと数えたところでは二百人近い数の隊だった。彼等は晋州《チンジュ》の方向に消えて行った。

五徳は最後尾の兵の姿が見えなくなるまで岩の上で見ていた。陽はようやく昇りはじめ、海岸には打ち捨てられたように小舟が揺れていた。兵の姿が失せると五徳は、岩場を下りて沢伝いに海岸に下りた。

岸には小舟と無数の足跡が残っていた。薬莢《やっきょう》が散乱していた。五徳は薬莢を拾い上げようとして思わず声を上げた。

岩場の蔭にうずくまるようにしている兵士の背中が見えて、五徳は立ち止まった。韓国軍の軍服を着ていた。泥の中に顔が埋まっている。先刻の銃撃戦で撃たれたのだ。背中がどす黒く汚れているのが血の跡なのか誰かに踏まれたものなのかわからない。五徳は足が震えた。がくがくと歯が音を立てた。死体は素足だった。どうして靴を履いていないのだろう。鉄兜《てつかぶと》もしていない。よく見ると銃も持っていない。

五徳は他の死体がないかと周囲を見回した。死体はこの兵士だけのようだった。

兵士たちが向かった方に歩き出すと、草叢《くさむら》に数枚の紙が散らばっていた。拾い上げると赤い文字で、〝皆さん、私たちは祖国統一のために北からやってきました。戦える人は銃を取って下さい。私たちに力を、食糧を下さい。共に戦いましょう〟と書いてあった。

五徳はその紙を拾い集めてポケットの中に仕舞った。そうして一目散に家にむかって走り出した。

家に駆け戻った五徳は、誰も家の中にいないのに気付き、あわてて周囲を探した。どの家にも人の気配がしなかった。

——どうしたのだろう。皆どこに行ってしまったんだ……。

五徳は皆が戦闘にまき込まれたのではと思ったが、争った形跡はなかった。

五徳は心配になって、父と母の名前を呼んだ。

朝もやの中に自分の声だけが響いていた。

——皆どこかに連れ去られたのだ。

年老いた祖父母の姿がよみがえり、五徳はどうしてすぐに家に戻らなかったのか、と自分の行動を悔んだ。母のやさしい笑顔が浮かんだ。

「オモニー」

五徳は母をもう一度呼んだ。

その時、背後から五徳の身体は羽交締《はがいじ》めされ、一瞬の内に口を手で塞《ふさ》がれた。

「静かにしろ。でないと殺すぞ」

低い声が耳元でした。

五徳は手足を揺らして抵抗しようとしたが相手の力は強靱《きょうじん》だった。

「おまえ一人か」

五徳は必死でうなずいた。

目の前に一人の男があらわれた。

「騒ぐと撃つぞ。わかったか」

五徳は相手の目を見て、大きく首を縦に振った。背後の手が解かれた。五徳は大きく溜息をついた。

「私たちが誰だかわかるな?」

五徳はうなずいた。

「おまえたちを解放しに来たんだ。ここはおまえの家か」

「そうです」

「家族はどこに行った? 村の者はどこに行った」

五徳が首を横に振ると、いきなり背後から怒鳴り声がして、背中を蹴り上げられた。五徳は床にもんどり打って倒れた。

「この野郎、嘘をつくと撃ち殺すぞ」

そうまくしたてて一人の兵士が倒れた五徳の腹や顔を蹴り出した。五徳は呻《うめ》き声を上げた。嘔《おう》吐《と》した。

「もうよせ」

「こいつら隠れてやがったんですよ。協力する気がない奴は敵と同じでしょう」

「いいから、むこうに行ってろ。家の中をよく探すんだ。床下に食糧があるはずだ」

ドタドタと足音が隣りの方に消えた。

「君、大丈夫か。この家の者だね」

「は、はい」

「さっきお母さんを呼んでいたが、どこかに行ってしまったのかね。私たちは北朝鮮軍だ。君たちを救うためにやってきたんだ。乱暴なことをして済まなかった。部下たちはこの二日ほとんど何も口にしていないので気持ちが苛立《いらだ》っているんだ。許してくれ。私は蔡《チェ》少尉だ。君の名前は?」

五徳が名前を告げると、蔡少尉は笑って右手を差し出した。五徳は恐る恐る手を出し握手した。相手が白い歯を見せ、五徳の口元の傷の血を拭うようにと手拭いを出した。

「平気です。ありがとう」

「少し訊きたいことがあるのだが協力してくれるかな」

五徳はちいさくうなずいた。

蔡少尉は軍服のポケットの中から地図を出し、ここがどこになるのかを訊いた。

五徳は指で村の場所を指し示した。

「この村には何人の人が住んでいるのだね」

「農家ばかりが三十戸です」

「この近くに韓国軍の基地はあるのかね」

「軍隊の基地はありません」

「では一番近い軍隊の基地はどこにあるのかね」

「たぶん晋州だと思います」

「そうか。晋州までは歩いてどの位かかるかね」

「半日か、もう少しかかるかもしれません」

その時、裏手の納屋の方で大声がして、すぐに兵士が入ってきた。

「ありました。納屋の床下に米が隠してありました。この野郎、あんな所に隠しやがって……」

兵士が銃床で五徳に殴りかかろうとした。

「止めろ。止めるんだ」

蔡少尉が強い口調で言った。

「彼が隠したんじゃないだろう。このあたりの農家は備蓄用の食糧をそうやって仕舞っておくのだろう」

「少尉、違います。こいつは知ってるはずです。私には顔を見ればわかるんです」

「そんなふうに考えるんじゃない。一人でも多くの協力者がいないとこの戦争は勝てないんだ。光州の失敗をくり返してはならない」

蔡少尉は言って表に出た。

残った兵士は蔡少尉が出て行くのを目で追い、姿が消えたのを確認すると銃口を五徳にむけた。

――殺される……。

五徳は直感した。

「た、助けて下さい。協力しますから」

「嘘をつくな。その顔に俺たちへの憎しみが出てる」

「そ、そんなふうに私は思っていません」

その時、蔡少尉がもう一人の兵士と戻ってきた。

「何をしている。勝手な行動は許さん」

蔡少尉が銃を構えていた兵士を殴りつけた。

「命令違反は即銃殺だぞ。わかったか。返事をしろ」

「わ、わかりました」

兵士は口元を拭いながら返答した。

「金君、この家に荷車はあるかね」

「裏の納屋の脇に置いてあります」

「どこかね」

「今、教えます」

五徳は言って、裏の納屋に駆けて行った。

いつも置いてある納屋の脇から荷車が消えていた。

「ほら少尉、言ったとおりでしょう。こいつは出鱈目《でたらめ》を言ってるんですよ」

先刻の兵士が言った。

「嘘じゃありません。いつもはここに置いてあるんです。昨日も野良仕事の後で私がここに置いたんです」

五徳は必死で説明した。

「どうやら君の家族は荷車を引いてどこかに行ってしまったようだね。この近くに荷車のある家はあるかね」

蔡少尉の口調が変わっていた。

「少し山の方に行って橋を渡った朴《パク》さんの家にあるはずです」

「ではその荷車を持ってきてくれるかね。そうしたら君を信用するよ」

「は、はい」

五徳は二人の兵士と小川沿いの道を臥龍山の方に登り、橋を渡って朴の家に行った。朴の家も人影が消えていた。

荷車は門の脇に立て掛けてあった。

この家の納屋はどこだ、と兵士に訊かれた。五徳が案内すると、兵士たちは木戸を蹴破って中に入り、味噌やキムチの入った甕《かめ》を外に運び出した。それから床板を剝がしはじめた。手慣れていた。

「あったぞ。おまえも運ぶんだ」

五徳は兵士に言われて、床に隠してあった米や糠《ぬか》の袋を運んだ。それを荷車に載せて家まで行った。

「よし、よくやった。残りを積んでしまえ」

蔡少尉が五徳の肩を叩いた。

荷車に米俵を積みながら、五徳は両親が大事に仕舞っておいた食糧を運び出すのが申し訳ない気がした。

荷積みが終ると、兵士の一人が言った。

「こいつをどうしますか。連れて行っては足手まといになりますよ」

蔡少尉が五徳を見た。

「合流地点までは道案内をさせて荷車を引かせよう」

「わかりました。おい、こっちに来い」

五徳は額に吹き出した汗を拭おうとして腰の手拭いを引き抜いた。

その時、ポケットから何かが零れ落ちた。

「待て、これは何だ？」

五徳に銃口をむけた兵士が呼び止めた。

地面にしわくちゃになった数枚の紙切れが落ちていた。

夜明け方、戦闘があった海岸で拾った宣伝ビラだった。

「貴様、これは俺たちの宣伝ビラじゃないか。平壌から持ってきた俺たちの大切なものをこんなにして隠していやがったのか。他にも、持っているんだろう。見せろ」

兵士は言って五徳のズボンのポケットや上着のポケットをまさぐった。残りのビラが出てきた。

「貴様、やっぱり敵だったんだな。許さん」

兵士が銃を構えた。蔡少尉が出てきた。

「何をやってるんだ?」

兵士がしわくちゃになって破れているビラを少尉に見せた。

「少尉殿、こいつ、大切な宣伝ビラをこんなにしていたんです」

蔡少尉は破れた宣伝ビラを手にしてから五徳を見た。

「これは君がやったのか」

「いいえ、違います。私はこのビラを父と母に見せようと思って拾ってきたのです」

「それは話がおかしいな。君の言ってることが本当ならどうして君の両親はここから逃げ出しているんだ。君はこれをどこで拾ったのかね」

「海岸です。順天の方からあなたたちの部隊が海を渡ってきて、そこで戦闘があって、部隊は北の方に進んで行ったんです。その後、私は海岸に行ってこれを拾ったんです」

「今日の夜明けに海を渡った味方の軍はいないよ。君は部下が言ったとおり、私たちを騙そうとしていたんだな」

「ち、違います。本当の話です。私はこの目でたしかに見たんです」

蔡少尉が兵士に目配せした。

兵士の一人が五徳の腕を摑んだ。

「本当です。私は嘘はついていません」

五徳は少尉に訴えた。少尉は五徳の顔を見ようともせず地面に落ちている宣伝ビラを拾って丁寧にひろげていた。

五徳は二人の兵士に家の裏手に引きずって行かれた。

「だから早くに始末しとけばよかったんだ。少尉殿は人が良過ぎるんだ」

銃を手にした兵士が言った。

兵士は口をにんまりさせて銃を構えた。

五徳は目を閉じた。

「待て、待つんだ。殺すんじゃない」

家の中から大声がした。


「どうしてこれを早く見せなかったのかね。そうしてくれていればあんな目に遭わなくて済んだんだよ」

蔡少尉は白俊植が五徳に渡した紙をひろげて言った。

「…………」

五徳は黙って少尉の話を聞いていた。

「白俊植は参謀本部から通達された第一級の工作員だ。私も彼に逢うのを楽しみにしていた。その白と重要な仕事をしてきた君がどうしてそのことを私に告げてくれなかったんだ。もう少し遅れていたら、私は大きな間違いを犯すところだったよ」

少尉は安堵したように言って、自分たちの非礼を詫びた。銃を五徳にむけた兵士も頭を深々と下げて謝った。五徳には俊植から渡された封筒の中の紙に何が書いてあったのかわからなかった。命が助かったことが何より嬉しかった。

兵士が五徳のポケットから取り上げた紙を少尉が拾い上げなかったら、五徳は自分が銃殺されていたことを思い、白に感謝した。

「あの人は今どこにいるんでしょうか」

五徳は白の行方を少尉に訊いた。

「さあ、それは私にもわからない。けれど白をはじめとした工作員たちが正確な情報を提供してくれたから私たちは一気にここまで勝利しているんだ。あと一、二週間で大邱、釜山を陥落させることができる。そうなればこの国は理想の国になる」

「あと一週間か、二週間でですか」

「そうだ。大邱、釜山が私たちの手に陥ちるのはもう時間の問題だ。今年の解放記念式典は金首相をソウルに迎えてできるはずだ」

五徳は俊植から、その名前を聞いていた北の首相がソウルにやってくることを少尉から聞いて、この戦争が終結に近づいているのだと思った。

「金君、ともかく私たちと晋州に行こう。晋州攻撃は二日後だ。それまでにやり終えなくてはならないことが山ほどあるんだ」

少尉はそう言って笑った。

「蔡少尉、出かける前に両親に無事であることだけは書き置きを残してやりたいのですが」

「それはできない。たとえ君の両親でも、私たちの行動がわかるものは残すわけにはいかない」

「………」

五徳はうつむいたまま唇を噛んだ。

「あと五分後に出発する。何か必要なものがあれば準備してくれ。私は外で待っている」

少尉はそう言って表に出て行った。

五徳は少尉が出て行くのを見て、仏壇の抽出《ひきだ》しから筆と紙を取り出し、筆先を舐めながら両親へ書き置きをした。その紙をちいさく折って位牌の裏に落した。

蔡少尉と三人の兵士とともに五徳は村を出た。

荷車を引きながら見慣れた村の風景を見回した。奇妙なほど村人の姿が失せていた。

――皆、どこに行ったのだろう。

五徳は臥龍山の洞窟の中に隠れている若者たちのことを思い浮かべた。

彼等はすでに戦争の勝敗が決していることを知らない。それを知らないで逃亡していたらとんでもない悲劇に遭う気がした。日本から戻ってきた自分を疎んじて、白い目で見る若者たちだが同じ村の若者であることにはかわりがない。

五徳は今朝、海岸で見た兵士の死体を思い浮かべた。

晋州へ続く道路に出ると、他の部隊と合流した。どこから避難してきたのか、たくさんの荷物をかかえ、子供の手を引いた大勢の避難民たちとすれ違った。

彼等の目には、北の軍隊も南の軍隊も区別がないのか、無表情のまま五徳たちを一瞥《いちべつ》して行き過ぎていった。時折、子供が無邪気に兵士に手を振っていた。

――すでにこの国の人たちは戦争の勝敗をわかっているんだ……。

五徳は歩きながら少しずつ身体の中に活力があふれるのを感じた。

――新しい国を、理想の国を作るんだ。

五徳は胸の中で呟いた。


五徳は蔡少尉の率いる北朝鮮軍の小隊とともに晋州を目指していた。

泗川《サチョン》を出た時は四人だった兵士がいつの間にか三十人近い人数に増えていた。合流してきた兵士は皆笑いながら互いの肩を叩いたり、抱き合ったりしていた。五徳を見て笑って声を掛ける兵士もいた。

避難民たちとすれ違うと陽気に声を掛ける兵士もいた。それとは別に避難民を囲んで食糧を拠出させる兵士たちもいた。

やがて前方に黒煙が立ち昇っているのが見えた。

――戦場が近いのだ……。

五徳は杖がわりにしていた棍棒を持つ手に力を込めた。

空のどこからともなく不気味な音が響いてきた。

蔡少尉が声を上げた。

「敵機だ。伏せろ」

兵士たちが一斉に道端の左右にある田圃《たんぼ》に飛び込んで身を伏せた。五徳もぬかるんだ水田に走り込んだ。

空を見上げていた五徳の頭を兵士の一人が背後からおさえつけた。それでも五徳は片目で空を仰いだ。

耳をつんざくようなエンジン音がして戦闘機が二機頭上を通り過ぎた。すぐにまたエンジン音が続き、もう一機があらわれた。一瞬、戦闘機の機体に見覚えのある青と赤と白の模様が見えた。

――アメリカ軍の爆撃機だ。

五徳は咄嗟《とっさ》に胸の中で叫んだ。

前方で爆発音が続いて地面が揺れた。

アメリカ軍が空爆をしているのだ。韓国に駐留していたアメリカ軍は一年前に引き揚げたはずだった。それなのにどうしてアメリカの爆撃機が飛来して爆撃しているのか五徳にはわからなかった。

ほどなく爆撃機はエンジン音を周囲に響かせながら南の方に去って行った。

蔡少尉が大声で、兵士に整列するように命じた。

兵士たちはのろのろと田圃の中から起き上がった。どの兵士も顔や軍服が泥だらけだった。お互いの顔を指さして笑っている兵士もいた。兵士の一人が五徳の顔を見て笑い出した。相手の顔も泥だらけだった。

前進、と声をかけた蔡少尉の軍服だけが泥に汚れていなかった。

五徳は蔡少尉は敵機が襲ってきても勇敢に立っていたのだろうか、と思った。

五徳がそのことを顔見知りになった兵士に訊くと、彼は少尉は軍服を泥だらけにすると自分たち一兵卒と見分けがつかないからだ、と説明した。なるほど、と五徳は感心した。

街道沿いの町に入ると工場や民家が黒い煙りを上げて燃えていた。その煙りが村や町から立ち昇り、北からの風に繋がって空を覆っていた。

五徳が山のむこうから見たのはこの煙りの群れだった。

晋州にむかう街道でさらに他の部隊が合流しはじめた。

兵士たちの中には手にした芋を喰いながら進軍している者もいた。陽が暮れても兵士たちは歩くことを止めなかった。

五徳は空腹で腹の虫が鳴いた。

南江《ナンガン》の岸に着くと、そこでようやく全隊に休息命令が出された。

食糧の配給があると知らされ、大勢の兵士たちが屯ろする場所にむかって歩き出すと、軍服を着ていない男たちがたくさんいた。

五徳は彼等に北から来たのか、と訊いた。彼等は首を横に振り、光州や大田から軍隊についてきた労務者だと言った。

労務者の一人が疲れ切った顔で五徳に言った。

「おまえは何と言われてここに来たのかは知らないが給料をくれるのは最初だけだ。あとは釜山から韓国軍を追い落したら山ほどの金と地位をくれると言うが、どこまで信用できるかわからんぞ。今のうちに逃げた方がいいぞ」

「そうだ、若いんだからこんな所にいてはだめだ」

もう一人の労務者が言った。

「ではなぜあなたたちは逃げ出さないのですか」

「俺たち小作農が人生を逆転するには北朝鮮軍でも中国軍でもどこの国の軍隊でもいいから特別な手柄を立てることだ」

「特別な手柄とはどういうことでしょうか」

「そうだな、李承晩の首でも取ってくることだろう」

そう言って二人は声を上げて笑い出した。

右方から怒鳴り合いの声がした。諍《いさか》い合う声が段々大きくなった。

「また揉めはじめやがった」

「何を争っているんですか」

「食糧の配給さ。いつもあれだ」

一人がうんざりした顔で言った。

その時、銃声が轟《とどろ》いた。

怒声が止み、静寂がひろがった。

見ると、岩の上に小柄な男が一人立って銃を持った手を上方に突き出していた。

「兵士諸君、人民軍としての誇りを持て。釜山まではあと少しだ。アメリカの傀儡政権を海に蹴落せば、その日から好き放題に食べることができる。それまでは頑張るんだ。勝利は近いぞ。勝利だ。勝利だ」

男の言葉に兵士たちが一斉に、勝利だ、勝利だ、と声を揃えて叫びはじめた。

「またあれだ。気勢を上げてもひもじい思いがなくなるわけじゃないのに……」

労務者が呆きれたように言った。

「おいおい、そう大きな声を出すな。兵士に聞こえたら厄介なことになるぞ」

もう一人の労務者が声を潜めて言った。

「おう、ここにいたのか。蔡少尉が呼んでいるぞ」

顔見知りの兵士が来て言った。

五徳が蔡少尉の下に行くと、野営テントが張られて何人もの兵士が出入りしていた。

「やあ君を探していたんだ。一緒に来てくれ」

五徳は蔡少尉とテントの中に入った。

「隊長、この男が、先刻、話しました男です」

蔡が机の上の地図を見ていた男に言った。

さっき岩の上で銃を撃ち演説をしていた男だった。

男が顔を上げて五徳を見た。

五徳は相手の視線に背中のあたりがぞくっとした。冷たい視線だった。相手はじっと五徳を見ていた。男が五徳を手招いた。五徳は蔡少尉を見た。そばに行くように目配せをしていた。五徳がおそるおそる近づくと男は言った。

「白俊植とは、いつどこで逢った?」

「二年前に釜山でです」

「白は何をしていた?」

「よくわかりませんが、ストライキを煽動したり、南労党や共産主義のビラを配ったりしていました」

五徳は相手が納得するように答えた。相手も五徳の答えに満足したようにうなずいていた。

「最後に白と逢ったのはいつだ?」

「今年の六月に私の村に来ました」

「そこで白はおまえに何を言ったんだ」

「何も言いませんでした」

男はいきなり机を叩いた。

「何も言ってないことはないだろう。おまえに情報を流しただろう。あいつは私たちの命令に叛《そむ》いて南での蜂起行動を何ひとつしていないんだ。その上、連絡ひとつ入れてきとらんのだ。白の居場所をおまえは知っているんだろう。隠すと許さんぞ」

男が怒鳴り声を上げた。

五徳は身がすくんだ。どうしてこの男が白のことでこんなに怒っているのかわからなかった。

「隊長、彼は食糧調達にも協力してくれました。ここまでの道案内もしてくれています。我々の敵ではないと思います」

蔡少尉が言った。

「蔡、だからおまえは甘いんだ。今だに本隊がここをうろうろしているのは潜伏しているはずの工作員が何もしていないからだろう。我軍を喜んで迎えてくれるはずの人民が食糧を隠しているし、抵抗する連中もいるんだぞ。こいつもその一人に決っている。命令に叛くようなら処分してしまえ。いいな」

「わかりました」

蔡少尉は相手に敬礼して五徳を連れてテントを出た。

「済まない。隊長は戦況が進展しないので神経質になっていらっしゃるんだ。君のことを悪くは思ってないはずだ。さあ、あそこに行って食事をして休め」

蔡少尉は兵士たちが屯ろしているテントを指さした。テントにむかって歩きはじめた五徳を蔡少尉が呼び止めた。

「金君、その服では何かと動きにくいだろう。私にひとつ着換えがある。それを着たまえ」

五徳は自分の衣服を見た。昨日、家を出たままで泥だらけだった。

「さあこっちに来たまえ」

蔡少尉のテントに入ると、衣服を差し出された。それは軍服のようだった。

「これは軍服ですか」

「違うよ。それは私の妻がこしらえてくれた人民服だよ」

「人民服?」

「そうだよ。北では皆が同じ服を着るんだよ。皆が平等の国だからね。マルクス主義の基本理念はイデオロギーの下の平等だからね。侵攻がはじまる前に妻が縫ってくれたんだ」

蔡少尉の口元にかすかに笑みが浮かんだ。

「結婚をしているのですか」

「ああ、戦争がはじまる前に急いで式だけを挙げたんだ。写真を見るかい」

「ええ」

蔡少尉は軍服の内ポケットに手を入れ、ちいさな布袋を取り出し、その中から一葉の写真を五徳に見せた。

若くて美しい女の人が肩先から流れた髪に手を当てて微笑んでいた。

「美しい方ですね」

「ありがとう。妻は髪がとても綺麗でね」

「本当に艶があって綺麗な髪ですね」

「でも今はその髪も切ってしまったんだ。国家の非常態勢の時だからね。この戦いに勝利して国家がひとつになれば、また妻の髪を伸ばせる時がきっと来る。その日が来たらぜひ私の家に訪ねて来なさい」

「はい、ぜひ伺います」

蔡少尉が手を差し出した。

五徳はその手を握った。蔡少尉が力強く握り返した。


南江を夜間、渡し舟で渡り、五徳は蔡少尉の小隊とともに晋州南方の戦線の拠点にむかった。

韓国軍の抵抗はまったくなかった。遠くで砲撃の音がしたが、それも散発だった。危険なのは空からの攻撃で、爆撃機と戦闘機が交互に飛来し、晋州の中心地を攻撃していた。時折、戦闘機が低空飛行でやってきて進軍する北朝鮮軍を狙って射撃していた。どの機体にもアメリカの国旗があった。北朝鮮軍には戦闘機がないのか制空権は彼等が握っているようだった。だから北朝鮮軍の昼間の進軍は制限され、移動はほとんどが夜間だった。

二日後に晋州は完全に北朝鮮軍の手に陥ちていた。

夕刻、五徳は蔡少尉に呼ばれた。

「これから師団司令部に行く。君はまだ我が軍の本隊を見たことがないだろう。第三師団は第一軍団の中でも精鋭部隊だ。武器、弾薬の補給も受けるので人手がいる。君も来たまえ、本隊を見ておくといい」

すぐに小隊は中隊の後に続いて出発した。陽は落ちていた。晋州中心部に繋がる橋が近づくとトラックがライトを点けずに続々と渡江してくるのが見えた。

橋を渡り街の中心部に入ると、整列した兵士たちが歌を歌いながら行進していた。〝勝利〟、〝解放〟という言葉が何度もくり返し聞こえてきた。ひとつの部隊が去ると、すぐに次の部隊があらわれ、そしてまた他の部隊が通り過ぎて行った。どの部隊も活き活きとしていた。

「大勢の部隊がいるんですね。ここだけで何人くらいの兵士がいるんですか」

「第三師団が六千人、第四師団が七千人だ。第六師団と第八三自動車化連隊、第一〇四治安連隊で五千人。それに予備第二師団が七千五百人だ。それを合わせたのが第一軍団で二万五千五百人の大部隊だよ。私が所属するのは第三師団だ。ソウルを陥落させたのが我々第三師団で別名を〝ソウル師団〟と呼ばれているんだ」

蔡少尉は自慢気に言った。

第三師団の司令本部に近づくと、どこもかしこも兵士たちで埋まっていた。これから出撃するのか皆忙しく動き回っていた。

司令本部にむかって歩いて行くと、大勢の軍服を着ていない男たちがいた。皆労務服を着ていた。

「あの人たちは何ですか」

「治安連隊だ。皆南にいた人たちだ。支援任務をしている。彼等の中には今、後方で軍事訓練を受けている部隊もいるんだ。我々の軍はこうして進撃する度に兵力が増して行くんだよ。彼等を見ていればこの戦争はどちらが勝つかわかるだろう」

治安連隊と呼ばれた人たちをよく見ると、若者はほとんどいなかった。皆五徳の父や祖父と同じ壮年者が多かった。どの顔も目がうつろで疲れているように思えた。

司令本部は街の中心部から少し離れた小高い丘の上にあった。

大勢の兵士たちを統率しているわりにはちいさなテントだったが、警備に立っている兵士の様子が今まで逢った北朝鮮軍の兵士と違っていた。

五徳は他の兵士とともに弾薬補給を受けに行った。そこには数台のトラックが停車していた。トラックには赤い旗が飾られ、車体には〝勝利は近いぞ。解放の日、八月十五日〟とペンキで文字が書いてあった。

補給を待つ列が何列もできていて、列の先頭の方では怒声が飛び交っていた。

命令書にある量を渡さんか。司令部が決定してるんだ。それ以上は渡せん。この量で戦えると思っているのか。司令部の命令だ。責任者を出せ。次の支援が届くまで待つんだ。出撃は今夜なんだぞ。弾薬なしで戦えと言うのか……。引き渡す方も受け取る方も目が血走っていた。

五徳たちの順番が来て、命令書を渡され、武器、弾薬の積んである場所に行った。夥《おびただ》しい量の銃や弾薬が積んであった。どの箱にもロシア語の文字がある。

――そうかソ連が北朝鮮軍を支援しているのか……。

それなら武器も弾薬もつきることはない、と五徳は思った。

命令書を渡すと、労務者が呼ばれ男について弾薬を積んだ場所に連れて行かれた。何人かの労務者が汗だくになって弾薬の入った木箱を担いで右に左に運んでいた。

五徳たちが待っていると三人の男が木箱を担いでやってきた。その中の一人の顔を見て、五徳は声を上げそうになった。村の男の李だった。あの臥龍山の洞窟に隠れた李の父親だった。

李の父親は最初、五徳に気付かなかった。五徳が蔡少尉に貰った軍服に似たものを着ていたからだった。

「金、そっちは揃ったか」

兵士の一人が訊いた。

「はい。あとひと箱だけです」

返事をした時、李の父親が顔を上げて五徳を見た。相手は最初、訝しそうに五徳の顔を眺め、すぐに驚いたように目を見開き、木箱を渡した。

「お、おまえは……」

李の父親が言った時、背後で兵士が、何をもたもたしてる、と怒鳴り声を上げて李の父親の背中をこづいた。李の父親はよろよろと前のめりになりながら地面にうつ伏した。

「この野郎、いつもサボりやがって」

李の父親の横っ腹を蹴り上げた兵士にむかって五徳は、やめてくれ、と叫んだ。

どうしたんだ、と小隊の兵士が来て言った。

「いや何でもありません」

「さあ少尉が待っているから早く行こう」

五徳はうなずき、起き上がろうとしている李の父親の姿をちらりと見て司令部の方に木箱を持って歩き出した。

小隊への帰り道、弾薬を積んだ荷車を引きながら五徳は、先刻見た李の父親の姿を思い出していた。

行く時より、蔡少尉も他の兵士も上機嫌だった。

「師団長の話ではあと十日もあれば釜山は陥落するそうだ。八月十五日の解放の日にはソウルに金首相も見えて盛大に解放宣言をなさるらしい」

蔡少尉が興奮気味に言った。

「じゃ来月は故郷に帰って美味い酒が飲めるかもしれませんね」

「そうか、ひさしぶりに家族と逢えるな」

兵士たちの声も昂揚《こうよう》していた。

「そのためには明日からの戦いに全力でむかわなくてはな」

「まかせておいて下さい」

五徳は彼等の会話を聞きながら、父と母のことが心配になっていた。

李の父親が支援任務に連れてこられているということは五徳の村の男たちもすべてどこかに連れて行かれていることになる。

あの父が自ら北朝鮮軍に協力するとは思えなかった。

——父と母は大丈夫だろうか。今頃、どこでどうしているのだろうか。

小隊に戻ると、五徳は蔡少尉の下に行った。

正直に事情を打ち明けた。

「そうか、君たち家族は日本に連行されていたのか。日帝のひどい仕打ちを受けていたんだね。さぞ辛かっただろう」

何も事情を知らない蔡少尉は五徳に同情してくれた。

「お父さんは我々に抵抗していなければ無事でいると思うよ。それにたしか泗川と安東《アンドン》で召集した南朝鮮人民は軍事訓練を受けて、すでに戦闘部隊を結成していると聞いている。お父さんはきっと、その中に加わって、立派に戦っているんじゃないかな。釜山を陥落させて勝利の日がくれば君もお父さんと逢えるはずだ」

蔡少尉の話を聞きながら、五徳は父が銃を手にすることはないと思っていた。できるなら今すぐ村に引き返して両親の安否をたしかめたかった。

泗川の村人が戦闘部隊を結成したということは、あの洞窟にいた若者も部隊に入れられたに違いないと思った。

「心配しなくとも大丈夫だ。すでに勝敗は決しているのはお父さんが見ていてもわかるはずだから」

その時、銃声がした。

蔡少尉はすぐに机の上の銃を取り、表に飛び出した。数人の兵士が銃を構えていた。

「どうした？」

「わかりません」

「銃声は岸辺の方から聞こえました」

「よし」

蔡少尉が岸にむかって走り出した。皆が後に続いた。岸辺に行くと人影が見えた。

「おまえは一緒に逃げようとしたんじゃないのか」

「い、いいえ、私は止めたんです」

怒鳴り声と怯《おび》えた声がした。

「どうした、何があった」

蔡少尉が兵士に訊いた。

兵士の前に労務者が跪《ひざまず》いていた。

そのそばに胸元を血で染めた労務者があおむけに横たわっていた。光州から来た労務者だった。

「こいつが食糧と弾薬を盗んで逃亡しようとしていました。制止すると逃げ出したので撃ち殺しました。こいつが岸辺の船のそばにいたので一緒に逃亡しようとしていたのだと思われます」

「ち、違います。私はこいつが盗みをすると言い出したので止めに来たんです」

「本当か」

蔡少尉が訊いた。

「本当です。私はこいつと違って光州に家族がいるので、そんなだいそれたことはできません」

「嘘に決っています。岸で船を用意して待っていたんです。大切な弾薬と食糧を、この盗人野郎が」

兵士が銃口を労務者の頭に当てた。

「信じて下さい。私には家族がいるんです。今日まであなたたちの為に身を粉にして働いてきているじゃありませんか。信じて下さい。人民軍、万歳、万歳」

その時、兵士の一人が労務者に歩み寄り、彼のズボンのポケットを探ぐった。あわてて労務者が身をよじった。

抵抗するんじゃない、と兵士は声を上げ労務者の手から何かを奪い取った。手榴弾だった。

「こいつ……」

兵士が憎しみに満ちた目で労務者を見た。

「わかった。どいていろ」

蔡少尉は兵士たちに言って、銃を労務者にむけて撃った。

乾いた音がして、労務者の身体が跳ね上がるようにして倒れた。

五徳は茫然とその殺戮《さつりく》を見ていた。膝頭《ひざがしら》ががくがくと震えていた。

「こいつらは解放の意味が何もわかってはいないんだ。思想を持てない人間はうじ虫と一緒だ」

蔡少尉は言ってちらりと五徳を見た。

蔡少尉が兵士の一人の名前を呼んだ。

「予備の銃を一丁持ってきなさい」

兵士はテントにむかって走って行った。すぐに銃を手に戻ってきた。

「金君、その銃を持ちなさい」

蔡少尉が言った。

「えっ」

五徳は少尉を見た。

「この労務者はまだ生きているかもしれない。生き返ったら必ず私たちの敵になる。その銃で二人を撃ちなさい」

「わ、私は銃の撃ち方を知りません」

「教えてやれ」

顔見知りの兵が五徳に銃を持たせた。

銃を持った手が小刻みに震えた。

「しっかりと持つんだ。そうでないとおまえもこいつらの仲間とみなすぞ」

「は、はい」

「ここに狙いを合わせて、この引き金を引くんだ。もっとしっかり握るんだ」

「よし、金君、撃ちたまえ」

五徳は横たわる労務者に銃口をむけようとしたが手が震えて銃の先が持ち上がらなかった。何をやってるんだ、早くしろ、兵士の怒声が背後でした。五徳は驚いて手を引っ込めた。その拍子に銃が地面に落ちた。

「貴様、大事な銃を。許さん」

兵士がつかつかと歩み寄ろうとすると蔡少尉が言った。

「金君、銃を拾って撃つんだ。そうでないと君もこの二人と同じ目に遭うことになるよ」

五徳は少尉の顔を見た。別人のような顔をしていた。五徳は銃を拾い、横たわる労務者に銃口をむけ目をつぶって引き金を引いた。


指揮権を与えられた二日後の六月二十九日、マッカーサー元帥は羽田空港から飛び発ちソウルの状況を見た。東京に戻ると、トルーマン大統領に、このままでは朝鮮半島は北朝鮮とソ連の手に陥ちるだろうと話し、アメリカ地上軍を投入し大規模な抗戦をすべきだと進言した。トルーマンの要請で国連安保理事会が開かれ、朝鮮半島の紛争をおさめるために国連軍の介入を決定した。

李承晩は、日本に臨時政府を移したいとマッカーサーに申し入れたが、半島を死守すべきであるというのが元帥の返事だった。マッカーサーは政府を釜山でなく大邱に置くように命じ、防御のために地上軍の増援部隊を日本から送り出した。


翌夕刻、小隊は晋州から釜山にむかって進撃を開始した。

「釜山を陥落させたら、そのまま日本を攻撃しようという話まであるらしいぞ」

兵士が五徳に言った。

五徳は返答しなかった。手にした銃が重かった。

昨夜は一睡もできなかった。

夜が明けてから五徳はせめてあの二人の遺体だけでも葬ってやろうと現場に行った。すでに何人かの労務者が穴を掘り埋葬を終えようとしていた。

五徳の顔を労務者の一人が刺すような目で見た。すでに噂は流れているのだろう。しかし五徳の手に銃があるのを見て、誰一人逆らおうとはしなかった。

飯炊きに来ていた女が草叢からあらわれた。

手に花を持っていた。野生の朝顔だった。

女は黙ってその花を土饅頭《どまんじゆう》の上に置いた。そうしてしゃがみ込むと両手で顔を覆い、哀号《アイゴー》、哀号と泣き出した。

五徳は頭を垂れていた。大きな朝顔の赤と紫色があざやか過ぎて、五徳は自分が今何を見ているのかわからなくなった。

五徳は顔を上げ周囲を見た。十数人の労務者が五徳をじっと見ていた。その目にあるものが憎しみなのか、おそれなのか、昨日までと違うものがあった。

五徳は銃を手にした瞬間から、彼等と自分が別の人間になったのだと思った……。

進撃は敵の姿もなく順調だった。

夏の月が皓々《こうこう》とかがやく夜道を蔡少尉の部隊に加わった五徳は晋州峠にむかって黙々と歩き続けた。

北朝鮮軍は韓国軍と国連軍が最後の砦とする釜山を囲んだ防御線、洛東江《ナクトンガン》防御線にむかってさまざまな方面から進攻をはじめていた。

五徳が加わった蔡少尉の小隊は晋州で合流したいくつかの部隊と馬山《マサン》にむかって出発した。各部隊には北朝鮮軍が陥落させた町や村で徴用した〝治安部隊〟と呼ばれる別働隊がいた。彼等はほとんどが農民と労働者で軍服を与えられておらず普段の労務服や農民服のまま立ち働いていた。主な仕事は武器、弾薬、食糧の輸送で背中に背負子《しょいこ》と呼ばれる木製の器具をつけて荷を運んでいた。彼等は食糧の調達も命じられていたし、露営地に到着すると炊事もしなくてはならなかった。そんな人たちが各部隊に五、六十人の集団で編入されていた。

前方に晋州峠の稜線が見えはじめた。

静かな夜で、蛙の鳴く声と兵士達の足音だけが聞こえていた。私語は禁止されていた。

出発前に蔡少尉は険しい表情で言った。

「いつどこで敵が待ち受けているかわからない。私語も欠伸《あくび》もするんじゃない。でないと全員が死ぬことになるぞ」

夜の進軍がはじまって三時間余りが経過した時、ざわめきが聞こえてきた。見ると三百メートル余り離れた田圃のむこうに味方の部隊が進軍しているのが見えた。

三百人、いや五百人はいそうな大部隊だった。何台かのトラックが見え、かすかに車輛の灯《あか》りが見えた。人の声も聞こえてきた。

「あいつら何をやってるんだ」

蔡少尉は兵士の一人を呼んだ。

「あの大隊に行って、すぐに車輛の灯りを消すように伝えてこい」

兵士が走り出した時、地面が大きく揺れて周囲に砲撃音が響いた。

トラックが吹き飛んだかと思うと、その周辺に閃光が走った。すぐに砲撃音が続き、別のトラックが爆発し、炎上した。

伏せろ。退避。と蔡少尉の声がした。

五徳は左方の田圃の中に飛び込んだ。

宙に浮いた瞬間、爆風を感じた。泥の中に頭から埋まった。迎撃しているのか銃声がした。五徳は身構えようとして自分が銃を持っていないのに気付いた。どこに置いてきたんだ？　五徳は身を乗り出して歩いていた畔道《あぜみち》を覗いた。銃が一丁、道の上にあるのが見えた。五徳が取りに行こうとすると背後から肩をおさえられた。

動くな。敵はこっちにも狙いをつけている。蔡少尉の声だった。見ると攻撃を受けている部隊の後方からも火の手が上がっていた。

少尉、援護にむかいますか。兵士の声がした。待て、このまま突っ込めば全滅する。じっとしてるんだ。蔡少尉は迎撃をはじめた味方の部隊の様子と閃光を放っている前方の山蔭を睨んでいた。

銃を取ってこい。蔡少尉は言って立ち上がると、突撃、目標は右前方の丘、と兵士たちに怒鳴った。それと同時に後方から砲撃音が響いた。

五徳は訳がわからないまま銃を拾い上げて兵士たちの後を追った。五徳には見えないものが蔡少尉や兵士たちの目には見えているのか、彼等が右に左に何かを避けた後で敵の銃弾が襲ってきた。目指す丘の左手に爆撃弾が続けざまに落ちた。振りむくと、先刻、トラックが炎上した脇を閃光を吐きながら突進する車輛が見えた。

戦車だ、戦車が来たぞ、兵士が嬉しそうに声を上げた。その声に呼応するように味方の部隊が右方の丘に突撃していた。五徳はその様子を見ていて自分の身体の奥から力が湧いてくるのを感じた。知らぬ内に声を上げて走り出していた。

進撃は夜明け方まで続いた。何発か銃を撃った気がしたのだが、東の空がしらみ出した時、自分の銃をたしかめてみると一発も弾を撃っていなかった。あっと言う間に朝がやって来たように思った。敵の姿は失せていた。破壊されたジープのそばに戦死した韓国兵の死体が横たわっていた。その死体のポケットをまさぐっている兵士がいた。

五徳の小隊はそのまま前進せずに後方の本隊にむかった。皆で引き返している時、最初の砲撃を受けた場所を通った。

五徳はちいさく声を上げ、その場に立ちつくした。道の両側に夥しい数の死体が並んでいた。十人や二十人ではなかった。その死体のほとんどが兵士ではなく徴用された労働者や農民たちだった。白い労務服がどす黒く染まっているのは血痕だった。腕や足が爆撃で千切れている死体もあった。道の脇には負傷し顔や腕から血を流し呻《うめ》いている者もいた。彼等の目は五徳に助けを求めているかのようだった。五徳は足が震え出した。千切れそうな片腕を必死でもう一方の手で握りしめている者もいた。

——だ、大丈夫か……。

そう言おうとしたが言葉にならなかった。

「立ち止まるな。放っておくんだ」

蔡少尉が五徳に言った。

「で、でも……」

五徳が千切れかけた腕を握りしめた者を指さすと、蔡少尉は容赦なく言った。

「すぐに救護班が来る。彼等にまかせておくんだ。隊から離れるんじゃない」

見ると五徳の小隊は先の方を歩いていた。

五徳は足が震えて歩けなかった。それでも気をふりしぼって歩こうとした。五徳の足を道端に倒れ込んでいた労務者の一人が何事かを呻きながら摑んだ。五徳は相手の顔を見た。その顔は砲撃を受けて焼けただれ、目の玉が飛び出していた。それを見た途端、五徳は嘔吐した。

「何をしてるんだ。金、早くしろ」

蔡少尉が怒鳴り声を上げた。

声に気付いた先に進んでいた兵士の一人が引き返してきて五徳を引きずるようにして連れて行こうとした。

五徳はまた嘔吐した。

「何をやってんだ。どうしたってんだ」

腕を取った兵士が怒り出した。

小隊は本隊の司令部の側に辿《たど》り着くと、ようやくそこで休息するように言われた。五徳はその場にしゃがみ込んだ。炊出しの煙りが見えた。小隊の兵士たちは煙りが立った方に走り出した。五徳は知らぬ間に泣き出していた。なぜ涙が溢《あふ》れ出すのか自分でもわからなかった。指先が小刻みに震え、唇がわなわなしていた。

兵士の一人が炊出しの入った碗を五徳に持ってきてくれた。さあ、これを喰って元気を出すんだ。五徳は碗を受け取り一口すすった。胃の底からこみあげるものがあり、腹に入れたばかりのものを吐き出した。涙を拭っている五徳に兵士が言った。ちゃんとしろ。でないと放り出されるか、銃殺されるぞ。その言葉に五徳は相手の顔を見上げた。相手は五徳に頷き返し、あれを見ろ、これで俺たちの勝利は間違いないんだ、と兵士は笑った。後方から新しい戦車隊が前進していた。五徳も数台の戦車を見ながら、

——そうだ。戦車が来たんだ。勝つんだ。勝つんだ……。

と胸の中で自分に言い聞かせた。

昼間は敵の爆撃機の攻撃を避けるため戦車も車輛も木の枝や葉で覆い隠し、兵士たちも草叢に埋もれるようにして休んだ。

五徳は眠れなかった。夜明け方に見た死体の山と助けを求める負傷した男たちの顔があらわれた。

——これが戦争なのだ……。

そう自分に言い聞かせるのだが、死にかけた者の訴えるような目が脳裡を離れなかった。あれが今夜の自分の姿かと想像すると、この場から逃げ出したかった。逃亡者は銃殺されるのを知っていたから、五徳は耐えていた。

本隊に新しく加わった千人余りの支援隊と五台の戦車と数台のトラックは隊全体の意気を高めていた。本隊の勢いもあってか、二日間はさしたる戦闘はなかった。

敵はもう釜山の守備を放棄して逃げ出したらしいぞ。いよいよ海から援軍が上陸して慶州《キョンジュ》は海の方からの攻撃で陥落したようだ。ソ連の軍艦が参戦したんだ……。

そんな噂がどこからともなく広まった。

「金首相の演説は本当だったんだ。明後日の解放記念日は釜山の町で祝えるぞ」

兵士の一人が五徳に言った。

五徳は解放記念日と聞いて、もうすぐ八月十五日になるんだ、とわかった。

馬山の町を目の前にして本隊の動きがあわただしくなった。どこからともなく新しい部隊がやってきて、他の部隊が立ち去った。それでも本隊は見る見るうちに兵士の数が増えて行くのがわかった。疲れきっている部隊もあれば、初めて戦場に来たと思われる若い兵士たちの部隊もあった。兵士たちのもっぱらの噂だった八月十五日はまたたくうちに過ぎた。その間に二度、台風が襲って五徳たち兵士の衣服を濡らした。その雨の中を昼間になると爆撃機が飛来して襲撃をくり返したが、たいした被害はなかった。

新たに大規模な作戦が開始されるのは五徳にもわかった。それまでより多くの弾薬が兵士たちに支給されたし、本隊のテントに出入りするソ連の将校の姿を見かけた。

その将校と蔡少尉が立ち話をしているのを五徳は目にした。

「蔡少尉はロシア語を話せるんだな」

五徳が小隊の兵士に言うと、彼は自慢気に、

「蔡少尉はソ連で軍事訓練を受けた人だ。戦争のことを知りつくしているんだ。だから俺たちの小隊は今日まで無事なんだ。黙って少尉について行って国に帰れば俺たちは英雄になれるってわけだ。五徳、おまえも祖国の英雄だぞ」

兵士は白い歯を見せて言った。

——祖国の英雄か……。

五徳はそう言われて、自分が大勢の人に祝福され、まだ見たことのない平壌の町を歩いている姿を想像した。

九月一日の夜半、五徳の小隊は第一軍団、第六師団の五千人を越える大部隊の中に編入され、晋州から馬山にむかって進攻をはじめた。

五徳は晋州の丘を埋めつくすほどの兵士とソ連製のT－34戦車の勇姿を見て、どんな敵があらわれても打ちまかしてしまう気がした。兵士たちは誰もが勇敢に映った。

五徳は前を歩く蔡少尉の背中を見た。こころなしか蔡少尉の背中は憂いを持っているように思えた。

二日前の夕暮れ、五徳は蔡少尉の下に行き、初めての戦闘の時の自分の醜態を詫びた。

「誰だって最初の戦闘は怖いものだ。ましてや君は軍事訓練を受けた訳ではないからね。いろんなことを経験して一人前の兵士になって行くんだ。頑張りなさい」

「すみませんでした。二度とあんなことがないようにします」

五徳の言葉に蔡少尉は頷き返していたが、何か心配事でもあるのか浮かない顔をしていた。

「いよいよ決戦ですね。あれだけの兵力と戦車が応援に来ているんですから、必ず勝利しますね」

「そうだね。でも油断は禁物だ。戦争は必ずしも力がある方が勝利するわけではないしね。それに敵の力も決して侮れない」

「味方はあれだけの数ですよ。まだ続々と集まっているじゃないですか」

「今度の戦いは今までとは違うはずだ。私たちの本当の敵は帝国主義だからね。その帝国主義の根源のアメリカが待ち構えているのだから……」

五徳は日本に住んでいた時、三田尻の上空を空爆のため編隊飛行をしていたB－29の不気味な姿を思い出した。

「そうですね。アメリカ軍は手強い相手ですね」

五徳の顔を見て、少尉は白い歯を見せて肩を叩いて言った。

「でも大丈夫だ。ここは私たちの祖国だ。必ず私たちは勝利するよ」

「は、はい」

小隊が本隊の近くに帰還できた時はすでに陽は落ちていた。

蔡少尉はすぐに師団本部に報告に行った。

蔡少尉と師団本部に行った兵士が戻ってきて言った。

「今日の昼間戦った敵はアメリカ軍の海兵隊らしい」

「そうだったのか。どうりで手強いと思った」

二人の会話を聞いて五徳が尋ねた。

「海兵隊って何なんですか」

二人はアメリカ軍の中でも特に勇猛と評判の海兵隊の説明をした。

「その海兵隊がやってきたということはどういうことなんですか」

二人は押し黙っていた。

そこに蔡少尉が戻ってきて、これから出撃することを告げた。二人の兵士が顔を見合わせた。

「すぐに炊飯所に行って腹ごしらえをして弾薬を補給しろ。夜のうちに洛東江を渡河する。仮設橋梁《きょうりょう》の工作になるだろう」

「やれやれまた水の中か……」

兵士の一人が言うと、蔡少尉がその兵士の名前を厳しい口調で呼んだ。兵士は唇を噛んだまま少尉に目礼して外に出た。激しい雨が降り続いていた。

炊飯所にむかって歩くと、四日前まであれだけ賑わっていた本隊本部の周囲から人影が失せていた。

その夜、五徳の小隊は三百人余りの中隊と合流し、馬山の北方にむかって進撃をはじめた。

若い時から剣道をやって体力に自信はあった五徳だったが、さすがに足が重かった。それ以上に前を歩く中隊の兵士が雨の中で地面に消えてしまいそうなほど覇気がなかった。

蔡少尉は前方を睨み付けたまま歩いていた。それは小隊の他の兵も同じだった。

――この戦争はどうなるのだろうか。

五徳は初めて戦争の行方が心配になった。

四章

五徳が雨中の馬山の山岳地帯を銃を手に進撃していた九月五日の夜、日本の瀬戸内海沿いの町、三田尻の高山家の居間で高山要子は子供たちの洋服をミシンで縫いながら夫、宗次郎の帰宅を待っていた。

朝鮮戦争がはじまってから港は一気に活気を取り戻し、戦場に運ぶ軍需物資の輸送のために夫の会社は昼も夜もなく貨物運搬船を操業させていた。

港を中心とした荷役の仕事が増え、近隣から大勢の労務者が町にやってきていた。

クズ鉄の値段が急上昇し、廃品回収業を営む日本に残った朝鮮の人たちも忙しくなっていた。

戦争の状況は要子にとって思わしいものではなかった。

すでに北朝鮮軍は韓国の九十パーセントを占領し、釜山だけを残して猛攻撃をかけているという話だった。

町に駐屯していたオーストラリアとニュージーランドの兵隊たちが朝鮮にむかって出発したのは七月の中旬だった。

要子は何人かの兵隊の衣服を縫製してやっていたから、彼等と親しくなっていた。皆気のやさしい兵隊たちで、故国に残した家族の写真を見せてくれたりした。

もうすぐ故国に帰還できると思っていた彼等にとって、朝鮮半島での突然の開戦は寝耳に水であった。

開戦から一ヵ月も経たない内に国連軍の召集がかかり、戦場に赴くことになった。急な出撃であったため、要子は彼等から故国の家族に送る土産品を託され、それを小包みにして駐留軍のオフィスに届けてやった。そのお礼に応対に出た少佐からパラシュートの布地と毛布を貰った。

要子はその布地で三人の娘のワンピースをこしらえ、長男の直治の冬のコートを作っていた。

ラジオのニュースが朝鮮戦争の戦況を伝えていた。

「今日、未明からの洛東江防御線での戦闘で韓国、国連軍は大勝利をおさめたと発表が……」

いつも勝利のニュースばかりだった。

——父と母は無事でいるのだろうか……。弟は兵隊にとられたりしていないだろうか。

要子は毎夜気がかりに思うことを、ミシンを踏みながらまた考えた。

朝鮮の情報はほとんど入ってこなかった。

ただ釜山に軍需物資を運んだり、兵士を乗せて行った船舶の船員から、むこうの様子を夫の宗次郎と番頭の清水権三が聞いてきてくれるものだけが唯一の情報だった。

最初は不安な報せばかりだった。

「いや、えらい勢いで北は攻め込んできとるらしい。何しろソウルが四日で陥落したんだから、よほど強い軍隊なんじゃろう」

宗次郎にも予期しない出来事だったらしく、この先どうなるか見当もつかないようだった。

「慶尚南道《キョンサンナムド》の方はどうなんでしょうか」

「李承晩が大田から逃げたそうだ。早くアメリカが助けないと持ちこたえられんかもしれんな」

「でも同じ国の人たちだから一般の人に危害を加えたりはしないでしょう」

心配そうに訊く妻の顔を見て宗次郎は頷くだけだった。

「そうだとは思うが、同じ国と言っても北のうしろにはソ連がいる。金日成という指導者はソ連に留学をしとったらしい。そうなると共産党員だろうし、アメリカとは真っ向うから敵になる……」

「アメリカの敵になったらどうなるのでしょうか」

「アメリカは共産党の国を阻止しようとするだろう。現に今、日本でも共産党員が逮捕されとるからな」

「アメリカが韓国を助けに行くということなのですか」

「そうなれば一番いいだろう」

宗次郎が言ったとおりアメリカ軍は韓国に兵隊を送りはじめた。

それでも北の攻撃は止められずにとうとう釜山だけが残っていた。

「釜山は大変なことになっとるらしい。韓国から脱出しようとする避難民であふれ返っとるという話です」

権三の話も良い報せはなかった。

「あなた、どうにか父や母や弟の安否を知る手立てはないものでしょうか」

「…………」

宗次郎は黙りこくった。

「同じ国の人間ですから話し合えばどうにかなるのではないでしょうか……」

要子の心配を外《よそ》に日本ではまったく別の動きが起っていた。

「もうすぐ下関に義勇軍が集まってくるそうだ。その輸送を手伝って欲しいと申し込まれた」

宗次郎は厄介そうな顔で言った。

「義勇軍って何なのですか?」

「だから女将さん、日本に住んでいる韓国出身の元気な男たちが北の攻撃から韓国を救おうと有志を募ったんですよ。そうしたら全国から千人近い若者の応募があったんです」

「まあ、戦争の手助けに行くんですか。どうしてそんなことをするのですか」

要子は呆きれたように宗次郎に訊いた。

「……いろいろ思惑があるんじゃろう。そんな連中が戦場に行ったところで足手まといになるだけなのに……。今、フィリピンや台湾の方からアメリカ軍は兵隊をえらい勢いで移動させとるらしい」

「やはり本格的に戦争になるんですか」

「アメリカ軍が本格的に介入すればソ連軍も黙って見てはおらんだろう。もしかするとアメリカは朝鮮を手離すかもしれん。そうなると次は日本が狙われる……。実際、マッカーサーは今年の初めに日本が軍隊を持つ必要があると言ったからな」

「えっ、また日本が軍隊を持つんですか。そんな……」

宗次郎にも予測がつかない事態になっていた。

その宗次郎が義勇軍のことで下関に出かけて今夜、家に帰ってくることになっていた。

要子は大きく溜息をついた。

柱時計を見ると、すでに十時を過ぎていた。

背後で障子戸が開いた。

「まだ寝てないの？」

要子は振りむかずに言った。

「お父やん、まだ帰ってこんの？」

長女のヒロミの声だった。

「父さんは遅くなるって言うたでしょう。早く寝なさい。宿題はちゃんとしたのね」

「うん、ちゃんとしたわ」

奥の方から足音がした。

「お母やん、オシッコ」

三女のサトミの声である。

要子はミシンをかけていた手を止めて子供たちを見た。

サトミは寝間着の裾を開《はだ》けさせ、お気に入りの白雪姫の人形を胸に抱いていた。

「サトミちゃん、オシッコならピー姉さんに連れて行ってもらいなさい」

「ピー姉ちゃんやとこわい。便所にユウレイが出よるってゆうた」

「ヒロミ、どうしてそんな話をサトミにするの」

「私じゃない。ヨシミがしたんじゃもの」

「さあ、来なさい」

要子は子供たちの寝所に行き、次女のヨシミを起こして三人の娘の手を引いて厠《かわや》にむかった。

ヒロミがサトミの手伝いをしているのをたしかめながら縁側に立って要子は庭先を見た。

ちいさな池の水面に雨が落ちて波紋を揺らしていた。

――よく降るわね。ラジオのニュースで韓国も雨が続いていると言ってたけど、大丈夫なのかしらね……。

次女のヨシミが縁側の隅にしゃがみ込んでうとうとしていた。要子は次女をかかえあげ厠に入った。出てくるとサトミが素頓狂な声を上げた。

「バッタ、バッタがおる」

娘のちいさな指がさししめした縁側の隅の金盥《かなだらい》の中に虫が一匹入っていた。コオロギだった。

「これはバッタじゃなくてコオロギよ。まだ子供みたいね。あなたたちと同じだわ」

要子が金盥を覗き込むと、三人の娘もそれぞれ覗き込んで虫を見ていた。

「コオロギ？」

三女が名前を口にした。

「コオロギじゃなくてコオロギよ。言ってごらん、コオロギ」

「コオオギ」

「違うでしょう、コオロギ」

コオオギ、と三女はくり返した。

長女と次女が笑い出した。その笑顔があいらしかった。要子もつられて笑い出した。

子供たちを寝かしつけると、玄関の方で春先飼いはじめたばかりの犬が吠えた。犬の鳴き声で宗次郎が戻ってきたのがわかった。

「お帰りなさいませ。ご苦労さまでした」

要子が挨拶すると、宗次郎はちいさく頷いてかすかに微笑んだ。仕事が上手くいったのだろう。

傍らで権三が手にした荷物を持ち上げて言った。

「女将さん、ひさしぶりに明太《めんたい》のいいのが手に入りました」

権三の言葉を聞いた時、要子は朝鮮の名物の干し明太を手に入れたのなら宗次郎は朝鮮のことで何か吉報を持ち帰った気がした。

宗次郎と権三が酒の肴を前に話している間、要子は食事の準備をした。肉の煮込みに野菜を入れている時、寝所から泣き声がした。

直治である。奇妙なもので直治は宗次郎が帰宅すると頃を見計らったように目を覚まし声を上げる。

居間から夫の声がした。息子が目を覚ましたことを伝えている。要子は食事のあらかたを盆に載せ、夫と権三の膳に運ぶと寝所に行って泣き声を上げている直治を抱き上げた。

はい、はい、お父やんが戻られましたね、と息子に言いながらおむつを替え、直治を宗次郎の下に連れて行った。

宗次郎は満面の笑みを浮かべて息子に手を差し出した。夫の手に抱かれると直治の泣き声がぴたりと止んだ。よくしたものである。要子は夫と息子のやりとりを見ていて、男と男でしか通じ合わないものがあるのだろうと思ってしまう。

「若はほんまに大将がお好きですのう」

権三の言葉に宗次郎の顔が嬉しそうに崩れた。

「下関の方はどうでしたか?」

要子の問いに権三が答えた。

「どうもこうもありません。義勇軍は体よく出航を断られてしまいました」

「それでその方たちは済んだのですか」

「済みはしないでしょうな。しかし下関も博多もそれどころじゃないんです。えらい管制がしかれてアメリカ軍は口をつぐんでしもうとりました」

「それはどうしてですか」

要子が訊くと宗次郎が静かに言った。

「アメリカは何かをはじめるんじゃろうな。日本の海軍もそうじゃったが何か大きな作戦がはじまる時は港は静かになるもんじゃ」

要子には夫の言っていることがよくわからなかった。

権三が引き揚げて、寝所に夫と直治の三人になった。

「三千浦の両親は無事だそうだ」

夫は天井を見ながら静かに言った。

やはり四方八方に手をつくして夫は両親の安否を尋ねてくれていたのだ。

「ありがとうございます」

要子はそう答えて大粒の涙を零した。

「あなたのご家族は大丈夫でしたか」

「ああ、大丈夫だ」

その返答で夫が家族の暮らし振りまでは聞いていない気がした。

「ただ、吾郎君がどうしているのかはわからなかった」

「えっ、どういうことですか」

「詳しいことはわからなかったが、わしに届いたのは金古さんご夫婦が元気にしていらっしゃることだけだ」

「そうですか。ありがとうございます」

夫の手が伸びて要子の腕を摑んだ。

要子は夫の側に行き、ひさしぶりに夫の身体の温りを感じた。薄闇の中で要子は夫の顔を見た。目が爛々とかがやいていた。夫の分厚い胸板に手で触れた。

「あなたがこの国で生きることを選んで下さったから私たちはこうして安心して暮らしていけています。本当にありがとうございました」

礼を言う要子の唇を夫の唇が言葉を遮《さえぎ》るように塞いだ。

夜半、要子は目覚めて厠に行った。

厠を出て縁側に立つと雨は上がって初秋の夜空にかすかに星明りが瞬いていた。

要子は空を仰いで、両親が無事であったことに感謝した。吾郎の行方がわからないことが気がかりだったが、両親が無事なら弟もきっと元気にしている気がした。

要子は気配を感じて縁側の隅を見た。そこに金盥があった。先刻、娘たちとコオロギを覗き見ていた金盥だった。

要子はそっと金盥の中を覗いた。コオロギは失せていた。無事にこの秋を生き抜いてくれればいいと思った。

要子はもう一度空を仰いだ。

その空にむかって要子は手を合わせた。両親と弟が無事であって欲しいと祈った。


累々たる死体が横たわっていた。

洛東江と南江の間にあるなだらかな丘陵に北朝鮮軍、第一軍団、第六師団のほとんどの兵士が斃《たお》れ、屍《しかばね》の山を築いていた。

死体の山の中にわずかに動く気配はしたが、どの兵士も瀕死状態だった。

五徳も左足に傷を受けていたが、ズボンのバンドを抜き取り止血の処置をしたらやがて痛みも消え、どうにか歩ける状態に戻った。

五徳は小隊の者を探していた。小隊の誰かというより蔡少尉を探していた。

進撃は予測していたより順調で南江を渡り切って洛東江にむかう時、小隊の兵士の一人が訝しそうに言った。

「少し静か過ぎないか。あれほど奪還に必死だった敵が易々と南江を渡らせるなんて。少尉に話をすべきだろう。少尉はどこだ？」

「今、新兵の工兵隊を指揮するように言われて北の方に行った」

「そうか……、少尉がそうしてるのなら大丈夫なのかもしれんな」

兵士がそう言った時、やわらかな音を立てて頭上に照明弾が昇った。

二人の兵士も五徳もその照明弾が夜空を昇って行く様子を見上げた。三人とも黙ったまま放物線を描いて飛んで行く光の帯を見つめていた。美しい光の帯だった。

──花火のようだな……。

五徳が呟いた瞬間、続けざまに三方の山から照明弾が飛んだ。

「走れ、右手の丘だ」

兵士の一人が叫んだ。

五徳は全速力で走り出した。一斉に砲撃音と銃声が続いた。かたわらで呻き声を上げ兵士たちが倒れた。五徳はそんなことには目もくれず兵士の後を追って丘にむかって突進した。背後で着弾音が響いていた。

丘に辿り着くと五徳は岩を這い上がった。羊歯《しだ》の葉を鷲摑みにして沢を攀《よ》じ上った。すぐ近くで英語を喋る兵士の声がした。五徳は低木の幹にしがみついて息を殺して身を横たえていた。それからどの位の時間が経ったのかわからなかった。

再び銃撃戦がはじまった時、空は夕暮れていた。ようやく応援部隊が到着したようだった。それでも五徳は平地に降りなかった。やがて四方から砲撃と銃撃がはじまった。今度は五徳は目を見開いて盆地に集合した味方の応援部隊が壊滅する光景をじっと眺めていた。砲撃弾に身を吹き飛ばされ、一斉射撃の餌食《えじき》になっている人間の姿は悲惨を通り過ぎて、人形か何かが無邪気な子供の手によって壊されているようにさえ映った。応援部隊は反撃をする余裕もなかった。再び静寂がやってくるまでそんなに時間はかからなかった。ほどなく兵士たちが降りて来て死体の山の上をゆっくりと歩き、まだ息のあった兵士を撃っているのか、軽機関銃の乾いた音が響いた。やがてその銃声も止み、兵士たちは戦闘の場を立ち去った。

五徳は周囲の気配を窺いながら沢を降りて行った。夥しい死体の山が積み重なっていた。どの死体も北朝鮮軍兵士で敵の死体はひとつもなかった。

五徳は小隊の兵士を探した。蔡少尉がどこかに生き残っている気がした。死体をのけるとその下にまた死体があった。五徳は涙があふれ出た。自分がどうして泣いているのかわからなかった。左足に痛みがあったが、そんなことはどうでもよかった。

「蔡少尉、蔡少尉、蔡少尉……」

とうとう五徳は声を上げた。

雨がまた降り出した。五徳は自分の手が濡れているのが死体の血のせいなのか雨に濡れたためかわからなかった。

五徳は死体の山の中をよろよろと歩き続けた。蔡少尉、蔡少尉……と独り言のように呟いて死体の中を探した。

「五徳」

自分の名前を呼ぶ声に五徳は振りむいた。

ちいさな影が立っていた。目を凝らして相手を見たが誰なのかわからなかった。

「蔡少尉ですか。そうですね」

五徳が言うと、影がゆっくりと近づいて、

「蔡少尉は死んだ」

と静かに言った。

近づいた相手の顔を見ると小隊の兵士だった。

「蔡少尉は死んでなんかいない。嘘をつくな」

五徳は叫ぶと、相手は、少尉殿はそこで死んでいる、と言った。

どこだ、どこに蔡少尉はいるんだ、と五徳がすがりつくと兵士は五徳の上着を摑んで歩き出した。

蔡少尉はあおむけになったまま横たわっていた。どこにも傷跡がなかった。

「生きていらっしゃるんだろう」

五徳が必死で言うと、兵士は、

「背中に砲撃を受けている」

と言ったきり、黙りこくった。

五徳は蔡少尉の鼻に指を当てた。息はしていなかった。半眼を開けた死顔は今にも話し出しそうだった。

五徳は蔡少尉の胸にすがって嗚咽した。雨垂れが少尉の顔に当たっても身《み》動《じろ》きもしなかった。

「蔡少尉、蔡少尉、起きて下さい」

五徳は少尉の身体を揺らした。

「五徳、もうすぐ敵が来るぞ。おまえがここに居たいのならそうしてもいいが、死ぬだけだぞ。怪我をしてるようだから一緒に行こう」

五徳は首を横に振った。

相手が立ち去る気配がした。

五徳は蔡少尉の死体のかたわらであおむけになった。雨垂れが顔に当たった。涙はもう出て来なかった。かさこそと何か物音がした。見るとそれはバッタだった。虫たちが死体の上を動いていた。一匹のバッタが蔡少尉の首に止まりじっとしていた。五徳はバッタを見つめた。

――こんな虫でさえ生きているのに……。

五徳は蔡少尉の首根っ子から動こうとしないバッタを見ていた。

子供の頃、秋の初めに草叢で寝そべっていた時、これと同じ光景を見た気がした。

バッタはじっと動かず、その目だけが異様に光っていた。

五徳はそのバッタが蔡少尉の魂を運びに来たような気がした。あんなに懸命に戦って、必死に生きてきて、こんなふうに命を絶たれることが理不尽に思えた。

「五徳」

声に振りむくと、先刻の兵士が立っていた。

「俺と一緒に本隊に戻ろう」

五徳はよろよろと立ち上がった。足元がふらついた。その手を兵士が取った。

「大丈夫か?」

「はい、大丈夫です」

二人は死体の山をよろよろと歩き出した。

やがて晋州にむかう道に出た。

「本隊に戻って、私たちはどうなるんでしょうか」

「さあ、わからん。それでもともかくあそこにしか戻るところはない」

兵士は自分に言い聞かせるように言った。

「また反撃をするんでしょうか。この戦争はどうなるんでしょうか」

「さあ、どうなんだろうか」

兵士の声を聞きながら五徳は自分がどこに行けばいいのかと思ったが、その答えを見つけられないほど疲れ果てていた。


その頃、マッカーサー元帥はこの戦争の唯一の打開策である奇襲作戦実施の承認をトルーマン大統領から取りつけていた。マッカーサーは北朝鮮軍が三十八度線を越えて侵撃してきた六月二十五日に、この戦争が拡大することを予見していた。ソウル陥落の前に現地を視察し、ソウル奪還のための作戦を考えていた。それが仁川《インチョン》上陸作戦だった。しかし予想以上に北朝鮮軍の侵攻が迅速で、兵を前線に送り込まねばならなくなり、いったんとりやめとなった。

アメリカ本土の統合参謀本部は戦線後方に上陸する作戦には賛同していたが、仁川を上陸地にすることには反対していた。マッカーサーに作戦を変更させるべく、陸軍参謀総長と海軍作戦部長が東京に派遣された。二人の参謀は作戦の困難さを説明したが、「仁川の地理的困難さこそが、敵に仁川上陸を不可能と考えさせ、奇襲作戦にふさわしい場所だ」というマッカーサー元帥の言葉に沈黙し、会議の結果を本国に持ち帰った。

参謀本部の反対を押し切ってマッカーサーが仁川上陸作戦を決行しようとしたのは、北朝鮮軍の侵攻の速さを見て背後に構えているのがソ連であることを察知していたことと、日本を敗戦に追い込んだ後のアジア地域でのソ連に対するワシントンの弱腰を批判する意図もあった。国防長官はマッカーサーの考え方を支持し、後にトルーマン大統領も賛同した。

上陸作戦は九月十五日夜明け前からはじまった。仁川沖合からアメリカ第五海兵連隊第三大隊の先遣隊が仁川水路に侵入を開始、月尾島《ウォルミド》が制圧された。翌日、仁川市内を制圧した主力部隊は漢江《ハンガン》にむかって進撃する。九月十八日には後続部隊も合流し、ソウル攻撃作戦が準備され始めた。

金日成は仁川上陸の報告を受けると洛東江に移動中だった部隊をすぐソウルに呼び戻すように命令し、北からもソウル防御のための部隊を急遽支援にむかわせるように命じた。だが北朝鮮軍の主力部隊は洛東江から動けずにいた。

その洛東江戦線にいた北朝鮮軍の上空に国連軍の爆撃機が飛来し、爆弾のかわりに無数のビラを撒いて飛び去った。

五徳は頭上から舞い落ちてきたビラを手に取った。

他の兵たちもビラを拾って読みはじめた。

すぐに中隊長らしき男が大声で怒鳴った。

「読むんじゃない。敵の謀略だ。決して読むんじゃないぞ」

五徳は咄嗟にビラをポケットの中にねじ込んだ。

そうして茂みの中に身を隠してビラを読んだ。大文字で〝国連軍仁川に上陸〟と書いてあり、

〝北朝鮮軍将兵に告ぐ。強力な国連軍部隊が仁川に上陸し、前進中である。国連加盟国五十九ヵ国のうち五十二ヵ国が諸君に敵対している。装備、兵力、火力のいずれでも諸君は劣勢だ。降伏するか死ぬか、である。直ちに国連軍に投降せよ。おいしい食事と診察が諸君を待っている〟と呼びかけていた。

——仁川に国連軍が上陸した？

これまで何度か投降をすすめるビラを読んだが、こんなふうに具体的な作戦が書いてあるのは初めてだった。

五徳はこの数日、敗走をくり返していた部隊の様子を思い出し、仁川に国連軍が上陸したのは本当かもしれないと思った。

「おい、これをどう思うよ」

すぐそばから声がした。

見ると李昌国《リチャングク》という木浦《モッポ》から治安部隊に編入させられた男が同じようにビラを手に顔を出した。李が編入させられた部隊は全滅していた。

「わからない」

「俺は本当じゃないかと思う」

「どうしてそう思うんだ？」

「俺たちはもう十日以上、この洛東江から離れられないでいる。敵はどんどん攻撃してくるのに俺たちには弾薬がないし、食べる物もまともにない。敵の方があきらかに有利に戦ってるってことだ。その敵がいつまでも洛東江で戦ってはいないと思わないか。武器も弾薬もたっぷりあるなら次の作戦を考えるのは当然だろうよ」

「静かにしろ」

五徳は低い声で李に言った。

李も気配に気付いて身をかがめた。

銃声がした。

「助けてくれ。助けて……」

悲鳴に近い声がして、また銃声が聞こえた。

声が止んだ。

「逃亡は銃殺と言ったはずだ。見つけ次第即刻、銃殺するぞ」

李が吐息を零した。

五徳は草叢の中から立ち上がり、部隊の方にむかって歩き出した。

ビラを撒いた飛行機の姿が空から失せると草叢や岩陰に隠れていた兵たちがよろよろと集まりはじめた。

制空権を奪われている北朝鮮軍にとって戦闘機、爆撃機による攻撃が一番の難敵だった。三十八度線を越えて飛来する北の友軍機はほとんどなかった。北からの戦闘機がレーダーに発見されるとアメリカ空軍はすぐに迎撃態勢を取っていたし、北朝鮮軍の飛行隊は壊滅状態だった。

集合の声がかかり兵たちはちいさな丘の麓に集まった。五徳が編入させられた中隊は主力部隊ではなかった。

半月前、南江付近の戦闘で蔡少尉の率いる小隊が合流した中隊は敵の待ち伏せを受け、五百名余りが全滅した。三千浦の実家で逢って以来、五徳の面倒を見てくれた蔡少尉は敵の弾を背中に被《う》け死亡した。どんな戦闘の時も勇敢に戦って生き延びてきた彼が呆気《あっけ》なく死んでしまった。小隊で唯一残った兵士と二人で五徳はどこかの大隊に加わろうと戦場をさまよった。ようやく出逢った中隊に編入したが、その兵士は指揮官を見て、夜の内に隊を離れると言い出した。

「逃亡は銃殺だぞ。よせ」

五徳は彼に言ったが、聞こうとしなかった。

「あの指揮官じゃ、いずれこの隊は全滅する。それにあいつは元々、北で生まれちゃいない。ソ連で軍事訓練を受けている朝鮮族の出身だ。部下を人と思っちゃいない。俺たちが今まで生き延びたのは蔡少尉がいたからだ。あの指揮官は危険が迫ったら真っ先に逃げるだろう」

たしかに編入した隊の指揮官は傲慢で横柄だった。

三千浦からずっとともに過ごした彼が出て行く時、五徳は死んだアメリカ兵からせしめていた携帯食を渡した。

「五徳、どっちが勝っても、生き延びろよ。俺も平壌を出る時は俺たちの大勝利と思っていたが、アメリカは強い。こんなものを全員が持って戦ってるんだからな。草の根を喰ってる俺たちが勝つのは難しいかもしれないな。劣勢になったら故郷に戻るんだ。故郷に戻れば何とかなる」

「おまえはどうするんだ」

「適当な隊がなければ俺も故郷にむかう」

そう言った時、彼はかすかに笑みを浮かべた。

五徳は彼に最初に逢った夜、頭に銃を突きつけられたことを思い出した。

「五徳、戦闘が優勢か劣勢かを見分ける方法を教えておいてやる。それを一番知ってるのは俺たち兵士じゃない。指揮官でもない。そいつは銃を持たない普通の連中だ。彼等がどちらにつくかを見ていれば、そっちが勝者だ。蔡少尉がそう言ってた」

彼は一瞬白い歯を見せて闇の中に消えた。

三日後の戦闘で彼が言っていたとおり、中隊の半分以上が戦闘機のロケット弾攻撃を受けて死亡した。中隊は四散し、五徳は再び次の隊を探して戦場をさまよった。

空腹だった。その上、秋の台風の時期になり、どこもかしこもぬかるみ、収穫期を迎えているはずの田圃には一粒の穀物もなかった。五徳は木の根を掘り、それを嚙んで飢えをしのいだ。時折、農民と出逢っても彼等は以前のように人民服を着た五徳を好意的に迎えてはくれなかった。彼等も飢えていた。銃を突きつけて食糧をねだるしかなかった。女たちは泣き泣き米粒や粟《あわ》を出した。

自分が情なかった。こんなことをするためにここまで来たのではなかった。戦闘のあった場所を通ると累々と死骸が横たわっていた。いつの間にか死体を見ることに慣れていた。兵士の死骸とそうでない一般の人の死骸は半々だった。女、子供の死骸も多かった。

最初の内は彼等に手を合わせて成仏してくれるように祈ったが、この頃はそれさえしなくなった。亡骸《なきがら》に目もむけなかった。

——これが戦争なんだ。人と人が殺し合うのが戦争なんだ。

と自分に言い聞かせようとしても、どうして同じ国の人間が殺し合い、こんなふうに酷い目に遭わなくてはならないのか、と思うと、憤りで身体が震えた。

しかし五徳はその怒りをどこに、誰にむけていいのかわからなかった。爆弾を無差別に落して行くアメリカ軍なのか、それとも兵士たちに銃を取らせ南に侵攻させた北朝鮮の政府やソ連軍なのか。共産主義が人間を平等に扱うなら、その理想の国をつくるためにどうしてこんなに大勢の人が惨めな死に方をしなくてはならないのか。

五徳は戦場をさまよいながら、部隊の編制がしっかりしているように見える中隊に出逢い、彼等に加わった。そこには大勢の徴用された男たちがいた。李昌国もその一人だった。

五徳の部隊に動きが出たのはビラを見た翌日の夕刻だった。

全員が北にむかって退却し、夜の十二時近くになった時、前方の小高い丘の麓に大勢の人が集結しているのが見えた。近づくと皆泥にまみれた兵士たちだった。どの顔も頬がこけて目の玉だけが異様に光っていた。どの兵も地面にしゃがみ込んだり、木に背中をもたせかけていたりして、誰一人口をきく者はいなかった。

「まるで幽霊じゃないか」

李が小声で言った。

「声が大きいぞ」

五徳も李と同じふうに思った。

でも彼等は幽霊ではなかった。まぎれもない北朝鮮軍の精鋭部隊の兵士たちだった。国境を越え怒濤《どとう》のように韓国軍と駐留アメリカ軍を釜山まで追い詰めた勇敢な兵士たちだった。八十日間余り、彼等は一日も休むことなく戦い続けてきたのだ。武器、弾薬の補給が滞っても必死で敵にむかい、まともな食糧もないまま進撃をしてきた兵士たちだ。言葉を発する力も残っていないように見えた。それでもらんらんと光る目の中は彼等の戦士としての気力が消えずに燃えているのを物語っていた。

「おい、いい匂いがするぞ」

李が鼻を鳴らすようにした。

前方に煙りが立ち昇っていた。炊出しの煙りのようだった。

「おい、やっとまともな飯にありつけるぞ」

李の歩調が速くなった。

大勢の女たちが炊事場でいくつもの大釜を炊いていた。その周りに座っていたのは皆将軍と将校ばかりだった。

「何だ、あの連中だけのものか」

「宴会が終れば、こっちに回ってくるよ」

「その頃は鍋の底の汁ばかりだろう。チェッ」

李が舌打した。

五徳も炊出しの匂いを嗅《か》ぐと、大きな音を立てて腹が鳴った。

「おまえも腹ぺこなんじゃないか」

「さあ、あんなものは見ないで、作業をはじめよう。ひさしぶりの武器、弾薬だ。これで少しはまともな部隊になる」

武器、弾薬の配給所に行くと順番を待つ兵たちでごった返していた。そこに集まっている兵士だけでも五百人を越えていた。武器、弾薬の運搬の係だけが集まって、これだけの人数ならここには五千人、いやもっと大勢の部隊が集結していることになる。李も周囲を見回していた。

「いよいよ決戦ってことか……」

李が左手の奥に数台止まっていた戦車を指さした。

五徳たちの番が来て弾薬を受け取った。弾薬はわずかしかなかった。

「これだけですか」

「ああ、そうだ。大事に使え。狙いを外すんじゃないぞ」

「しかしこれでは部隊に戻って叱られます」

「つべこべ言うな。皆同じに配ってるんだ」

配給係が大声で言った。

二人は炊事場の煙りを目指して歩き出した。

「おい、あそこを通ると癪《しゃく》にさわるからこっちの林を抜けて行こう」

李が言って道を右手に折れた。

李が突然、足を止めて指を唇に当てて訊いた。

「おい、何か聞こえないか」

五徳も耳をそばだてた。

かすかに金属音のようなものが聞こえた。

十日前に南江の近くで五徳たちの中隊の半数以上が爆死したロケット弾を積んだ戦闘機の音に似ていた。

「危ない。李、走れ。ここから離れよう」

二人は林の中を夢中で走り出した。

すぐに耳を劈《つんざ》くようなエンジン音がして背後で爆発音がした。地面が揺れ、爆風で二人は宙に投げ出され、もんどり打って草叢の中に倒れ込んだ。すぐにまた同じ戦闘機のエンジン音が近づいてきた。二人は両手で頭をかかえ、その場に蹲《うずくま》った。先刻よりもっと大きな爆発音がした。その爆発音が止まぬ内に連続して大爆音がした。二人は耳をおさえた。

しばらく爆発音が止まなかった。ようやくおさまって林のむこうを見ると空が昼間のように明るかった。

「おい、あそこにいた連中は全員やられたのと違うか」

五徳も李の言葉に頷いた。

「おい五徳、このまま逃げ出そうか。おまえは三千浦だろう。俺は木浦だ。帰るんなら同じ方向だ。二人なら何とかなるんじゃないか」

五徳は李の提案に従うのも悪くないと思った。五徳は足元に散らばっている弾薬を見つめた。それを拾いながら言った。

「この弾薬を隊の連中に届けてやってからでもいいだろう」

「そんなことをして何になるんだ。あいつらが勝手にはじめた戦争じゃないか。放っておけばいいんだ。弾がないのは自業自得ってもんだ」

「いや、それでも兵士に弾がないのは可哀相だ。私はこれを持って行くよ」

「本当に馬鹿な奴だな……」

李はそう言いながら足元の弾薬を拾いはじめた。

本隊のあった場所に近づくと、そこいらじゅうから呻き声がして、血だらけになった兵士が何人も倒れていた。

「こりゃひでえや」

先刻、炊出しをしていた場所は二十メートル近い大きな穴が開いて、中に人影は何ひとつなかった。戦車もすべて吹き飛んでいた。

炊出しの女が血だらけで倒れていた。

哀号、哀号と泣き叫んでいる。

それを見て、五徳は李が林の方を歩こうと言い出さなかったら二人とも死んでいたと思った。

中隊に戻ると、隊長は爆撃に巻き込まれたようで姿はなかった。五徳は弾薬を残った兵に渡した。

若い兵士が五徳に言った。

「将軍も将校も全員死んでしまったようです。自分たちはどうしたらいいんでしょう」

五徳にもどうしていいのかわからなかった。

「ともかく将校を探して指示をあおぐしかないだろうな」

兵たちは全員茫然とした顔をしてその場に座り込んでいた。

五徳や李が、洛東江防御戦を前にとまどっていた頃、仁川上陸を果たした国連軍はソウル攻略作戦を開始していた。

九月二十五日早朝、国連軍は一斉に攻撃を開始し、二十八日未明にはソウルを完全に奪還した。北朝鮮軍が占領している間、封鎖されていた市内の各キリスト教会が解放され、禁じられていた打鐘が許可された。鐘の音が鳴り響くのを聞いて、市民はソウルが解放されたのを知り歓喜した。

同日、大田も奪還され、残るは洛東江防御戦に陣を取る北朝鮮軍だけが最大の敵となった。

しかしマッカーサー元帥の目は三十八度線を越えた北朝鮮にあるすべての軍事力と、その背後にいるソ連軍を睨んでいた。トルーマン大統領をはじめとするアメリカ政府と統合参謀本部は国連軍の行き過ぎで、ソ連ないし中国軍を敵に回して第三次世界大戦を引き起こすことを危惧《きぐ》していた。ソ連軍は朝鮮半島の騒乱を内戦として不干渉主義を取っていた。中国軍もインドとの紛争で北朝鮮に兵力を注ぐことはないと見ていた。ゆえにマッカーサーの三十八度線越えは、ソ連軍、中国軍の軍事介入または脅威を与えることがなければ自由であると回答した。ところが動けないはずの中国軍は仁川上陸の報を知り、兵力を山東省ならびに北朝鮮国境に配備していた。

九月三十日夜には韓国軍の一部が三十八度線を越え、十月九日に国連軍の主力部隊が国境を越えて侵撃した。この時点で洛東江攻防戦は決着していた。北朝鮮軍は壊滅状態となり、北にむかって一斉に退却を始めた。

六月末に南侵をはじめた北朝鮮軍の総兵力約九万八千人の帰還状況は惨烈を極めた。ほとんど壊滅した師団もあり、北朝鮮に帰還した兵力は約二万五千人と推算された。

五徳は、この悲惨きわまりない退却の敗残兵とともに北にむかっていた。

第六師団は他の師団より指揮系統が保たれていた。その理由は司令本部から早急に後退し、仁川、ソウルから国境を越えて進撃してきた国連軍を迎撃せよ、という命令を受けていたからだった。この命令の中に退却時に予備兵力を徴用し、必要と思われる幹線道路、橋梁をすべて破壊せよというものがあった。それを将軍と将校は拡大解釈し、徴用を拒む者、食糧の提供に応じない村落をすべて破壊し、殺戮をくり返した。

真っ先にその犠牲になったのは李昌国だった。

将校の一人が農家に押入り、食糧を出せと命じた。赤児と子供二人を抱いて怯える母子に将校は銃をむけた。

「馬鹿なことをするな」

李が立ちはだかると将校は何も言わず李を射殺し、背後の母と子供たちを撃ち殺した。

五徳は驚愕した。将校はかまわず兵士たちに床下を調べろと命じた。

もっとも悲惨だったのは安東近郷での殺戮だった。部隊はその村を通過するだけで済む状況だった。ところが第七師団の敗残兵を収容するために部隊は村で一泊することになった。指揮官は村長を呼び、徴用できる成人男子を五十名揃えるように命じた。村長は村に成人男子は一名も残っていないと主張した。

激怒した将校は村にいる女子供たちを皆集めるように告げた。

五十人近い婦女子と子供が学校の校庭に集められた。一名の成人男子に対して十人の命を助けようと言った。五十人の中からよろよろと二人の老人が出てきた。

「おまえたちのような老いぼれではない。兵士を出せと言ってるんだ」

そう言って将校は二人の老人を射殺した。それを見て皆がパニックになった。叫び声を上げて逃げ出した女と子供にむかって兵士が銃を乱射した。たちまち校庭は血の海となった。

翌朝、五徳は校庭に行った。放置された死体の上を無数のトンボが飛んでいた。生きていればトンボを追い駆けていたであろう子供を抱くようにして女たちが横たわっていた。

――何が共産主義だ。何が解放だ……。

五徳は声を押し殺すように言った。

その日の午後、五徳は部隊を逃亡した。

北朝鮮軍のあまりの残虐行為に憤怒した金五徳が中隊を離れて故郷の三千浦にむかって逃走しはじめた時、日本ではマッカーサー元帥率いる国連軍が仁川上陸作戦を大成功させた報道に沸き立っていた。ソウル陥落に続いて一部の部隊が三十八度線を越え北朝鮮領土に攻め込んだという報道が発表されると、この戦争の勝利を確信したように日本の各地で祝賀の催しが行なわれた。

十一月初め、三田尻の高山家でも日本に残った半島の人たちが集まって祝宴を催した。

「高山さん、お目出度うございました」

清水権三が酒の入ったグラスを掲げた。

乾杯、という声が一斉に続いた。

「いや、本当に良かった。皆さん、これで私もひと安心しました」

皆に頭を下げる宗次郎を見て、要子も夫と同様に安堵した気持ちになっていた。

戦争勃発報道から四ヵ月余り、要子は気の安まる暇がなかった。

北朝鮮軍の侵攻は驚くほど迅速で二ヵ月もすると韓国は釜山だけを残して九割近くを占領されていた。

北朝鮮軍の驚異的な戦闘能力の背後にはソ連、中国がいると新聞は報道していた。ヨーロッパでは第二次大戦の終結後にソ連とアメリカ、イギリス、フランスが分割統治していたことが原因でドイツが東と西に分割され〝東西冷戦〟と呼ばれて対立を深めていた。アジアでは朝鮮半島だけが分割されていた。

それが要子には切なかった。

日本が敗戦したことで祖国がようやく独立できると思っていたのに北と南に分れたままふたつの国になってしまった。それでも大勢の人が祖国に帰って行った。聞けば北に故郷がある人たちは三十八度線の国境を越えて戻って行ったと言う。その話を聞いて、要子はいずれ北と南はひとつの国になる日が来るだろうと思っていた。ところが北と南が戦争をはじめたと知った時、要子には訳が解らなかった。

要子には戦場がどういうものか想像がつかなかった。空襲に遭った町の様子は伝え聞いていたし、広島に原爆が投下された後で町にも大勢の被爆者が避難してきた。その人たちがこの数年で何人も亡くなった。遠くで被爆した子供たちまでが次から次に死んで行った。

父と母、弟、祖父母が住む村がその戦場になった。戦争がはじまって以来、家族の消息はいっさいつかめなかった。二ヵ月もすると大勢の人が日本に密航してきた。そのほとんどが密航船内で捕えられ今もいくつかの島に収容されていた。

この三ヵ月で宗次郎の下に収容されている家族や親戚を救い出して欲しいと訪ねてくる人が何

人もいた。誰が流した噂かわからないが、宗次郎にはGHQと直接交渉できるルートがあると言う人がいた。それに密航船の手配もできると言う話までひろがっていた。

ただ窮状を訴えにきた人たちに宗次郎は丁寧に接していた。彼等の宿泊先がないと家に泊めてやっていたし、片道の切符しか持たずにきた人に帰りの汽車賃を渡してやった。滞在が長くなる人に宗次郎は荷役の仕事や再開した塩田の仕事、新しい工場建設の現場仕事を紹介した。家に出入りする人たちが増え、宗次郎は下宿屋を買い取り彼等が暮らす共同の住居を用意した。韓国、朝鮮、台湾とさまざまな国の人たちが集まった。

今夜の祝宴にはそんな人たちも大勢駆けつけていた。宗次郎の仕事を含めて、今彼等が一番恩恵を受けているのが朝鮮戦争に関わる仕事だった。軍需品とそれを生産するための資材の運搬から高騰している鋼材、鉄屑、スクラップの収集、運搬などがあった。朝鮮戦争の特需で九州、瀬戸内海沿岸の工場地帯は一気に活気を取り戻していた。

それもすべてアメリカ軍、国連軍が戦っているからだった。だから朝鮮戦争の勝敗は皆の死活問題であり、仁川上陸作戦の成功は皆が待ち望んでいた吉報だった。

「いや、それにしてもマッカーサーはたいしたもんじゃ。まさかあの潮の流れの速い仁川に上陸するとは敵は考えもつかんかっただろうて」

「まったくじゃ。これで一気に北朝鮮をもぎ取ってしまえばええ。そうですいのう、高山さん」

宗次郎はただ頷くだけで複雑な顔をしていた。

と言うのは同じ半島の人たちの中で故郷が北にある人たちが宴会にきていたからだった。彼等もまた宗次郎に仕事の世話になっていたし、仁川上陸後の戦争の状況を知りたくてやってきていた。

日本の敗戦後、大勢の人たちが半島に戻って行ったが祖国はアメリカ軍とソ連軍によって三十八度線を統治分割線として占領されていた。敗戦の年、北ではいち早く金日成を首班にして北朝鮮共産党中央組織委員会を創建した。南の方はその三年後、大韓民国を樹立させ李承晩を初代大統領とした。ふたつの国が誕生したことで、日本に住む半島の人たちもそれぞれの組織に参加し、ふたつの勢力に分れることになった。それぞれの国のイデオロギーの違いが彼等を衝突させた。半島の人たちが暮らす町では大小の違いはあれ頻繁に衝突が起きていた。

宗次郎はどちらの組織にも入らなかった。彼は両方の人たちとも平等につき合った。それを批判する人もいた。

「元々同じ国じゃないか。それを占領軍の都合で北だ、南だと決めつけられるのはおかしいのと違うか」

宗次郎の家の集会場にはいっとき金日成と李承晩の写真が並んで掛けてあった。

しかし今年の六月、朝鮮で戦争がはじまると両方の写真が外された。

宗次郎は腹の中では大韓民国を支持していた。大韓民国と言うより、南を支援しているアメリカに賭けるべきだと思っていた。彼はこの時すでに北の実情を知っていた。それは北に戻って命からがら日本に戻ってきた何人かの男に食糧、物資が不足して大衆が飢えていると聞かされていたからだった。

そのことは後年、北朝鮮帰国が許可され、日本の新聞やマスコミが北を楽園と宣伝した時にも宗次郎が近しい者には北朝鮮帰国を断固として反対し続けたことに繋がることになった。

次から次に料理が運ばれ、酒瓶もどんどん空になって行った。やがて女衆が入り、太鼓を叩く者があらわれた。男衆も女衆も踊り出した。

要子は宗次郎に呼ばれ、母屋の客間に人を招く準備をするように言われた。

要子が客間の灯りを点け、窓を開けて空気を入れ替えていると、宗次郎が客を連れて入ってきた。権三も一緒だった。

背の高い青年が要子に丁寧に頭を下げた。

「覚えているか。星野さんの伜《せがれ》だ」

「えっ、塩田で働いていらした星野さんの?」

「そうだ」

「ご無沙汰しています。高彰《たかあき》です」

「タカちゃん、本当にタカちゃんなの」

「はい。十五年振りにここに戻ってきました」

「そう、元気にしていらしたのね。立派になられたのでわからなかったわ」

星野家は要子の実家の金古家と懇意にしていた家で、高彰の父は要子の父の金古昌浩の片腕として長い間働いていた。高彰は幼い時、実子に恵まれなかった親戚の家に養子に出された。

弟の吾郎と同じ歳で赤ん坊の時から二人で遊んでいたのを要子はよく覚えていた。

「あなたはたしか東京の親戚のお家に行かれたのよね」

「その親戚の一家が皆韓国に帰ったそうだ」

「そうだったの……」

「おじさんとおばさんは吾郎君と一緒に帰られたそうですね」

「吾郎を覚えているの？」

「ぼんやりとですが……」

高彰は白い歯を見せた。

「それでお父さんたちの消息はわかっていらっしゃるの？」

「それが……」

高彰が口ごもると宗次郎が咳払いをした。

「ではお茶でよろしいんですか」

要子は宗次郎を見た。

「そうしてくれ」

廊下を歩き出した要子は、わざわざあの青年が東京からこの田舎町まで来た理由は海のむこうにいる家族のことではないかと思った。

盆に茶を載せて客間に入ろうとすると宗次郎の野太い声が聞こえた。

「それは無理だ。捕まればこっちまで強制送還される。君にはあの島がわかっていない。あの海域がわかっとる者でないと夜は近づくことはできん。いや、それは無謀というものだ」

「でも島には義父さんたちが……」

「気持ちはわかるがもう少し様子を見てから決めてはどうかね。いずれにしても収監されている人たちは別の場所に集められるはずだ」

「私に入ってる情報では年内に強制送還させるという話です」

「それはたしかなのかね」

「はい、外務省にいる人から入手した情報です」

高彰の大きな吐息が聞こえた。

要子は障子戸を開いて客間に入った。

うなだれていた高彰が顔を上げた。

「おばさん、どうもすみません。戦争がはじまってむこうから連絡はあるのですか。吾郎君は元気なんでしょうか」

「それがまだ消息がわかりません。元気にしてくれてるとは思いますが……」

二人が話していると、宗次郎が立ち上がった。

「わしは宴会の方に戻る。高彰さん、この話は明日またゆっくりしましょう」

「高山さん、ぜひ力を貸して下さい。お願いします。あなたの力がなくては義父《ちち》たちは二度とこの国に……」

高彰は宗次郎の着物の袖に手をかけた。

「まあ高彰さん、今夜はこれくらいにして。オヤジさんも明日もう一度とおっしゃってますし」

権三が宗次郎にすがりつこうとする高彰の手を離した。

高彰はあきらめたようにうつむいた。

「どうぞお茶を召し上がって下さい」

「…………」

高彰は黙ったままうなだれていた。

「主人があんなふうに言う時は当人も考えたいと思っているんです。きっと何かいい案を考えてくれますよ」

「いや、高山さんはよく事情を知ってらっしゃるんです。だから私の頼みを言下に断わられたんです。よくよく考えてみれば高山さんのおっしゃるとおりなんです。救い出そうとした方が逆に捕まってしまう……」

「高彰さん、それは何の話なのですか。かまわなければ私に話して下さいませんか」

「実は義父が家族を連れて韓国から脱出したんです」

「お二人だけで?」

「いや三人で逃亡したそうです。義母《はは》は死んだそうです。夜の海に放り出されてしまったと……。もう一人は弟の満です」

「満ってこの町にいた満さんでしょう。どうして満さんだけが逃げてきたの。ご両親とお姉さんがいらしたでしょう」

「………」

高彰は唇を噛んだまま何も言わなかった。

「何があったの、星野さんの家族に」

高彰の実父である星野宗根《そうこん》と妻には要子は子供の時から世話になっていた。少女時代、星野の家に吾郎と二人で何度も泊りに行ったこともあった。姉の美香は二歳違いで要子を実の妹のように可愛がってくれた。満は遅くなって誕生した次男であった。父親同士は仕事をずっとともにしてきた。星野の妻と要子の母も姉妹のように仲が良かった。

「教えて下さい。何があったの」

「父も母も姉も……」

そこまで言って高彰は嗚咽した。

「両親も姉も死んでしまったそうです。父の本家に突然、北朝鮮軍がやってきて、父と弟は兵隊に徴用され、母と姉は荷役と飯炊きとして連れて行かれ、戦場をずっと連れ回されたそうです。父は隙を見て満を脱走させ、義父たちが隠れていた山の中に行くように言ったという話です」

「それでおじさんやおばさんが、美香さんがどうして死んだとわかるの」

「その部隊は全滅したと、同じように徴用に出されていた村の女の人が報せたそうです。それを聞いて義父は日本に戻ろうと決心し、密航の準備をはじめました。密航者から私の下にその報せが届いたのが二ヵ月前のことでした。その手紙に父も母も姉も死んだことが書いてありました。義父たちは巨済島《コジェド》から密航船に乗り込んで対馬にむかう途中でアメリカ軍の警備艇の攻撃を受け、拿捕《だほ》されたそうです。義母は警備艇に追走された時、何人かの人と海に放り出されたと聞きました……」

そこまで話して高彰はまたむせび泣いた。

「それで今はどこにいらっしゃるの」

「長崎の針尾島《はりおじま》の収容所です。年内に強制送還されるという情報が入って急いで帰ってきたんです」

「そう、それで主人に……」

高彰はこくりと頷いた。

「主人が何か助け出せる方法を考えてくれるかもしれません。でも主人は我家で働く男衆の身に危険がおよぶようなことはさせません。お義父さんもあなたの命にかかわるようなことは望んでいらっしゃらないと思います。集会所の方に休む用意ができているはずですから今夜はゆっくり休んで下さい」

高彰は消え入りそうな声で、ありがとうございます、と言った。

要子は廊下を歩いて東の庭にむかった。縁側に立つと、急に涙がこぼれ出した。高彰から星野の人たちが亡くなったと聞いてからずっと堪えていたものが一気にあふれ出した。

星野の家に泊りがけで遊びに行き、皆して歌を歌ったり、美香から裁縫を習ったりした日のことがよみがえった。

美香の明るい笑い顔が庭の闇に揺れていた。

——どうして皆あの国へ帰らなくてはならなかったのかしら。なぜ同じ国の人が殺し合いをしなくてはいけなかった……。

要子は胸が熱くなった。指先が、唇が震えた。


翌朝、宗次郎は寝所で朝食を摂った。

じっと一点を見たまま膳に手をつけないでいた。何か考え事をする時の宗次郎の癖だった。

「お味噌汁が冷めてしまいましたが。あたためてまいりましょうか？」

「う、うん」

こちらの話を聞いていていない。

味噌汁を替えて寝所に戻ると、宗次郎はまだじっとしていた。

「それだけ思案なさって何かが見つからないということは、それは誰がやってもできないということではありませんか」

「事情を知っているのか」

「はい。昨夜、高彰さんからお聞きしました。詳しいことはわかりませんが、危険を冒してまでなさることではないと思います」

「星野はおまえの家の親戚ではなかったのか」

「親戚と言ってもおばさんに縁があるだけで高彰さんのお義父さんも奥さんも知りません」

「弟が一人いると言っていた」

「満君のことですね。強制送還と言ってもむこうに連れて行かれてひどい刑罰を受けるのでしょうか。私にはそう思えません。戦場から逃げ出しただけのことでしょう。生きていればまた逢える時がくるかもしれません」

宗次郎がじっと顔を見ていた。

「おまえ、本当にそう思うか」

「はい。それに私はあなたを危険な場所に行かせる訳にはいきません。溺れる人を助ける時が一番危険だと父が言っていました」

「そうか、わかった。権三を呼んでくれ」

そう言って宗次郎は大きな口を開けて朝食を摂りはじめた。

翌日の午後、高彰は権三と家を出た。肩を落したうしろ姿が痛々しかった。

日暮れ前に宗次郎は大阪に出発した。

要子は玄関で息子の直治と夫を見送った。宗次郎を乗せた車が通りの角を曲がって消えると、直治の手を引いて入江に散歩に出た。生まれた年の内に長男は歩くようになった。宗次郎のように頑強な男になるのかもしれない。

要子は入江の堤道を歩いた。

海風は冷たかった。秋が深まっているのだ。旧桟橋に出ると沖合いに水平線が見えた。

――あの海のむこうで何が起こっているのだろうか。

高彰は親しい人の死を報せにきたが、それは同時に要子の家族が戦禍に巻き込まれていることを告げていた。

星野の本家がある村は要子の両親と弟が住んでいる村と峠ひとつ越えた場所にある。星野の家族が戦場に駆り出されたのであれば、父や母も、弟も戦場をさまよっているのかもしれない。

昨夜、高彰から星野家の悲報を聞かされた時、哀しみもあったが要子はこころの底で父や母、弟への危惧を抱いていた。夫にはそれを口にしなかった。宗次郎の家族の住む家もまた星野や金古の家からそう遠く離れていなかった。

あの国に帰って行ったあの日から何が起こっても不思議ではなかったのだ。

戦場がいかなるものか想像がつかないから余計に不安になり、こころが動揺してしまう。あの父がいる限り、母や弟が不幸な目に遭うはずがないと信じているのだが、星野の家に起こったことが金古の家に起こらないとも言い切れない。

——どうにか消息を知る方法はないものなのかしら……。

戦争がはじまってからまったく様子がわからなかった。せめて無事でいるかどうかだけでも知りたかった。

汽笛の音がした。見ると繊維工場に続く引込線に貨物列車が入って行こうとしていた。

キャッ、キャッと直治が声を上げた。目を丸くして汽車を見ている。

「そうね。ポッポね」

キャッ、キャッ、キャッと嬉しそうに笑う。

要子はその横顔を見ていて、遠い日、弟の吾郎の手を引いて汽車を見に行ったことを思い出した。

——この子の目や横顔は吾郎に似ている……。

幼い頃の弟は目にするものすべてに声を上げ、澄んだ瞳が美しかった。あの弟が今頃戦場のどこかをさまよっているのではと思うと、要子は弟があわれに思えた。

風が冷たくなったので要子は直治を抱きかかえた。まだ歩きたいのか腕の中でむずかる。家にむかって歩き出すと水天宮の物見櫓《ものみやぐら》に大漁旗が数本なびいていた。

祭りがはじまるのだ。

「ター君、水天宮を回って帰ろうか」

声をかけると目を大きく見開いて要子を見返した。

——やはり吾郎に似ている。

水天宮の境内に入ると、露店商が準備をはじめていた。明日から祭りの本番らしい。

要子は本殿に行き、父や母、弟の無事を祈り、夫と家族、家の衆の安全を祈った。

参道を引き返して行くと、店の準備を終えた露店の台の上に玩具が並べてあるのが目に止まった。ビードロ、達磨《だるま》落し、虎、兎、犬の張り子……、隅に淡い青磁色に光る鳩笛があった。要子はそれを手に取ってそっと吹いてみた。懐かしい音色がした。直治が手を伸ばしてきた。息子の手には鳩笛は少し大き過ぎた。

「これを下さいな」

老婆が笑いながら鳩笛を包んでくれた。

「この笛を吹けばお庭に鳩が来るかもしれませんよ」

要子は直治に言いながら境内を出ると、海の方に目をやり家にむかって歩き出した。

五章

もう何日、山野をさまよい続けているのか五徳にはわからなくなっていた。昼と夜の区別があるだけで、あとは夜明けと夕暮れ、真昼時をたしかめるのが精一杯で時間の感覚はなくなりつつあった。

山中に入ると方向感覚も失せる時があった。

部隊を脱走した時、五徳は三千浦までは三日もあれば着けると思っていた。走り出そうとした瞬間、四方がすべて戦場であるのに気付いた。単独でしかも走り出すことは北の兵士にとっても南の兵士にとっても恰好の標的であることがわかった。現に部隊を脱走してすぐに雑木林の中を駆け抜けている時、左肩を銃弾がかすめた。乾いた音がして、熱い、と瞬間に感じただけだったが、知らぬ間に転倒していた。倒れたまま左肩にふれると肩先から血が流れ出していた。それで撃たれたとわかった。息を潜めて周囲をうかがった。どの方角から撃たれたのかもわからなかった。恐怖が襲った。どちらに逃げてよいのか判断がつかなかった。このままでは殺されると思った。数十メートル先に川原があり、葦《あし》が茂っているのが見えた。もし狙撃手があの葦の中に潜んでいたら……。五徳はそれでも川原にむかって全速力で走った。銃声がした。かまわず葦の中に飛び込んだ。それで銃声は止んだ。

このことがいい経験になった。日中に見通しのいい平坦な場所を移動することがいかに危険なことかがわかった。傷はすぐに止血した。

夜間に移動した。それは同時に北朝鮮軍の兵士と遭遇する危険があるということだった。敗走する兵士たちは目に入る人影をすべて敵とみなしていた。しかも彼等の大半が軍服を脱ぎ捨て、農夫の衣服を身につけていた。遁走する人には五徳と同じように北朝鮮軍の部隊を脱走した者や、放免された徴用の労働者たちも大勢いた。しかし本当に徴用の兵なのか労働者なのかもわからなかった。人影を見たら隠れる。それが生き延びる方法だった。

藪の中に潜んでいた時、右手と左手から人影が数人あらわれ、一方の男たちが相手に手を振り、私たちは兵士ではない安心してくれと言いながら相手に近寄った。言われた方も笑顔で応じていた。両者の距離が充分近づいた時、笑顔で応じていた男の足元から銃を構えた男があらわれ相手を射殺した。どちらが本当の兵士なのか、わからなかった。

盗人の集団もいた。女たちを犯し、いたぶり殺す男たちもいた。あわれだという感情が次第に失せて行き、自分だけが生き延びればいいと考えるようになった。

いつしか自分も死体を漁るようになっていた。死顔も悪臭も気にならなくなった。眠りについても夢を見なくなった。自分が眠っているのかもわからなかった。

唯一の救いは星明りだった。星のかがやきを見つめている時だけ安堵があった。星を見ていると三千浦の家を思い出し、父と母の顔が浮かんだ。両親の笑顔を見つめていると背景が海にかわり、三田尻の家があらわれた。家は剣道場になり、神宮大会の試合会場に立っている自分の姿がよみがえった。

姉の笑顔が浮かんで、そのむこうに恋人の姿があらわれた。懐かしい人たちの顔があらわれては消え、海になり、たわわに実った稲の海にかわった。五徳はその風景の中に辿り着けるかどうかわからなかったが、自分が本当に帰りたい場所はこの国にはないと思った。


その日の夜明け方、五徳はまだ部隊のかたちを保っている北朝鮮軍の敗走を見た。

兵士たちは皆頬がこけ、軍服同様どす黒く汚れた顔は黒光りする髑髏《どくろ》のように見えた。言葉を発する兵は一人とていなかった。彼等はただ北にむかって敗走しているだけだった。いや走っているとは言えなかった。よろよろと歩いているだけだった。うつろな目をして一方向だけを見ていた。銃を杖がわりにしていた。弾はすでに尽きているのだろう。

誰が指揮官かわからなかったが、それぞれが散らばっていて、それが奇妙な秩序のようなものを感じさせた。これなら部隊がいちどきに壊滅することはない。

——生き延びる術《すべ》を知っているのだ。

五徳は藪の中に身を隠して、かつて勇猛無敵と呼ばれた兵たちを眺めた。

規律も誇りも失せていた。もしかして人間であることも忘れているかもしれない。

五徳はふいに、この敗走する部隊の中に入ってともに歩き続ければ、彼等が口を揃えて言っていた理想の国家に辿り着くのではないかと思った。

五徳はそれをすぐに否定した。

——そんな国家などどこにもありはしないのだ。こいつらはただの人殺しで、女、子供も平気で殺戮できる鬼畜なのだ。

五徳は兵たちを睨みつけた。

敗走兵が去ると、静寂がひろがり、やがて陽が落ち満天の星を湛えた夜がやってきた。

五徳は藪を這い出し、草の上に大の字になった。星光が頬に、胸に、手の中に零れ落ちてくる。

五徳は目を閉じた。耳の底に金属音に似た音が聞こえた。幻聴が聞こえているのだろうと思った。音は次第に大きくなり、洪水が近づくような轟きにかわった。目を開けると空を埋めつくすほどの爆撃機が大編隊を組んで北にむかって飛んでいた。国連軍の飛行隊だろう。

——この連中もすべてを破壊し、殺戮をくり返すのだ。

言いようのない怒りが湧いてきた。

「ここに爆弾をひとつ落とせ。俺はここにいるぞ」

五徳は叫び声を上げた。

その声を掻き消すように次から次に爆撃機は飛来した。

五徳は立ち上がり、爆撃機にむかって両手を上げて大声で叫んだ。

「俺はここにいるぞ。俺はここにいるんだ。俺に爆弾を落とせ。俺を殺してくれ」

五徳は叫びながら草叢を走った。爆音の中雑木林を抜け、沢を駆け上がり、走り続けた。

爆撃機は失せ、また静寂がひろがった。

見ると目の前にちいさな御堂があった。

御堂には見覚えがあった。五徳はよろよろと石段を登り、御堂の前に立った。濡れ縁に手をかけた。ざらついた感触と古い木の香りがした。

——前にこの濡れ縁に腰かけていたことがある……。

五徳は御堂の上方を見上げた。

そこに墨文字を浮き彫りにした文字が見えた。

〝龍泉寺〟とある。

「あああ……」

五徳は声を上げた。そうして顔を両手で覆い声を上げて泣き出した。

「ああああ……」

彼はまた声を上げ、胸の中で叫んだ。

——ようやく帰って来たのだ。

御堂は臥龍山の北側にあり、堂の裏に滝があって、その沢を下って川に沿って行けば父と母の待つ我家があるはずだった。

五徳はよろよろと御堂の裏手に回った。

水音が聞こえた。星明りに滝壺に落ちて行く水柱が見えた。

彼は滝の上にしゃがんで霧のように顔にかかる水しぶきを受けた。

涙ともしぶきともつかぬものが頬を伝い首筋から胸元に流れて行った。五徳はしばらくそこに佇んで水音を聞いていた。祖国に戻り、失意の時、彼は一人ここまで登ってきて水音を聞いた。水音は戸惑い続けていた彼のこころに響いた。絶えることなく響き続けた。

今あらためて水音を聞くと、以前とはまったく違う音色に感じられた。

その時、海の方角から尾を引くような音がして一条の光が空に舞い上がり、ゆっくりと龍の姿のように海に消えて行った。戦闘がはじまっているのか……。

これと同じものをつい昨晩、五徳は見たような気がした。

――俺は夢を見ていたのか……。

五徳は自分に訊いた。

――夢ではないのか。夢でないとしたら、俺はあの夜から今日まで何を見たんだ……。

彼は草塊を何度も握りしめていた。

五徳はしらじらと夜が明けはじめた空の下を臥龍山の沢づたいに我家へむかって歩きはじめた。

川沿いの道に出ると、村の一番山側にある宋《ソン》の家が見えた。そのむこうにぽつぽつと村の家々が浮かんでいる。

たった三ヵ月の間だったが、五徳はひどく長い時間村を離れていた気がした。

宋の家の前を歩いて行くと鶏が声を上げた。

鶏がいるということはあの老夫婦が家に戻っているのだ。もうこの村には北朝鮮軍がいないのだろう。通り過ぎようとした時、木戸が開く音がした。五徳は小走りに我家に急いだ。物音に敏感になっていた。昨日まで戦場で死線をさまよっていたのだから当然のことかもしれない。

道が少しずつ平坦になりやがて左方に李の家が見えた。塀越しにみっつの藁《わら》葺《ぶ》き屋根が並んでいる。三世帯が住む李の一家はこの村で一番大きな田畑を持つ家だった。

李の息子の顔が浮かんだ。

あの洞窟で五徳をなじった若者である。

——皆無事だったのだろうか。

李の家の前に人影が立っているように思えた。

五徳は立ち止まり、目を細めて人影を見た。

——人影とは違うのか……。

そう思って通り過ぎようとした時、人影が消えた。

五徳は驚いて走り出した。

やがて前方に我家が見えた。五徳は夢中で駆けた。

家に辿り着くと、そのまま裏手に回り、木戸を開けようとした。内から閂《かんぬき》がかかっていた。五徳は木戸を持ち上げるようにして斜めに揺らした。こうすれば閂が外れるはずだった。閂は外れなかった。

もう一度木戸を持ち上げた。

「誰だ」

野太い声がした。

父の声だった。

「父さん、僕です。五徳です」

父は返事をしなかった。

「父さん、五徳です」

「声を立てるな」

父は言って門を外し木戸を開けた。

薄闇の中で父の目がじっと五徳を見ていた。

「父さん、今戻りました。やっと……」

言いかけた五徳の口を父は塞いで二の腕を摑み家の中に引っ張り込んだ。そうして外の様子をうかがい、木戸を素早く閉めた。

父はもう一度五徳の足の先から頭のてっぺんまでを見つめ、顔を歪《ゆが》めると、呻き声を上げ五徳を抱きしめた。

その瞬間、五徳はそれまで堪えていた感情がいちどきに溢れ出た。激しく嗚咽した。身体が震えた。その震えを抱き止めるように父は五徳の背中に回した手に力を込めた。父も泣いている。

「おお可愛い息子よ」

「父さん」

「よく帰って来てくれた。よく帰って来てくれた」

言葉を押し殺し耳元でささやくように言い続けた。

背後で足音がした。

父は抱いた手を解いて、五徳の身体を反転させた。母が立っていた。

あっ、と母は声を上げたきり、口をおさえて、

「ああサンゴ、サンゴ、私の可愛い子」

と五徳の胸にしがみつくように抱擁した。

母は身体を震わせ、五徳の顔を両手ではさみ顔を何度もたしかめるようにした。頭を撫で、両肩を摑み、胸板を、尻を、足まで触れて息子が生きているのをたしかめようとした。

「どこに行っていたの。父さんも母さんもおまえを探していろんなところに行ったのだよ。神さまにお祈りしていた甲斐があったわ。よく戻ってくれました」

母が涙声で話していると、父が声を潜めて言った。

「どっちの方から村に入ってきたのだ」

「臥龍山の沢を下りてきました」

「村に入ってから誰にも逢わなかったか。宗の家も、李の家の前でも？」

「宗の家の鶏が鳴いただけです」

「そうか、臥龍山でも姿を見られていないのだな」

「はい。夜中のうちに下りましたから」

「そうか、ならいい」

「どうしたのですか」

心配顔の父に五徳は訊いた。

「いや何でもない。五徳、おまえに……」

そう言って父は五徳と母に口を閉じるようにひとさし指を口元で立てた。

父は表の気配をうかがっていた。

足音がした。ゆっくりした足音である。歩みが止まった。

父は母と五徳にそこにいるように小声で言い、表戸の隙間から外の様子を覗いている。

「どうしたの、母さん。父さんは何を心配してるの」

「静かにしてなさい」

母が父の背中をじっと見ていた。

父がゆっくり戻ってきた。

「大丈夫だ。山に仕事に出て行く人だ」

「こんなに早くにですか」

「山に入る木樵《きこ》りだろう」

「そうですか……」

母は五徳の肩を抱いて言った。

「さあ奥に行きなさい。お腹は空いていないのかい」

「少しだけ」

五徳はそう返答したものの、この一ヵ月間まともな食べ物を口にしていなかった。

「水を一杯下さい」

母は台所から器に水を汲んできた。

五徳は水を一気に飲んだ。その途端、水を吐き出した。

いちどきに胃に入ってくるものを身体が拒絶していた。

「どうしたの、大丈夫なの」

五徳は鼻水を流しながらうなずいた。

「ゆっくり飲むんだ。口の中で水を噛むようにしなさい」

母が水の入った器をそっと五徳の口に持って行った。五徳は口を開き、わずかな水を口に含んだ。ごくりと飲み込むと、また吐いた。

「おお可哀相に、どんな目に遭っていたのですか」

母が泣きながら言った。

三度目でようやく五徳は水を飲み込んだ。

胃が妙な音を立てている。

「すぐに粥《かゆ》をこしらえましょう。さあそこに横になりなさい。まあこんなに指が細くなって、手も足も……」

五徳は母に抱きかかえられるようにして蒲団の上に横になった。

やわらかな蒲団の中にいると、自分の身体ではないような気がした。

視界の中の母の顔が少しずつ歪みはじめ、五徳は意識を失なった。


目を覚ました時、視界の中は闇だった。

五徳は自分がどこにいるのかすぐにわからなかった。

コトリと音がして光の筋がひとつ肩先に差し込んだ。

「五徳、目が覚めましたか」

母の声だった。

「はい。母さん、ここはどこですか」

「床下の甕の置き場です」

そう言われて左右を見ると甕がいくつも並んでいた。

「どうしてこんな所に僕はいるんですか」

「それはあとでゆっくり話します。お腹が空いたでしょう。すぐに粥を持ってきますから……」

床下に寝かされていることも母が小声で話している理由も五徳にはわからなかった。

やがて床板を外して母がかがむようにして床下に下りてきた。

「さあ口を開けなさい」

母は粥を匙《さじ》で掬《すく》うと、それを一度自分の口に入れ、ゆっくりと五徳の口に運んだ。

飲み込もうとすると咳込んだ。

「ゆっくり、一粒一粒喉に流し込むようにしなさい」

母は長い時間をかけて五徳に粥を食べさせた。胃がきりきりと痛んだ。食事を摂れない身体になっていた。

「さあ休みなさい」

「母さん、どうして僕はこんな所にいるのですか。何があったんです」

母は眉間に皺を寄せたままだった。

「母さん、教えて下さい」

五徳が声を上げると足音が響いて父がやってきた。

「大声を出すんじゃない」

「父さん、どうして僕はこんな所に寝ているのですか」

父は一度、表の方をうかがうような仕草をしてから母にむこうに行くように目配せした。

父はしゃがみ込んで床下に入った。

「五徳、おまえは昨日までどこにいたんだ」

「東の方にいました」

「東のどこだ？」

五徳は口をつぐんだ。

「東のどこか言いなさい」

五徳は小声で戦場になった町や村の名前を挙げた。

「そこで何をしていた？」

五徳はまた口をつぐんだ。

父が大きく吐息を零した。

「言いたくなければ言わなくていい。どうしておまえをこんなふうに隠さなくてはいけないかを話そう」

父は静かに語りはじめた。

「三ヵ月前のあの夜、わしはおまえを臥龍山の洞窟にやった。あの時、わしはなぜおまえを村の若者と一緒にあの洞窟に行かせたかをもっと説明しておくべきだった。それにあんなに早く北の軍隊が入ってくるとは思っていなかったのだ……」

父は村人と話合いをして若者をひとところに隠しておくことを決めた。北朝鮮軍が攻め込んできた町や村では食糧の調達だけではなく老人と子供以外の男たちを武器、弾薬の荷役をさせたり戦車、トラックが通る道、橋梁を作らせるために徴用するのを光州から逃亡してきた村人から聞いていた。壮年の男や若者は兵士として訓練し戦闘要員にするという話だった。

親たちは息子を戦場に行かせることを避けなくてはならないと決めた。ところが予測したより早く北朝鮮軍は三千浦の海岸に侵攻してきた。若者は洞窟に潜ませていたから村人は臥龍山の奥に逃げ込んだ。

最初に入ってきた部隊はすぐに晋州の方面に侵攻して行った。次に来た後続部隊は前線への補給を主な任務としていた。彼等はあらかじめ村の戸籍を調べ上げていた。

後続部隊に食糧を提供し、戸籍簿を出した者がいた。北朝鮮軍のスパイだった。臥龍山に村人を探索に行った北朝鮮軍の探索隊が、あの洞窟を発見した。洞窟はいくつもあり、親たち以外が知っている洞窟ではなかった。探索隊は若者に投降すれば殺さないと洞窟の奥にむかって言った。

鍾乳洞の奥は迷路のようになっていた。運が悪いことに李の息子はどこで見つけてきたのか猟銃を持っていた。北朝鮮軍の兵士の一人が李の息子に射たれた。探索隊の隊長は怒り、洞窟の中の若者を皆殺しにした。

六人の若者がいるはずだったが、死体は五人しかなかった。一人だけ助かった若者が五徳だとわかった。

若者が潜んでいる洞窟の場所を北朝鮮軍に密告したのは五徳だと村人が言い出した。

父は否定した。村人から五徳の妙な噂話が出た。北朝鮮軍が侵攻してくる以前、見知らぬ男が二度、三度村にあらわれて五徳と話をしているのを見た者がいた。しかもその男は近在の村の戸籍を調べていた。

父は村人に自分もその男を見かけたことがあり、息子からは釜山で働いていた時に知り合った友人と聞いたと説明した。息子を殺され、五徳だけが死んでいないことでスパイと決めつける村人もいた。

五徳は黙って父の話を聞いていた。

――そんなことが起きていたのか……。

「わしはおまえが密告などしないのをよく知っている。それは母さんも同じだ。だからおまえを二人で探し続けたんだ……。今、おまえが村の人たちの前に姿をあらわせば彼等はおまえを息子たちと同じ目に遭わせようとするに違いない」

「僕は密告なんかしていません」

五徳は父の手を握って言った。

「わかっている。けど今はそう言ってもわかってもらえないだろう。おまえがこの三ヵ月何をしていたかということも問い質すだろう」

父の言葉に五徳は黙り込んだ。

「心配しなくてもいい。おまえはわしたちが守る」

父は言って五徳の頭を撫でた。

「僕は村を出て行きます」

「いや、どこに行っても同じだろう。今、あちこちの村で北朝鮮軍に協力した者が制裁を受けている。女でさえ殺した村もある」

「僕が出て行って村の人に話しましょう」

「おまえは我が子を殺された親の気持ちがわかるまい。もしおまえが殺されたらわしはその相手を殺すだろう」

五徳は父の顔を見た。

今まで父のそんな気持ちも知らずにいたことを五徳は恥じた。

「ここを勝手に逃げようとしてはいけない。昨日の朝、山から降りてきたおまえの姿を李の家の女房が見たと言っている」

——あの人影だ。

あれはやはり人影だったのだ。

「ただこの家の中におまえがいるとは気付いていない。だから安心していなさい」

五徳は父の表情を見て、父と母がこの村の中で孤立しているのだとわかった。

二日後、床下にいた五徳は表の方から人が諍う声を聞いた。

何人かの男の怒鳴り声がした。ひときわ大きい声で父が怒鳴っていた。母の声もした。

諍いがおさまってからほどなく母が床下に入ってきて、五徳に奥の方に行くように言った。彼は甕の隙間に身体をくねらせるようにして隠れた。

「私たちは少し出かけて、すぐに戻ってきますから、そこでじっとしておくのですよ。決して声を出してはいけません」

二人のせわしない足音が表に消えた。

その直後、どかどかと数人の足音が床上でした。

「探し出せ。女房はたしかに見たと言ってるんだ」

床下に通じる床板が激しい音を立てて外された。男の顔が床下を覗き込んだ。甕のわずかな隙間から光る目が見えた。五徳は息を殺して相手を見つめた。

どうだ、そっちは、納屋の中もいない。床下はどうだ？　覗き込んでいた男が、ここにもいないようだ……と言って顔を上げた。

早くしないと二人が戻ってくるぞ、おい、帰ってきたぞ、数人のあわてた足音が響いた。

父の怒鳴り声がした。

母があわてて家に上がる足音がした。

母は床を指先で叩いた。それに応えるように五徳は指先で床を叩いた。

鶏のけたたましい鳴き声がした。

何やら作業をしている音が裏庭の方から聞こえた。

その間中、鶏の声が止まなかった。声からすると数羽の鶏がいるようだった。

一度、母が食事を運んできたが、それっきり父と母の気配が家の中から失せた。

裏庭でさかんに足音がしていた。もうとっくに二人とも寝ていい時刻に思えた。

——何をしているんだろう。

五徳は不安になった。

もしかして父と母が村人に襲われているのではないかと思った。

耳を欹《そばだ》てた。かすかに振動が伝わってくる。同時に人の足音がする。振動と足音は交互にずっと続いた。

父と母は家の中に戻ってこなかった。床上で足音がした。床板を外す音が続いた。五徳は身構えた。

「五徳、出て来なさい」

父の声だった。

五徳は甕の間から這い出した。

「ここは危険だから別の場所に移る。裏に母さんが待っているから、そこに行きなさい」

父は言って玄関の戸の隙間から表の様子をうかがっていた。

裏木戸は開いていた。そのむこうに母が立っていた。

「そのまま這ってこっちに来て」

母が手招いた。

五徳は地面を這いながら母の足元に行った。

月明りの下に一メートル四方の穴が掘ってあった。中に蒲団がコの字に曲げて敷いてあった。

「さあ、そこに入りなさい」

五徳は穴の中に頭から入り、身体を回転させて穴の中にしゃがんだ。

母が上から板を載せた。そうしてちいさく手を叩いた。父の足音がした。

同時に鶏が鳴く声がした。

頭の上の板が軋《きし》む音がした。鶏は狂ったように鳴き続けた。

その声が板の上でしはじめた。板の上をコツコツと何かが動き回る気配がした。

何がどうなっているのか五徳にはわからなかった。

ようやく鶏の声がおさまった。

「五徳、聞こえますか」

母の声がした。

「聞こえたら板を叩いて下さい」

五徳は頭の上の板を叩いた。

「五徳、今あなたがいる場所の上に鶏小屋が置いてあります。しばらくそこで辛抱して下さい」

――そうだったのか、父と母は裏庭でずっと僕が入る穴を掘っていたのか。

五徳は有難いと思った。

自分のような息子を持ったばっかりに夜中に両親に庭を掘らせてしまうことになった。

「もうすぐ夜が明けます。そうしたら食事を持ってきますから」

「母さん、どうか休んで下さい。疲れたでしょう。僕はお腹は空いていませんから」

「こんな所であなたに申し訳ありませんが、今はこれが精一杯です」

「これで充分です。さあ早く家に入って休んで下さい」

「わかりました。ではおやすみなさい」

足音が遠退《とおの》いた。

静寂がひろがった。

五徳は寝られそうになかった。父と母に申し訳なかった。たった一晩でこれだけの穴を掘るのは大変だったろう。

知らぬうちに涙が零れ出した。嗚咽した。

泣くだけ泣くと身体が軽くなったような気がした。

上方でさわさわと音がした。何だろうかと五徳は一番端の板を動かし、わずかな隙間を作った。隙間から黄色い実が見えた。

柿の実だった。さわさわと音を立てていたのは柿の木の葉のざわめきだった。

五徳は柿の実をじっと見つめた。

風にかすかに揺れている黄色の実も鶏小屋の下でしゃがんでいる自分も同じように思えてきた。

鶏の羽音が頭の上でした。


金の家では女房が朝夕、鶏と話をすると村人の中で評判になった。

口さがない人の中には、一人息子が北の軍隊と一緒に遠い場所に行ってしまったので頭がおかしくなったのだと噂する者もいた。

十日も経つと、執拗に五徳のことを探し続けた李の家の人たちも、金の息子はどこかに行ってしまっているのだと野良仕事に出るようになった。

ただ金の家はそれまで夫婦二人で野良仕事をしていたのが、女房の様子がおかしくなって亭主一人で田圃に出るようになった。

稲田は刈り入れの時を迎え、戦争で荒らされた田にわずかに残った稲穂を村人は収穫した。

「何とか半俵のお米がとれましたよ。新米でこしらえた握り飯です。しっかり食べて下さいよ」

五徳は穴の中で母の言葉を聞いていた。

鶏たちがあわただしく餌を啄《ついば》んでいる時、端の板がわずかに開いて、そこから炊いたばかりの新米でこしらえた握り飯が投げ入れられた。

「どうですか、美味しいですか」

その声に五徳は板をコツコツと叩いた。

「それはよかった。父さんが一人で一生懸命にあなたのために作られたお米ですからね。美味しいと喜んでくれたらさぞ父さんも喜ばれるでしょう」

鶏たちは、毎朝夕、独り言を話す彼女に目もくれなくなっていた。

時折、家の主人が小屋の前にしゃがみ込んで話をすることがあった。

「三日前に平壌が陥落したそうだ。韓国軍はこのまま北朝鮮を降伏させて朝鮮を統一するという話だ」

五徳は返事をしなかった。

父親は息子が戦争になどまったく興味を失っている気がした。

「そこにいて苦しくはないか。辛いようなら言いなさい。辛くはないか」

その時だけ五徳は板を叩いた。

母が鶏の様子を見に小屋の前に朝夕、しゃがみ込んでいるのを、時折、近所の子供たちがひやかし半分に覗きにきた。

母は笑って子供たちにおやつの豆を与えた。子供たちはおやつを貰うと嬉しそうに走って遊びに出かけた。

彼女は息子が家に戻ってきた夜から可愛い一人息子のことをあらためて考えた。

――どうしてこんなことになったのだろうか。

息子はこの国に戻ってから一度として安らいだことはなかったのではないか。日本を離れる時、息子はこころの中では日本に残りたい気持ちがあったはずだ。祖国統一などという夢が息子を帰国に駆り立てた。しかし帰ってきた祖国は息子を歓迎などしてくれなかったのだろう。息子には冷たく思えたに違いない。釜山の街に出るのを許可したのも息子がやり甲斐のあるものを見つけてくれればいいと思ったからだった。就職先で上司とぶつかり、夫を怒らせた。世間というものを知らない息子は実直な性格をそのまま相手にぶつけたのだろう。それでもようやく村に戻ってきて野良仕事を手伝うようになった。鍬を持つ息子のうしろ姿を見ていて本心から土を耕していないのはわかった。それでも家族が一緒にいればそれが一番いいと思っていた。

それがこの戦争で何もかもがおかしくなってしまった。あんなに痩せ衰え、素直で無邪気だった息子の目が何を見てきたのかは知らないが、異様な光を放っていた。ようやく辿り着いた我家で床下に、穴の中に隠れていなくてはならない。

いとしい息子が手の届く距離にいるのに頭を撫でてやることもできない。背中をさすってやることもできない。これが自分たちの望んでいたことなのだろうか。息子が夢見ていたことなのだろうか。

夫と二人で息子を探して戦場をさまよった。生まれて初めて戦場を見た。あんな惨《ひど》いことを人は平気でできるものなのか。何人もの子供の死体を見た。あの子供たちの母はどうしているのだろうか。死んでも死にきれなかったに違いない。同じ国の人間がどうして殺し合わなくてはならないのか。

涙が頬を伝った。嗚咽した。

鶏小屋の床板がコツコツと音を立てた。

彼女は涙を拭い鶏にむかって言った。

「今日はいい天気よ。父さんはあなたのために鯉を買いに行ったわ。栄養をつけて元気になりましょう」

「母さん、大丈夫」

息子の声がした。

「私は元気よ。それよりおまえは大丈夫かい」

コツコツと音が返ってきた。

彼女はちいさくうなずき明るい声で言った。

「よく生きて帰ってきてくれました。母さんはそれが一番嬉しかった。父さんの話ではもうすぐ戦争も終るそうよ。そうしたらそこから出て、皆で昔のように臥龍山に紅葉見物に行きましょう」

――そうだ。息子は生きているのだ。あの戦場から生還したのだ。

――戦争が終れば、夫が言うように村の人たちの惨い記憶も薄れて行くに違いない。そうすれば息子もここから出て、大手を振って世間を歩けるようになる。そうしたら嫁のことも考えてやらなくてはいけない。家庭を持てば息子も安らぎの場所を見つけるはずだ……。

彼女は自分に言い聞かせるように呟いた。

五徳の父と母がまもなく戦争が終結すると思っていた頃、北方での戦況は大きな転換期を迎えようとしていた。

十月十九日、国連軍、韓国軍は平壌を制圧した。

平壌市内に入った韓国軍は市民から熱烈な歓迎を受けた。市民たちは太極旗を振り、踊りながら韓国軍を迎えた。平壌の若い娘などは韓国軍兵士に泣きながら抱きついた。

市内の各所で残兵の応戦があったがすぐに鎮圧された。懸念された市民の抵抗も謀略工作もなかった。

翌二十日には大規模な空からの降下作戦が行なわれ、平壌市内には米韓両軍部隊合わせて一万五千人の兵士が入った。

主力部隊は金日成を追い詰めるために鴨緑江《アムノッカン》にむかって進撃を開始した。すでに空軍が北の拠点に猛爆撃をくり返していた。

二十四日、主力部隊は清川江《チョンチョンガン》を越え鴨緑江に迫っていた。すべての状況から国連軍、韓国軍の勝利は確信できた。トルーマン大統領もマッカーサー元帥も中国軍、ソ連軍の介入はあり得ないという見解で一致していた。

ところが壊滅寸前だった北朝鮮軍と金日成の人民政府に救いの手を差しのべたのはソ連、スターリンだった。アメリカ合衆国との取り決めでソ連は直接参戦することができなかった。スターリンは毛沢東に書簡を送り、北朝鮮を救ってくれるよう要請した。

この時すでに、毛沢東は旧満州、鴨緑江国境に三十万人近い軍隊を集結させていた。周恩来はモスクワでスターリンと会談し、国連軍と交戦状態に入った時、ソ連が武器、弾薬、食糧の全面支援をする約束を取りつけた。同時に朝鮮半島の制空権を失っている北朝鮮に対してソ連空軍の応援も要請した。毛沢東は国境を越える軍隊を中国の正式の軍隊とはせず、共産主義の同胞を救うべく立ち上がった人民義勇軍とした。

こうした動きをアメリカ合衆国総合参謀本部とトルーマン大統領、そして日本にいたマッカーサー元帥はまったく気づいていなかった。数日の間に三十八万人の中国軍が北朝鮮国境を越えた。それを知らない国連軍は平壌を陥落させた勢いで鴨緑江を目指して一直線に侵攻していた。国連軍の進攻経路が比較的平地の主要幹線道だったのに対し、昼間の空からの攻撃に対応できない中国軍は山中をひたすら南下した。四方の山を中国軍に埋め尽くされ攻撃を受ける国連軍の部隊は、数ヵ月前の北朝鮮軍と同じ立場になってしまった。

氷点下二十度を超える北朝鮮の冬が始まり、国連軍は退路を求めて昼夜の行軍を重ねた。平壌は再び北朝鮮軍の手に陥ち、大勢の避難民が国連軍とともに南下していった。

この最悪の事態を受け、トルーマン大統領は朝鮮戦争で原子爆弾の使用もありうると発言した。

国連軍の撤退は十二月に入っても続き、三十八度線すら防衛できなくなった。「ニューヨークタイムズ」はこの撤退を〝アメリカ史上最大の敗北〟と報道した。

ほんの二ヵ月前、クリスマスを本国か日本で過ごせると信じていた国連軍、アメリカ軍兵士は、寒風の中で自分たちの命を守るのが精一杯の状況になっていた。

暗いクリスマスをマッカーサー元帥は東京で迎えた。

高山要子は十二月に入り、夫の宗次郎が神戸に出かけると、かねてから一度見学に来るように言われていたキリスト教会に出かけてみた。

生家にも宗次郎との新しい家にも神棚は祀《まつ》られていたが、はっきりとした信仰を持っているわけではなかった。

要子が教会に行ってみようと思うきっかけになったのは、月に一度駅前で催される戦災孤児のための募金に参加し、そこで神父と出逢ったからだった。

静かな語り口で参加者に礼を述べる人柄を見て、要子は神父の話を一度聞いてみたいと思った。神父が戦時中、アメリカ人の家族を匿って投獄されていたことも聞いていた。勇気のある人だと思った。月に一度、神父と話すようになった。物静かな人で逢って話をしているだけでこころが落着いた。

「神父さま、信仰というものは誰にでも必要なものなのでしょうか」

「信仰がこころの支えになることはたしかです。神はいつも私たちを見ていらっしゃいますし、迷った時に導いて下さるのも真実ですから」

「人はどうしていがみ合うのでしょうか」

「相手のことを思いやるこころが足りないからです。自分にとって辛いこと、苦しいこと、相手が痛みを受けることを思ってあげなくてはなりません」

神父の言葉はいつも明快だった。

朝鮮で戦争がはじまって以来、家族の消息が絶え、要子には祈るしか手段がなかった。ただ祈り続けて、それがかなうとは信じられなかった。

信仰がどんなものなのか、祈る人たちの姿を見たいと要子は思った。

要子はその日の午後、直治を連れて駅むこうにある教会を訪れた。ちいさな教会だった。庭先に芝生が植えられ、そこにバラの木があった。冬のバラが咲いていた。その木の周囲で子供たちが遊んでいた。

要子はバラの花と子供たちの楽しそうな姿を見て安堵した。

教会の中に入ると正面に祭壇が見えた。

天窓から差し込む冬の陽光が祭壇の背後のイエス像にふり注いでいた。

要子は立ち止まってイエス像をしばし見つめた。

「よく見えて下さいました。高山さん」

声がした。神父が笑って立っていた。

「お子さんですか」

「はい。直治と言います。一人息子なんです」

神父は要子の手を握っている直治を見て微笑んだ。

「美しい教会ですね」

「ありがとうございます。どうぞ集会所の方にいらして下さい」

「神父さま、少し祭壇を拝見していいでしょうか」

「かまいません。どうぞ案内しましょう」

祭壇にむかって歩き出すと、ぼんやりとしか見えなかったイエス像がはっきりとその表情まで確認できた。

神父がイエス像にむかって十字をきった。

要子は作法がわからず祭壇にむかって一礼した。

イエスの顔は苦難の表情をしていた。磔刑《たっけい》に処せられているのだから苦しみが顔に出るのは当然だろうが、要子には観音さまや弥勒《みろく》さまのようにどうしておだやかな顔をしていないのかがよくわからなかった。

それでもその苦難の表情をしていることで要子にはどこか、イエスという神を信じられそうな予感がした。

直治が声を上げた。手を上げて何かを指している。息子が仰ぎ見た方に目をやるとステンドガラスから光彩が零れていた。

「あら、綺麗ね」

この頃、息子はいろんなものに興味を示すようになった。それが成長している証しなのだろうが、なるたけ気持ちがおだやかになるものを見せてやりたい。残酷なものをこの幼い瞳に入れたくない。

集会所に行くと何人かの女性がちいさなモミの木に飾りをつけていた。部屋の隅では床にしゃがんで絵を描いている子供もいた。

神父が要子を信者たちに紹介した。

要子は土産に持ってきたチョコレートの箱を神父に渡した。女性たちが集まってきた。

まあ、これはアメリカのチョコレートですわね。こんな素敵なものを頂いて、クリスマスの夜、子供たちが喜ぶわ……。女性たちは要子の持ってきたチョコレートに感激していた。

今日、教会を訪ねるために権三に頼んでGHQから取り寄せておいたものだった。

要子は神父とゆっくり話をした。その間、年長の子供が直治と遊んでくれた。直治は物珍しそうにクリスマスツリーを見ていた。

引き揚げる時間になって、要子は神父に聖書を買い求めたいと申し出た。神父は奥から聖書を持ってきて彼女に渡した。少し多目の金を差し出すと、神父は丁寧に礼を言った。

家に戻ると、長女のヒロミの友だちが遊びにきて庭で遊んでいた。

「お母さん、今日、オルガンが届くのよね。だから皆を呼んだの」

ヒロミが要子を見上げた。

「ごめんなさい。オルガンはお父さんが神戸からの帰りに持ってきて下さるの。あなたにそのことを話すのを忘れていたわ」

ヒロミは落胆したようにうつむいた。

「ごめんなさいね。そのかわりに皆におやつを上げますから縁側に来るように言って」

チョコレートに機嫌を良くしたのかヒロミは笑って友だちの方に駆けて行った。

要子は人数分だけチョコレートを紙に包んで縁側に行った。

次女のヨシミと三女のサトミの姿がなかった。

「ヨシミちゃんとサトミちゃんはどうしているの？」

ヒロミに訊いた。

「加代さんの買物について行ったわ」

加代は今夏から家に入ったお手伝いだった。

要子よりふた回り歳上で、加代が来てくれてから要子はずいぶん助かっている。

笑い声がして、ヨシミとサトミが帰ってきた。

「奥さま、お戻りで、どうでしたか教会は」

加代が買物籠を手に要子を見た。

「とても落着いた所でした。祭壇が綺麗だったわ」

「それはよろしゅうございました」

「私は直治を寝かせてきます。夕食はお願いします」

「権三さんは召し上がりますか」

「今日は家に戻って夕食を摂るとおっしゃってましたから、お酒の準備もいりません」

「わかりました。奥さま、少しお休みになって下さいまし」

要子は黙ってうなずいた。

このところ少し疲れがたまっていた。来客も多かったが、それ以上に韓国にいる両親と弟の消息がいっこうにわからないことが彼女の気持ちを滅入らせていた。

奥の寝間に行くと、直治はすやすやと眠っていた。

何か楽しい夢でも見ているのか、かすかに口元に笑みが浮かんだ。

その寝顔を見ていて、要子はかすかに憶えている弟の吾郎が赤ん坊の時の寝顔を思い出した。

——皆はどうしているのだろうか。

宗次郎もいろいろ手をつくしてくれているのだが、故郷まで家族の消息をたしかめに行ってくれる人が見つからなかった。

十月の下旬、平壌が陥落したというニュースが入り、国連軍はそのまま北朝鮮を制圧するという噂が流れた。

——戦争が終るのだ。

と要子は喜んだ。

宗次郎がGHQの人から聞いた話も国連軍の兵士たちはクリスマスを本国で過ごせるかもしれないと喜んでいるということだった。

戦争が終れば両親の暮らす村まで行ってくれる人もいるはずだ。もしむこうでの暮しが大変なら宗次郎に頼んで両親と弟を日本に密入国させてもいいと思っていた。

ところが、それから十日もしないうちに中国軍が鴨緑江を越えて進撃してきたというニュースが入った。

まさか中国が参戦するとは日本では誰一人思ってもいなかったらしく、ラジオのニュースも新聞記事も大々的に扱った。第三次世界大戦になるかもしれないと新聞は報じた。

平壌は奪還され、国連軍は退却を続けているというニュースばかりが入ってきた。このままでは韓国も中国軍に制圧されてしまうと言う人もいた。

国連軍が、アメリカが敗れるということがあるのだろうか。

それを裏付けるようにアメリカのトルーマン大統領が十一月の終りに、この戦争で原子爆弾を使用する可能性もある、と記者会見で発言した。

戦争の行方は混沌としていた。

東京では韓国軍の兵力補強のために在日韓国人に予備兵として参加することをGHQが呼びか

け、四百人近い若者がアメリカ軍の訓練を受けはじめたという。

マッカーサー元帥は朝鮮半島が敵に制圧されたら次は日本に攻め込んでくるだろうと、日本政府に警察予備隊の増員と武器の近代化を要請した。

日本は今年の後半から朝鮮戦争にむかった国連軍の軍需物資補給の基地になり、特需景気に沸いていた。戦地に送る綿布、毛布、麻袋の生産で〝糸ヘン景気〟と呼ばれるほど繊維産業が爆発的に伸びた。同時にトラック、鋼材、鉄線の供給で鉄鋼産業も〝金ヘン景気〟と呼ばれて飛躍的に生産を伸ばしていた。

たった半年で日本は戦前の工業生産高を上回っていた。

要子にとっても自国での戦争がもたらした好景気で宗次郎の海運の仕事が休みも取れぬほどフル稼動しているのは皮肉に思えた。

戦争の行方と複雑な社会情勢は要子の考えがおよばないところで日々変化していた。

そんなことに思いをめぐらせているうちに彼女は深い眠りについてしまった。


要子が目覚めた時、窓の外はもう暗くなっていた。

直治の姿もなかった。加代が連れて行ったのだろう。加代が部屋に入ったのも気付かなかったのだからよほど疲れていたに違いない。

通りの方から、火の用心の声と拍子木を打つ音が聞こえた。

要子は起き上がり、ラジオを点けた。ほどなくニュースがはじまった。

地方公務員法の公布のニュースと生産者米価の告知のニュースの後に朝鮮戦争の戦況がはじま

った。

国連軍は撤退を続けており、ソウルでは市民が避難をはじめた、とアナウンサーは告げた。

――ソウルがまた奪われてしまうの……。

要子はそのニュースを聞いて落胆した。

ソウルが陥落するということはまた戦争が拡大するということだ。知らぬうちに涙が頬を伝って落ちていた。

――あの国は、あの半島はどうなってしまうのだろう。

もしかするとトルーマン大統領が発言したように原子爆弾が投下されるかもしれない。

要子は戦争が終ってほどなく何度か広島の町に行っていたから、原爆のおそろしさを肌身で感じていた。

この町にも大勢の被爆者が避難してきたし、その家族が三年も五年も経った後、死んで行くのも目にしていた。

あれほどの悲惨なことが韓国の町や村で起こる光景を想像すると、要子は身体が震え出した。

地獄絵のような中に両親が、弟がいるかと思うと哀しくて仕方なかった。

廊下を走る音がして寝間の障子戸が開いた。

三人の娘が笑って立っていた。

「母さん、もう起きた？　加代さんが起こしちゃダメだって言うから今まで静かにしてたのよ。実はお願いがあるの」

ヒロミがもじもじしながら言った。

「な〜に？」

「この冬休みに湊劇場にディズニーの『白雪姫』の映画が来るの。それを見に連れてって欲しいの。お願いします」

長女の言葉に、次女と三女がぺこりと頭を下げた。

「そう、皆がおりこうにしますと約束してくれるなら父さんにお願いしてみましょう」

「おりこうにする」

三女が片言の言葉で言った。

「じゃ父さんにお願いしてみます」

三人が一斉に抱きついてきた。

子供たちを抱きながら、この温りだけが自分にとってたしかなものだと要子は思った。


「新年明けましておめでとう。新しい年が来ましたよ」

暗い穴倉の中で五徳は母の新年を迎える言葉を聞いた。

昨晩、大晦日を迎える夜明け前、穴倉の中に新しい蒲団が入れられた。

母は穴倉用に壁を囲む特製の蒲団をこしらえてくれていた。

十二月に入って幾夜か寒波が襲う夜があったので母は穴倉の中が寒くないかと心配していた。

しかし母が心配するほど土に囲まれた穴の中は寒いことはなかった。

新年の挨拶の後、母は鶏の餌箱《えさばこ》に使っている缶の中にあたたかい雑煮を隠して入れてくれた。

五徳はそれを鶏小屋の床板を外して受け取り、食べた。

ひさしぶりに食べる雑煮は美味かった。

母の味がした。足音が立ち去る気配がして、鶏が一、二度鳴いた。二羽の鶏は人が近づいたり離れたりする度に声を上げる習性があった。

五徳はこの二羽の鶏とともに過ごしている。この鶏たちは、五徳が小屋の下に潜んでいるのを知っているのだろう。だからと言って床板の間から穴倉を覗いたりはしない。五徳が眠っている時は鶏も休んでいる。夜明け前に鶏が時を告げるように、その日の最初の声を上げると、五徳も目覚める。卵を生み落すと、そこでもう一度鳴く。母が餌を運んでくると、また声を上げる。昼間はおとなしくしている。夕刻母が来ると、そこでまた声を上げる。時折五徳は、自分が鶏になったのではと思うことがある。

五徳は雑煮の餅をちいさく切って口に入れた。一度で食べない方がいいことを五徳は穴倉の生活で気付いた。

穴倉の生活で面倒なのは糞尿の処理である。

命からがら家に辿り着いて、空腹ゆえに一度に多量の水を口にし、すぐに嘔吐した。母が身体が衰弱しているのに気付き、粥をこしらえてくれた。長く続いた飢えにも似た空腹感のため五徳はその粥を腹がふくれるほど食べた。すぐに下痢になった。下痢が止まらなかった。腸が食物から栄養を吸収する能力を失なっていたのだろう。

この穴倉に入ってからも下痢はしばらく続いた。排泄に苦労した。垂れ流しにしたのでは穴倉全体が異臭を放つし、蒲団も使いものにならなくなる。彼は父が排泄用に入れておいてくれた陶磁器製の盥に一日何度も尻をつけた。狭い場所で何度も排泄するのは身体も疲れた。

その時に五徳は食事の量を少なくするのが一番良い方法だとわかった。いちどきに量を食べれば消化の後、空腹になるのが早い。それに身体を動かすことがなかったから消化器系の胃や腸の動きが鈍くなっていた。

少量の食事となるたけ水分を摂るのをおさえるようにした。一ヵ月もすると、その効果は出た。便と尿の排泄量が減り、空腹にも慣れはじめた。

戦場を駆け巡り、その後逃亡を続けたことで五徳の体力は極端に落ちていた。この穴倉で暮らすようになって食事は摂れるようになった。五徳はまず充分睡眠を取ることをこころがけた。それが体力を回復するために一番大切だと思った。北朝鮮軍の戦闘は空からの攻撃を避けるためにほとんどが夜だった。それで昼夜の時間の感覚が逆転した。次が昼夜かまわずの逃亡だった。五徳の身体の中の時間が完全に狂ってしまった。

穴倉の生活で一番の敵は病いである。

頭上に鶏の糞尿がある。厄介な菌にいつでも感染する可能性があった。母はそれをわかっているのか、鶏小屋の掃除を丁寧にしてくれていた。細心の注意をはらってくれている。

古い水は決して飲まないように言われた。

毎朝、夕、鶏に話しかける振りをして母は五徳に近況を語ってくれた。

五徳が一番知りたかったのは戦況だった。

彼が穴倉に入って一週間後、国連軍は平壌を陥落させた。その勢いで鴨緑江まで攻めいろうとしていた。

「もうすぐ戦争が終るそうよ」

母の声がどこかはずんでいるのがわかった。

五徳もほどなく戦争は終結するだろうと思っていた。

ところがそれっきり北朝鮮を国連軍が壊滅させたという話は母の口から出なかった。

平壌が奪還されたとだけ母は言った。

そんなはずはない、と五徳は思った。

敗走する北朝鮮兵たちをこの目で見ていたから、彼等に反撃の力はないとわかっていた。

——どうやって平壌を奪還したのだ?

その答えを教えてくれたのは父だった。

父は或る夜半、鶏小屋のそばに来て、静かに言った。

「中国軍が国境を越えて国連軍と戦いはじめたそうだ」

五徳は、まさか、と思った。北朝鮮の敗戦が目に見えはじめた時、中国が参戦する理由は何なのかと考えた。

——マッカーサーだ。

五徳は仁川上陸という大胆な作戦を立てた老元帥が中国に攻め込もうとしたのではないかと思った。

そうでなければ中国が戦いに参加するはずはない。それでも彼は中国もいずれ国連軍に敗れるだろうと思っていた。

戦車ひとつを取ってもアメリカ軍の戦車は北朝鮮軍の戦車より何倍もの能力を持っていた。

——アメリカ軍が敗れるわけはないのだが……。

五徳はわけがわからないまま新しい年を迎えていた。

雑煮の餅を口の中でゆっくりと嚙みながら、この雑煮の味が日本で毎年、元旦の朝に味わったものだと五徳は思い出していた。

瀬戸内海の静かな海原と中国山地のおだやかな山景が浮かんできた。

海水を撒《ま》いて白く光る塩田の風景がひろがり、そこで楽しそうに働いている父や、父の組の男たちの笑顔があらわれた。どの顔も幼い頃から知っている人たちだった。

ほとんどの人がこの国に戻って来た。働き盛りの人たちだったから、皆この戦争に巻き込まれているに違いない。

その人たちが手拍子して歌っている姿がよみがえった。月に一度、皆が組頭である父の家、五徳の家にやってきて宴を催していた。皆若く、どの顔もかがやいていた。

炊事場で料理をこしらえる女衆、何段にも積み上げられた餅を蒸す蒸籠《せいろ》と吹き出す湯気、鶏身を貰って食べている子供たち、料理を運ぶ若い女たち……その中に姉の姿があった。

顔の汗を拭いながら料理を運ぶ姉のまぶしい横顔が浮かんだ。

〝中関小町《なかのせき》〟と呼ばれた姉は父の自慢の娘だった。

耳の奥で姉の声がした。

『いいこと吾郎さん。挫《くじ》けてはダメよ。一生懸命にやっていればどんなことだって必ずできるようになるのよ』

姉はいつも五徳を勇気付けてくれた。

東京に剣道の試合に行き、神宮大会で活躍し、故郷の駅に着いた時、姉の涙を初めて見た。

「こんな嬉しいことはないわ」

と言って姉は大粒の涙をぽろぽろと零していた。

——元気にしているのだろうか。

人一倍頑張り屋の姉のことだから元気にしているに違いない。

姉は、自分が今、こんな場所に一人で隠れているのを知らないだろう。知っていたらきっと両親に言うに違いない。

「これじゃ吾郎さんが可哀相だわ。私が吾郎さんを連れて逃げとおしてみせます」

五徳は姉の顔を思い出しているうちに涙が溢れてきた。

これまで穴倉に入ってから五徳は一度だって泣いたことはなかった。

「姉さん、要子姉さん」

五徳は声を出して姉の名前を呼んだ。

涙が次から次に溢れ出し、蒲団の上に音を立てて零れた。

四日後の朝、鶏小屋にやってきたのは父だった。

「おや、今朝は卵がひとつしかないぞ。こりゃ、どっちがなまけおった。おまえか、それともおまえか」

父の声に鶏が鳴いている。

父は嬉しそうな声で鶏小屋に入ると、掃除をはじめた。

「どうした？　いつもの婆さんじゃないから卵を生まなんだか。婆さんは昨夜から熱を出して寝込んどる。どうやら風邪を引いたようじゃ。さて今朝は、昨日わしが臥龍山に登って取ってきた蜜柑《みかん》を食べさせてやろう。美味しい蜜柑だぞ」

身体の大きな父が小屋に入ったせいか床板がきしんだ。

父は餌箱の缶と蜜柑を置きながら独り言のように話を続けていた。

父の顔が見たかった。五徳は床板を外した。小屋の中で四つん這いになっていた父の顔が床板の隙間からはっきりと見えた。目と目が合った。

「戦争はどうなっているのですか」

五徳はささやくように言った。

父は何も答えなかった。

「教えて下さい。戦争はどうなっているんですか」

父はじっと五徳の顔を見つめていた。

「お願いです。教えて下さい」

すると父は喉の奥から絞り出すような声で言った。

「昨日、ソウルが陥落した」

「それは本当ですか」

父は黙ってうなずいた。

父の目がうるんでいる。

「中国軍ですか」

父はうなずいた。

「大丈夫だ。あともう少し辛抱すれば必ずここから出してやる」

父の手が小刻みに震えていた。床板が音を立てた。父は四つん這いのまま後ずさった。その途端に床板に置いた蜜柑が板の隙間から五徳の膝の上に転がり落ちた。

五徳は餌箱の缶をそっと取り、床板を元に戻した。

薄闇の中で掌の中の蜜柑の温りがした。

今しがたまで、この蜜柑を持っていた父の温りだとわかった。

足音が遠ざかると、鶏がけたたましい声で二度、三度鳴いた。

——ソウルが奪い返されたのか。この村まで中国軍はやってくるのだろうか。また半年前と同じ戦争がくり返されるのか……。

五徳は戦争が泥沼になって行く不安を感じた。

六章

新しい年を迎えた高山の家には新しい人が入ってきた。

一人は船の機関士で林昌太という大男だった。林は戦時中に台湾の高雄《たかお》から家族とともに日本にやってきて、海軍に入隊していた。

林の家族は岩国の町に住んでいたが空襲で亡くなっていた。林だけが呉の町の海軍工廠《こうしょう》にいたので助かった。

終戦後、高雄にいる親戚を頼って台湾に戻ったが、仕事もなく親戚との折り合いも悪かったので日本に戻ってきた。

港湾労務者として門司や下関の港で働いていたところ、権三と出逢い、高山の船で働いてみないかと誘われた。

海軍では整備が専門だったので、技能資格も持っていたのだが終戦のどさくさで免許も書類も紛失してしまい、人並み外れた体力があったので荷役労働で喰いつないでいた。

台湾は終戦以前は日本の植民地だったから林は日本国籍を持っていた。これも台湾帰還の時に訳がわからなくなっていた。林のように戦前、戦中から日本の教育を学び、日本人のように暮らしている外国人は大勢いた。祖国に戻っても帰る場所がなく、戦中に日本に加担したというので周囲からは冷たい目で見られた。だから住んでいた日本に戻ろうと密入国してくる者が後を絶たなかった。途中で捕まって強制送還される者もいれば監視の目を潜りぬけて日本で暮らす者もいた。

権三はそういう人たちの中から、これはと見込んだ者を雇い入れることがあった。山村の役場に行き、金を渡して戸籍をつくらせ、半年間、船舶機関士の資格を取らせるために専門学校に通わせた。

林は元々、台湾の高砂族の出身で身体が人一倍大きかったが、台湾で日本の教育を受けていた時から学業成績が良く、身体に似合わず繊細な性格をしていた。

要子も林が家にやってきた時、その身体の大きさに驚いた。

「まるで相撲取りみたいね」

口数が少なくおとなしい林は黙っているとその大きな体軀のせいもあって近寄りがたいところがあったが、要子は林がやさしい性格をしているのがひと目でわかった。

もう一人は、三年前からはじめた洗濯屋に職人見習いとして入ってきた、今春中学校を卒業する若者だった。

こちらは明るくてひょうきんな性格で、笑顔があいくるしい若者だった。生家は島根県の津和野に近い山間部にあり、山で育ったせいかおおらかだった。働きに出てきたというより中学校の延長で高山の家にやってきたという感じだった。

「木村時夫です。うんちわ」

と大声で言い、丸坊主の頭をぺこりと下げた時、要子は思わず笑い出した。まだ子供だった。初めて家に来た者には食事をさせ、割り当てられた部屋を使わせる。食事と部屋の掃除をさせれば、その若衆がどんなふうに育ったかがわかった。要子は若者の躾《しつけ》は厳しくした。時夫にも最初の日に玄関先を掃除させ、土埃を平気でさせて帚《ほうき》を使っていたので注意した。最初に教えることが肝心で、一度身体で覚えればあとは自然とできるようになる。若い人にとっては親がわりという気持ちが彼女にはあった。

新しく入ってきた若衆のために高山の家は敷地を広げなくてはならなかった。売ってくれる土地は買い、借りられる土地は借りて、そこに従業員用の家屋を建てた。

この数年で宗次郎たちが暮らす母屋を中心に高山の家は大きくなっていった。

松の内が過ぎた頃、人ではなく犬が一匹、高山の家にやってきた。

シェパードだった。宗次郎は車や衣服も外国製を好むところがあった。

それまで家には数匹の犬がいた。娘たちが仔犬の時に拾ってきた犬もいれば、若衆がどこから貰ってくる犬もいた。

この頃はまだ犬は放し飼いにしていた。保健所もやかましくなかった。犬たちはそれぞれがぶらぶらと出て行き、食事時になると戻ってきた。犬小屋などなく、物置きの隅や床下で寝ていた。

シェパードはそういうわけにいかなかった。若衆が首輪と鎖を買ってきて庭の隅に繋ぎ、犬小屋をつくった。

まだ仔犬だったが身体は充分大きかった。元気な犬で鎖に繋がれていると、他の犬のように放して欲しいと吠《は》えたてた。娘たちは怖がって近づこうとしなかった。

シェパードの次に家にきたのは宗次郎が以前から購入したがっていた家族全員が乗れるセダンの車だった。

アメリカ製の車はボディがあざやかなグリーンだった。

車が家に届いた時、全員が見物した。

「わぁー、外車ですね。大将」

若衆が声を上げて見ていた。

宗次郎は満足そうだった。

要子は結婚した当初、夫と二人で休みなしで働いて貯金し、何かを買おうと話し合った日のことを思い出した。

要子は家で内職ができるミシンの中古品が欲しかった。

宗次郎は子供ができたら三人でどこかに遊びに行くための自転車が欲しいと言った。

一年半余り働いて、宗次郎の希望の自転車を買った。

結婚して初めて宗次郎は休日を貰い、その自転車に長女のヒロミを抱いて乗り、海の見える丘に行った日がつい昨日のような気がした。あの日から六年しか経っていない。

その日、宗次郎が運転する車に要子と子供たちは乗って、新港の桟橋までドライブに行った。

「大きな車ですね」

後部席で直治を抱いて要子が言うと、宗次郎は満足そうに頷いた。

「うん、こういう車が欲しかった。直治が大きくなって弟や妹が増えたら、次はもっと大きな車を買おう」

道を往来する人たちが物珍しそうに車を眺め、運転している宗次郎と乗っている要子たちを覗き見ていた。

いつの間にか直治が窓ガラスに顔をつけて外を見ていた。


二月になろうとするのに朝鮮半島の情勢は北朝鮮軍と中国軍の攻勢の話ばかりが届き、国連軍、韓国軍は後退し続けていた。

東京のマッカーサー元帥は現状を打開すべく本国ワシントンに、兵力増強と、台湾の国府軍の参戦、中国沿岸を海軍によって封鎖させること、そして中国本土を攻撃する許可を要求していた。しかしトルーマン大統領は、これ以上戦争を大きくすることに反対した。両者の意見が一致したのは「韓国軍はもっと補強できないのか」ということだった。

李承晩大統領は国内の青年を集結させ〝五十万兵力の青年隊〟を作る構想を検討していた。ところが韓国軍そのものが弱体化していた。北朝鮮軍に対しては互角に戦う能力は見せても、対中国軍となると大半の兵士が怯えてしまうのが現状だった。

これ以上戦争を拡大させることの危険性をみてとった国連は中国に対して休戦の提案をした。中国首相、周恩来はこれを、国連軍に休息を与えるだけのものと拒否した。

半島の外でさまざまなやりとりがされている時、戦場は二週間近く平静を保って、目につく戦闘は起こっていなかった。中国軍が釜山まで一気に攻め込むという噂はいつの間にか立ち消えていた。

二月に入って三千浦の村にも雪が降った。

臥龍山は白く雪化粧していた。

旧正月を迎えて、村の各家々ではささやかな正月の祝いを行なっていた。

金古の家でも祭壇に供物をあげて、一人息子が一日でも早く、あの穴の中から出られる日が来るように父も母も祈った。

母が鶏小屋に息子の餅を運ぼうと裏庭に出た時、塀越しに声をかける人があった。

「明けましておめでとうございます。金さんの奥さん、今年も宜しくお願いします」

彼女は驚いて、着物の前掛けに包んでいた餅を地面に落してしまった。

咄嗟にその餅を雪の中に蹴り入れた。

見ると李の家の作男だった。

「ああ驚いた。そんなところから人の声がしたのでびっくりしました。どうも明けましておめでとうございます」

作男は前歯の抜けた口を開いて笑っていた。

「どうしてまたそんなところから」

彼女は用心深く作男の表情を探った。

「いや、うちの旦那さまが金さんの家に行って、これを渡して来いとおっしゃるものだから、わしのような者が表から入るのも失礼と思いまして……」

「そうですか。遠慮なさらずに表の方から見えて下さればいいのに。あっ、それとそこの草叢にはまむしがいますから注意して下さいよ」

それを聞いて、作男は飛び上がった。

話し声に気付いたのか夫の昌浩が表に出てきた。

「あっ金の旦那さん、明けましておめでとうございます」

昌浩は李の家の作男が塀のむこうから顔を出しているのを見て目を光らせた。

「そんなところで何をしておる?」

昌浩が声を荒らげて言った。

作男は昌浩の剣幕に少し驚いて申し訳なさそうに使いを頼まれたことを昌浩に告げた。

「そうか……、それはご苦労だった」

昌浩は急に白い歯を見せて作男に近づくと李家からの届け文を受取り、衣服の中から小銭を出して駄賃を与えた。

これはどうも旦那さま……、作男は急に丁寧な言葉遣いで礼を言った。

「使いに来たのはご苦労だが、おまえが立っているその場所はこの家の鬼門の方角になる。そこに立った者は災いがふりかかるのを知っておるのか。以前、そこで小便をした小作人が、その夜に熱にうなされて死んでしまったのだ」

昌浩の話を聞いて、作男はヒュウーと声を上げて道の方に駆けて行った。

「大丈夫だったか」

「たぶん……、まさかあんな所に人がいるとは思いませんでしたから……」

彼女は雪の中から餅を拾いながら、届け文を読む昌浩の顔を見ていた。

「何でしょうか」

「話があるので家に来て貰えないかと書いてよこした」

「正月そうそうにですか」

「呼ばれているのはわしだけではないようだ。昼に来て欲しいらしい。わしがここに立っておるからあれに餅を食べさせてやれ」

「はいはい」

彼女は鶏小屋を開けて、かがむようにして中に入った。

「お正月ですよ。明けましておめでとう。何よりあなたが無事に新しい年を迎えてくれたことが母さんと父さんには一番嬉しいことです。生きていればきっと喜べる日が来ます。来年も、再来年も、その次の年も、こうしておめでとうが言える年にしましょう。今は苦しいでしょうが、ずっと悪いことは続きはしません。私は信じていますよ。あなたとお正月の空の下を一緒に歩ける日が来るのを」

妻の言葉を聞いていて、昌浩は思わず涙が零れた。

彼はあわてて周囲を見回し、そっと涙を拭った。

それは鶏小屋の下の穴の中で正月を迎えた五徳も同じだった。

昨夜、この穴の中で臥龍山の中腹にある寺の除夜の鐘を聞いた。

その鐘の音を聞いていて、日本に住んでいた時、除夜の鐘を聞きながら中学校の剣道部の連中と天満宮に参拝に出かけた大晦日の夜のことを思い出した。

――あの頃が一番楽しかった……。

五徳は剣道部の同級生の顔を一人一人思い出しながら毎日剣道の稽古に明け暮れていた日々を思い浮かべた。

過ぎて行った楽しい日々を思い出すと、今自分が置かれている状況が情なかった。

自分の人生がもうこれで終ってしまい、この先希望が持てることはないのではないかと思えてきた。そう思うと気持ちが沈んだ。

——こんな所に隠れていて、自分には明日があるのだろうか……。

悲嘆に暮れていた自分が今しがたの母の言葉で、頬を打たれたような気持ちになった。

——そうだ、悪いことはずっと続きはしない……。母の言うとおりだ。

五徳は膝元に落ちて来た餅を口に入れた。

この小豆の味はまぎれもなく母の味だった。餅を噛んでいるうちに涙が溢れてきた。

「昨夜は寒くなかったですか。村の畑は雪で白くなっています。寒いようなら知らせて下さいね」

母の言葉は続いていた。

父の声がした。鶏を小屋に入れる気配がして床の上を鶏たちがせわしなく歩いていた。

先刻、知らない男の声がした。

——あれは誰だったのだろう……。

昼を過ぎて、昌浩は正装に着換えて、李の家を訪ねた。

すでに先客がいて、酒盛りをしているのか奥から賑かな声が聞こえた。

李の女房が玄関先に出て来て、昌浩を奥に案内した。

客間には姜《カン》と朴《パク》の二人が李と酒を酌み交わしていた。

三人は昌浩の姿を見ると、急に話を止めて言った。

「やあ金さん、本年も宜しく……」

「金さん、そんなきちんとした恰好でなくてもよかったのだよ」

李が昌浩の姿を見て言った。

李が昌浩に席をすすめてくれた。昌浩が腰を下ろすと李は徳利を差し出した。

「いや、ちょっと身体の具合いが悪いので酒は遠慮させて貰う」

「そう言わないでせっかくの正月なんだから一杯だけでもつき合ってくれよ」

李が言ったが、昌浩は頭を下げて断わった。

「金さん、李さんがすすめてくれているのだからせめて一杯、舐めるだけでもいいじゃないか」

すでに酔っているのか朴がからむように言った。

「まあ朴さん、金さんは身体の調子が悪いんだ。無理にすすめてはいけないよ」

李が朴をなだめた。

「ふん、何が身体の調子が悪いだ。これが飲まずにいられるか。去年の正月は、俺は息子と美味い酒を飲んだんだ。親孝行な奴で俺が酔っ払って横になると父さん、風邪を引かないようにと蒲団をかけてくれる息子だったんだ。それが今年の正月にはいやしない」

「その気持ちは私も姜さんも同じだ。そうやって口に出すから悲しくなるんだ」

そう言いながら李の目にも涙が浮かんでいた。

姜も鼻をすすっていた。

この三人はあの洞窟に息子を隠していて、北朝鮮の兵士に銃殺されていた。

昌浩も最初、洞窟に隠れているように五徳に言ったのだが何があったのか、五徳の姿は洞窟から消えていた。

他にもう二人村の若者がいた。五人は北朝鮮軍に洞窟の中で射殺された。洞窟の中で何があったのかわからないが、死体には抵抗した形跡もなかったから有無を言わさず撃たれたのかもしれない。

昌浩もすぐに現場に行き、五徳を探した。迷路のようになっている洞窟の奥まで息子の名前を呼んで探したが、五徳はどこにもいなかった。昌浩は他の洞窟や臥龍山の沢も探したが何の手がかりもつかめず家に戻った。

洞窟に食事を届けに行った李の娘が五徳と李の息子が諍っていたことを父親に言った。どんなことで諍ったのか、李の娘は昌浩には話してくれなかった。

その直後から李や朴の昌浩を見る目がかわった。事件と関係がなかった村人に訊くと、洞窟に村の若者が隠れているのを北朝鮮軍の兵士に密告したのが五徳だという噂が流れていると教えられた。

五人の父親は五徳は北朝鮮軍に加わって戦場について行ったのだと信じはじめていた。

昌浩は腹を立てて、五人の家に自分の息子はそんな卑怯なことはしない、と訴えに行った。

朴ははっきりと言った。

「北朝鮮軍が侵攻してくる直前に妙な男があんたの息子を訪ねてきたそうじゃないか。その男は村役場で村民の戸籍を調べたそうだぞ。そいつが北朝鮮のスパイだったともっぱらの評判だ。あんたが息子を信じるなら、どうしてあんたの息子だけが殺されていないんだ」

「私の息子はスパイなんかじゃない」

「あんたの息子が釜山のデモに参加したのを見た者がいるんだ」

「それは私も知っている。そのことは私も注意したし、息子も反省していた。しかし村の若者を密告するような息子ではない」

「それならどうしてあんたの息子だけ死んでいないいんだ」

朴は泣きながら言った……。


「金さん、あんたの息子はまだ帰っていないのか」

朴が昌浩を睨みつけるようにして言った。

昌浩は何も返答しなかった。

李と姜が朴をなだめたが、彼の怒りはなかなかおさまらなかった。

昌浩は自分がいては気まずいだろうと、引き揚げることを李に告げた。

李は昌浩を別の部屋に入れて話をした。

政府があらたに青年を中心にした五十万人の師団をつくりたいので、この村からも青年を出すように役所から言われ、洞窟の事件のことを話すと、壮年の男子でもいいから何名かを村から集めるように言われたという。

「私は無理だ。心臓が悪くてとても務まらない」

「皆、この歳だ。誰でも身体のどこかは悪いに決っている。それぞれの事情を聞いていたら人は集まらない」

「でどうするというんだ？」

「籤《くじ》を引いて決めようかと思う」

昌浩は驚いて李の顔を見返した。

「それなら文句も出ないだろう」

「馬鹿を言うな。籤なんかで働き手を失なったら大変なことになる。そんな決め方をするなんて馬鹿げている」

「いやもう決めたことだ」

「役所が言ってきたことなど取り合わなければいいんだ」

「そうはいかない。この村には若者が一人もいないんだぞ。だから誰かが行くしかあるまい」

「…………」

昌浩は何も言わず李の家を出た。

川沿いの道を家にむかって歩きながら、もし穴の中に五徳を匿っているとあの連中が知ったら五徳を殺しかねないと思った。

——何か方法を考えなくては……。今見つかったら大変なことになる。何としても隠しとおさなくてはいけない。

家に近づくと鶏の声が聞こえた。

鬼は外〜福は内〜、鬼は外〜福は内〜。

節分の豆を撒く掛け声が家の中に響いていた。

縁側では娘たち三人が庭にむかって豆を撒いている。

そこに鬼の面を被った時夫があらわれて、娘たちは悲鳴を上げて部屋に飛び込んできた。

「母さん、鬼が来たよ」

「それを退治するのに豆を撒くんでしょう。ほら、行ってきなさい」

娘たちはおそるおそる縁側に出て時夫の鬼を見つけると大声で豆を投げはじめた。

玄関の方で物音がした。

宗次郎が帰ってきたようだ。要子は加代に風呂の準備ができているかを見るように言った。

今夜、家では宗次郎と直治の誕生祝いをすることになっていた。

宗次郎も直治も二月生まれで、二人の誕生日は三日離れているだけだった。

玄関に出ると、宗次郎と権三が立っていた。

「お帰りなさいませ。お風呂を先になさいますか」

「そうだな。直治と一緒に入ろう」

「あの子はもう入れましたけど……。二度入っては風邪を引きませんか」

「風邪を引くようなな子供に育てているのか」

「わかりました」

要子は笑って返事した。

今夜が誕生祝いというので夫も息子と風呂に入りたいのだろう。

権三が大きな包みをさげていた。要子がそれに目をやると、権三は包みを開いて、

「オヤジさんの誕生祝いにと思って梅の鉢を持ってきました」

と花のついた梅を差し出した。

「あら、花が咲いていているんですね。これは見事ですね」

「今年は高山の家にもっと花が咲くようにと思いましてね」

「それはいいわね。ありがとうございます」

食事がはじまると、宗次郎は子供たちに歌を歌って欲しいと言った。

娘三人は長女の弾くオルガンの伴奏に合わせて歌いはじめた。三女のサトミもしっかりと歌えるようになっていた。気付かないうちに子供たちは成長しているのだと思った。

食事が終ろうとする時、加代が玄関に客が来ていると告げた。

要子は柱時計の針を見た。

――こんな時間に誰だろう……。

権三が応対に出た。

権三はすぐに戻ってきて宗次郎に何事かを告げた。

宗次郎は要子にも来るように言った。

客間に入ると、小柄な男がコートも脱がないでソファーに座っていた。

「趙《チョウ》さんだ。明日、韓国に行ってくれる。わしとおまえの家族にも逢って来て貰う。おまえの家の住所を教えてやってくれ」

要子は目をかがやかせた。すぐに寝所に行き、両親の実家の住所を書き記して戻ってきた。

「手紙か何かを持たせてもいいでしょうか」

「それはだめだ。捕った時にこちらのことがわかる」

「………」

相手が密入国することを要子は忘れていた。

「何か届けなくても……」

「金を渡してある。むこうで換金できるものも充分預けてあるから心配はいらん」

「わかりました」

要子は相手にむかって深々と頭を下げ、

「どうかよろしくお願いします」

と頼んだ。

「そうだわ。直治の写真はいけませんか」

宗次郎が男を見た。

男は黙って頷いた。


賑やかだった節分の夜が明けようとする時刻、要子は目を覚ました。

開いた目に映った天井はまだほの暗かった。

夜が明けるまでにはまだ少し時間があるようだった。

こんな時刻に目を覚ますことは要子にはほとんど経験がなかった。

傍らで夫の宗次郎が目を閉じていた。

——どうして目を覚ましたのだろう……。

そう考えていると、今しがた見ていた夢の世界がおぼろげによみがえった。

四人の男がゆるやかな坂道を歩いて行くうしろ姿があらわれた。

先頭を歩く男の丸い背中と少し左足を引きずるような歩き方で、それが父の昌浩だとわかった。そのあとに続いている痩身の男は撫で肩と半円形に出た耳のかたちで弟の吾郎のように思えた。

その吾郎のうしろを二人の若者が続いていた。三番目の背中は若者のようにも見えるし、少年のようにも見えた。最後は体軀が一番しっかりした青年だった。

四人はゆっくりと歩いていた。

坂道というより、丘のゆるやかな道を登っているふうだった。

要子が見たことのない丘である。丘の頂きは白く霞んでどこまで続いているのかわからなかった。

「父さん」

要子は先頭を歩く父を呼んだが、声が届かないのか父は歩みを止めようとしなかった。

「吾郎さん、吾郎さん」

弟の名前を呼んだ。

吾郎も要子の声に気付かない。

要子は三番目の若者にむかって声をかけた。

「あの、すみません。あなた、どこの子かしら、返事をしてくれませんか」

その若者も振りむこうとしなかった。

要子は最後の青年にむかって呼びかけた。

「すみません。あの、あなた……直治君、直治君でしょう」

要子はどうしてその青年が直治とわかったのか自分でも不思議だった。

すると直治が要子を振り返った。

白い歯を見せて要子に笑いかけていた。

「やっぱり直治なのね。あなたそこで何をしてるの。どこに行くの。ねえ、悪いけど、その先を歩いているのはあなたのお祖父さんと叔父さんなの。声をかけてあげて」

直治は要子の言葉に頷いた。

直治は走り出し、すぐ前の若者の肩を叩き、吾郎に近づき、三人で歩調を早めて父の下に追い着いた。

そこで四人は立ち話をしていた。

「直治君、父さんと吾郎さんに母さんがここにいると伝えて」

しかし要子の声は届いていないようだった。

要子は歯がゆくなって、もう一度大声で息子の名前を呼んだ。

自分の出した声でどうやら目を覚ましたようだった。

寝間着の下が首筋から胸元に汗を掻いていた。

――どうしてあんな奇妙な夢を見たのかしら……。

要子は天井を見ながら呟いた。

今まで見たことがない不思議な光景だった。

喉が渇いていた。

水を飲みに起き上がろうとすると、

「どうした？　夢でも見たのか」

夫の声がした。

「は、はい。水を飲んできます」

「枕元の水を飲みなさい」

夫はすぐ頭の上に用意しておいた水を飲むように言った。

「いえ、大丈夫です」

要子が返答すると夫は起き上がり、頭の上の盆から水差しを取りグラスに注いだ。

「おそれいります」

要子が水を飲んでいると、夫が訊いた。

「悪い夢でも見たのか。うなされていたぞ」

「声を上げていましたか」

「うん、吾郎君の名前を口にしていたぞ」

「そうかもしれません」

「そう心配しなくてもいい。あの男が必ず良い報せを持って帰ってくる」

「はい、そう信じています」

「はっきりしたことは言えないが、あの男が今回の仕事を引き受けたのは、おまえの両親がいる三千浦あたりが戦争に巻き込まれていないという情報があったからだろう」

「そうなんですか」

「あいつらも馬鹿じゃない。仕事を受け負う限りは目算があってのことだ。わしの家の母や兄たちのことは仲間から無事だと聞いているのだと思う。だから心配せずにもう少し休みなさい。さあ、こっちに来なさい」

要子は夫の蒲団の中に入った。

夫のぬくもりが足先に伝わった。

「変な夢でしたが、悪い夢ではなかったんです。夢の中で青年になっている直治の姿を見たんです。私に笑いかけてました」

「…………」

夫は黙って要子の話を聞いていた。

「とても大きくてあなたのようでした。父や弟と話をしてました。でも変ですよね。直治は私の父の顔も吾郎の顔も知らないのに」

要子が笑って言うと、その口を塞ぐように夫の顔が近づき熱い吐息がかかった。

要子は目を閉じ、背中に回ってきた夫の手を感じて身体を寄せた。


その朝、夫は四国に出かけた。

夫が出かけた後、要子は寝所を片付けた。

明け方、夫に抱かれた後、要子はあの趙という男がどのくらいで帰ってくるのかを夫に訊いた。

「たぶん一ヵ月か、一ヵ月半くらいだろう。もっと早いかもしれない」

夫の言葉どおりなら三月か四月には両親と弟の消息がわかる。

直治の写真を見れば父も母も喜ぶに違いない。母は要子に早く男児を産むように言っていた。日本の家庭でもそうだが、朝鮮の家でも跡継ぎとなる男児を産むのは妻の甲斐性だった。女児ばかりを産んで里に帰された女性がいるのを要子は母から聞いて知っていた。

日本人より朝鮮の女たちの方が、女児ばかりを産む女のことを露骨に悪く言う。

要子の家の井戸端でも、塩田で働いている男の女房たちが噂話をしているのを耳にしたことがあった。

『あの女房は女っ腹だから旦那も外で男の子を産ませるしかないわね』

『私は最初からあの女を嫁に貰うのは反対だったんだ。あそこの家系は代々女っ腹なんだから。一番上の姉も、その次の姉も女の子ばかりを産んでるらしいじゃないか。あれじゃ離縁されてもしょうがないというもんだ』

そんな会話を耳にする度、その女性が哀れで仕方なかった。

まさか自分が女児ばかり三人も産むとは思ってもいなかった。

三人目が女児であることは報せたが、その手紙が母の下に届いたかどうかわからなかった。報せが届いていれば、母はさぞ自分のことを心配していたに違いない。だから直治の写真を目にすればきっと安心するはずだ。

——それにしても奇妙な夢だった……。

要子の頭の中には父と吾郎と直治が立ち話をしていた姿がよみがえった。

その時、要子は夢で見た男たちが三人ではなく、もう一人いたことを思い出した。

たしか若者というか、少年のようだった。

——あれは誰だったのかしら。

父と吾郎と、直治……。

——もしかして、あの子は直治の次に生まれてくる男の子かもしれない……。

要子は顔を知っている三人の男性が皆自分と血を分けた者だったので、もう一人の若者が直治の弟に違いないと思った。

——きっとそうだわ。

ということは、直治は父と吾郎といつか逢えるということだ。

要子は自分に言い聞かせるように言った。

「そうに違いないわ。もう一人男の子を産むんだわ」

二月の中旬、関東で大雪が降り、東京都内でも三十センチの積雪となり、首都の交通が寸断された。国会は流会になり、証券取引所の立会が中止になった。

そうして何十年振りかの大雪が降ったかと思うと、翌月には三原山《みはらやま》が大爆発した。その粉塵が関東各所に降り注いだ。

新聞はこの天変地異を何かの凶兆だと報道した。日本の各所で新興宗教家が大地震があるとか大津波がやってくると警告していた。

そんな騒ぎが起こる前、一月下旬にアメリカから講和特使としてダレスが来日し、吉田茂首相と対日講和条約に関しての会談をし、その席で密かに日米安保条約についての話し合いが持たれていた。アメリカ合衆国大統領のトルーマンはアジアにおける日本の立場がアメリカにとっていかに重要であるかを政府の中で再確認し、より強固な関係を保つ方針を立てていた。

世界の情勢は依然としてアメリカとソ連が対立状態にあったが、軍隊が衝突するような危機は免かれていた。冷戦状態であれ平和が維持されていた。ベルリンでは世界平和評議会総会が開かれ、アメリカ、イギリス、フランス、ソ連、中国の五ヵ国による世界平和協定締結を要求した。世界は東西が対立していたものの、話し合いによる平和にむかうように各国が歩みよろうとしていた。

そんな中で朝鮮半島だけが戦闘をくり返していた。

一九五一年一月の安保理事会での停戦案は中国に拒否されていたが、トルーマン大統領は、戦線が膠着《こうちゃく》状態にあるのは敵も疲弊し停戦を求めている意思表示と推測していた。一方でマッカーサー元帥は反撃に打って出るための作戦を立案させ、朝鮮半島の制圧と中国本土への進軍を考えていた。

国連軍がソウルを奪還する可能性が出て三十八度線に近づきつつあった頃、トルーマン大統領は停戦交渉を呼びかけることについて派兵各国の同意を取りつけ、三月二十三日には国連軍司令部は停戦の用意があることを発表しようとしていた。

しかしその翌日、マッカーサーは中国本土に攻め込むべきであるという趣旨の声明を発表、これを聞いて激怒したトルーマンは、四月十一日にマッカーサー元帥の解任を発表した。

この間、トルーマン大統領は停戦と和平のためにやっきになっていたと見られるが、水面下ではまったく逆の動きもあった。三月には、沖縄嘉手納《かでな》基地の原爆格納庫は使用可能であるという報告が、ワシントンから解任前のマッカーサー元帥に届いていた。四月十五日には、もし中国がこれ以上大量の新兵力を投入するか中国本土から発進する爆撃機がアメリカ軍に対して空爆を行ったなら、原爆による報復をただちに行えと命令を出していた。しかしこの命令は、マッカーサー元帥解任後の混乱で執行されずにすんだのである。

マッカーサーの突然の解任は日本でも大きな波紋を呼んだ。

敗戦直後から日本に駐留したマッカーサーは、駐留軍の最高責任者として日本復興のためにできる方策はほとんど支持してきた。国会は解任の報を聞き、感謝決議案を可決した。

マッカーサーは解任を告げられるとただちに帰国準備に入り、四月十五日には翌日、日本を離れると発表した。出発前には天皇も告別の挨拶をしにアメリカ大使館に入り、労をねぎらった。マッカーサーは出迎え見送りとも玄関に立って天皇に敬意を表した。

四月十六日、羽田に向かう沿道には二十万人の人が星条旗と日章旗を手に見送った。午前七時二十三分、マッカーサーは愛機「バターン」で日本を飛び立った。


金五徳の母はその日の朝早くに家を出て、臥龍山の中腹にあるふたつの山寺とみっつの祠《ほこら》を参拝して回っていた。

彼女は月に数度、折りの良い日を見計って山寺と祠にお祈りに出かけていた。

彼女は素足だった。願掛けの参拝だった。

三月に入ったとは言え、まだ山中の土も岩も冷たかった。

願掛けの願いはただひとつだけだった。息子の五徳をあの穴から出してやりたい一心であった。穴に入ってもう五ヵ月になる。息子が不憫《ふびん》でしかたなかった。できることなら我が身とかわってやりたかったが、それもできない。

夫の話では李の家をはじめ洞窟で息子を殺された親たちは五徳が密告したせいで家族を殺されたと信じているようだった。

「どう説明してもわかってはくれまい。五徳の姿を見つけたらあいつらは必ず報復するに違いない」

彼女は夫に、この村を捨ててどこかで息子と暮らそうと提案したが、いつ北朝鮮軍が攻めてくるかもしれないし、田畑を売って他の土地に行っても暮らしてはいけないというのが夫の意見だった。

「もう少し辛抱をさせよう。そうすれば必ず何か道が拓けるはずだ」

夫の言葉を信じようとするのだが、この頃、穴の中の息子は前と比べて彼女の問いかけにも反応しなくなっていた。

——きっと辛いに違いない。

だからこうして願掛けをしているのだ。

最後の祠にお参りをして寺の境内に戻ると、亀石と呼ばれる水が湧く石のそばに男が一人座り込んでいた。

男は彼女の姿を見つけると、コンニチハと愛想よく笑った。

――誰だろうか。

この辺りでは見かけない顔だった。

帽子を目深に被っているので表情もよくわからない。足元には脚絆《きゃはん》と草鞋《わらじ》、背中に荷を括《くく》っている。身なりからすると旅回りを続けている者に見える。

「奥さん、朝から精が出ますね。信心深い人は救われますよ」

男の言葉に彼女はちいさく頷いて、なるたけ近づかないようにして境内を出ようとした。

男が立ち上がって近づいてきた。

「私は怪しいものじゃありません。大邱《テグ》から来た薬売りです」

こんな戦時下で薬売りが行商しているとは思えなかった。彼女は歩調を早めた。妙な男と関りたくなかった。五徳に危険が及んでは大変である。

「失礼します。私に近寄らないで下さい」

彼女は険しい口調で言って山門を出ようとした。

すると背後から男が妙なことを言った。

「高山要子さんのお母さんですよね」

それは日本語だった。

彼女は驚いて男を振り返った。

男は白い歯を見せて笑い、すぐに真顔になって言った。

「私は日本から来ました。ここでは誰か寺の人が見ているかもしれないですから、夕刻、この先にある栗の木の下で待っています。趙と呼んで下さい」

男はそう言って懐の中から包みを出した。

「どうぞ見て下さい。あなたの娘さんとお孫さんの写真です」

彼女は渡された包みを開いた。

中から娘の要子と四人の子供が一緒に写っている写真が出てきた。

「どうしてこれを？」

「詳しい話は夕刻にします。さあ行きなさい」

彼女は目を見開いたまま村に続く道を小走りに駆けて行った。

家に着くと、横になっていた夫に今しがた起ったことを話した。

昌浩は妻から渡された写真を見て、妻の顔を見返した。

「どんな男だった？」

「初めは大邱から来た薬売りだと言っていましたが、私、こんな時に薬売りが村を回るはずはないと思って逃げようとしたのです。するといきなり日本語で話しかけてきたのです。何だか狐につままれたみたいで……。でもこの写真は間違いなく要子と娘たちです」

昌浩は写真を見て頷いた。

「どういうことだろうか……。誰かの仕組んだ罠《わな》にしても、写真をこんなふうにこしらえることはできまい。第一、娘の嫁ぎ先の名前を知る者などこの辺りにいるはずがない」

昌浩は腕組みをして考え込んでいた。

「ともかく夕刻になったらわしがその男に逢いに行ってみよう」

夫の言葉に彼女は大きく頷いて食事の準備をはじめた。

裏の畑に野菜を摘みに行った。鶏小屋の中をちらりと覗くと、出かける前に置いていった五徳の食事の器が手つかずで残っていた。

――今朝は食事をしなかったんだわ。

彼女は息子を心配しながら畑に出た。

野を吹き抜ける風には春の気配がした。

空では雲雀《ひばり》が鳴いていた。彼女は臥龍山を仰ぎ見た。先月まで濃灰色《のうかいしょく》だった山が少しずつ緑を含みはじめていた。

先刻、夫に渡した写真の中の娘の笑顔を思い出した。

――あの人はもしかして臥龍山の神さまの使いかもしれない……。

昔から臥龍山には龍神が棲んでいて村人が困窮した時に救ってくれるという言い伝えがあった。

彼女もその龍神に息子を救ってくれるように祈り続けていた。

夕刻になり、夫は出かけて行った。

家を出る前に夫は言った。

「もしわしが今夜中に戻って来なかったら、隣り村の宋の爺さんの所に行って訳を話しなさい。大方のことは宋の爺さんに話してあるから」

「いいえ、大丈夫です。あの人は私たちを救いに来てくれた龍神さまの使いです」

夫は驚いたように彼女を見返して何も言わずに家を出て行った。

夜が更けても夫は帰って来なかった。

彼女はだんだんこころぼそくなった。夕刻から強い風が吹きはじめていた。春を告げる風のようだった。時折、赤児の悲鳴のような音を立てて風が通り抜けて行った。

――このまま夫が帰って来なかったら……。

彼女は妄想を打ち消すように頭を振った。

木戸を叩く音がした。木戸に駆け寄り、夫の名前を呼んだ。

夫の声が返ってきた。閂を抜いて木戸を開けた。夫の背後に昼間逢った男が立っていた。白い歯が薄闇の中で光っていた。

夫は男を家に招き入れると、食事の支度をするように告げた。

二人の話し声が聞こえた。夫の口調から相手をまだ信用していないことが伝わってきた。

食事を運んで行くと、夫の前に男が包みを出し、それを開こうとしているところだった。

汚れた麻の布を解くと、そこに油紙で包んだ新紙幣の束とちいさな袋がふたつ出てきた。

男は紙幣の束を夫に渡し、袋の先の紐をとき口を開いて逆さに振った。指輪が二個麻の布の上に転がった。男はそれを拾って夫に渡した。そうしてもうひとつの袋を同じように開いて布の上で振った。綿が出てきた。男は綿を拾って丁寧にひろげた。中から金の粒があらわれた。男はそれをひとつひとつ数えながら夫の掌に載せた。

夫は目をかがやかせていた。

「金ですか」

「はい、そうです。あなた方の娘さんのご主人に頼まれて持って来ました」

「宗次郎君にですか」

「はい。高山宗次郎さんからです」

夫は掌の中の金の粒をじっと見て言った。

「趙さん、あなたを疑って悪かった。さあ食事をしてくれ。どぶろくを飲むかね。美味しいどぶろくがある。ぜひご馳走させてくれ」

「お気持ちは有難いが仕事の間は酒は飲みません。食事だけいただきます」

「どうぞたんと食べて下さい。お替りもありますから」

男は返答もせず食事を頬張っていた。

「今夜はもう遅いから泊まって行って下さい」

夫が言うと、男は首を横に振った。

「いや、あなたたちから受取りを貰ったら私はすぐに発ちます。実は高山さんの本家がある泗川の昆陽面《コンヨンミン》の村を訪ねたが誰もいませんでした。家もしばらく放ったままのようで廃屋になっていました。もう一度行って誰か親族を探さなくてはなりません。それに夜の方が歩き易いのです」

そう言って男は笑った。

「受取りは宗次郎君宛に手紙を書けばいいのかね」

「それでもいいですが、できればあなた方だとわかる物がいい。ところで息子さんが一緒だと聞いていましたが、彼はここにはいないのですか」

男の言葉に二人は顔を見合わせた。

「娘さんからは弟さんの消息も聞いてきて欲しいと頼まれました」

「……………」

二人とも口をつぐんだ。

「趙さん、ここでしばらく待っていて下さい」

二人はそう告げて炊事場に行った。

夫は苦悩の表情をして妻の顔を見ていた。

「あの人を信じてすべて話してみてはどうでしょうか。もしかしていい智恵を授けて貰えるかもしれません」

「本当のことを話しても、それを知ったら要子が不憫だろう。五徳のことはわしら二人で何とかしよう」

「私は話した方がいいと思います」

「どうしてだ？　今の五徳のことを要子が知ったところで心配するだけで何もできないじゃないか」

「あの人は龍神さまの使いです。龍神さまには何もかも打ち明けるべきです」

彼女の言葉に夫は大きな吐息を零した。

「今日のおまえはどうかしている」

「いいえ、今日はきっと私たちにも五徳にも大切な日なのだと思います。あのおそろしい戦場から五徳は生きて帰ってきたのです。あの臥龍山を目指して歩き続けたのですよ。あの人が臥龍山の山寺で私を待っていたのは偶然ではないと思います」

夫はまた吐息を零した。

「わかった。そこまで言うのならおまえが言うとおりにしてみよう」

二人は男の所に戻った。

夫が五徳のことをすべて打ち明けた。

「その鶏小屋を見ることができますか」

男が訊いた。

「ではここで待っていて下さい。私が息子にあなたのことを話してきます」

彼女は裏に出て、事の次第を息子に話した。

「母さん、本当に日本から使いの人が来たのですか」

興奮した息子の声が返ってきた。

彼女は家に入り、夫に男を連れて行くと言った。夫は黙って頷いた。

男は鶏小屋の前にしゃがみ込むと、静かに話しはじめた。

「趙です。日本からやって来ました。あなたのお姉さんは元気です。四人目の赤ちゃんを産みました。それも男児です。幸せにしています。あなたのことをとても心配していました。ご両親に届け物をしましたから何かここから救い出す手立ても見つかるでしょう」

男の話を聞いていた息子が、突然、大声で話し出した。

「お願いです。ここから僕を助けてくれるように姉さんに頼んで下さい。このままでは僕は死んでしまいます。どうか姉さんに吾郎を助けて欲しいと伝えて下さい」

「大きな声を出してはいけません」

彼女は息子に注意した。鶏がけたたましい声で鳴き出した。

「さあ、趙さん、あなたも家に入って下さい」

穴の中から声がした。

「お願いです。姉さんに伝えて下さい」

「声を出してはいけません」

彼女は泣きながら息子に訴えた。

家に入ると、彼女は棚の奥から桐の箱を出してきて、その中に仕舞っておいたメダルを男に渡した。

「これを娘に見せればあなたが私たちと息子に逢ったことがすぐにわかります」

男はそれを麻の布に仕舞った。

二人は家の外に出て男を見送った。闇の中を男は早足で歩き去った。すぐに男の影は闇の中に消えた。

二人は門を潜ると、表の様子を見に行った。

そこには人の気配が失せてただ風だけが音を立てて吹いていた。


要子は掌の上のくすんだメダルを見て涙がこみあげてきた。

そのメダルはまぎれもなく、弟の吾郎が剣道の神宮大会で授与されたものだった。

「間違いありません。これはたしかに私の弟のものです。それで弟は、父と母はどうしているのでしょうか」

要子は帰国した趙という男にむかって訊いた。

趙は静かな口調で要子の両親が元気にしていることを報告した。

趙が話をしている間、要子は黙って話を聞いている夫の顔を見た。

――何か事情があるのだわ……。

趙がひとしきり両親の話をし終えた時、要子はすかさず趙に訊いた。

「両親のことはわかりました。そ、それで弟は、吾郎はどうしているのですか」

趙はちらりと宗次郎の顔を見て話し出した。

それは要子の想像をはるかに越えたものだった。

趙はひとしきり、三千浦の村で見てきたものを話し終えると、唇を嚙んで黙りこくった。

要子は震える唇をおさえるように口元に手を当てて話した。

「……では、弟は、あの村で、家の鶏小屋の下の穴倉に、もう半年近く隠れているということなのですね」

「…………」

趙は何も言わず頷いた。

「なんて可哀相に……」

要子は両手で顔を覆った。

「ともかく生きていたんだな」

宗次郎が趙に念を押すように言った。

要子は掌の中のメダルを握りしめた。

弟がこのメダルを胸に吊《さ》げ、三田尻駅で溢れんばかりの出迎えの人に祝福されていた日のことがよみがえった。

その弟が鶏小屋の地下の穴倉の中で耐え忍んでいると思うと、身体の奥底から抑え切れない感情が湧き上がってきた。

――弟を救い出してきて下さい。

そう叫びたかったが、要子は夫が、先刻から静かに趙の報告に聞き入っている様子が気になって言い出せなかった。

「趙さん、ご苦労さんだったな。親戚が皆生きてくれていたことを聞けて何より安心した。ありがとう」

宗次郎はそう言って趙の手を握りしめた。

権三が趙を別室に案内しようとした。

「待って下さい。弟は私に何か伝言をしたはずです。弟が何を言ったかを包み隠さず話して下さい」

趙はまた宗次郎を見た。

宗次郎が黙って頷いた。

趙は要子の顔を正面から見つめて言った。

「奥さん、弟さんには嫌疑がかかっています。弟さんが洞窟に隠れた日に北朝鮮軍は、村に進撃してきました。そうしてその場所を知っていたかのように村の若者たちが潜んでいた洞窟にむかったそうです。五人の若者が全員処刑されたのです。勿論、その遺体の中に弟さんはいませんでした。その事件が起こる以前、村に北朝鮮軍の手先と思われる男がやってきて弟さんと話をしていたのを村人の何人かが見ていました。北朝鮮軍が村人でさえ見つけにくい洞窟の場所をすぐに見つけたのは誰かが彼等に密告したと考えたわけです。弟さんが北朝鮮軍に入っていたのを見たという村人の親戚もいるそうです。その親たちがあなたの弟さんが実家に舞い戻ってくるのではと見張っているのです。私がさぐりを入れた李の家では弟さんを殺すために最新式の銃を持っていました。皆が息を潜めて弟さんが帰ってくるのを待ち受けているのです。弟さんも大変でしょうが、ご両親もさぞや……」

「もうそのくらいでいいだろう」

宗次郎はいつもより大きな声で言った。

その声が耳に響いて、要子は我に返った。

宗次郎がいたたまれないような目をして要子を見ていた。

要子は自分が興奮したことが恥かしかった。それでも感情を抑え切れず掌の中のメダルを握りしめていた。

三人が居間から出て行くと、要子は泣き崩れた。

――何ということなの。吾郎がそんな目に遭っているなんて……、寒い冬をあの子は穴倉の中に隠れて過ごしていたというの……。

できることなら今すぐにでもあの村に行き、吾郎を穴の中から救い出してやりたいと思った。

要子はメダルを握りしめた拳で畳を音がするほど何度も叩いた。

居間の障子戸が開いて息子の直治が眠そうな目をこすりながら入ってきてオシッコと訴えた。

要子は直治を抱きしめた。

三日後の午後、趙が一人の男を連れて家にやってきた。

夫と権三は居間で彼等と話しはじめた。

要子は居間に茶を運んで行った。趙が連れてきた屈強そうな男が要子を鋭い目で見返した。

要子は男たちの話が吾郎と関りがあるはずだと思い、その場に居合わせようと座りかけた。

夫が要子を見て言った。

「呼ぶまでここに来ないように」

要子は男たちの話を聞いていたいという意志をあらわすように夫の目を見た。

「何をしているんだ。わしが言っていることがわからないのか」

夫が声を荒らげた。

権三が要子に目配せした。要子は唇を噛んで男たちを見返した。廊下を走る子供たちの足音と笑い声が聞こえた。

「子供たちを静かにさせなさい。ここに近づけないように」

そう言って夫は屈強そうな男にむかって朝鮮語で話しかけた。

要子は廊下に出て、今しがた夫が口にした言葉を胸の中で反芻《はんすう》した。

――韓国軍第三師団の動きは……。

夫はたしかにそう言った。

あの男は朝鮮の戦況を知っているのだろうか。そうだとしたら夫は何のためにあの男を呼び寄せたのか。

夫が何かをしようとしていたが、それが吾郎と関りのあることなのかはわからなかった。

娘三人が笑いながら廊下を走ってきた。

「父さんが大切な話をなさっているから、外で遊びなさい。ヒロミちゃん、四時になったらヨシミちゃんと着換えをして出かける支度をしておくのよ」

「は～い」

娘たちが一斉に外に走り出した。

「これ静かにしなさい」

台所から直治が何かを頭に被ってあらわれた。手には竹を持っていた。

直治が要子に気付いてこちらを見た。竹の先を要子にむけた。

頭に被っていたのは新聞紙でできた兜だった。若衆がこしらえてくれたのだろう。

「あら勇ましいわね。お侍さんですね」

直治が要子にむかって走ってきた。

要子は直治を抱きかかえて、外で遊んで下さいね、と耳打ちし、庭に出た。

直治が庭に出ると犬が尾を振って近寄ってきた。

――そうだわ、もうすぐ端午の節句なのね。

犬と戯れていた直治の頭から兜が落ちた。それを犬がくわえて嚙み千切った。直治が大声で泣き出した。

泣き声に気付いてお手伝いの加代が出てきた。

「あらあら兜が……、ター坊さん、取られたものは取り返さないとダメでしょう。刀を持ってるんでしょう。男の子が泣いてばかりではいけませんよ。笑われてしまいます。兜は加代がまた作ってあげますから」

――そうか、あの兜は加代がこしらえたのか……。

加代が縁側に立つ要子を見た。

「加代さん、四時になったらヒロミとヨシミを連れて中関の津島先生の所に出かけますからよろしく頼みます。あっ、それと鯉幟《こいのぼり》の準備はできているのか若衆に聞いて下さい」

「それなら今朝早くから林さんと時夫君が屋根に上がって支柱をつけてました」

「そう、居間から声がかかったら茶菓子を持って行って下さい。もしかしてお酒になるかもしれないから肴の準備もお願いします」

「わかりました」

「加代さん、直治の兜、私がこしらえましょう」

「そうですか。ではお願いします。ター坊さん、奥さまが兜を作って下さるそうです」

半べそをかいていた直治が笑って縁側にむかってきた。

「あら、この端はどう折るんだったかしら」

要子は新聞紙を折りながら首をかしげた。

それをじっと直治が見ていた。

「あっ、こうだ。ほら、上手く行ったわ」

要子の声に直治が嬉しそうに頷いている。

要子は直治の目を見て、新聞紙を見返し、突然、嗚咽した。

二十年近く前、要子は実家で吾郎のために今と同じように新聞紙で兜を作ってやった日のことを思い出したからだった。

急に泣き出した要子を心配そうな顔で直治が見ていた。要子の手を直治が握った。その温りがさらに要子を切なくさせた。


要子はバスの車窓から塩田を見ていた。

男たちが立ち働いていた。その男たちの姿はかつての父の昌浩の姿であり、実家に出入りしていた父の組内の者の姿だった。

ほとんどの人が祖国に帰って行った。

――あの人たちも父や母と同じように辛い目に遭っているのかしら。日本はこんなに平和になったのに、どうしてあの国が、あの国の人たちだけがあんな目に遭わなくてはならないのだろうか……。

要子はまた涙が込みあげそうになった。

「あっ母さん、飛行機が」

隣りの席に座っていたヒロミが声を上げた。

見ると海の方から一機の飛行機が初夏の空を飛翔してきていた。

他の乗客たちも身をかがめるようにして空を見上げた。乗客たちは飛行機を見上げた後、いちように顔をしかめた。

大人たちは、終戦の前に毎日のようにこの空にB－29爆撃機が飛来して大勢の人が死んだ日々のことが忘れられないのだろう。

停留所から娘たちと歩き出すと、この辺りの風景が昔とまったく変わっていないのに気付いた。

「まだ時間があるから少し回り道をして行きましょう」

雑貨屋、船工具店、煙草屋、床屋……、どの家も昔のままだった。

何人かの顔見知りの人がいて要子は挨拶した。

「おや要子さんの娘さんかね」

煙草屋の老婆が声をかける。

「ご両親はおかわりないかね」

魚屋の女将さんが訊く。

「おばさんもお元気で何よりです。ええ、両親は朝鮮で元気に暮らしています」

「ねえ、母さんの知っている人たちなの」

ヒロミが言った。

「そうよ。この町はお母さんが子供の時に住んでいたところなのよ」

「そうか、だから皆が声をかけるのね」

やがて郵便局の建物が見えて要子は角を左に折れた。

「あら……」

要子は思わず声を上げ立ち止まった。

「どうしたの？」

ヒロミが訊いた。

実家があったはずの場所は綺麗に整地され家は跡形もなくなっていた。

整地された奥に一本の大きな欅《けやき》の木が聳《そび》えていた。

少女の時から何度も見上げた大樹である。

この樹以外に要子が、両親と弟がここで暮らしていたことの名残りは何ひとつなかった。

大勢の組内の人がやってきて、宴会をし歌い踊っていた時間はどこかに行ってしまったのだ。

父や母、弟が笑ったり泣いたりした時間は消えていた。

要子は寂寥を感じた。

——もう両親も弟も帰る場所がないのだ……。

「どうしたの、母さん」

ヒロミの声に要子は静かに言った。

「何でもないわ。さあ津島先生の所に行きましょう」

要子は津島先生の家のある海の方に歩き出した。


「あらっ、ずいぶんと上手になったわね。ヒロミさん。とても筋がいいわ。これなら大きくなって立派なピアニストになれてよ」

津島先生の言葉にヒロミは顔を赤らめてピアノの前に座っていた。

ヒロミにピアノを習わすようにすすめ、ピアノの先生を紹介してくれたのも津島先生だった。

ヨシミがピアノの前に座った。

姉の見様見真似で懸命に弾いていたが、上手く行かないらしく途中で癇癪《かんしゃく》を起こして弾くのを止めてしまった。ヨシミは姉のヒロミに何かにつけて対抗意識を持ってしまう。

「ヨシミちゃん、よく頑張りましたね。とても良かったわ」

津島先生に誉められてもヨシミは頬をふくらませたままピアノの鍵盤をじっと睨んでいた。

今日、津島先生を訪ねたのはヨシミの習い事の相談だった。

「でもヨシミちゃんにはピアノより好きになるものがあるような気が先生はしてるの。少し待っててね」

そう言って津島先生は部屋を出て行った。

ヨシミが津島先生が出て行ったドアを見て、要子を見返した。要子はヨシミに笑いかけちいさく頷いた。

すぐに津島先生が笑顔で戻ってきた。

先生は手に黒いケースを持っていた。そのケースをゆっくりと開けると中からバイオリンが出てきた。

「バイオリンだ」

ヒロミが言うと、ヨシミが姉と先生の顔を交互に見て小首をかしげた。

「そうよ。これはバイオリンという楽器なのよ。先生がヨシミちゃんと同じ年頃の時に習っていたの。ではどんな音色の楽器か少し奏《ひ》いてあげるわ」

先生は弦の調整をして、すぐに演奏をはじめた。要子も聞き覚えのあるチゴイネルワイゼンだった。美しい音色だった。

ヨシミが目をかがやかせて聞いていた。

演奏が終ると要子たちが拍手した。先生は恥かしそうにお辞儀した。

「これがバイオリンの音色よ。どうですか。ヨシミちゃんは気に入ったかしら」

「はい」

ヨシミが大声で返事した。


その夜、夕食の後、要子は宗次郎に二人で出かけるから支度をするように言われた。

「どちらにですか」

「…………」

宗次郎は要子を一瞥しただけで何も言わなかった。

要子は加代に出かけることを告げて、宗次郎の着換えを準備し、自分の支度をはじめた。

――どこに行くのかしら。

玄関に車が回してあった。

宗次郎は運転席に座った。要子は助手席に座った。

宗次郎の様子がいつもと違っていた。

車は国道に入り、峠のある方向に走っていた。

峠をふたつ越え、やがて海沿いのちいさな村に出た。

要子の来たことのない村だった。

海に出る道に入り、道が行き止まりになると宗次郎は車を降りるように言った。

宗次郎は一人で浜辺に出ると、波打際にむかって歩き出した。要子はうしろに続いた。

宗次郎は波打際に立つと腕組みをしたまま海を睨んでいた。

夏にむかう星がまたたいていた。

「綺麗な浜ですね。あんなところに岩がふたつありますね。何だかあの岩は人のかたちに見えませんか」

左の岬の崖下に波に洗われるように奇妙なかたちの岩がふたつ突き出ていた。

「あれは夫婦岩《めおと》というらしい」

「そうなんですか」

「昔、海に出て戻らない亭主を若い女房が毎晩、あの崖の上で待ち続け、最後に海に身を投げたらしい。すると海の底から岩が出てきたという話だ」

「よくご存知ですね。この浜には何度かいらしたのですか」

「おまえには今まで話していなかったが、わしは十代の時にこの先にあるみっつ目の炭坑で働いていたことがあった。口入れ屋の男に給金がいいと言われ炭坑に入った。だがそこはタコ部屋だった。ほとんどの坑夫が部屋に閉じ込められたままただ同然の金で働かされた。半年働いて、このままだとタコ部屋か炭坑の中で死んでしまうと思った」

要子は初めて夫から聞かされる話に驚いていた。

「或る冬の夜、わしはそこから逃げ出した。脱走する者のほとんどが山側に逃げて捕まり殺されていた。わしは海に逃げた。二日泳ぎ続けて着いたのがこの浜だ。そこで一人の漁師に助けられた。その人の墓があの崖の上にある。その人に助けられなかったら、今のわしはない。わしは辛いことがあると、その墓に行って、どうしたらいいかを尋ねることにしておる」

「そんなことがあったのですか」

「戦争の前の話だ。その人と約束したことがあった。日本で懸命に働いてゆとりができたら朝鮮の親に報せてやれと言われた。おまえを連れて朝鮮に行った時がその約束を果した時だ」

――そうだったのだ……。

あの時、夫は実父から冷淡にされた。そんな事情があったのならさぞ辛かっただろう。

「わしの兄が死んだ」

「えっ」

要子は夫の顔を見返した。

「亡くなったのは去年のことだ。わしの村を訪ねた趙が報せてきた」

夫はそのことは要子には何も言わなかった。

「食糧を調達にきた北朝鮮の兵隊に殺されたそうだ。床の下に隠していた食糧が見つかって村人の前で処刑されたらしい」

「何ということを……」

「処刑されたのはわしの家族だけじゃなかったようだ。幸い次兄が無事で長兄の子供たちの面倒を見てくれている。それでも暮しは大変なようだ。あんな情況だから葬式も出していないという。近々、こっちで葬式だけでもやってやろうと思う」

「そうですね」

「跡継ぎの直治の顔を見せてやりたかったが今となってはどうしようもない。わしはこれからそのことをあの人の墓に報告するからおまえはここで待っていなさい」

「私も行きます」

「女の足で、しかも夜だから危ない」

「平気です」

「いや、おまえ腹に赤児ができていないか」

夫の言葉に要子は息を飲んだ。

たしかに月のものが三ヵ月止まっていた。

病院に行こうかと思っていたところだった。

「すぐに戻ってくる。一人で怖いか」

「いいえ、大丈夫です」

要子の言葉に夫が笑った。

夫は足早に崖に続く道を登って行った。

夫がいなくなると波音が急に大きくなった。

——そんな事情も知らないで、私は弟や、自分の家族のことで狼狽《ろうばい》していた……。

要子は自分を恥じた。

夫は黙って哀しみに耐えていたのだ。今、あの国に行きたいのは自分より夫の方かもしれない。

要子は先刻、夫が話してくれた崖下の夫婦岩に目をやった。

自分も夫が戻らなかったら、毎日、海を見て待つだろう。夫や家族と一緒にいられるだけで充分幸せなのだ。

やがて夫が崖道を下りてくるのが見えた。

「どうでした？」

要子が訊くと、夫は先刻とは違って清々しい顔をしていた。

「さあ家に帰ろう」

夫は言って要子の手を取った。

車で峠道を走りながら夫が言った。

「あと十日したら朝鮮に人をやる。趙ともう一人の男だ」

「先程、家に見えた方ですか」

「そうだ。あれは崔《チェ》という韓国軍の脱走兵だ。戦況にも詳しいが、あの男は慶尚南道の地理をよく知っている。趙と二人でわしの長兄の子供とおまえの弟を日本に連れてくるようにさせる」

要子は運転する夫の顔を見た。

「このまま放っておけば次兄は自分の家族のことで精一杯だから長兄の子供は死んでしまうだろう。わしが日本に来る時、船賃を出してくれたのは母と長兄だ。長兄はわしを子供の時分から可愛がってくれた。小作農として家を出されそうになった時も庇《かば》ってくれたのが長兄だった。だから子供たちを救いたい。吾郎君のことはおまえのたった一人の弟だ。このままではいつか村人に殺されるかもしれない。何とか救い出してやりたい」

「ありがとうございます」

要子は涙が零れた。

夫は趙の報告を受けた時からずっとこのことを考えてくれていたのだ。

それを今夜、恩人の墓の前で実行するべきかを尋ねたに違いない。

「上手く行けばいいが何しろむこうがどうなっているのかがさっぱりわからない。崔は自信があると言っているが趙は反対している。何とか説得してみよう」

「あなたの手をわずらわせてばかりで本当に申し訳ありません」

「夫婦でそんなことを詫びる者がいるか」

夫が笑った。

「すみません」

「そんなことよりお腹の赤児が男児ならおまえは皆から誉められるぞ」

「私もそう願っています」

朝鮮の家では子供に男児が二人いれば、めでたいことになる。それは仮に兄か弟が亡くなっても跡継ぎの男児が残るからだった。

宗次郎の行動は早かった。

将来のために購入した塩田所近くの土地を宗次郎は売却した。

要子はその様子を見て、弟や子供を脱出させるのにそんなにお金がかかるものなのかと心配になった。

要子は夫に言われて、弟に宛てた手紙を長女のヒロミに書かせた。子供が書いた手紙なら趙と崔が万一捕った時でも、吾郎にまで詮索の手が及ばないということだった。

「私の叔父さんってどんな人なの?」

「大きくてやさしい人よ」

「逢ってみたいな」

「きっと逢える日が来るわ。だから手紙をちゃんと書かなくてはいけませんよ」

要子は手紙の文面を考え、ヒロミに書かせた。

「叔父さん、読んでくれるかな」

「ええ、きっと喜んでくれるでしょう」

要子はヒロミの書いた手紙に封をして縁側に立った。

青く澄んだ空がひろがっていた。

風の中に新緑の匂いがした。左方に目をやると屋根の上に鯉幟が泳いでいた。


金の家では朝から妻が粽《ちまき》をこしらえていた。

昌浩が野良仕事に出る前に妻がひさしぶりに明るい声で言った。

「今日は粽をつくります。あの子の大好物ですから」

「そうか、今日は端午の節句だったな。粽か、それはいい」

妻が明るくなったのは、あの趙という男がやってきた翌日からだった。

家の仏壇のそばに妻は娘の要子と子供たちが写っている写真を飾っていた。

「あなた見てご覧なさい。この子が直治ですよ。あなたにも似ていますが、要子の赤ちゃんの時にそっくりだと思いませんか」

「直治は男の子だぞ」

「でも似ているんですもの」

「どれどれ、うん、これは要子の赤ん坊の時によく似ている。二番目の娘は吾郎に似ていないか」

「そうですね」

妻が嬉しそうに笑った顔を昌浩はひさしぶりに見た気がした。

妻は一度、この写真を穴の中の息子のところに持って行った。

「写真を見て吾郎は何と言っていた」

「ええ、あんなに明るい吾郎の声を聞いたのはひさしぶりです。吾郎も直治が、男の子が生まれたことをとても喜んでいました」

「そうかそうか」

たしかにあの男が家に来てから皆が明るくなっていた。

今の情況は何ひとつ変わっていない。なのに家の中に新しい風が吹いてきたように思えるのはたとえ海のむこうであっても自分たちのことを思ってくれている家族がいるとわかったからだ。

昌浩はその日、野良仕事を早く終え、家路にむかった。

「金さん、もう終ったのかね」

声のした方を見ると李の家の小作人だった。

「いや、腰が痛み出して立っていられないんだ」

「それは大変だ。いい薬があるから持って行きましょうか」

人の善い小作人が言った。

「いや、薬は先日買ったばかりだ。ありがとう。気持ちだけもらっておくよ」

昌浩は言って、大袈裟に足を引きずるようにして立ち去った。

腰など痛くなかった。野良仕事を放り出して家に戻っていたと李の家の者に告げられたら、それだけで怪しまれる。

家に戻ると、卓袱台の上に粽を盛った皿があった。

昌浩は手を伸ばしかけて妻に訊いた。

「あの子にはやったのか」

「いいえ、まだです」

「そうか、では後にしよう」

昌浩は裏に行き、桶を担ぐと水を汲みに小川に行った。

水はもう以前ほど冷たくなかった。

彼は空を見上げた。空は青く澄みわたっていた。

――ずいぶんと暖かくなった……。

昌浩は何かいい事がもうすぐ起こるのではという予感がした。

それは何なのかはわからないが、辛かった今年の冬が去って、やって来た風や水の温りは自分たちに幸運を運んで来てくれるような気がした。

家に戻り甕に水を入れていると、パタパタと音がした。音のした方を振りむくと鶏小屋の屋根の一部が剝がれていた。ずいぶんと急いで建てた小屋だったから降雪や吹雪にあちこちがいたんでいるのだろう。

昌浩は小屋のそばの甕の上に乗って屋根の具合いを見た。打ち込んだ釘が外れていた。

彼は納戸から金槌と釘を持って来て修理をはじめた。

彼は大声で歌を歌いながら金槌を振り下ろした。

♪瓦《いらか》の波と雲の波〜

それは日本の唱歌で端午の節句の頃に子供が歌う歌だった。歌っているうちにどこからか口笛が聞こえてきた。

昌浩は驚いて歌うのを止めた。

口笛は鶏小屋の下から聞こえていた。

――息子が吹いている。

昌浩は口笛の音が誰かに聞かれないようにさっきより大きな声で歌い出した。

歌いながら、こうして息子とひとつの歌を歌うのは初めてのような気がした。

歌っているうちに昌浩は涙が零れてきた。

もうしっかりと打ちつけられている屋根を彼は歌を歌いながら金槌で打ち続けた。次から次に涙が溢れ出した。

こんなに泣くのも初めてだった。

臥龍山から吹き下ろす五月の風が昌浩の涙に濡れた頰を撫でて行った。

数日後、村に国民防衛軍の兵を徴用する係の男たちがやってきた。

村には若者は一人も残っていなかった。

村長は彼等にこの村に北朝鮮軍がやって来て、村の若者を殺してしまった経緯を話したが、徴用員たちは納得しなかった。

村人はわずかに残っていた米と作物とマッカリ酒で彼等を歓待したが、徴用員たちは若者のかわりに数人の労役者を防衛軍に出すように命じた。労役に耐えられる体力を持つ者はいなかった。徴用員にとってはどんな労役者でもよかった。員数合わせのために村人を引き連れて行こうとしていた。

「さもなくば防衛軍のために金品を差し出せ」

と村長に命じた。

村に徴用員が来る度に同じことを要求された。その度に村人は集まって相談し、家の中から金目のものを寄せ集め、彼等の袖の下とは別に提出した。


元々、国民防衛軍は北朝鮮軍が侵攻してきた年の十二月に李承晩大統領の発令で組織された。退役軍人、警察官、学生を除いた十七歳以上、四十歳未満のすべての韓国国民から百万人の第二国民兵を総動員して編制されるものだった。

百万人の兵が集まるはずはなかった。それでも強制的に五十万人の兵を編制したと李承晩大統領はアメリカ軍に通達した。しかしマッカーサー元帥にかわって国連軍の指揮を取っていたリッジウェイ司令官は、中国軍を怖れる韓国正規軍の脆弱《ぜいじゃく》さを知っていたから取り合わなかった。

前線で戦う国連軍の主要部隊であるアメリカ軍兵士は、韓国軍の逃走により共同作戦が頓挫して度々危地に追い込まれた。さらに自分たちは何のために戦い、多くの犠牲者を出しているのか、と士気に影響した。

マッカーサーの時代に韓国軍の立て直しをはかったが何の効果もなかった。正規軍がこの体たらくであったから予備軍などに期待すら持っていなかった。それでも李承晩は国家予算の多くを拠出し国民防衛軍の編制と教育を続けていた。

荒れた国土と日々変わる戦局のため韓国国民は疲弊しきっていた。

略奪が横行していたから各村では食糧を隠し、隣家に対しても警戒して暮らすありさまだった。


夕刻、表の門が開く音を聞いて昌浩はあわてて立ち上がって玄関に出ようとした。

「ここが金の家か、入るぞ」

大声がして徴用員の男が三人ずかずかと入ってきた。

昌浩は鶏小屋に息子の夕食を運びに行っていた妻の名前を呼んだ。

三人は家に上がりこむと胡坐をかいて座り込み家の中を物色するように見回した。

酒臭かった。身体の大きな屈強そうな赤ら顔の男が話し出した。

「今、李の家に行ってきたが、金、おまえの倅は共産党員だったそうじゃないか。それは本当か」

「いいえ、そんなことはありません。李さんが何を言ったか知りませんが、息子は釜山で真面目に働いておりました」

妻が裏から入ってきて三人の男を見て顔を曇らせた。むこうに行っているように昌浩は目配せした。

「おう、金の女房か。酒を出せ、酒を。どうせ床下かどっかに酒や米を隠してるんだろう。黙って出さなきゃ家探しするぞ」

「酒はありません」

妻がか細い声で言った。

赤ら顔の目が鋭くなった。昌浩はあわてて言った。

「夕食を召し上がって下さい。酒も近所から貰ってきます」

「まずい飯などいらん。酒を出せ」

昌浩は茶を運んできた妻に山手の朴の家に行き、酒を分けて貰ってくるように言った。

「金、倅は今、どこにいるのだ？　李の家じゃ、おまえの倅が、この村の若者たちの隠れていた場所を密告したという話だぞ」

「めっそうもありません。私もずっと息子を探しているのです。李さんは私の息子のことを誤解しているのです」

「そうかな……。おまえも大変だな。李の家の者はおまえを労役に出すように俺に頼んできたぞ」

「そ、そんな。私は心臓に病いがありますし、妻は一日置きに寝ているほど身体が弱っています。今、私が労役に出たら妻は三日もしないうちに死んでしまいます。どうかお願いです。それだけはごかんべんを」

昌浩は床に頭をつけて頼んだ。

赤ら顔の男は上着のポケットから布の包みを出して中を開いた。

「金、これが何だかわかるか。これはな、李の家に代々伝わる家宝らしい。銀製の文鎮だ。値のあるものらしいが、つぶしても結構な値になるだろう。李の家は主と弟を労役に出せない代りに、これを防衛軍に差し出したんだ。いいこころがけだ。これなら労役者二人分はたっぷりある」

昌浩は布の中の銀もこの男たちがかすめ取るのを知っていた。

「俺はおまえを晋州に連れて行くつもりだ」

「それだけはかんべんして下さい。私は心臓が悪いし、妻は……」

「黙れ」

赤ら顔が大声で言い、足元の茶碗を蹴り上げた。

「金、隊長を怒らせたらどうなるかわからんぞ」

かたわらにいた男が言った。

裏木戸が開く音がして妻が戻ってきた。

「女房、早く酒を持ってこい」

赤ら顔が怒鳴った。

妻が酒の入った徳利と碗を手に入ってきた。赤ら顔はそれを妻から奪い取るようにして酒を注ぎ部下たちに回し、一気に飲み干した。

「金、おまえも飲め。女房もどうだ。今夜が亭主との別れの夜になるぞ。おまえの亭主は李の家のように宝物を何ひとつ出さないから労役に連れて行く」

「そ、それはかんべんして下さい。この人は心臓が悪いんです。重い物を運んだらいっぺんに死んでしまいます」

「うるさい。共産党員の倅を産んでおいて何がかんべんしてくれだ。李の家のように宝物を出せ。そうすれば許してやる」

そう言われた時、妻が昌浩の顔を見た。

昌浩は目を逸らした。その視線をかたわらにいた部下が見逃さなかった。

「隊長、この家には何かありそうですぜ。おい、正直に出した方が身のためだぞ。でなけりゃ家を叩き壊わしても探し出すぞ」

「わかりました。私たち二人が死んだ後の墓と供養料と墓守への代金にと思って取っておいたものがあります」

「死んだ後の供養料だと、面白い。それを防衛軍に差し出そうと言うんだな」

「見てのとおり、こんな家ですから、それだけしかありません。ちいさな粒が少しだけです」

昌浩は妻に報せるように言った。

「御託はいいから早く出せ」

「わかりました。おまえ、あれを」

妻は衣服の中から綿を出して赤ら顔の前に置いた。

赤ら顔は興味深そうに綿を取ると笑いながら中を指でまさぐった。

「おう、これは金じゃねえか。ひとつ、ふたつ、みっつ、これだけか。女房の身体を調べろ」

部下が立ち上がって女房の腕をつかまえた。

昌浩は男にすがって、それ以上何もありません。本当です。ですから乱暴はやめて下さい、と乞うた。それでも二人の部下は妻の衣服を剝がし、それを手で振って何もないかをたしかめた。

「それだけのようです」

「そうか。まあいい。これだけありゃ充分だ。やはり李の家の者が言ったとおりだ」

昌浩は握り拳に力を込めた。床に放られた衣服を拾い、泣き崩れている妻に渡した。

「よし、よく出したな。おまえの労役はかんべんしてやろう。村の役人が来てもこのことは喋るんじゃないぞ。わかってるな」

「は、はい」

「金、こんなご時世だ。墓なんぞ建ててもアメリカの爆弾で吹っ飛んでしまうさ。ハッハハハ」

赤ら顔が笑うと部下たちも笑い出した。

門を出て行くまで笑い声が聞こえた。

昌浩が嚙んでいた唇から血が滲んでいた。背後で妻が泣き崩れた。

国連軍と韓国軍は、再び攻撃に転じ、三月の総攻撃でソウルを奪還した。その後三十八度線まで戦線を上げたがそれ以上の侵攻はしなかった。

四月、中国、北朝鮮軍は猛反撃を開始した。国連軍の米空軍部隊は一週間で千百回もの出撃をし、途方もない量の爆弾が投下され、一週間の戦闘で中朝軍の死者負傷者は合わせて七万五千人から八万人といわれた。この戦況をモスクワで聞いたスターリンは、毛沢東にしばらく戦線を拡大させない作戦をとるよう打診し、毛沢東は従った。両軍が目の前に集結していながらどちらも攻撃をしかけないという奇妙な膠着状態を作ることになった。

トルーマン大統領はこの膠着状態を歓迎していた。世界情勢を見渡せば、第二次大戦後のヨーロッパでの米ソの力関係はアメリカ合衆国に有利なものとなっていなかった。スターリンは東欧をはじめとして共産圏の拡大を強引に押し進めていた。戦争の見通しがつかない朝鮮半島の状況よりも、トルーマン大統領は極東アジアの情勢を安定させるために、まず日本を共産勢力が手を出せない立場にしたかった。日本の独立を世界に認めさせるために講和条約を各国と批准させたかった。日本も国連加盟を強く望んでいた。

スターリンも朝鮮半島からアメリカを追い出すことにかかる兵力と時間が想像以上に大きいことを認識していた。

アメリカとソ連、両者がそれぞれの腹の内を探るかのように停戦に向けて動きはじめた。


穴倉に潜んでいる要子の弟、吾郎と、宗次郎の長兄の子供を救出し、日本に連れて帰るために趙と崔の二人が日本を出て十日が経とうとしていた。

この日、敷地内にあらたに建てられた広間で宗次郎の父と長兄の葬儀が行なわれた。

韓国式の葬儀はこの町に住む半島出身の年配者の手で準備された。

祭壇にたくさんのご馳走が赤、紫、黄色の鮮かな錦織の上に並べられ、弔問客には酒とご馳走が振る舞われた。下関から泣き女が呼ばれ、哀号、哀号……と泣く声と韓国楽器の演奏の音が夜遅くまで続いた。

並べられたふたつの棺《ひつぎ》の中は勿論、空だった。

この日、要子は生まれて初めて夫の涙を目にした。

それは葬儀がはじまってほどなく、葬儀の世話役が本国特有の葬儀の言葉を詠《うた》うような調子で話しはじめた時だった。

「――父はこの世でただ一人の父であり、兄はこの世でただ一人の兄である。哀しいかな大切な父と兄を一度に亡くし、こんな哀しいことはない。子は父を敬い、兄を敬い、その葬儀をここに行なう。立派なことだ。父も兄も喜んでいる。父は子のことをあの世に行っても思い続けているだろう……」

朗々と詠われる葬儀の言葉を聞いていた時、突然、宗次郎が嗚咽した。

要子は思わぬ夫の姿に驚いたが、これが当り前のことだと思った。十三歳の時、片道だけの船賃を手に一人で半島を出て、今日まで自分の力ひとつで頑張ってきた宗次郎だが、やはり父親と兄への思いは要子には計り知れぬほど篤《あつ》いものがあるに違いない。

泣き出した父親を見て、娘三人が大声で泣きはじめた。直治も泣き出した。普段、涙を見せない父親が悲しそうにしているのを見て子供たちも悲しくなったのだろう。要子も切なくなった。直治が宗次郎の所に行き、宗次郎を慰めるかのようにすがりついた。宗次郎は直治を抱いてまた泣きはじめた。

葬儀が終った翌朝、宗次郎は権三とともに神戸に出かけた。

また新しい仕事がはじまるので、銀行の融資を受けるためだった。日本の銀行は半島出身者の経営する事業に貸付けをすることはほとんどなかった。ましてや瀬戸内海沿いの港町の銀行は融資の話さえしようとしなかった。関西方面で事業をしていた半島出身者が集まり、新しい信用組合を設立していた。その信用組合からの融資を紹介してくれる人がおり、宗次郎は出かけて行った。

「事業をするにしてもこの町では限度があるのかもしれんな。おまえは皆して大阪か名古屋に移り住むのをどう思う?」

先月、要子は宗次郎から訊かれた。

「私たちはあなたがお決めになったことならどこにでも行きます。そんなことは気をお使いにならなくとも結構です」

「そうか……、わしはあの大きな街で他の者に引けを取らずにやっていけると思うか」

要子は宗次郎の顔を見た。

「何だ？　その目は」

「いいえ、あなたにしては珍しいことをおっしゃると思いまして。どこに行ってもあなたはやって行けます」

「……そうか。そうだな」

要子は宗次郎がこの春から娘が使っている教科書を取り寄せ、日本語とローマ字の勉強をはじめているのを知っていた。

ローマ字の勉強は日本にアルファベットの文字の製品や店舗の名前が増えてきたからである。食事の後、居間で鉛筆を舌先で舐めながらノートにアルファベットの文字を声を出しながら何度も書いている姿を見て、要子は夫の何事にも努力する姿勢に感心していた。要子もアルファベットの勉強をはじめた。

長女のヒロミの教科書を時折、読んでみることがあったが、要子が女学校に通っていた頃と内容がまるで違っていた。算数などはずいぶんと難しい計算問題があり、ヒロミに聞いてみることもあった。他の教科書も戦前のものに比べると、読み易かったし、印刷も色がたくさん使われカラフルだった。

社会の教科書をめくっていて、朝鮮半島の名前が韓国とだけあって、北の方は北朝鮮という国名も記されていなかった。地図で見ると、日本に一番近い国なのにそこに行けないことが淋しく思われた。

神戸での交渉が順調に進んだ宗次郎は上機嫌で帰ってきた。

宗次郎が家に戻った翌日、下関の取引先で趙を紹介してきた男が韓国の様子を報せにきた。

客間に茶を運んで行った要子は宗次郎の苦々しい顔と悔しがる声を聞いた。

「何、それは本当か」

「はい、晋州一帯だけでかなりの数の者が殺され、逮捕されたそうです」

男の言葉に宗次郎は権三を見た。

「大丈夫でしょうか」

権三が訊いた。

「晋州一帯と言えば、あの連中が潜入しているど真ん中じゃないか」

男はさらに話を続けた。

「それで趙との連絡を受けに行った者が二日に一度よこしていた連絡がぷっつり途絶えたと言ってきました」

宗次郎の顔はますます苦々しいものになった。

「まだ北朝鮮軍が山の中に残っていたのか。とっくに逃げ帰ったと思っていたが……」

「村人が彼等に協力していたようです。大勢の村人が殺されたと言ってました。ゲリラもいたという話です」

「その村の名前はわからないのか」

「はい。そこまでは……。ともかく趙からの連絡を待ってみます。それがないようなら誰かを様子見にやらせます」

「そうしてくれ」

宗次郎は言って権三に目配せした。

権三は男と出て行った。

「あなた、使いの人たちは無事なのでしょうか」

「うん、趙のことだから何とか生きのびているとは思うが、もう一人の崔が無事かどうかはわからんな」

要子は二人の男の顔を思い出し、無事でいてくれればと思った。

――戦争はまだ続いているのだ……。

北朝鮮軍の残党、ゲリラという言葉を聞いて要子は弟の吾郎と両親の顔が横切《よぎ》った。

五日後、宗次郎の願いに反して、趙が晋州での反乱事件に巻き込まれていたことがわかった。趙は負傷して、釜山まで辿り着き、今は匿われているということだった。崔の方は行方がわからなかった。

宗次郎は権三と下関に行った。

宗次郎を玄関で送り出した後、台所にむかおうとしている要子の目に庭先で空を見上げているヒロミとヨシミの姿が見えた。

「どうしたの、二人一緒に空を見て」

要子も空を見上げた。

勢いよく千切れ雲が流れていた。初夏にしては珍しく強い風が上空を吹いているようだった。

今朝のラジオの天気予報では東シナ海から来た台風が接近して、今日の夜くらいから天気がくずれると言っていた。

「母さん、明日は雨なの？」

ヨシミが不安そうな顔で訊いた。

――そうか、明日はヨシミにとって初めての遠足の日だ。

「どうかしらね。明日は遠足だものね」

要子はもう一度、空を仰いだ。

どうやら雨になりそうな雲行きだ。

「そうだ。明日がいい天気になるようにテルテル坊主をこしらえましょう」

要子の言葉に二人の顔が明るくなった。

夕刻前になると風はますます強くなった。

林たちは、夕食も摂らず雨合羽を着込んで桟橋の船を湾の奥に避難させるために出かけた。

軒のテルテル坊主が勢い良く揺れていた。

六時を過ぎて、学校から連絡が入り、遠足が中止になったことが告げられた。

それでも要子は二人に遠足用の弁当をこしらえてやった。

直治は加代から貰った厚焼きタマゴを両手で持って食べている。

台所の木戸が風で音を立てていた。

要子は加代に若衆を呼びに行かせた。時夫がやってきた。

「時夫さん、台風になるようだから母屋の戸締りをして下さい。海側の窓と戸には必要なら釘を打ち付けてもいいですから」

「わかりました」

五月の台風は珍しいことだった。

ぽつりぽつりと強風の中に雨が混じりはじめた。

唸り声のような音を立てる夜の空を要子は見上げた。


翌日の朝から強風と時折、激しい雨が韓国の慶尚南道の全域を襲っていた。

昌浩も早朝、畑に出たがすぐに家に引き返してきた。

野良仕事をしていた他の田畑の村人も同じように引き揚げていた。

「ひどい天気ですが、鶏小屋は大丈夫でしょうか」

妻が心配そうな顔で訊いた。

「そうだな。台風の進路にもよるが、蒲団を棚の上の方に移動させておきなさい。床下の甕は私がやろう」

「まだあの子に食事をやっていません」

「なら早くしなさい」

昌浩は床下に入り、並べてあった甕をひと所に集めて縄でひとまとめに縛り上げた。

外に出ると頬を叩くような風が吹きつけてきた。昌浩は海側の空を見た。この辺りは外海から離れているが入江が深く入り込んでいて海から寄せる風は何の障害もなくここまで吹き抜けてくる。台風の襲来が外海の満潮時と重なればかたちだけの堤防はあっさり崩壊してしまうだろうし、この一帯に何本も流れている大小の川も一気に氾濫してしまう。何年かに一度、この地域は台風のひどい被害に遭うことがある。

昌浩は家の周囲の土塀を見て回った。崩れそうな箇所はなかった。玄関の戸を外から打ち付けた。

海側の床下に仕舞っておいた農具を山側の床下に移した。庭の西側の柿の木の枝何本かを斧で叩き落した。

あとは鶏小屋である。

地面の上に置いただけのようなものだから突風がくれば吹き飛んでしまうだろう。そうすると……。

昌浩は鶏小屋が吹き飛んだ時の息子の姿を想像してすぐ作業にかかった。

昌浩は納屋の軒下に吊しておいた荒縄を下ろし、秋に刈り入れた稲を干す古木を出し、鋸《のこぎり》で適当な大きさに切った。斧で切り口を削り、それを鶏小屋の周囲に打ち込み、荒縄で斜交《はすか》いに屋根の上をおさえるように括り付けた。鶏小屋を左右に動かしてみた。たしかに頑丈になったが横風にあおられたらどうなるか自信がなかった。

昌浩は鶏小屋の中から二羽の鶏を覗き込んで言った。

「おまえたち大きな台風が近づいておるぞ。もしかしてこの小屋が吹き飛ばされるかもしれんから、その準備をしとくんだぞ」

「どのくらいの台風ですか」

息子の声がした。

「かなり大きな台風だ。おまえは覚えているか。三田尻の堤防が決壊して家の一階まで浸水した時のことを」

「覚えてます」

「ここは海から離れているから浸水はないだろうが、それでも雨と風で川は氾濫するかもしれない」

「ここは大丈夫なの」

「わからない。しかし危険になったら家に入れるよう準備しておく。安心しなさい」

「…………」

息子の返事はなかった。

かわりに鶏が声を揃えて甲高く鳴いた。

動物は危険を察知すると、そこからいち早く移動する習性を持っている。鶏たちは察しているのだろう。普段なら鶏は家の中に入れてやるのだが、それでは息子が不憫である。

昌浩は念のため妻に握り飯をつくらせ、息子に持って行くように言った。

夜になって風はますます強くなり、大粒の雨が降り、母屋の木戸が激しく音を立てた。

「あなた、私、鶏小屋を見て来てよろしいでしょうか」

「私が見て来よう」

昌浩は裏庭に出た。

強風の中で鶏はけたたましい声で鳴いていた。その声を聞いていて、昌浩は近所の村人が鶏の声に気付いて怪しく思うのではと思った。

昌浩は二羽の鶏を捕えて家の中に入れようと鶏小屋に入った。中を覗いて昌浩は目を見開いた。

床板が剝がされていた。

「五徳、五徳……」

名前を呼んだが床下に息子はいなかった。

鶏が外に飛び出した。

昌浩は小屋を出て周囲を見回した。声を押し殺すようにして息子の名前を呼んだが、強風と雨音にその声は近くの者にも聞こえるはずはなかった。

昌浩は鶏小屋の背後の塀から首を出し外を覗いた。闇の中に人の悲鳴に似た風音がするだけだった。

昌浩はすぐに家に戻り、雨合羽を着はじめた。

「どうしたのですか。何があったのですか」

「あの子が穴から出てしまった」

「えっ、逃げ出したんですか」

「わからん。おそらくあそこにいては危険だと思ったのだろう。わしの考えが甘かった。探しに行ってくる。おまえはここにいなさい。この台風だ。あの子も家に戻ってくるかもしれん」

「わかりました」

「握り飯を持って行ったのはどのくらい前だったか」

「二時間ほど前です」

「二時間か、わかった。穴の中に靴は入れてやっていたな」

「はい。あなたが何かの時のためにとおっしゃって……。あの子はどこに行ったのでしょうか」

「わからん。ただ村の他の家もこの台風なら外に出てはいないから、まだ探しようがある」

そう言って昌浩は外に飛び出して行った。

五月には珍しい大型の台風が慶尚南道全域を襲った。

彼は門の外に出ると、家の前を流れる川が海に続く下流の方角と臥龍山のある山の方角を交互に見た。

――五徳はどちらにむかったのだろうか。

昌浩はもう一度、海の方角を見て、次に山の方を睨んだ。

そうして臥龍山にむかって走り出した。

手に鍬を握っていた。もし誰か村の者に見つかったら、田の土手を崩し溢れた水を出しに行くのだと言うためだった。そんな昌浩の心配は無駄のようだった。人影はおろか村の家々には灯りも点っていなかった。

妻は二時間前に握り飯を五徳に持って行ったと言っていた。二時間ならそう遠くまでは行っていないはずだ。

彼は走りながら闇の中を目を凝らして見つめた。やがて田圃のある一帯は過ぎて山道にかわった。少しずつ勾配《こうばい》がつきはじめた。吹きつける風で身体ごと飛ばされそうになる。昌浩は上半身を風の方角に傾け、先を急いだ。やがて前方に山門が見えてきた。

――この寺のどこかにいるのだろうか。

昌浩は境内に入った。奥の本堂から立ち並ぶ伽藍《がらん》を目を開いて息子の姿を捜した。人の気配すらなかった。僧侶のほとんどが戦争にかり出されているのだから当然だった。伽藍の間に立つ松や欅《けやき》、樟《くすのき》の木が風に大きく揺れ、人の悲鳴のような音を立てていた。

昌浩は腹に力を込めて息子の名前を呼んだ。

「五徳、五徳、いるのなら出てきてくれ。私だ。父の昌浩だ。五徳、五徳……」

力をふり絞って声を上げたが、返答はなかった。

彼は本堂の屋根のむこうにかすかに浮かぶ山の稜線を睨んだ。

――もしかして……。

彼は臥龍山に登る道に繋がる寺の裏門にむかって走り出した。

ひとつ目の洞窟に入って昌浩は息子の名前を呼んだ。洞窟の中で木霊する自分の声を聞きながら返答を待った。返答はなかった。

ふたつ目の洞窟に入ると奥の方から物音がした。

「五徳、そこにいるのか。わしだ。父さんだ。迎えに来たぞ。一緒に家に帰ろう。五徳、五徳」

また物音がした。

彼は音がした方に洞窟を下りて行った。岩肌が苔《こけ》で光っていた。彼は苔が天井にむかって生えている柱のような岩を手に持った鍬で叩いた。乾いた音が洞窟の中に響いた。

突然、突風が襲ったような音とともに周囲から一斉に黒い影が飛んだ。驚いて天井を見上げると無数の蝙蝠《こうもり》が洞窟の中を飛び回っていた。

――音の正体はこれか……。

それでも彼は蝙蝠の羽音を掻き消すほど大きな声で息子の名前を呼んだ。

三つ目、四つ目の洞窟を巡りながら昌浩は不安になった。

――もし五徳が海の方にむかっていたら……。

彼は首を横に振り、もし自分が息子の立場であったら、この雨と風の中をさらに激しい風雨に晒される海にはむかわないと思った。

海のそばで生まれ育った息子ならそのくらいのことはわかるはずだ。

――はたしてそうだろうか。

その時、彼は自分が息子のことを何ひとつ理解していなかったのではと思った。

日本を離れる時、桟橋で船から海に飛び降りて泣き叫んでいた息子の姿が浮かんできた。姉の名前を呼んでいた息子の本当の気持ちをわからずに祖国に無理に連れ帰ってしまったのではと悔みはじめた。国に帰ってからも叱責するばかりでゆっくり話も聞いてやっていない。

息が荒くなりはじめた。

無理をして山道を走ったのがいけなかったのかもしれない。心臓の動悸がたかまった。

――こんな時に……。

彼は舌打ちし、岩の上に腰を下ろして動悸がおさまるのを待った。

五つ目の洞窟の半ほどで昌浩は岩に腰を下ろし、休息した。今しがた出てきた洞窟からこの洞窟にむかう途中でまた動悸が激しくなった。彼は洞窟に入ったが声を上げることができなかった。声を上げたら心臓がどうなるのか不安だった。洞窟の中は外の雨や風が嘘のように静かだった。

一刻も早く息子を見つけて連れ戻さねばという気持ちもあったし、家に残した妻のことも心配だった。彼は自分の身体のためにあせる気持ちを抑えようとした。

動悸は少しおさまったが、頭が朦朧としはじめている気がした。

『気分が悪くなったらすぐにその場で安静にするようにして下さい』

彼は二年前に釜山の病院で診察してくれた若い医師の言葉を思い出した。日本で医学を勉強したというその医師は懇切丁寧に症状と対処法を教えてくれた。

『金さん、無理をしないことです。農作業もしばらくはこれまでの半分の労働にして下さい』

『先生、それでは暮らしていけません』

『金さん、死んでしまっては残された人はもっと暮らしていけませんよ』

『………』

昌浩は黙るしかなかった。

渡された薬は高価だった。三ヵ月で薬はなくなった。それっきり病院へは行かなかった。近在の漢方医に調合して貰った薬も効いたのかもしれない。それでも何とかやってこられた一番の理由は息子がいつか家に帰ってくるのをこころ待ちにしていたからだ。

——釜山の若い医師が、発作が起きた時の対処法で何かを教えてくれた気がしたが……。

思い出せなかった。

眠くなった。こんな時に眠くなることが信じられなかった。頭を何度も振った。それでも瞼《まぶた》が閉じそうになる。

『そんな時はなるたけ眠らないようにして、何か歌でも口ずさんで下さい。そうでなければ静かに息を吐き出しながら、そう口笛でも吹いてみるのもいいでしょう』

『口笛ですか……』

『そう口笛です』

医師のあどけない笑顔がよみがえった。

村に戻ってから口笛を吹いたことはなかった。そんな暮らしではなかった。妻も体調を崩し、両親が亡くなった。息子は野良仕事を嫌がった。知人の伝《つて》で釜山で就職させたが、それも長続きしなかった。

昌浩は五徳を叱責した。妻は息子を哀れんで泣いていた。夢と希望を持って帰ってきたはずの祖国は引揚者たちに冷たかった。父の代からの田圃と帰国して買い求めた田圃を小作農を使ってどうにか守ってきたが、突然の戦争は小作農たちを兵役にとり、戦場に連れ去った。その上、息子までが失踪《しっそう》し、村の若者たちの潜伏場所を北朝鮮軍に密告したのではないかという嫌疑までかけられた。戦況が逆転しても息子も小作農も戻ってこなかった。昌浩一人の手ですべてをみることができる広さではなかった。

ようやく息子が戻ってきたが、洞窟で息子を殺された家の者は息子を探し出して仕返しをしようとしていた。

可哀相だが、穴を掘って、その中に匿うことにした。口笛を吹く気持ちになるはずはなかった。

――またたく間に六年が過ぎた……。

昌浩は朦朧とする頭の中で呟いた。

——この六年は何だったのだ？

家族にとってこんな哀れな日々はなかった。

大きく息を吸った。ゆっくりと吐き出しながら口をすぼめた。かすかに音色が零れた。息を吐く度に音色は少しずつしっかりとしはじめた。

——口笛を吹くのはいったい何年振りのことだ……。

幼い頃に口笛を吹いた記憶はかすかにあったが、何か歌を吹いた覚えはなかった。

知らぬ間に音色がメロディーを奏でていた。

それは妻がよく口ずさんでいた彼女の故郷の歌だった。

鳳仙花《ほうせんか》の花が咲いたら
あなたが村に来る
鳳仙花の花が咲いたら
それを爪に染めて
あなたと歩こう
鳳仙花の花が咲いたよ
あなたを迎えに行こう

まだ若く、元気だった頃の妻の顔がよみがえってきた。この歌を楽しそうに口ずさんでいたまぶしい笑顔が浮かんだ。子供たちを抱いて仕事帰りの自分を迎えにやってきた妻、彼女に手を引かれた娘、息子の笑顔……、妻は子供たちともこの歌を歌っていた。

昌浩は頰に熱いものが伝わるのを感じた。

知らぬ間に自分が泣いているのがわかったが、涙を拭おうとも思わなかった。昌浩はくり返しこのメロディーを口笛で吹き続けた。

口笛を吹くことでかろうじて眠気を抑えていたが少しずつ音色は細くなり、消え入りそうになった。

その時、どこからともなく声がした。

それは歌声だった。今しがたまで彼が吹いていた歌だった。

「鳳仙花の花が咲いたら、あなたが村に来る。鳳仙花の花が咲いたら、それを爪に染めてあなたと歩こう。鳳仙花の……」

昌浩は声のする方を見たが、彼の視界はすでにおぼろであった。

揺れ動く視界の中に一人の人影が浮かんでいた。顔の輪郭はおろか性別も判断がつかなかった。

「父さん、父さん……」

昌浩は薄れていく意識の中でその声を聞いた。

彼は右手を人影に差しのべ、サンゴと幼い時に呼んでいた息子の愛称を口にしてゆっくりと倒れ込んだ。

昌浩は目を覚ました時、自分がどこにいるのかわからなかった。

頭の上の方で声がしたが身体を動かすことができなかった。天井に何枚もの札が貼ってあった。目を凝らして見ると、それが祈禱《きとう》の札だとわかった。頭を動かそうとしたが、思うようにならない。動くのは目の玉だけだった。

部屋の左右を見ると、どうやら我が家のようだ。

頭上で聞こえているのは妻の声だとわかった。妻を呼ぼうとしたが声が出なかった。必死で声を出そうとしたが無理だった。

——私の身体はどうなってしまったのだ。

昌浩は声を上げようと喉に力を込めた。力が入らなかった。

視界の中に人の顔があらわれた。自分を覗き込んでいるのは妻だった。

「ああ、あなた、ようやく目を覚まされたのですね。ああ、よかった。神さま、神さまありがとうございます」

妻は大粒の涙を流しながら彼の顔を両手で包むようにした。妻が触れているはずの頬にさわられている感覚がなかった。妻は彼の手を握って頬ずりをしていたが、掌にも指先にも感触がなかった。

「ああ、あなた十日の間も眠り続けていたのですよ。五徳があなたを連れて帰った時は、あなたの心臓は止まってしまいそうでした。私はどうしていいのかわからず実家に行き、姉から行者さまを呼んでもらいました。その方が薬を下さって心臓を戻してくれたのですよ」

妻の言葉で彼は五徳が無事なのだとわかった。

彼は妻に身体が動かないことと声が出ないことを伝えようとした。妻はただ泣き続けて彼の頬や髪を撫でるだけだった。彼はまたたきをして裏庭のある方に目の玉を動かした。

「大丈夫です。五徳は自分で穴の中に入ってくれました。村の人には気付かれていませんから」

妻はそう言って思い出したように立ち上がり昌浩の頭の上の方へ行き、祈りをはじめた。それから長い間、同じ祈りの言葉を何度も口にし続けていた。

昌浩は五徳が穴の中に戻ってくれたと聞いて安堵した。しかし自分の身体がこんな状態では遅かれ早かれ妻も息子もどうしようもなくなってしまうと思った。

朝夕、妻は彼の口に指を入れ粥のようなものを流し込んだ。ひどく苦かった。それが行者のくれた薬だった。

彼女は息子の食事を運ぶ時と、昌浩に薬を与え排泄の世話をする時以外はずっと祈り続けていた。

何かに取りつかれたように祈る妻の声を聞きながら、

——もう祈るしかないところまで来てしまったのか……。

と昌浩は思った。

積乱雲が海の方角から空にむかって盛り上がって行くのを要子は縁側の隅に立って眺めていた。

梅雨の晴間ではあるがひさしぶりの青空が海辺の街にひろがっていた。

——あの台風は大丈夫だったのだろうか。

二週間前、日本にむかっていた台風が進路を西にかえ、朝鮮半島の南部に大きな被害を与えたという新聞報道を読んだ。

韓国の情報は新聞とラジオ以外ほとんど入ってこない。

戦争はまだ終る気配がなかった。

夫の宗次郎が二人の男にたくした弟の吾郎と宗次郎の兄の子供たちの救出は、晋州で勃発した北朝鮮のゲリラ兵の反攻に巻き込まれてしまい失敗した。

二人の男のうち趙は負傷して釜山の病院に入っていることがわかったが、崔という男は消息もつかめないと聞いた。

宗次郎はゲリラの事件があった村がどこなのかを調べさせていたが、その村が晋州より北にあったことを知って安堵していた。

釜山の趙から連絡が入り、救出は無理にしても村まで様子を見に行ってくるという。

宗次郎からその話を聞かされた時、要子は趙の身体を心配した。

「あの方はそんな身体で動いて大丈夫なんでしょうか」

「本人が行くと言ってるのだから心配はいらんだろう」

「女将さん、心配はいりません。あれは何度も弾の中を潜ってきた男です。それに責任感の強い男ですから……」

権三が言った。

その報せを受けてから二十日余りになる。

趙からは何の連絡もない。

——やはり大変なことをしようとしているのだ……。

要子はあらためて朝鮮半島が遠い国なのだと思った。

空を見上げていた要子のそばを黒い影が横切った。影のむかった先に目をやると燕《つばめ》が柳の枝に戯れるようにして母屋の軒に消えた。

燕が巣作りをはじめているのだ。

この町には台湾や韓国などからたくさんの燕が渡ってくる。初夏に渡ってきた燕は相手を見つけ番《つがい》となり、巣作りをして卵を産み、仔を育て、秋になれば皆して去って行く。親燕は自分たちが巣作りした場所を覚えていて同じ場所に帰ってくる。前の年に生まれた仔燕も成長して戻ってくると自分たちが生まれ育った巣の近くに新しい巣をこしらえる。

要子はそっとお腹に手を当てた。新しい生命は確実に育っていた。

両親と弟と一緒に暮らしていた時は燕が無事に成長し、次の年も元気に帰ってくれることだけを祈ったが、去年から空を自由に飛んで行ける燕たちが羨ましく思えた。できるものなら彼等に自分の思いを伝えて、吾郎や両親に届けて欲しいと思う……。

「女将さん、女将さ〜ん」

要子を呼ぶ時夫の声がした。

台所から表に出ると、時夫が笑いながら、

「佐伯のオッサンが来ました」

と嬉しそうに言った。

玄関の方に目をやると、佐伯次郎が大きな荷物を肩に担いで入ってくるのが見えた。

「あら佐伯さん、お帰りなさい」

「やあ奥さん、今回はいい布地が手に入りましたよ。それに目玉の品物もあります」

佐伯は笑って言った。

佐伯は二年前から高山の家に出入りするようになった行商人だった。年に何度か東京や大阪に行き、注文を受けた品物を買いつけてくる。宗次郎も彼にアメリカ製の工具や電化製品を頼んだりしていた。

佐伯は戦前、横浜に住んで、外国人専門のナイトクラブでバンドマンをしていた。要子は彼に布地を注文していた。子供たちの洋服を作ってやるのに気に入る布地がこの辺りでは手に入らなかった。佐伯はセンスが良かった。家の若衆たちもライターやベルトなどの装飾品を彼に頼んでいた。

「佐伯さん、母屋は虫干しをしてるから今日は東の広間の方で見させて貰うわ。少しだけ時間を下さい。それまで若衆の品物があったら、そちらを先にしていて下さいな」

「わかりました」

要子が用を済ませて広間に行くと中から時夫の大きな声がした。

「そりゃ佐伯のオッサンよ、作り話だろうが。俺を田舎者と思ってからかってんだろう」

「そうじゃないって、もうすぐこの町にもやってくるって」

「俺は信じないよ。そんなことができるわけがないものな。なあ林さん、そうだろう」

時夫がかたわらにいた林に言った。

「俺はわからねぇな。佐伯さんが言うんだからそれもありじゃねぇのかな」

「本当だって、ここの人たちは遅れてんだから……」

佐伯が呆きれた顔で言った。

「何の話をしてるの」

「女将さん、佐伯のオッサンが、隣町でやってる野球の試合が同じ時間にこんな箱の中で見ることができるって言うんですよ」

時夫がむきになって説明した。

「箱って何のこと?」

「奥さん、テレビですよ」

「ああテレビね。話には聞いたことがあるわ」

要子が言うと時夫は目を丸くして、

「えっ、女将さんも知ってるんですか。そんなもの本当にあるんですか」

と素頓狂な声を上げた。

「うちの人から聞いたことがあるわ。アメリカでは家族でテレビを見てるって」

「ほらみろよ。俺が出鱈目を言うもんか」

「そのテレビがどうしたの?」

「ええ、実はこの目で見てきたんです」

「へぇ〜、そうなの。どんなふうなの?」

「先月、東京の三越デパートでテレビの中継をやるっていうんで見学に行ったんです」

佐伯の話では後楽園球場で行なわれたプロ野球の試合をスタンドに備えつけたテレビカメラが

撮影し、それを日本橋のデパートに設置した受像機が同時刻に映し出したという。

「いや驚きましたよ」

佐伯が感心したように言った。

「俺は信じないな。じゃ川上や千葉がこんなちいさな箱の中に入ってるってことじゃないか」

唇を尖《と》がらせて言う時夫を見て要子は苦笑した。

「時夫君が言うのも無理はないわね。電波に乗って飛んで来るって聞いたけど、私にもよくわからないもの」

「だからそこに入ってるんじゃなくて映像が映ってるだけなんだって」

「奥さん、こんな大きさの箱の中にジャイアンツの選手が入ると思いますか」

「いや俺は信じない」

時夫は腕組みしたまま怒ったような顔をしていた。

「そう言えばジャイアンツはセ・リーグを独走だな」

話を聞いていた若衆が言った。

「当り前だ。打撃の神様の川上がいるんだからな」

「パ・リーグの方は南海と西鉄と毎日の争いになりそうだな。毎日が優勝すれば去年に続いて二連覇だな」

「いや日本一はジャイアンツだ」

日本のプロ野球は去年から二リーグ制になっていた。セントラル・リーグとパシフィック・リーグに分れ、各七チームがペナントをかけて一年を戦い、それぞれの優勝チームが日本一をかけて戦う方式になっていた。

プロ野球の人気は高まる一方で、大人から子供までが空地で野球をするようになっていた。

要子も直治と散歩している時、原っぱで野球をしている少年たちを息子が興味深く見ているのを知っていた。

佐伯が開いた行李の中には娘三人のためにに注文しておいたワンピースの布地が入っていた。スカイブルーとピンクのギンガムチェックの布地を要子はとても気に入った。何色かのリボンもとても可愛いものだった。

佐伯は最後に丸い箱を出した。

「これは奥さん、きっと喜ばれると思いますよ」

差し出された箱を開くと中から水玉模様の夏帽子が三つ出てきた。娘の数だけ揃えてあった。

「あら、これは素敵ね。嬉しいわ」

「気に入って貰えてよかった」

佐伯が満足気に頷いた。

要子は佐伯から東京の様子を聞いた。

「行くたびに街がかわっていますね。あちこちにビルが建って、そりゃたいした賑わいです。高山さんも事業を広げられるなら東京ですよ」

「私はこの町がいいわ。住み易いし、皆いい人たちだし……」

佐伯は講和条約が今年のうちに結ばれるだろうと話していた。

要子は話を聞きながらブルーとピンクの布地の上に三つの夏帽子を載せて微笑んでいた。

七夕の笹飾りを片付けていた午前中、下関に出かけていた宗次郎が権三と帰ってきた。

宗次郎の様子がおかしかった。

権三を見ると夫と同様に暗い表情をしていた。

宗次郎の着換えを持って行くと、少し休みたいから昼過ぎに起こすように言われた。夫の顔には疲労の色が出ていた。

要子が権三にその旨を伝えると、権三は、オヤジさんが起きられる時分に戻ってくる、と言った。

――何があったのだろうか。

要子はお手伝いの加代に宗次郎が休んでいることを伝え、目覚めたら素麵《そうめん》を出すから準備して欲しいと言った。

「どうかなさいましたか、奥さま」

「どうもしないわ」

「少し痩せられた気がします。心配事でもおありでしたらおっしゃって下さい。お腹の赤ちゃんのこともありますし」

加代が心配そうに言った。

「ありがとう」

要子は宗次郎が目を覚ますまで庭に出て木槿《むくげ》の花を見ていた。美しいこの花は一日でしぼんでしまう。はかない故にこんなに美しいのだろうかと思う。

昼の一時を過ぎると宗次郎の呼ぶ声がした。

寝室に素麺を運ぶと宗次郎はそれを半分食べて、権三を呼ぶように言った。

二人は奥でひとしきり話をしていた。権三が部屋から出て来て要子に宗次郎が部屋に来るように言っていると伝えた。

要子は廊下を歩きながら嫌な予感がした。

「そこに座りなさい」

要子がむかいに座っても宗次郎は黙ったままでいた。

「何があったのですか。弟や、両親のことでしょうか」

「それはあとで話す。わしの兄の子供たちはすでにどこかに貰われたらしい」

「そんな……」

「どこまでたしかな話かはわからんが、ともかく家に子供たちはいなかったようだ」

「趙さんが見てきて下さったのですね」

「そうだが……、趙は死んだ」

「えっ」

「釜山沖で哨戒艇《しょうかいてい》に見つかり、追跡されて逃げ切れなかったらしい。趙に雇われた男が下関になんとか辿り着いて、そのことを伝えに来た」

「何ということでしょう」

「それでおまえの家のことだが……」

夫はそう言って古い革袋を机の上に出し、中から一通の手紙を取って要子に渡した。

「この手紙はわし宛になっている。おまえのお父さんからだ。おまえも読んでおいた方がいいだろうと思ってな……」

要子は手紙を出して読みはじめた。

達筆であった父の文字が、子供が綴ったように千切れ千切れになっていた。

文面を読みはじめると文字が乱れている理由がわかった。父は病いに伏せっていたのだった。

涙が溢れ出した。

高山宗次郎殿

この手紙を使いの趙氏にたくします。初めに文字が乱れて読み辛いことをご容赦下さい。心臓の具合いが思わしくなく一ヵ月余り寝込んでおり、手足の自由がききません。孫の写真拝見しました。しあわせそうな様子に私も妻も喜んでいます。立派な人に嫁いで要子もしあわせです。ありがとう。先般、さまざまなものを送って頂き皆大変に感謝しています。さてこちらの事情は趙氏に伝えたとおりですが、いささか事情が変わっています。私が病いに倒れたため妻が一人で私とあれの世話をしてくれています。その妻も体調が悪いのです。このままではいずれ三人ともひどいことになってしまうのはあきらかです。趙氏からあなたが私たち家族を救出するように言われた話を聞きました。ありがたいことです。しかし私には日本まで行く体力が残っていません。妻も同じです。せめてあれだけでも救ってやって下さい。私たちにはあなた以外頼める人がいません。どうかよろしくお願いします。

金古昌浩

要子は手紙を読み終えると口を両手でおさえて嗚咽した。

堪えようとしても涙が止まらなかった。

「す、すみません。すみません……」

要子は夫にただ頭を下げてそう言うしかなかった。

泣き崩れる要子に宗次郎が近づき肩を抱き寄せた。

「すみません。本当にすみません」

そう言って要子は夫の胸の中で声を上げて泣いた。

夫は黙って要子を抱擁していた。要子は泣くだけ泣くと肩で息をしながら夫の顔を見上げた。

宗次郎は要子の顔を両手で包み、

「そんなに泣くとお腹の赤ん坊がびっくりするぞ」

と笑って言った。

要子は唇を噛んで頷いた。

「心配するな。何とかしてみよう。おまえの親はわしの親だ。おまえの弟はわしの弟だからな」

その言葉を聞いて要子はまた涙が溢れた。夫の胸に顔を埋めて声を上げた。


吾郎たちを救い出すと言い切ってからの宗次郎の行動は迅速だった。

三年前、苦労して手に入れた新開地の土地を、以前から譲って欲しいと申し出ていた遊廓《ゆうかく》の経営者にあっさりと売却し、中古の運搬船を一艘、呉から購入した。あらたに機関長と船員を引き抜き、若衆を数人、宗次郎の船舶会社の方に移した。同時に下関から海運事務の達者な男を入れた。

　十日後には、その船の試航に立ち会い、それを見届けると、権三と若衆二人を連れ、下松《くだまつ》にある造船所に行った。

　要子は宗次郎が出かける前日、権三に新しい船を購入し、これまでの船を造船所に出す理由を訊いた。

「船を改良なさるんです。今よりもっと速度が出るようにです」

「今までのものだと古いのですか」

「そうじゃありません。あの船を改良して何かをはじめるおつもりなんだと思います」

「はじめるって何をでしょうか。新しい事務方の人もどういう理由で雇われたのか……」

　要子はこれまで宗次郎の仕事にいっさい関わったことはなかった。しかしこの半月の家の中のかわりようは以前にはなかったことだった。

「それは女将さんからオヤジさんに尋ねられた方がいいと思います。わしたちも何をなさるのかよくわからんのです」

「そうなの……」

　宗次郎の表情は普段と何ひとつかわっていなかったから、要子は自分が余計な心配をしたのかもしれないと思った。

　宗次郎が出かけてからほどなく、子供たちは学校が夏休みに入り、家の中は賑やかになっていた。

子供たちは朝早くから起き出し、近所の水天宮の境内にラジオ体操に行き、家に戻ってきて朝食を食べると、すぐに外に飛び出して行った。お腹が空いて昼に戻ってくる。そうして満腹になると蚊帳《かや》の中で皆が並んで昼寝した。三人の娘は見る見る大きくなっている。直治は独りで歩き出した。子供たちの成長に合わせるように要子のお腹も大きくなっていった。

これで五人目の出産だから格別心配していなかった。お腹の子供はこれまでで一番元気がよく思える。

——男の子ならいいのだが……。

要子は祈るような気持ちで呟いた。

宗次郎はもう一人男児を欲しがっていた。

韓国では昔から名家には二人以上の男児をこしらえる風習があった。もし何かの事故で長男を失っても次男がいれば跡継ぎにさせることができるからだ。

要子は宗次郎に嫁いで立て続けに三人の娘を産んだ。さすがに三人目が女児であった時は宗次郎の顔にも落胆の色が浮かんでいた。

『高山の奥さんは女っ腹じゃから、あそこには跡継ぎがでけん。可哀相に……』

『何でも宗次郎さんは別宅に女の人を囲ったという話じゃ。そりゃもっともな話じゃ。跡継ぎを産めん女は昔ならさっさと離縁されとったものな』

周囲からさまざまな陰口が耳に入ってきた。

それが、直治が誕生したことですべて解決した。

要子は加代のすすめもあり、夏になってからは昼に休みを取りはじめていた。

川の字に並んで寝ている子供たちのそばに要子は佇《たたず》んだ。

皆大きな病気もせずに育ってくれている。宗次郎について夢中で働いているうちに家の中はこんな大所帯になった。

直治がちいさな笑い声を上げた。見ると眠りながら口元に笑みが浮かんでいる。何か楽しい夢でも見ているのだろう。

——この子が大人になった時、この家はどんなふうになっているのだろうか。

二十数年先のことなど想像もつかなかった。それでも皆を無事に一人前の大人に育てなくてはいけない。それが自分の仕事だ。

——こうして皆が一緒にいればどんな苦しいことも乗り越えられるはずだ……。

そう思った途端、韓国にいる父の手紙の文面がよみがえった。

『……妻も体調が悪いのです。このままではいずれ三人ともひどいことになってしまうのはあきらかです。……私には日本まで行く体力が残っていません。妻も同じです。せめてあれだけでも救ってやって下さい。私たちにはあなた以外頼める人がいません。どうかよろしくお願いします』

手紙とはいえ父がこんなふうに人に物事を頼むのを要子は初めて見た。

——よほど苦しい目に遭っているのだ。

要子の耳の奥から宗次郎の声がよみがえった。

『心配するな。何とかしてみよう。おまえの親はわしの親だ。おまえの弟はわしの弟だからな』

その言葉を聞いて要子は泣き崩れた。

これまでも近所の人や、韓国、朝鮮に帰らずに日本で懸命に生きている同胞の人などが厄介事に巻き込まれたり、窮地に立たされて要子に救済を求めてきたことが数多くあった。

その度に宗次郎に相談すると夫は相手を家に招き入れ、その窮状を黙って聞いた。そうして話をじっくり聞いた後で決って言った。

『××さん、心配はいりません。何とかしてみましょう』

宗次郎のその一言で相手は安堵し、畳に頭をすりつけ涙を流しながら礼を言った。

自分がまさか夫に助けを求めようとは思ってもみなかった。

それを口にできたのは直治が誕生してから宗次郎も家の中も、すべてがかわったからだった。

要子はすやすやと眠る息子の寝顔を見た。

少しずつ面立がはっきりとしてきた。

「目元は奥さまですが、顔の輪郭は旦那さまにとてもよく似ていらっしゃいます。きっと直治さんは旦那さまのような立派な殿方になられます」

加代はそう言って直治を誉めてくれる。

要子は息子の頰を指で撫でながら言った。

「あなたは私を救ってくれた救いの天使なのですか」

直治がむずかった。

その表情が、弟の吾郎の赤ん坊の時と瓜ふたつだった。

――吾郎はまだ地下の穴倉にいるのだろうか……。

要子は大きくため息をついた。

下松から船が三田尻の港に戻ってくると宗次郎はすぐに権三と林と光山《みつやま》という半島出身の若衆を連れて下関にむかった。

「ずいぶんとあわただしいんですね」

「三日もすれば戻る。もしかしてわしが戻る前に神戸から客が来るかもしれん。見えたら旅館に案内してやってくれ」

「何という方なのですか」

「佐倉という男だ。わしの戻る日を言えば相手は待っている」

「わかりました」

その日の夕刻、要子は先月新しく家に来た家族に二人の娘がいたので、洗濯しておいたヒロミとヨシミの古着を届けに母屋から彼女たちの棟に歩き出した。

途中、広間から東の棟にむかおうとした時、焼却炉のむこうから話し声が聞こえた。若衆が二人しゃがみ込んで話をしていた。一人は時夫の声だった。

「まさか、そんなことをオヤジさんはせんじゃろう」

「嘘じゃないって」

「けど海の上じゃ哨戒艇やらアメリカの軍艦がうようよしとるんじゃろう」

「だから船を改造して漁船のようにしたんじゃろう。おまえも昨日、港でうちの船のかわりようを見たろう」

時夫と話しているのはあらたに購入した運搬船に乗船することになった若衆だった。

「ああ、俺も見た。あんな色に船体を塗り替えてびっくりしたわ」

「それは哨戒艇から目立たんためよ」

「でも本当にオヤジさんたちは韓国に上陸するつもりなんじゃろうか」

要子は若衆の口から上陸という言葉を聞いて持っていた衣服を落しそうになった。

——あの人が半島に上陸？　まさか……。

日本から韓国への渡航は許可がなくては一切禁じられていた。

時夫が話し続けた。

「そうよ、だから朝鮮語が話せる光山さんと、林さんが選ばれたのよ」

「そう言えば権三さんはここしばらく難しい顔をしとるもんな。けどオヤジさんは韓国に上陸して何をなさるつもりなんじゃろうか」

「そりゃ新しい商売じゃろう」

「戦場に行って戦車でもかっぱらってきなさるんじゃろうか」

「おまえは馬鹿か。戦車なんかどうやって船に積むんじゃ。オヤジさんのことじゃからもっと……」

「もっと何じゃ？」

「もっと……、そのでっかいことをしなさるに違いねえ」

「そ、そりゃそうじゃ。オヤジさんが自分でわざわざ行きなさるんじゃからのう」

要子は咳払いをした。

それを聞いてあわてて二人が立ち上がった。

「あっ、女将さん、今晩は」

「仕事はもう終ったのですか」

「俺は今日は夜からです」

時夫が話を聞かれてはいなかったかと要子の顔を上目遣いに見て答えた。

もう一人の若衆も頭を掻きながら言った。

「俺の方は、今日は船が整備に出ましたから」

「あなたは秋に航海士の試験を受けるんじゃありませんか。勉強はしてるの」

「は、はい」

二人は自分たちの棟にむかって走り出した。

要子は衣服を届けると母屋に戻った。

直治が額に手を当て半べそをかいている。

「どうしたの？」

「走ろうとなすって壁に打ちつけられたんですよ」

加代が笑って言った。

要子の顔を見て直治が大声で泣き出した。

「はい、はい。こっちに来なさい。痛いの痛いの飛んで行け。ほら、これでもう痛くないでしょう」

直治は泣き止まない。

「ター君、男の子が泣いちゃだめでしょう」

それでも泣き止もうとしない。要子は直治の手を叩いた。さらに大きな声で泣きじゃくる。要子は加代に直治を預けた。

すみません、加代さん。ちょっと休みます、と言って要子は居間に入った。電気も点けずにソファーに座った。

先刻、二人の若衆が話していた言葉が耳によみがえった。

『本当にオヤジさんたちは韓国に上陸するつもりなんじゃろうか』

『そうよ、だから朝鮮語が話せる光山さんと林さんが選ばれたのよ』

要子には信じられなかった。

『上陸して何をなさるつもりなんじゃろうか』

——まさか夫は吾郎を救い出すために自ら韓国に行こうとしているのではなかろうか。

そんな無謀なことをする人ではない。時夫たちは変な噂を耳にして大袈裟に話しているに違いない。

要子は時夫を呼んで事の真相を問い質そうかと思った。問い質したところで、先刻の話以上のことを時夫は知るはずはないと思った。

権三が戻ってきたら聞いてみようと思った。そう言えば、先日、権三になぜ急に新しい船を購入したり、事務方を雇ったのかを訊いた時、様子が少しおかしかったのを思い出した。いつもなら何もかも要子に説明してくれる権三が、

『それは女将さんからオヤジさんに尋ねられた方がいいと思います。わしたちも何をなさるのかよくわからんのです』

とよそよそしく返答した。

夫がこれまで仕事のことで権三に秘密にすることなど一度もなかった。

——権三さんは何かを隠している……。何を隠しているのだろうか。

そう考えはじめると、時夫たちが話していたことは的が外れていないことのように思えてきた。

夫はこれまで危険な仕事もたくさんしてきたが、事情を知らない人たちからは夫の行動は無謀に映ったかもしれないが夫にはちゃんと活路が見えていたのだと要子は確信していた。

自分たち家族に悲しい思いをさせる人ではなかった。

——吾郎を助け出すために自分であの戦時下の半島に上陸しようとしているのか……。

そんなはずはない。

『海の上じゃ哨戒艇やらアメリカの軍艦がうようよしとるんじゃろう』

『だから船を改造して漁船のようにしたんじゃろう』

時夫たちの言葉が耳に響いた。

要子は頭が混乱してきた。


要子が暗い部屋で思い悩んでいた時刻、宗次郎を乗せた改造船は周防灘《すおうなだ》を越えて関門海峡を抜けて、響灘《ひびきなだ》から玄界灘にむかおうとしていた。

海上は暗黒につつまれていた。

月も雲に隠れて、左方にふたつ、右方にひとつ哨戒艇の船灯らしきものが揺れていた。

宗次郎は舳先《へさき》に立っていた。

「権三、あの右手の哨戒艇まではどの位の距離がある」

「二海里半というとこでしょうか」

「よし、二海里の距離まで近づいてみよう」

「わかりました」

権三が林に怒鳴った。

船はエンジン音をけたたましく上げて進みはじめた。

「ずいぶん潮の流れがきついのう」

「これでもまだ遅い方です。盆を過ぎると潮流がかわります」

「盆を境にか……」

哨戒艇との距離が二海里のところで船は停止した。見える船灯はじっとして動かない。

宗次郎たちはすでに響灘から三ヵ所で同じことをくり返していた。海に出てみると下関や唐津《からつ》で集めた朝鮮海峡の情報とはまったく違っていた。

春先に増えていた密航船の取締りが一段落して海上保安庁の船も春よりは減ったと聞いたが、その分、アメリカの哨戒艇がいたるところに停船していた。

哨戒艇の方はレーダーでこちらを確認しているはずだ。漁船に擬装してあるから哨戒艇は動かない。あきらかに敵の船と推測すればすぐにむかってくる。この船が密航者たちを運ぶ船であっても彼等は動かない。ソ連、中国、北朝鮮の船と目せば否応なしに攻撃してくるはずだ。

宗次郎が知りたかったのはどのくらいの目こぼしをアメリカと韓国の艇がするかということ

と、半島に上陸するのに一番安全な海路と上陸地点はどこかということだった。

陸にさえ近づけば、いざという時には自分一人が海に飛び込んで泳ぎ着けばいい。しかしそれでは船が拿捕《だほ》される。権三は日本人だからいずれ帰還できるだろうが、いつ帰れるかは見当もつかない。林は台湾だから収容所に送られる。そうなったら船で近づく意味がなくなる。自分一人が最初から密航船に乗り込んで単身渡れば済む。

宗次郎が船を改造してまで上陸しようとしているのは要子の実家に辿り着き、そこで義弟は勿論だが、義父と義母の体力が許せば全員を日本に連れて帰ろうと考えていたからだ。もし可能なら兄の子供たちも連れ戻したかった。

宗次郎たちは一時間そこで停船し、再び舵《かじ》を大きく左にとって壱岐《いき》のちいさな岬にむかった。

夏の月が雲間からあらわれた。

光の尾を伸ばして海面に映った月明りが揺れている。錦繡《きんしゅう》の糸のように美しい。

宗次郎は背後を振りむいた。

あの闇のむこうに自分の祖国があり、戦争がくり返されていることが信じられなかった。

「権三、もう休め。明日は対馬を越えるからきついぞ」

「オヤジさんの方こそ休んで下さい。私はこのとおり海の上に出れば十歳も二十歳も若返りますから」

権三は、今の言葉どおり、陸の上より海の上で生きていた方が長かった男である。その権三が今回の仕事ばかりは反対した。共に仕事をして初めてのことだった。

「それは無茶です。ひとつ間違えばオヤジさんと皆が捕まります。捕まるのはまだいい方で、撃たれるかもしれません。そうなると高山の家は終ってしまいます」

権三の言っていることは正しかった。宗次郎も要子の家族を救い出すために権三や若衆を犠牲にしたくはなかった。

思っていたとおり権三が反対するのを聞いて、宗次郎は自分が単身で渡りたいと言った。それを切り出すと権三はさらに反対した。

「オヤジさんがそこまで思っていらっしゃるなら、船で行きましょう。今度のことはオヤジさんが一度決められたことですから私にも止められないのはわかっています。だったら船で渡りましょう。何か方法はあるはずです」

そこで宗次郎と権三は密航船や漁船がどうやって海峡を往来しているかを調べた。

彼等は戦時下であるというのを逆手にとって、あきらかに敵ではない船舶をアメリカ、韓国の艇たちが無視するのを利用していた。艇たちの任務には密航船や、漁業海域を越えて操業している漁船をいちいち拿捕することははじめから含まれていなかった。

それでも目に余れば、攻撃され沈められた船もあると聞いていた。密航船や漁船はそんな時の対処法にも長けていた。相手がそれ以上追撃してこない海域を熟知していたし、拿捕されても袖の下を渡して免れる方法を知っていた。密航船を金で雇ってもよかったが、彼等は時によって平気で裏切るのを宗次郎は知っていた。

命運を賭けるなら自分たちで挑む方がよかろうというのが宗次郎の結論だった。

船はやがて壱岐島に着き、宗次郎たちは錨《いかり》を下ろした。

壱岐島の岬で夜明けまで休んだ後、陽が昇ると同時に船は対馬にむかって航行しはじめた。

さすがに対馬海峡の潮流は峻烈だった。

宗次郎は音を上げて流れる潮流を見ながら目前の島影を睨んでいた。

宗次郎たちが対馬の北端にある志古島《しこしま》で陽が沈むのを待っている時刻、三田尻の高山の家に来客があった。

応対に出た加代が眉根に皺を寄せて要子を呼びに来た。

「お客さんですか？」

「はい。男の方ですが、名前を尋ねたのですが言おうとなさいません。旦那さまに逢いに来たとおっしゃるだけで。何か怖い感じの人でして……、奥さまも逢われない方がいいと思いますが」

加代が珍しく臆していた。

要子は玄関に出た。

背の高い痩身の男が一人玄関先に立っていた。

「生憎《あいにく》主人は今出ておりまして明日か明後日には戻りますが……」

男が顔を上げた。

鋭い目をしていた。背筋に冷たいものが走った。

「神戸から見えた佐倉さんでしょうか」

男は黙って頷いた。

「やはりそうでしたか。主人から言付けを預かっています。主人が帰るまで宿で待って欲しいとのことでした。旅館の方も用意してあります。今、若衆に案内させますから」

木戸のむこうに隠れるようにしていた加代に要子は若衆を呼んでくるように言った。

男は家の若衆に案内されて宿に落着いた。

二日後の夕刻に宗次郎が帰ってきた。

宗次郎もそうだが、権三も林も光山もどこかやつれているように見えた。

「だいぶお疲れのようです。風呂が沸いてますからお入り下さい」

「………」

夫は何も言わず家に上がった。

権三も早々に家に引き揚げた。

風呂から上がった夫に要子は二日前に佐倉という客が訪ねてきて旅館に泊まっていることを話した。

宗次郎は若衆に男を呼びに行かせるように言った。

ほどなく男はやってきて、奥の部屋で宗次郎と逢っていた。宗次郎に部屋に入ってこないように言われていたから要子は廊下に立って話が終るのを待っていた。やがて部屋の戸が開き、男があらわれ玄関にむかった。要子は男を見送った。

それから要子は奥の部屋に行き、夫に夕食のことを聞こうとした。開け放たれた戸から中を覗くとテーブルの上に何かが見えた。宗次郎は要子に気付いてそれをさりげなく布の中に仕舞った。

拳銃だった。要子は父が護身用に拳銃を箪笥《たんす》の奥に隠していたのを見知っていた。

「夕食は子供たちと摂られますか」

「いや、今夜は一人でしよう。飯が終る時間に権三を呼びにやってくれ」

「わかりました」

夫はひどく疲れていた。

しかしその夜も宗次郎は権三と遅くまで話し込んでいた。


翌日の午後、下関から客があった。

宗次郎と権三は奥の部屋で客と長い間話し込んでいた。

要子がお茶を運んで行くと、宗次郎は要子の目を見て席を外すようにうながした。

要子は黙って部屋を出た。三人が囲んだテーブルの上に地図のようなものがひろげられていた。

夕刻、客が引き揚げると、権三が要子に宗次郎と自分たちの弁当を四人分用意して欲しいと頼んだ。

要子は宗次郎を見た。

「今夜、お出かけなのですか。どちらへ？」

「遠くではない。心配するな。もうひとつ片付けることがある」

出かけて行ったのは宗次郎に権三、林と光山の四人だった。船で出かけた同じ顔ぶれである。

四人は夜の十二時を過ぎて帰ってきた。

皆疲れ切った顔をしていた。

「お風呂になさいますか」

「いや、今夜はこのまま休む」

要子は加代に湯を用意させ、寝室に盥《たらい》を運び、鼾《いびき》を掻きはじめている夫の手足を拭いた。

汚れた衣服をかかえて洗濯場にむかうと廊下に加代が立っていて、それを受け取った。加代は衣服を手にしてすぐに鼻を曲げるような仕種《しぐさ》をした。要子も衣服を嗅いだ。

「これは何の匂いなの？」

「硝煙でしょう」

「ショウエン？」

「火薬が発火した時の匂いですよ」

「火薬……、あっ……」

要子は思わず声を上げた。

「どうかなさいましたか、奥さま」

「いや何でもないわ」

立ち去る加代の背中を見ながら、要子は昨夜、佐倉が訪ねてきた部屋で宗次郎が拳銃を隠した場面を思い出していた。

——夫は今夜、どこかで拳銃を撃ってきたのだ。まさか……。

翌日も客があった。

三人の客が日本人でないことは要子にもすぐにわかった。一人だけがたどたどしい日本語で挨拶した。

お茶を運んで行くと、四人は地図を見ながら額をつけるようにして朝鮮語で話していた。宗次郎は昨日と同様にすぐ出て行くように要子に目配せした。

廊下を歩きながら要子は今しがた部屋で耳にした言葉を思い出していた。

晋州、泗川、韓国軍第三軍団、アメリカ第一騎兵師団……。それらの言葉が半島の戦況を説明していることは要子にも理解できた。

その夜も宗次郎は権三たちを連れて出かけた。

夜の十二時を過ぎて帰ってきた。

「お風呂はどうなさいますか」

「入ろう。上がったら酒を用意してくれ」

「は、はい」

要子は加代に酒と肴の支度をするように言って風呂の焚き口に回った。湯加減を訊こうと風呂の小窓を覗こうとすると中から夫の歌声が聞こえた。

♪やると思えばどこまでやるさ……。夫が機嫌がいい時に口にする〝人生劇場〟である。どこか満足気な歌声である。それを聞いて要子は安堵した。

「あなたお湯加減はどうでしょうか」

「ああ丁度いいぞ」

そう言って宗次郎はまた歌いはじめた。

「何かいいことがございましたか」

夫は何も返答しなかったがかわりに大きな笑い声が返ってきた。要子はひさしぶりに笑った。

その夜、宗次郎は美味そうに酒を飲んだ。

ひとしきり酒を飲むと子供たちの顔が見たいと言い出した。

「こんな時間にですか？　もう皆寝ていますよ」

夫がそんなことを言い出すのは初めてのことだった。

「寝顔でいい」

宗次郎は笑って立ち上がった。

二人は足音を忍ばせて子供たちの部屋に入った。蚊帳《かや》の中に四人が並んで寝ていた。

「直治はどこだ」

「あの端っこで蒲団から出ています。あの子は寝ている時も元気なのです」

「そうか」

宗次郎は蚊帳のむこうに回り、そこにしゃがみ込んで直治の寝顔を覗き込んでいた。

宗次郎のそんな姿を見るのも初めてのことだった。

要子は、その瞬間、夫が今夜に限ってなぜ急に子供の寝顔が見たいと言い出したのか、その理由がわかった。

要子は手を口元にあてた。嗚咽を漏らしてはいけないと思った。

立ち上がった夫のあとについて寝室に入った。

宗次郎は音がするほどの勢いで蒲団の上に大の字になって、フゥーッと大きな吐息を零した。

要子は蒲団のそばに正座した。

夫は目を閉じていた。

「あなた教えていただきたいことがございます」

夫は目を見開いた。

「何をだ？」

「韓国へ行かれるというのは本当でございますか」

「………」

夫は黙って天井を見ていた。

「私の両親と弟のために韓国に行かれるのですか」

夫は天井をじっと見つめたまま言った。

「お義父さん、お義母さん、吾郎君……、それだけではない。わしの兄の子供たちも連れて帰ってくる」

「あなたが行かなくてはいけないのですか」

「人まかせではどうにもならん」

「でもあなたの身に何かがあったらどうなさるのですか」

「心配はいらん。わしは必ず戻ってくる」

「拳銃を撃つ練習までしてですか」

「あれを使うようなら今回のことは失敗する。そんなことはせん」

「他に方法はないのですか」

「ない」

その時だけ夫の声が大きくなった。

宗次郎はむくっと起き上がり、要子を手招いた。そうして要子を抱き寄せると、膨《ふくら》んだ要子のお腹を撫でながら言った。

「ここにもう一人わしの子がおる。あの四人と、この子を父無《ててな》し子にできるものか。わしは必ず帰ってくる」

「権三さんと他の二人とですね」

「いや陸に揚がるのはわし独りだ」

「えっ」

要子が宗次郎を見返した。

宗次郎は要子を抱いたままゆっくりと倒れた。


一九五一年の五月中旬から八月初旬に至るまで、台湾、中国東海岸、韓国、日本を襲った台風の数は、日本の中央気象台の観測史上でも例を見ないほど多かった。この異常気象は朝鮮半島の戦況に大きな影響を与えていた。

台風は両軍に平等に襲ってくるのだが、武器、弾薬、食糧の補給が慢性的に滞っていた北朝鮮軍、中国人民軍に大打撃となった。アメリカ軍の爆撃で補給路は寸断された上に台風の襲来で泥沼化し、兵士の移動も困難を極めていた。

一方、韓国軍、国連軍は日本を後方支援基地として補給されてくる武器、弾薬、食糧は充分過ぎるほどあったし、アメリカ本土で開発された爆撃機、砲弾、ナパーム弾の性能が高まり、いつでも北朝鮮軍と中国人民軍を壊滅できる準備は整っていた。しかしトルーマン大統領は、これ以上極東アジアの戦火がひろがることによる世界情勢への危険性を懸念していた。そのため、前線確保と戦況の優位性を保つための作戦、攻撃を容認するにとどめていた。

七月初旬、平壌爆撃が開始された。第七艦隊空母の艦載機、第五空軍機、韓国空軍機が昼間の攻撃を敢行し、夜間に日本の横田基地、嘉手納《かでな》基地からB－29爆撃機が攻撃発進した。この昼夜の爆撃は朝鮮戦争において最大の空爆であり、北朝鮮にそれ以後の反撃できる戦闘能力を失わせるに等しい打撃を与えた。それでもソ連、中国、北朝鮮は依然としてアメリカの攻撃に対して屈する姿勢を見せなかった。

マリク国連代表は赤十字社を通じて、北朝鮮、中国首脳の休戦意思を打診した。可能性のある返答が関係者から入ってきた。その間にも前線では散発的だが戦闘がくり返されていた。休戦を前に一マイルでもいいから有利な前線の領域を確保すべきだと両陣営とも考えたからである。

北朝鮮、中国は彼等がすでに失っている三十八度線を休戦ラインとすべきだと主張してきた。アメリカ極東軍司令部はそこがすでに自分たちの前線の後方にあることから、受け入れられるはずがないと思われたが、トルーマンはそれを認めた。大統領は停戦のための休戦ラインの何マイルかなどはたいしたことではないと考えていた。この休戦ラインの承認が、この先休戦交渉を延々と続けさせる原因となるのである。

朝鮮戦争が始まって一周年の六月二十五日、中国共産党が「人民日報」においてマリク国連代表によって表明された提案を支持すると発表し、トルーマン大統領も同じ意思を表明した。

ところが韓国は李承晩大統領も韓国軍司令官も、三十八度線を休戦ラインにすれば朝鮮半島の分裂を認めたことになると休戦に猛反対した。しかしアメリカも国連軍も交渉に入ることを支持した。

第一回の休戦会談は開城《ケソン》で行われた。

七月十日、双方の代表団が板門店《パンムンジョム》―開城の非武装地帯に入り、会談が始まった。

日本の米軍基地を発進した爆撃機がこともなげに梅雨雲《つゆぐも》の上を飛行して北朝鮮領域を爆撃し、帰還していたが、早朝からその雨雲を睨みながら梅雨が明けるのを待っている男たちがいた。

三田尻の高山の家の番頭格、清水権三と台湾出身の林、機関長の光山の三人だった。

「それにしてもこんなに長い梅雨を、俺は今まで知らんがよ」

機関長の光山が東の棟の広間の窓から外を見て言った。

「心配するな。今まで終らなんだ梅雨はなかったからの。そのうちカラッと晴れるじゃろうて……」

権三が煙草をくゆらせながら言った。

「けんどこれだけ待たされると身体がおかしゅうなってしまいますの」

光山が首を大きく曲げて骨を鳴らした。

林は部屋の隅で壁に背を凭《もた》せかけて本を読んでいる。

権三が林の方を見て言った。

「林、今日はまず声がかからんだろうから、おまえこれから港に行って船の様子を見て来い」

「わかりました」

林は読んでいた本を仕舞うと中腰で起き上がり四股を踏むように広間の床を鳴らした。

「林、俺も行こう。エンジンの調子を一度見ておこう」

林と光山の二人は広間を出ると上がり口の壁にかかった雨合羽を着て海の方にむかった。

権三も広間を出ると母屋に行き、台所仕事をしていたお手伝いの加代に宗次郎に逢いに来たと伝えて欲しいと言った。

妻の要子がすぐに出て来て権三に挨拶した。

「女将さん、オヤジさんはまだお休みですか」

「はい。まだ寝ていらっしゃいます。何だかここ数日はびっくりするほどよく寝ていらっしゃいます」

「そりゃ何よりです。ではオヤジさんが起きられましたら、今日は船は出せません、と伝えて下さい」

「わかりました。権三さん、朝食を食べて行かれてはどうですか」

「いや、女房がこしらえて待っとります」

「それはそちらがいいですね。弥生さんはおかわりありませんか」

「はい、ありがとうございます。元気だけが取柄の女ですから、では失礼します」

要子は権三を見送りながら、もう数日、こんな朝が続いて権三たちも気の毒にと思った。

要子は胸の中の半分で、このまま雨が降り続いてくれればいいと思うし、半分は早く晴れて権三たちに仕事をさせてやりたい気持ちがあった。

廊下で足音がして直治が入ってきた。

「あら目が覚めましたか。もうご飯が欲しいんですか」

直治は目をこすりながら柱につかまり、要子と加代をぼんやりと見ていた。

娘たちは二日前から臨海学校に行ったので母屋の朝は静かだった。

また廊下を歩く足音がした。

要子と加代は顔を見合せた。要子は廊下に出た。

宗次郎が立っていた。

「おはようございます。お早いお目覚めですね」

「うん、よく寝た。権三は引き揚げたか」

「はい、さっき家に戻られました」

直治が夫を見つけて駆け寄って行った。

「オトヤン、オトヤン……」

直治は片言だが宗次郎を呼ぶようになっていた。

宗次郎が直治を抱き上げた。

「娘たちはまだ帰らないのか」

「ええ、臨海学校で光の町へ行っています。帰ってくるのは明後日です」

「そうか……。今日はこの子を連れて出かけよう」

「えっ、どちらにですか」

「どこに行くかな。温泉にでも行くか」

「いいですね。では準備をしましょう」

「加代、おまえも来い」

「えっ、私ですか。私は家におります」

「いいから来い」

午後から宗次郎は自分で車を運転して山口の湯田《ゆだ》温泉にむかった。

途中、窯元《かまもと》に寄り、絵付けを見学し、窯元の主人に宗次郎は大きな壺を注文した。

「出来上がるのはいつになる?」

「来月の末には上がると思います」

宗次郎はこの窯元に壺を取りに来る約束をして前金を払っていた。

五重塔のある瑠璃光寺《るりこうじ》に行き、宗次郎は寺の住職に逢って寄附をした。普段、神や仏に頼らない気質の夫にしては珍しいと、要子は思った。

湯田の温泉街に入ったのは夕刻だった。夏休みに入っているせいか通りは賑わっていた。家族連れが多かった。

連絡しておいた旅館に入った。

「皆で風呂に入ろう」

宗次郎の言葉で家族風呂を用意して貰った。

大きな湯舟に直治が嬉しそうに声を上げた。湯気のむこうで夫と息子が笑い合っていた。

こうして直治と夫の三人で風呂に入るのは初めてのことだった。

食事は加代も一緒に摂った。宗次郎は上機嫌で、直治を膝の上に座らせ、いつになく穏やかだった。加代にも酒を飲むようにすすめた。要子はお腹の子供のことがあり、酒を控えた。

宗次郎は要子と加代に自分が日本に渡って来た頃の失敗談を面白可笑《おもしろおか》しく話した。

それは宗次郎が十代の時、炭坑のタコ部屋を逃亡し、冬の海を泳ぎ続け、漁師に助けられた話で、宗次郎を助けてくれた漁師の家で初めて風呂を沸かして貰って入った夜、奥さんが釜を焚きながら風呂の湯加減を訊いた。宗次郎は朝鮮を出る時、母親に日本人から何を言われても首を横に振ってはいけない。〝いいえ〟と言う言葉を使ってはいけないと言われていたから、すでにかなり熱かった風呂の湯加減を釜の焚口から奥さんに訊かれた時、相手が何を訊いているのかわからず、はい、はい、と大声で返事をした。ところがその時、漁師の奥さんは、風呂の湯加減はどうなの？　ぬるいかね、と訊いていた。ぬるいかね、と訊かれる度に、はい、はい、と大声で返答していたから奥さんはどんどん薪をくべた。何度訊いてもはいと言うので奥さんも変に思って夫に風呂の様子を見て欲しいと言った。漁師が浴室の中に入ってみると煮えたぎったお湯のそばに真っ裸の少年が震えながら沸騰する湯を見ていた。

話を聞いて、要子も加代も笑い出した。

「旦那さまが煮えたぎるお湯を見ながら裸で震えていたなんて加代には想像ができません。そんな話が本当にあったのですか。加代も震えている旦那さまを見てみとうございました。それにしても、その奥さまはずいぶん呑気な人でございますね」

加代は涙を流しながら笑っていた。

要子はその話を聞いて、たしかに可笑しい話なのだけれど、切ない話でもあると思った。

同じ半島から渡って来た人の中には酒が入ったりすると、自分がいかに苦労したかとか日本人から差別を受けた出来事を恨みを込めて話し出す人が多かった。宗次郎は要子に、昔の苦労話や辛かった思い出をいっさい話さなかった。それは夫の意志の強さがそうさせているのかもしれないが、要子には宗次郎が話しても仕方のないことは口にしないとどこかで決めたのだろうと思った。

夫が昔の話をしたのは、その漁師夫妻に助けられる前の冬の海を二日間泳いだ話だけだった。夫は暗黒の海の中で力尽きて死んで行った仲間を、救えなかったことを悔んでいた。

宗次郎は日本の人たちと積極的に仕事をしていた。見ていてあきらかに自分たちのことを軽蔑《けいべつ》している人たちもいた。それでも夫は辛抱強く相手と仕事を続けた。何年か経つと、相手は宗次郎を信用し、仕事相手として認めるようになっていた。

風呂から上がった宗次郎はよく食べ飲んだ。珍しく食事が終らない内に大の字に寝て鼾を掻きはじめた。

旅館の仲居が蒲団を敷いている時、大の字になって寝ている夫のすぐそばで同じように寝息を立てている直治を見て言った。

「ほんにようこ似ておいでのお父さまとお子さんですね」

要子も夫と息子の寝姿を見て微笑んだ。


要子が夜半、目を覚ますと、夫の姿が見えなかった。

厠にでも行ったのだろうか、と枕元に置いた時計を見た。夜中の三時を過ぎていた。

夫が寝所を出たのに気付かなかったのだから要子は自分が疲れていたのだと思った。薄闇の中で夫を待った。どうして急に自分たちを温泉に連れて来ようとしたのか、要子には夫の気持ちがわかっていた。

夫はなかなか戻って来なかった。要子は蒲団を出て庭伝いに厠のある方に歩き出した。人の気配に立ち止まった。見ると庭の岩の上に夫が座って空を仰いでいた。星明りの下に夫の姿だけが浮かび上がっていた。要子は庭に下りた。

「いつの間に目を覚まされましたか」

要子が声をかけると夫は口元に笑みを浮かべて頷いた。

夫は上方を指さした。要子は夜空を仰いだ。満天の星がきらめいていた。

「まあ、綺麗ですね」

雨模様の日が続いていたせいか、ひさしぶりに見る星空は美しかった。

「梅雨が明けたな……」

夫は静かに言った。

「今日の夜、出発する。九月には帰ってくる。家のことは頼んだぞ」

「わかりました。どうぞご無事でお帰り下さい」

夫が夜空を睨んで大きく頷いた。

八章

船は三田尻の港を夜の十一時に出航した。

瀬戸内海、周防灘を下関にむかって航行し、潮の渦巻く関門海峡を抜けて、響灘に出た。

響灘は海岸線を八幡岬《やはたみさき》、鐘岬《かねのみさき》を左手に見て進み、玄界灘に入った。玄界灘は沖合いを航行し、玄界島、西浦崎から唐津湾の西方にある神集島《かしわじま》まで進み、そこから舵を南にむけ唐津湾内にある高島の裏で投錨《とうびょう》した。

時刻は朝の四時になろうとしていた。東の空は明るくなっていた。四時になったところで光山が無線を入れた。すぐに連絡はつき、相手が出た。

「こちら三栄丸、只今、高島西方に投錨中……」

「了解、ほどなくこちらは唐津港を出発します」

相手は唐津漁港で船団を持つ網元の船だった。

船団がやってくるまでの時間で宗次郎たちは腹ごしらえをした。権三の妻の弥生がこしらえた握り飯である。

「よく食べておけよ。明日の夜まで何も喰えんかもわからないからな」

権三の言葉に光山と林が緊張した顔で頷き、沢庵《たくあん》を音を立てて噛んだ。

「なあーに心配はいらんて。むこうで飯を喰うことになったらわしが美味しい酒を飲ませてやるから」

宗次郎が笑って言った。

「それもいいですな。オヤジさんの案内なら可愛い娘もおるでしょうから」

権三が珍しく女の話をして笑った。

光山と林も笑おうとしたが顔がぎこちなく歪んでいるだけだった。

飯を食べ終ると、権三が布袋から縒《よ》った紐を出し光山と林に渡した。

「これを腰に結んでおけ、中に干し肉と薬が入っとる。まあ、これを使うこともないだろうが」

権三が宗次郎に同じものを渡そうとすると宗次郎は首を横に振った。

「女房が夜鍋をしてこしらえたもんです。昔、何人かの漁師がこれで命を永らえたそうです。わしではなく女房の頼みと思って巻いてやって下さい」

宗次郎は笑って頷き、その紐を腹巻きの中に仕舞った。

船笛が聞こえた。唐津湾の方からこちらにむかう船影が見えた。

「よし準備だ」

光山が操舵室に飛び込み、権三と林が甲板に積んだ網を引き上げた。船は改造しても漁船の装備はしていないが、網を上げればどこから見ても沿岸漁業の漁船に見えた。

船笛がまた鳴った。光山が舵を沖合いにむけ航行しはじめた。船団の先頭の船の操舵室から男が顔を出し、手を振った。光山が船笛を鳴らし船団と並走しながら最後尾についた。すぐ前を航行する船の甲板から若い乗組員が白い歯を見せて手を振った。林が笑い返して手を振った。

船団は全部で九隻。宗次郎の船と合わせて十隻の船団になる。この辺りでは大きな船団である。

船団は唐津湾を出ると、対馬の方角にむけてそのまま北上した。一時間経ったところで無線が入った。

「船団に、船団に、……五分後に左舷《さげん》八十度……」

了解、了解……という受電が続いた。

「取舵《とりかじ》一杯、左舷八十度……」

光山が声を上げた。

前を航行する船たちが一斉に左方に向きを変えていった。

船団は済州島にむかって全速力で進みはじめた。

やがて前方に船影が見えた。

海上保安庁の巡視艇である。無線の交信が聞こえてきた。

「こちら唐津××船団、本日、××沖にて操業します。操業申請番号××××、唐津××船団、了解、本日の操業終了時間の確認を願います。終了時刻、〇月〇日、午前二時。了解、無事操業を祈っています。こちら唐津××船団、了解」

無線交信を終えると船団は巡視艇に船笛を一斉に鳴らして離れて行った。最後尾にいる宗次郎たちは巡視艇から顔を背けて船団を追った。

波が高くなった。日本海流の分流である。この海流が対馬海峡を抜けて対馬海流となる。

水平線の彼方にかすかに済州島の島影が見えはじめた時、どこからともなく奇妙な音が聞こえてきた。

甲板に立った林が西方の空を仰いでいる。

「何ですか、オヤジさん」

「爆撃機だ」

すぐに西の上空に機影が見えた。

二十機余りの爆撃機の編隊が機体を夏の陽差しに光らせながら飛行してきた。

北朝鮮領土にむかう爆撃隊である。

「まだ戦争の真っ最中なんだな……」

光山が空を仰ぎながら言った。

「あの爆撃機はナパーム弾ってのを積んでいるらしいですな。落ちた途端に周囲を焼きつくすって話ですよね」

宗次郎は頷きながら編隊を黙って睨んでいた。

爆撃機は釜山の方向にむかって消えて行った。

やがて済州島がはっきりと肉眼で確認できはじめた。

船笛が二度鳴り響いた。

済州海峡の方角から船影が見えた。

陽差しに当って船全体が白く光っている。

光山が双眼鏡で船を確認していた。

「アメリカの哨戒艇と、そのむこうにいるのは軍艦ですぜ。ありゃ、駆逐艦《くちくかん》ですね。えらい大砲を積んでやがる。それにしても速いな。たいしたスピードだ」

無線が入った。

英語で交信していた。

「ほう、唐津の無線士は英語ができるんですね。たいしたもんだ」

「そうだ。だから少し金はかかったが唐津の船団を選んだ」

「そうでしたか。なんで唐津なのか、私はわかりませんでした。さすがにオヤジさんはよく見てらっしゃる」

「林、何を話してるのか、聞き取れるか」

権三が林に訊いた。

「哨戒艇は機雷のある水域を教えています。それと国籍不明の船を見なかったかとも訊いています」

「林、おまえアメ公の言葉がわかるのか」

光山が目を丸くして林を見た。

数隻の哨戒艇に先導されて駆逐艦は波を蹴立てて航行していた。

長い大砲が陽差しに不気味に光っている。

「あの周りにいるのが哨戒艇ですか。思ったよりちいさい船ですね」

権三が双眼鏡を覗きながら言った。

「光山、あの船のかたちをよく覚えておけ」

「わかりました」

宗次郎も哨戒艇をじっと見ていた。


済州島が近づくと、船団は船笛を鳴らして取舵を取り、南進した。

宗次郎は時計を見た。

午後の一時を過ぎていた。

前方にいくつかの船影が見えた。

無線が入った。

「右方十五度、韓国漁船三隻、網のブイに注意。左方八度、同じく韓国漁船五隻、ブイ七個、確認、……」

「どうやら漁場に着いたらしいですね」

権三が言った。

「こりゃ、えらい数の漁船だな」

光山が声を上げている。

操業している漁船はどれも皆古い型の木造船である。

「唐津の船団が行くのはもっと沖合いのはずだ」

宗次郎が言った。

宗次郎の言葉どおり、船団はさらに沖を目指していた。

一時間後、船団は投錨をはじめた。

これから先は宗次郎たちは彼等の操業を見守っているだけである。

船団の乗組員たちは時間を惜しむかのように迅速に働き続けていた。

無線を通して漁労長が指示を出し続けている。網を下ろし、それぞれの船が右に左に向きを変えて動き回っている。


「さあ交代で休むとしよう」

権三が言った時、宗次郎はすでに目を閉じていた。

少しずつ陽が傾きはじめた。

船団の船たちは休みも取らずに操業を続けていた。

風向きが変わって、周囲に闇がひろがっていった。

船団の各船に照明灯が焚かれた。

宗次郎たちの船も波のうねりにゆっくりと揺れはじめた。


権三は操舵室の奥で寝ていた宗次郎を起こしに行った。

権三が宗次郎に声を掛けようとすると、その前に宗次郎がむくりと起き上がった。唇をかすかに突き出し、太い首を左右に曲げて骨の音を立てた。その表情には緊張したものがなかった。

「天気はどうだ？」

宗次郎が訊いた。

「風が北西に変わりました。少し降ってくるかもしれません」

「そのくらいの方がよかろう」

宗次郎は起き上がると、甲板に出た。海と空に目をやってから照明灯を点して操業している唐津の船団の様子を見た。波が高くなっているのだろう、照明灯が左右に揺れていた。

「よし、行こう」

宗次郎が言うと、権三が光山にむかって手を上げた。

船はエンジン音を上げてゆっくり旋回し、唐津の船団と逆方向に進み出した。宗次郎も権三も背後の船団に目もくれなかった。

目前に暗黒の海がひろがっていた。船はさらに速度を増して北東にむかって進んだ。

雨が落ちてきた。甲板にいた宗次郎も権三も操舵室に入った。

「救いの雨かもしれんな。龍神が味方してくれとるのかの」

宗次郎が言った。

「龍神とは何のことですか?」

権三が訊いた。

「昔、わしの祖父《じい》さまが話してくれた朝鮮の言い伝えだ。この南海《ナムヘ》の底には一頭の龍神が住んどるそうじゃ。何万年も前、まだ空と海と陸しかない時に空から龍が降りてきて、海で大暴れして陸を押し流してしまおうとしたらしい。それを天から見とったお方が怒って一頭の虎を陸に降ろした。龍と虎は幾日、幾夜も戦ってとうとう虎が勝った。ようやく地上は静かになって龍は南海の底に眠り、虎は岩となって金剛山になり、朝鮮の国ができたそうじゃ」

「なかなか勇ましい面白い話ですの」

「その龍が何年かに一度、目を覚まして暴れるらしい。それは寅年生まれの船頭が海におる時と、あともうひとつは辰年生まれの男がおる時に追い風を吹いてくれるというんじゃ」

「オヤジさんはたしか……」

「未年《ひつじどし》じゃ」

宗次郎の口元に笑みが浮かんだ。

「たしかにこの雨は龍の恵みかもしれませんの」

先刻から無線を傍受していた林が権三を呼んだ。

「どうした？」

「近くに朝鮮の船がいるようです。朝鮮語で交信しています。交信の内容から漁船のようです」

「昼間、すれ違った船ですかの」

「いや、この雨の中で朝鮮の船は漁はできん。船が古いし、レーダーもない。もしかすると別の船かもしれん」

「別の船といいますと……」

「わからん。ともかく衝突せんように速度を落せ」

光山が船の速度を下げた。

皆が暗黒の海を睨んだ。

「俺が舳先に行きます」

林が雨合羽を着て舳先に出ようとした。

待て、と光山が言って、船の操舵を権三に頼んだ。二人は舳先に行くと光山が肩に担いだロープを下ろし、舳先の支柱に林の大きな身体を縛りつけた。雨の中で二人は何事かを話していた。

返答している林の顔から白い歯がこぼれていた。

「元気な連中ですのう」

権三が宗次郎に笑って言った。

船は速度を上げ北東にむかって進んだ。権三が舵を取り、光山が無線を聞いていた。舳先では林がじっと前方を睨んでいた。宗次郎は腕を組んだまま暗黒の海を見ていた。


その日の午後、金古昌浩の家の台所で夕食の支度をしていた妻が倒れた。裏で薪を割っていた昌浩は、大きな物音に気付いてすぐに家の中に入った。妻が庖丁を手に握ったまま台所の床に倒れていた。昌浩は驚き、妻を抱き起こして名前を呼んだが、彼女は半ば目を開いたまま返答もしなかった。肩や頰を叩いたが反応がなかった。顔から血の気が引いていた。

昌浩は妻をかかえて寝所に連れて行き、横臥《おうが》させた。妻の手を握って名前を呼んだが意識はなかった。それでも脈はしっかりと打っていた。

彼はすぐに隣り村の医者のところに行った。

老医師をかかえるようにして家に連れ帰り、妻を診察させた。昌浩が家を飛び出した時よりも顔色が良くなっているように思えた。

医者が妻に質問したが、唇が震えるだけで言葉を発することはできなかった。

「どうやら脳をやられていますな。右手が利かないのはそのせいでしょうし、唇の震えも脳から来ておるのでしょう」

「先生、女房は大丈夫なのでしょうか。ちゃんと治るんでしょうか」

「今は何とも言えませんな。ともかく安静にしとくしかありません。血のめぐりが良くなる薬を調合しますから、夕刻に取りに来て下さい。それでしばらく様子を見てみましょう」

「わかりました。夕方にうかがいますのでよろしくお願いします」

昌浩は老医師を門まで送ると、家に戻って妻の枕元に座った。妻は目を閉じて眠っていた。手を握ると指は伸びたままで何の反応もなかった。眠っている妻の顔が先刻と違いおだやかな表情をしているのが救いだった。

昌浩は妻の名前を呼んだ。

妻は目を閉じたままだった。鼻の奥が熱くなり涙が溢れてきた。手をさすりながらもう一度名前を呼んだ。妻の瞼がかすかに動いた。

昌浩は指を握りしめた手に力を込め、名前を呼び続けた。

「聞こえるか。わかるか。わしだ」

妻の顔が自分を探しているように右に左に動いた。

――聞こえているのだ。

昌浩は妻の頬を両手でつつんだ。

「わしだ。わしはここにいるぞ。大丈夫だからな」

すると妻の瞼が震え出し、大粒の涙が零れ出た。

それを見て昌浩は妻も必死で戦っているのだと思い、堪え切れずに嗚咽した。

村の川のほとりのちいさな家に主のむせび泣く声だけがしていた。

夕刻、昌浩は妻の薬を取りに行く前に息子の五徳に食事を運んだ。

「父さん、母さんはどうしたの？」

鶏小屋の床下から五徳の声がした。

「ああ、今日はあんまり暑かったので、どうやら母さんは暑気に当って疲れてしまったらしい。近くまで用を頼んだ父さんがいけなかった」

「………」

五徳は返答をしなかった。

「父さん、戦争はどうなっているの？」

「米韓軍が三十八度線を越えてから両軍の睨み合いが続いているらしい。それでもこちらが有利な状況はかわらないよ」

「どうして一気に攻め上げないんだろうか」

「………」

今度は昌浩が黙った。

鶏が餌をついばみながら床をせわしなく歩いていた。糞をして、けたたましい声で鳴いた。

昌浩は小屋の中に首を突っ込み、鶏の糞を拭った。

その時、床板が動き、昌浩の視界の中に自分をじっと見つめる五徳の顔があらわれた。

息子の顔は痩せ衰えていた。

目だけが異様に光っている。夕陽が少しずつ差しはじめると五徳は強い西日を避けるように身体をずらした。直射日光にさえ当たることができないほど抵抗力がなくなっているのだ。

――このままでは息子はだめになってしまうだろう。

「五徳、あと少しの辛抱だ。頑張るんだぞ」

「父さん、姉さんか義兄さんから連絡はあったの？　日本から僕を救い出しにいつ来てくれるの？」

「まだ連絡はない」

「母さんは、昨日、もう少しで日本から助けに来てくれると言っていたよ」

――妻はそんな話を息子にしていたのか……。

「ああ、母さんの言うとおりだ。あとしばらくすれば要子と宗次郎君が手配してくれた者が来るはずだ。それまでの我慢だから頑張るんだぞ」

「うん、わかった」

五徳は涙声で言った。

「おまえはわしのたった一人の息子だ。いつまでも辛い思いはさせない。だから頑張れ」

返答はなく嗚咽だけが聞こえた。

昌浩は床板を塞いだ。

鶏がまた雄叫《おたけ》びを上げた。

静かにしろ、ほら、餌が残ってるぞ、昌浩は言って鶏小屋を出た。

立ち上がると身体が震え出した。どうして身体が震えるのかわからなかった。それが憤りのせいなのか、悔しさのせいなのか、わけがわからなかった。それでも彼は両足を踏ん張り、身体の震えをおさえて家に戻り、妻の容体を見てから、隣り村に妻の薬を取りにむかった。

村の小径を走り出した。

夏の陽が沈もうとしていた。

空に朱色に染まった鰯雲《いわしぐも》が幾重にもひろがっていた。美しい夕景なのに昌浩にはそれがひどく哀しいものに映った。

隣り村に近づく度に雲は千切れ、朱色の空に鰯雲は溶けて行く。

「夏が終るのだ……」

昌浩はつぶやいた。


いつの年になくこの夏は高山の家に集まる人が多かった。

盂蘭盆会《うらぼんえ》の祭事を高山の家で取り行なうので、今まで盆会が満足にできなかった朝鮮、韓国の人に要子は声を掛けた。

近在の人たちだけではなく、以前から盆会の祭事を望んでいた遠くに住む人たちも招くようにした。

要子が予測していたより大勢の人たちが高山の家にやって来た。遠くから来た人は東の広間に寝泊りして貰った。どこでこの祭事のことを聞いたのか、数日前から人々が集まった。家族連れの人たちもいた。

要子はそういう人たちと話ができるのが嬉しかった。

祭事の進め方は年寄り衆に任せることにした。それでも朝鮮の風習は土地土地で違っており、前夜まで諍いが絶えなかった。要子がそんな諍いを黙って見ていたのは夫の宗次郎の言いつけがあったからである。

「今年の盆会は派手にやれ。来る者は皆拒むな。それが北の者であれ、南の者であれ、元々は同じ国なのだから。たっぷりと酒を飲ませて、美味しい料理をたらふく食べさせて帰せ」

夫からそう言われた時、要子はこの盆会が特別の意味を持つような予感がした。

盆会の祭事は三日三晩行なわれ、毎夜、宴会が続いた。

男衆も女衆も飲み喰いし、広間で楽器を奏で、舞いを踊った。

要子は、その祭事の席で生まれて初めてパンソリの芸を見た。

こんなに優雅で美しく、それでいて哀しみの溢れた歌声を耳にしたのは初めてだった。広間にはチョゴリを着た女衆が大勢集まっていたし、男衆もまた清々しい正装に身をつつんでいた。

泣き女たちは心底哀しみにくれているように映った。それでも泣き止んだ後の彼女たちは先刻までの慟哭《どうこく》が嘘のように宴席で酒を飲み、男衆たちの気を引こうとした。

——朝鮮の女性は逞《たくま》しい。

と要子は思った。

今夜で宴が終るという夜半、諍いが起った。祖国、朝鮮半島が北と南に二分されていることは同時に日本に住む朝鮮の人たちも北を支持する人と南を支持する人に二分されているということだった。

諍いは互いが互いを罵倒し、最後は摑み合いの喧嘩になった。傍らで寝ていた子供たちまでが目を覚まし、親たちの諍いを驚いたような表情で見ていた。

妥協する人はいなかった。北の人には北の理想の国の建設への情熱があったし、南の人たちには民主主義で分れた国を統一したいという信念があった。

諍いは延々と続いた。耳にするには耐えられないような罵り合いも起った。二進《にっち》も三進《さっち》も行かない状況になった。

その時、一人の老婆が立ち上がって言った。顔半分に火傷《やけど》のような跡があった。

「金日成も李承晩も人の子であろう。父もあれば母もある。両親に見守られているはずの子がなしてわしら民衆をこんなに哀しい思いにさせるのじゃ。これだけ言い争っても、ここは日本というわしらとは別の人たちが作った国じゃ。夜中まで大声を出して言い争う元気があるなら、明日の仕事のことを考える方がよほど増しじゃ。第一、朝鮮の者が宴会をやると最後には諍いになるという評判をなくさなくてはいけない。もういい加減に諍うのを止めにせんか。祖国に笑われるぞ」

老婆の言葉で広間の人々は皆口をつぐんだ。

宴は終り、宿泊する人は広間に残り、まだ飲み足りないものには酒を持たせて引き揚げさせた。

要子は加代と高山の家の女衆と宴の片付けをした。

こころない人が東の庭の若木や植木を引き抜き、踏みつけて去っていた。

要子はそれを目にして哀しくなった。

加代は広間の床に散乱した食器や食べ物を見て吐息混じりに言った。

「どうしてこんなに礼儀がない人たちなのでしょうね」

要子は加代に対して恥かしかった。

事件は夕刻に起きていた。

盆会にちらりと顔を出した若い男と女が失踪していた。二人は恋に陥ちていたようだった。互いの両親が北と南の出身で、当人同士が愛し合っていても、互いの家が二人の婚姻を認めなかった。二人は駆け落ちをした。どんな環境であれ生き抜く強靱《きょうじん》な精神があればよかったが、二人は別の道を選んだ。

二人の亡骸《なきがら》が見つかったのは盆会の宴が終った翌朝だった。

塩田所のそばの入江で二人は互いの身体を縄でくくりつけて水死していたため、遺体は高山の家に預かった。

互いの家族が遺体を引き取りにきた。

『しょうもない盆会をやるからこんなことになったんじゃ』

『南の者には北の理想郷が見えないんじゃ。アメリカの帝国主義に毒されてしもうて、この盆会もそういう連中がうしろで糸を引いとるという話じゃないか』

『もう二度とこんなくだらない催しはせんでくれ。大切な若い者が犠牲になるのはもうたくさんじゃ』

彼等の言葉は要子をひどく傷付けた。

そんな時、加代や権三の妻の弥生が暖かい言葉を掛けてくれた。それが要子には切なかった。同じ国の人は要子に辛くあたった。

そう思っていた時、東の棟に最後まで残っていた老婆が要子に礼を言いにきた。

「奥さん、この度は盆会を催していただいて有難うございました。このとおりわしの身体はぼろぼろです。この顔は広島で被爆をしてしもうたからです。でもわしは誰かを恨もうとは思っておりません。こうして生きていられることだけで好運と思うています。広島では数え切れない数の朝鮮人が死にました。そのことは日本の新聞のどこにも載りませんでした。皆黙って死ぬしかなかったのです。わしの知っておる人だけでも百や二百の数では済まない人が戦争が終ってから原爆症で死んで行きました。わしはその人たちの供養で参りました。いい供養ができました。本当に有難うございました」

老婆の言葉で要子は救われた気がした。

宇部に帰るという老婆を要子は駅まで見送りに行った。

バスに乗っても、駅の待合室にいても、老婆の目はいつもどこか遠くを見ていることがあった。

——よほど辛い目に遭われたに違いない……。

そう思っていた要子に老婆はプラットホームで言った。

「人は諍いをするものです。些細《ささい》なことから人を平気で殺《あや》めます。それでも恨んではならんのです。恨む気持ちからは何ひとつ生まれません。奥さん、あなたがなさったことを有難いと思うとる人はたくさんおります。その人たちの半分はあなたにちゃんと礼が言えなんだのだと思います」

要子は老婆に礼を言った。

老婆が列車に乗り込み、彼女を見送ろうとした時、要子は老婆に言った。

「教えて下さい。分れている私たちの国はいつかひとつになって平和な国になるのでしょうか？もうこれ以上、同じ国の人同士が殺し合わなくてもよくなりますよね？」

「………」

老婆は返答をしなかった。

汽笛が鳴り響いて列車が動き出した。

「奥さん、あなたがそう願う気持ちを、あなたの子供等に託しなさい。子供たちが大人になった時、世の中は変わるかもしれません」

要子は老婆にうなずきながら言った。

「そうします。私の子にそれを託します。それができる子に育てます」

要子は動き出した列車を追い掛けるようにして老婆に言った。

老婆は要子の顔を見てうなずいた。


前方に島影が見えてきた。

そこがたしかに大陸に繋がる島々であるのは全員にわかった。

「もう少し東に進もう」

宗次郎が海図を見ながら言った。

「オヤジさん、目の前の島の東側から奥に入って行けば南海島《ナムヘド》に行き着くはずですが……」

権三が言うと、宗次郎は首を横に振った。

「巨済島《コジェド》にむかえ。長承浦《ジャンスンポ》の近くに一運面《イルンミョン》という岬がある。そこから揚がる」

権三は宗次郎の言葉を聞いて驚いた。

この二ヵ月間、宗次郎と二人で打ち合わせた計画と、その上陸地はまったく違っていた。

「オヤジさん、そこから上陸するのは……」

「いいから言うとおりにしろ」

「………」

権三は宗次郎の顔を見た。

その表情を見て、権三は宗次郎が考えを翻《ひるがえ》すことがないとわかった。

「わかりました」

権三は操舵室に行き光山に上陸地を告げた。

「そこでいいんですか。船で入るにはえらく楽なとこですよ」

「そこでいい。あとどのくらいかかる?」

「一時間もあれば着きます」

権三は空を見た。

雨は止んでいた。

船室に入ると、宗次郎は身支度を整えていた。

「他には誰を連れて行かれますか。林ですか。光山ですか」

宗次郎が首を横に振った。

「わし一人が揚がる」

権三は目を見開いた。

「最初から決めていたことだ。ただひとつやって欲しいことがある」

「何でしょうか」

「一ヵ月したら、わしが上陸した場所に迎えに来てくれ。もし一ヵ月で済まないようなら、それを何とかおまえたちに報せる。何も連絡がなければ、その日一日、そこで待機してくれ。わしが戻らなかったら引き揚げろ。それだけだ」

「オヤジさん……」

宗次郎が険しい口調で言った。

「そうするんだ。わしは必ず戻ってくる。いいな」

宗次郎の下で働きはじめて、初めて耳にする自分への強い口調だった。

宗次郎がやろうとすることを止めるための理由は山ほどあったが、権三はそれを口にしなかった。

六月の雨の夜、宗次郎に呼ばれて言われた。

『わしは朝鮮に行く。どうしてもやらねばならんことがある。それをおまえが段取りしてくれ』

権三は宗次郎が妻の家族を救い出すことを決心したのを知っていた。彼はすぐに自分以外に必要な人間を選びはじめた。

家族のある者は外した。慎重に選んだ結果、光山と林を呼んで話を伝えた。二人とも朝鮮に上陸することを厭《いと》わなかった。拳銃を手に入れ、二人に射撃の練習までさせた……。

「見えてきました」

光山の声がした。

権三は甲板に出た。雨が上がって雲間から覗いた月明りが海と陸を照らしはじめていた。

そこは岬が細長く突き出た場所だった。

——あんなに目立つ場所を……。

そう思った瞬間、権三は宗次郎がこの計画を打ち明けた時から、上陸地点もすべて決めていたのだとわかった。

『ただひとつやって欲しいことがある。一ヵ月したら、わしが上陸した場所に迎えに来てくれ……』

——そういうことだったのだ。

『その日一日、そこで待機してくれ。わしが戻らなかったら引き揚げろ。それだけだ』

——オヤジさんは命懸けでこの仕事をやろうとなさっている……。

権三は大きなため息をついて頭を左右に振った。

——何ってこった……。


権三たちは甲板の上に立ち、宗次郎が攀《よ》じのぼっているはずの崖をじっと見つめていた。

皆息を飲んで見ていた。

——何という人だ……。

権三は胸の中でつぶやいた。

やがて崖の上から灯りが揺れるのが見えた。

「オヤジさんだ。灯りで報せてます」

すぐに光山が灯りを大きく左右に振った。

崖の上の灯りはいったん消えた。光山も灯りを消した。今度は光山が灯りを点し、大きく振った。すぐに崖の上の灯りが点り、左右に揺れた。

それっきり灯りは点ることはなかった。

光山も林も一言も発せず灯りの消えた闇の彼方を見つめていた。

「さあ、引き揚げるぞ」

権三が怒ったように言った。

光山も林も崖の上を惜しむように見ていた。

「何をしとる。引き揚げるんだ」

権三が怒声を発した。


高山宗次郎は東の空がかすかに白みはじめた頃、船から岩に飛び移ると足元をたしかめながら波の寄せる磯を岩づたいに岸にむかった。

すぐ目の前に崖がそびえ立っていた。

宗次郎は崖を見回し、人が登った形跡を見つけ、そこを足がかりに黙々と登り出した。崖の途中で摑んだ羊歯《しだ》の匂いが鼻を突いた。

ようやく頂きに近づき、顔を覗かせると、夏草の匂いをさせた風が頰に吹きつけた。祖国の風であった。

宗次郎は崖を登り切ると、薄暗い闇に浮かぶ岬のむこうに見える地形を眺めた。人の気配も防御壕がある様子もなかった。

宗次郎は一本の松の木の下に寄ると、背負っていたリュックを下ろし、中から衣服と靴を出し、着替えた。それから頭陀袋《ずだぶくろ》を出し、それを肩から背中に縛りつけた。そうして木の下に穴を掘り、リュックに衣服と靴を入れ埋めた。

立ち上がって手をひろげると衣服は少し寸足らずのようだった。カビ臭い匂いと土の匂いが衣服からした。権三が用意した農民の野良着だった。靴も粗末なものだ。

宗次郎は木の下に座り、煙草に火を点けて大きく吸い込んだ。目の前に海があった。明るくなろうとする西の空にむかって一艘の船が進んでいた。船影はすでにちいさくなり権三たちの姿を見分けることはできなかった。背後から吹き寄せる風に煙草の煙りが船を追うように流れ出していた。


宗次郎は岬の突端から目の前のちいさな丘にむかって歩き出した。

丘の上に登った頃、ようやく空が明るくなりはじめた。

左手に点在する島が見え、宗次郎が立つ丘の麓にはいくつもの入江が喰い込んでいた。対岸に村らしきものが見える。背後はちいさな山が瘤《こぶ》のように連なっている。右手の彼方にはかすかに海面が光っている。

宗次郎は懐から古い地図を出した。

目論《もくろ》んでいたとおり、上陸した場所は巨済島の東側のようだった。

宗次郎は地図を仕舞い、丘づたいに島の中心の山間部に入った。いくつかの山村を横目で見ながら沢の中をひたすら西にむかった。さして高い山はないがようやく前方に巨済島で二番目に高い鶏龍山《ケリヨンサン》が見えた。陽はすでに頭上にあった。七、八時間は歩いていた。夕刻までには島の西側にある山芳山《サンパンサン》まで出るつもりだった。

宗次郎は竹林の中に入ると、そこで休息を取り握り飯を食べた。島に揚がってからまだ一人として島民を見ていなかった。もっとも彼等の目を避けて進んでいることもあった。

宗次郎は立ち上がると、山の尾根を回り込むようにして渓流に出た。水を飲んだ。美味い水だった。渓流を渡り、さらに西に進んだ。雑木林が失せ、沢には岩肌が目立つようになった。上空を鳶《とび》が飛びはじめた。大きな岩を這い登ると、目の前に海がひらけ対岸の島が見えた。右手にも海があった。そのむこうには陸があり、左方は大小の入江が重なり、外海にむかって海が光っていた。

宗次郎は懐から地図を出した。

眼下に町が見えた。

——あれが忠武《チユンム》の町だろう。

忠武の町のむこうに山が連なっていた。碧芳山《ビヨクパンサン》と地図に記してある。その彼方にかすかに山並が見える。山影は青く霞んでいるが、秀泰山《ステサン》のように思われた。あの山に隠れているのだろうか、そのむこうに臥龍山《ワリヨンサン》があるはずだった。泗川の山々である。

宗次郎は地図をたしかめながら目指す泗川までの地形と距離を頭に入れ、通過しなくてはならないいくつかの村の名前を反復し確認した。

陽が傾こうとしていた。

対岸の忠武の町からひとつふたつ……と煙りが立ち昇っていた。

宗次郎は崖の上から忠武の入江の中に停泊している漁船を見ていた。どれもちいさな漁船である。周囲の入江をひとつずつ見ていった。忠武の入江から少し南に下がった場所に海に落ちそうに立ち並ぶ松林があり、その木々に隠れるようにして船の先端が覗いていた。宗次郎は大岩を飛び下り右手の岩から入江を見た。

やはり哨戒艇だった。三隻が松林に隠れるように停泊していた。その入江に立派な桟橋があった。

——あそこに軍隊がいるということか。

兵舎らしきものが数棟見えた。

巨済島から忠武に渡る時、南の方は避けなくてはならないと思った。

宗次郎はさらに対岸のいくつかの入江を観察した。島の漁師を雇い、船で渡るにしてもすんなりとは揚がれない気がした。忠武の町周辺に船で乗りつけるのは危険に思えた。

宗次郎は島と本土が一番接近する北の海岸から上陸することにした。

宗次郎は大岩に戻ると、背後の藪の中に入り、仮眠を取るために横たわった。

耳を裂くような飛行機のエンジン音で目覚めた。

藪の中から夜空を見上げると編隊を組んだ爆撃機が黒い影を連ねて北上していた。宗次郎は機影を睨んだ。起き上がると大岩の上にもう一度出た。爆撃機の去った後の夜空には満天の星がきらめいていた。

忠武の町に家灯りがぽつぽつと点っていた。大岩を下りて、夕刻見た哨戒艇が停泊していた入江を見直した。そこだけ青白い灯りが点っていた。やはりあそこに基地があるのだ。灯りを確認すると、宗次郎は沢から山径に出て一気に走り出した。

一時間余り走ると、島と対岸との距離が狭まりはじめた。立ち止まって対岸との距離を測ると、狭くとも二キロメートルはありそうだった。歩調をゆるめ対岸を見ながら進んだ。頃合いをみて沢に下りた。

途中で崖の上に下り立った。対岸を見ると、やはり二キロ以上はある。宗次郎は潮の具合いを見た。月明りに照らされた海は幅が狭くなっているぶん潮の流れはきつそうに思えた。潮の流れる方角を見た。泳いで渡るには時間がかかるだろう。

宗次郎は崖の下の海岸を見回した。右手にちいさな浜があった。宗次郎の目が浜の隅で止まった。黒い影になっているものがある。船影に思えた。目をこらすと、それは一艘の漁船であった。

――廃船か……。

いやそうではない。先端は水辺に入ったままで船尾に網がかかっている。

周囲を見渡すと家も小屋もなく、人の気配もしなかった。櫓《ろ》があれば、あの船で対岸に渡れる。

宗次郎が崖を下りようとした時、船にむかって人影が近寄ってくるのが見えた。

両手に竹筒のようなものを数本ぶらさげている。老漁師である。漁師はその筒を船の中に投げ入れるとそこから立ち去った。

——これから漁に出るのだろうか。

宗次郎は足音を忍ばせて浜に下り、崖下の暗がりで相手の様子を見た。漁師は、先刻と同じように筒を手に戻ってきた。それをまた投げ入れた。そうして消えた。宗次郎は素早く船に近づいた。船の中に櫓はなかった。足音がした。見ると老漁師が櫓を肩に担ぎ、左手に大きな籠をかかえて戻ってきた。宗次郎は相手の反対側に身をかがめた。櫓を置く音がして漁師が船底の止め棒を動かしはじめた。

船はゆっくりと水の中に入り、ふわりと揺れた。宗次郎は船の進行に合わせて水の中に入った。少しずつ船は沖にむかった。宗次郎は船尾に手をかけ泳いでいた。

船が潮流に乗った時、宗次郎は船尾から一気に上半身を引き上げて船の中に上がった。

ワァーッと漁師が悲鳴を上げた。

「声を立てるな。むこう岸に渡ってくれ。渡ってわしを落してくれればそれでいい」

「誰だ、おまえは」

「誰でもいい。黙ってむこう岸に渡れ」

相手は首を横に振った。

「なら飛び下りろ。わしが自分で漕ぐ。船はちゃんと岸に寄せておいてやる」

「それはできん」

そう言って漁師は船の隅に置いてある籠を指さした。

宗次郎は籠を見た。中に布でくるまれた赤児がいた。声も立てずに赤児は大きな目を見開いていた。

——どうしてここに赤児が……。

そう思った瞬間、背後から相手が殴りかかってきた。宗次郎は身をかわしながら相手の一撃をよけようとしたが鈍い音とともに左の肩口に衝撃が走った。漁師は手に棍棒を持っていた。宗次郎はすぐに相手を殴りつけ、甲板に倒れた漁師に馬乗りになった。横面を二度張り上げると相手は悲鳴を上げ、許してくれ、助けてくれ、と懇願した。

宗次郎は大きくため息をつくと、相手の襟元を締め上げながら上半身を引き寄せ、その鼻面にむかって言った。

「赤児を抱いて飛び下りるか」

「かんべんしてくれ。たった一人の孫娘なのだ。わかった、むこう岸に連れて行こう」

漁師は観念したように立ち上がった。

漁師は黙って櫓を漕いでいた。船が潮流の速い場所に入ると赤児が急に泣き出した。

宗次郎は胡坐をかいた足元に籠を引き寄せて赤児をあやすように籠を揺らした。赤児が泣き止んだ。

「子供はいるのか」

漁師が訊いた。

「………」

宗次郎は何も答えず対岸を見ていた。

「北では皆喰うものにも困らず幸せに暮らしているというのは本当か」

「わしは北の者ではない」

宗次郎が返答すると漁師はしばし黙っていたが、すぐにまた言った。

「北の者でなかったらどうして……。そうか、軍隊から逃げてきたのか。そうでないなら保導連盟に追われているか」

「いいから黙って漕げ」

船は潮に流されて忠武の方へ押し出されていた。人気のない場所に着けるように言っておいたからわかっているはずだ。それ以上に潮の流れが速いのだろう。

ようやく潮の主流を渡り切った。櫓を漕ぐ音が軽やかになった。

赤児がまたむずかった。襟元からちいさな手が覗いていた。宗次郎は赤児の手を中に入れ襟元を直してやった。月明りに浮かんだ赤児の顔がかすかに微笑んだ気がした。

宗次郎は四人の子供の顔を思い浮かべたが、すぐにそれを掻き消した。

「この辺りの人じゃなさそうだな。どこへ行きなさる」

宗次郎は漁師を振りむいた。

漁師が白い歯を見せて笑っていた。その顔をじっと見つめてから宗次郎は言った。

「日本からだ。女房の家族を連れ帰るために来た。泗川まで行く」

「そうか……。船は長坪里《チャンピョンリ》の北に着ける。そこから三和里《サムファリ》にむかって海沿いを竹林里《チュクリムリ》に行けばいい。そうして魯山里《ノサンリ》から碧芳山に入るのがいいだろう」

「魯山里から法松里《ブッソンリ》へ行くつもりだが……」

「法松里はよした方がいい。軍隊がうようよしとる」

「よく知っているな」

「この赤児の両親を探しに行った。忠武でこの子の父親が軍隊に引っ張られた。亭主を探しに行った母親は暴行されて行方がわからなくなった。たぶん生きてはおらんだろう」

櫓を漕ぐ手が止まった。

「あの入江がよかろう。もし今でも残っていれば海藻を捕る連中が使っていた小屋があるはずだ。三和里までは沼地だ。夜動くのが良いが急いでいるなら葭《よし》の中を行け」

船は入江に静かに着いた。

「老人、手荒なことをして済まなんだな。これは礼だ」

宗次郎は懐中から金の粒を数個出し老漁師に渡した。漁師はそれを手の中でたしかめると顔をほころばせてから首に巻いた手拭いを差し出した。

「これで頭を縛っておけ。それに顔や手を泥で汚した方がいい。本土に揚がったら村人に気を許してはいかんぞ。密告者だらけだからな」

宗次郎は薄汚れた老漁師の手拭いを頭に縛った。それを見て漁師が満足そうにうなずいた。

「無事に事が済めばいいのう」

「老人も気をつけて戻ってくれ」

「ここはわしの海じゃ。早く行け」

宗次郎はもう一度礼を言うと浜に上がり、松林の中に走り込んだ。

その日の夕刻まで宗次郎は漁師小屋で休んだ。

老漁師が言ったとおり入江から少し上がった場所に数戸の小屋があった。どの小屋も朽ちかけていて廃屋同然だった。戦場に徴集されて働き手がいないのだろう。

宗次郎は身体を休めるだけでほとんど睡眠を取らなかった。何が起こるかわからなかった。この地形は忠武の方にむかって高台になっており、そこから兵士が警戒していたらすぐに発見されてしまうはずだ。平野部は土地が低く、湿地帯になっていた。見渡す限り葭や蒲《がま》が群生していて水鳥以外は棲んでいないようだった。おそらくこの小屋も昆布などを収穫する冬場だけ使っていたのだろう。

陽が落ちて宗次郎は小屋を出た。

三和里まで湿地帯を進んだ。周囲から蛙の声が絶えることなく聞こえていた。幸い曇り空で月明りもなく、誰かに遭遇しても相手からこちらの姿を見つけられることはなかった。ただ湿地帯だから急に深みに足を入れてしまう危険があった。時折、宗次郎は歩みを止め、周囲の気配を窺った。何も聞こえてこなかった。歩きはじめると自分が踏み倒す葭や蒲が折れる音がするだけだった。

途中、月が雲間から覗いた。

辺り一面が月明りに照らし出された。宗次郎は目前にひろがった風景に目を見張った。銀色にひかりかがやく芒野《すすきの》が一面に揺れていた。葭や蒲の群れはすでに失せて芒の群生する場所に宗次郎は入っていた。

芒が風に揺れる度に月明りに照らされた穂が銀色にきらめいていた。宗次郎はその美しさに一瞬目を奪われそうになったが、突然、銃声とともに左方から騒《ざわ》めきが起こった。彼は身をかがめた。無数の水鳥が一斉に飛び立った。空を覆うほどの数の鳥が羽音を立てて右に左に飛んでいた。

銃声は数発聞こえた。

――ここで撃ち合いをしているのか。

左方から人の声がした。

こんな時刻に戦闘をしているとは考えられなかった。宗次郎はじっと動かず様子を窺った。数人の男たちの声がした。笑い声も混ざっていた。

捕ったぞ、三羽だ。こっちもだ。ここまで来た甲斐があったというものだ。軍曹、軍曹殿……。

――やはり兵士たちだ。

宗次郎はしばらく動かずにいて彼等から離れるように右手へ移動した。

地面は湿地帯からしっかりした土にかわった。

宗次郎は芒の中に身を横たえ、そこで時間が過ぎるのを待つことにした。

あおむけになると月が流れる雲の切れ間に見え隠れしていた。風が強いのだろう。

先刻聞こえてきた会話がそのままなら、彼等はこの水辺に鳥を撃ちに来たのだろう。そうだとしても彼等が所属している部隊はここからそんなに離れてはいないはずだ。

泗川までの道はまだ遠い。こんな具合いではいつ泗川に着けるかわからない。盆会がはじまる十五日までには三千浦に入りたかった。

腹が音を立てた。上陸した日の昼、握り飯をひとつ食べただけだった。宗次郎は芒の葉を千切り、それを噛んだ。苦い味が口にひろがった。腹に手を当てた時、船の中で権三が無理矢理腹に巻かせた太い布紐を思い出した。それを抜き取った。案の定、布に縫い込むようにして干し肉と乾いた薄い餅のようなものが出てきた。口に入れると甘味がひろがった。

権三に強引に持たされた時のことがよみがえった。

『女房が夜鍋をしてこしらえたもんです。わしではなく女房の頼みと思って巻いてやって下さい』

宗次郎はそれを思い出し口元をゆるめた。

権三の女房の弥生が懸命に米を搗《つ》いているうしろ姿が浮かんだ。

――日本に戻った時、この餅がわずかでも残っていたら上々の首尾で事が片付いたことになるのかもしれん……。

宗次郎は胸の奥でそうつぶやいてから頭を大きく横に振り、

「何を詮方無いことを……」

と笑った。

妻の両親と弟の三人を日本に連れ帰ることなど千にひとつもできないことは最初からわかっている。だが彼等を何とか生き延びさせることはできるかもしれないと思っていた。それができたとしても自分が生きて日本に戻れるかどうかはわからなかった。それでも権三の反対を押し切って妻の頼みを承諾したのは家に男児が生まれたからだった。直治が生まれた時、その目を見て、宗次郎は自分が祖国を出て、新天地で仕事を起こし、家族を持ち、跡継ぎが誕生したことを実感した。

『これでわしが祖国を出た甲斐はあったはずだ。祖父から、父から受け継いだ血がこの子の中に残ってくれる』

宗次郎は十三歳の時、朝鮮を出る朝、片道の船賃をこしらえてくれた母に言われた。

『宗来《ジョンレ》よ、野垂れ死にだけはしてはいかんぞ。何があっても生きて生き抜くんじゃ。人がわれの死に様を見て唾を吐きかけるような無様な死に方はならん。これが母のわれへのたったひとつの頼みじゃ』

その時は少年であったから母が自分に言おうとしていることがよくわからなかった。母の言葉の意味がわかったのは日本に渡ってきて大勢の野垂れ死んだ者を見たからだった。死はそこですべてのものを消滅させる。しかし滅びることのない死もあることを宗次郎は学んだ。

妻のために、義弟や妻の両親のために戦下の祖国に渡ってきたのではない。そのことは誰に説明してもわからないだろうと思った。

――生きて帰ることができればの話だが……、いや、わしは必ず生きて帰る。

宗次郎は口の奥に残る固い餅を奥歯で嚙み砕き、飲み込んだ。

宗次郎は起き上がった。夜が明けるまでに三和里を越えたかった。ここはまだ祖国のほんの先端でしかないのだ。

宗次郎は湿地帯を避けて芒野原を歩き出した。穂を掻き分けて進む宗次郎の肩や腕に銀色の穂がまぶしくふりかかっていた。

宗次郎の目が三和里の村をたしかにとらえた頃、日本の瀬戸内海沿いの町、三田尻にある高山家の海側の門から高山要子が出てきた。

まだ空は暗く、暁の星がまたたきはじめた時刻だった。

要子は一人で海の方角にむかって歩いた。

通りには人の気配はなかった。犬たちでさえまだ眠っていた。

要子はいったん裏通りに入ると、そこから川沿いの径を進み、水天宮の裏手に出た。水天宮の北門から境内に入り、石垣沿いの道を行き、人間一人がようやく通れる石段を下った。

急な石段を下ると、そこは池になっていた。大潮の時には海水が入り、真水と海水が混ざる池だった。戦国時代に瀬戸内海を跋扈《ばっこ》した村上水軍の船倉があった場所である。

要子は階段を下りると池の右手にある〝亀石〟と呼ばれる石造りの守護神が置かれた場所に行き、履物を脱いだ。そうして脇の手洗い場から木桶を取り、それで池の水を掬い、頭からかぶった。

一度、二度、三度と水で身体を清めると、石段を上り、本殿裏に祀られた祠にむかって、砂利の上を西から東へ往復しはじめた。

夫の宗次郎が家を出発してから、毎朝、要子は水天宮に詣でていた。宗次郎の無事を祈っての行動である。

夫が何の躊躇《ためら》いもなく自分の家族を救出に戦時下の朝鮮へ一人で行くと言い出した時、要子は大変なことを頼んでしまったことに気付いた。

一度言い出したら、決心を変える人ではなかった。権三が要子を困ったような表情で見ているのがわかっていた。夫ならどうにかしてくれると要子は信じていた。今となっては浅はかなことを口にしたと後悔した。こうして祈るしかなかった。

お手伝いの加代はお腹の赤児を心配し、せめて水垢離《みずごり》だけでも止めるように言ったが、すでに四人の子供を産んできた要子は出産まで二ヵ月のお腹の赤児はしっかりかたまっていると感じていた。

要子が歩く度に濡れた着物から雫《しずく》が砂利の上に零れていた。素足に粗い砂利は辛いものに違いなかったが、要子は平然と祈りを続けた。一心不乱に祈りを続けた。

要子は昨夜も宗次郎と最初に出逢った日のことを思い出していた。中関の実家の近くにある裁縫教室に女友達と通う道で、今よりずっと痩身で、背丈だけがやけに高かった青年の姿がよみがえった。

あの時、夫はまだ日本語も満足に話すことができなかったはずだ。なのに自分を見染めて家を訪ねてきた。誰一人宗次郎のことを知る人はいなかった。わずかに同じ職場の先輩が宗次郎の人柄と真面目な働き振りを知っているだけだった。要子の父は結婚の申し出に驚き、青年の話を聞いて呆れ果てていた。

『どこの馬の骨ともわからぬ奴に娘をやれるか』

それでも夫は要子のことをあきらめずに一年という歳月を懸命に働き、再び家を訪ねてきた。

隣りが馬小屋の新居であった。式を終えると夫はすぐにトラックに乗り徹夜の仕事に出かけた。一年半、夫は一日も休みを取らずに働き続けた。子供が増えると同時に少しずつ家財が増え、家をかわり、仕事がひろがった。

長い戦争が終った時、要子の父と仲間たちが祖国に帰ることを決めた。父は夫にもそうするようにすすめたが、宗次郎はこの国で頑張るつもりだと主張した。そんな夫に弟の吾郎は祖国独立、再建のために帰国すべきだと訴えた。周囲の朝鮮の人からも同じようなことを言われたが夫は黙って耐えていた。

その弟を救うために夫は命懸けで戦時下の朝鮮に一人で渡って行った。どうして夫にはそういうことが平然とできるのか要子にはわからなかった。

いっときの感情に溺れて夫に救いを求めた。あまりに思慮がなかった。このまま夫が帰国しなかったら、家も、子供たちも生きて行く支柱を失ったことになる。

今はただ祈るしかなかった。

昨日の朝早く、唐津から電話が入った。権三だった。

「女将さん、昨日の夜、巨済島の入江からオヤジさんは上陸なさいました。崖の上に登られるまで私の目でたしかめましたから……」

「そうですか……」

「一ヵ月後、私らは同じ場所に迎えに行きます」

「わかりました」

「しばらく船と私らはこの唐津で待機いたします。急な連絡が入ることがありますんで……」

「よろしくお願いします。弥生さんにはこのことを伝えておきますから」

「おそれいります。女将さん……」

「何でしょうか」

「オヤジさんは元気に笑って上陸なさいました。必ず戻ってこられます。私にはわかるんです。オヤジさんとずっと一緒に生きてきましたから」

「は、はい。私も信じています。あなたたちも風邪など引かないようにして下さい」

「ありがとうございます。女将さんもオヤジさんを元気に迎えに出て下さいまし」

電話を切ると要子はとめどもなく涙が溢れ出した。

要子の祈りの声が水天宮裏に静かに流れていた。東の空が少しずつ白みはじめた。

要子は祠の前にしゃがみ込んでしばらく手を合わせていた。

素足の指間に血が滲んでいた。


三和里から竹林里まで宗次郎は海沿いの一般道を歩いた。

この辺りに軍隊の基地がないことを三和里の農夫から聞いていた。

陽が傾きはじめて歩き出した。海沿いの狭い土地を耕して耕地にしていたであろう田畑はどこも荒れ放題だった。ちいさな村が点在する土地だから砲弾を落された跡はなかったが、どの田畑もひどいありさまだった。

ほとんどの働き手が戦場にかり立てられていた。宗次郎のように壮健な男は一人もいなかった。道ですれ違うのも老人か女たちばかりだった。彼等は皆朴訥《ぼくとつ》で誰もが声をかけ挨拶した。

宗次郎は手に仏具を持っていた。三和里の村外れにある廃屋になっていた民家から持ち出したものだった。一目で法事に出かけることがわかるように調達した。

「どこに行くね」

老人たちは宗次郎を見て声をかけた。

「臥龍山の麓の竹林洞だ。祖先の盆会と墓参りに行く。今年がわしの家の供養番でね」

「そうか、それはご苦労だね。気を付けて行くんだな。固城《コソン》では徴用狩りがはじまっとるそうだから通らない方がいいぞ」

「ありがとう。老人もいい盆会を」

「ああ……」

竹林里まで出逢った人の数は五人で、皆年寄りばかりだった。

竹林里に入ると、これまでの村と違って人の数も多かった。家の前で夕涼みをしている老人たちもいた。

彼等は宗次郎を見ると初めは決って顔をそむけた。笑って挨拶をしても気を許していないのがわかった。相手に仏具を見せながら話しかけると納得したように話してきた。

陽が落ちてからも宗次郎は海沿いの道を北に進んだ。

宗次郎は一度、町中に入ってみるべきだと考えていた。

町民が自分のことをどう見るかをたしかめてみたかった。幸い言葉は同じ慶尚南道訛りで宗次郎の話し方に違和感を持つ者はこれまでいなかった。

むしろ話をしていて、光州出身か、と聞かれることもあった。


宗次郎は周囲を見回した。

前方にかすかに家灯りのようなものが見えた。

——魯山里の町の灯りかもしれない。

その灯りのむこうに山の稜線が見えた。

高さからして碧芳山に思えた。あの山のむこうに固城があるはずだ。

海沿いの道を進むのはやはり危険だとわかった。

山からの風に乗って草の匂いがした。

月は出ていなかったが、闇に目が慣れてくると、川沿いの左右に田圃らしきものがひろがっているのが見えた。作物をこしらえている様子はなかった。

——この辺りの村人はどこに行ったのだろうか。

皆戦場に送られたのではと思うと、目的地の竹林洞がどんな姿になっているのか案じられた。

少しずつ道は勾配を持ちはじめ、いくつかの川の支流が交わっては分れて行った。流れをたしかめながら山の中に入って行った。

東の空が白みはじめる頃には宗次郎は碧芳山の中腹に入っていた。


甲高い鳥の声で宗次郎は目覚めた。

岩蔭から身を起こすと木々の間から青く澄んだ八月の空が見えた。

しばらくは好天が続きそうな空だった。

春先から雨の多い年だったから、宗次郎は半島に渡った後の天候のことを心配していた。ひどい雨に降られれば竹林洞に辿り着くのに時間を費やすだろうし、休む時に雨をしのぐ場所を探さなければならない。妻の両親と弟の下に着くまでに体力を消耗したくなかった。

やるべきことは村に着いてからはじまるのだ。なるたけ早く竹林洞に着きたかった。権三たちを乗せた迎えの船が巨済島の岬に来るのは一ヵ月後だった。もし自分がそこに戻っていなかったら、一日待って引き揚げるように命じておいた権三は限界まで自分を待ち続けるだろう。権三がそういう男であることを宗次郎は知っていた。

けたたましい鳥の声がした。

雉子《きじ》の声だった。

宗次郎は岩蔭にしゃがんだまままもう一度空を仰いだ。

昨夜も北へむかう爆撃機の音を聞いた。

――ここは戦場なのだ。

宗次郎は立ち上がって西方を見た。

彼方に見事な峰が見えた。臥龍山である。

――あの山のむこうに村はある。

まずはあの山の麓まで辿り着かなくてはならない。

眼下に固城の街が見えた。

宗次郎は呆然とした。

固城を囲む山々の木々が失せて禿山《はげやま》になっていた。爆撃の跡である。いったいどんな戦闘がここでくりひろげられたのだろうか。無残な地形になった山河を見て、この国でくりひろげられた戦闘がいかに激しいものだったのかをあらためて知った。

それでも固城の街の中心には、大勢の人々が集まり、暮らしていることが遠目にでもはっきりとわかった。

宗次郎は少年の時、長兄に連れられて固城の街に入ったことがあった。街の中には市場が立ち、大勢の人が目抜き通りを歩いていた。長兄が市場で食べさせてくれた煮込みの美味しかったことを今でもはっきり覚えていた。あの時は生家のあった昆陽面の大津里《テチンリ》の浜から固城の市場に素焼の甕を運ぶ運搬船に乗せてもらって行った。

その長兄も食糧を調達に来た北朝鮮の兵隊に殺され、義姉は炊事、物資運搬要員として連れ去られていた。次兄が面倒を見ていた長兄の子供たちは行方知れずになっていた。見つけ出して子供たちだけでも何とかしてやりたかった。

遠くで金属音に似た音がした。耳の底に響くような音に宗次郎は背後の空を仰いだ。澄んだ青空に機体をかがやかせながら爆撃機が編隊を組んで北にむかっていた。宗次郎は爆撃機にむけていた目を再び固城の街並みに移した。

固城の街に入ろうかどうかを迷っていた。

正確な戦況を知りたかった。戦況を把握しないまま動くのは危険だった。固城に行けばそれがわかると思った。

日本を出発する前に集めた情報では、戦闘状況にない全羅、慶尚の南道地域では共産主義者を取締まる保導連盟員の手で多くの者が殺されていると聞いた。それを逃れても軍の徴用部が容赦なく男たちを連行して行くという話だった。

軍の徴用員や保導連盟員がどんな連中なのか、こちらが見知っていないだけに下手に動くことができない。その上監視している方が土地に明るい。宗次郎が街をうろつくのは罠を張っている場所にのこのこと獲物が入り込むようなものである。

宗次郎が想像していた以上に、ここでは人狩りが行なわれていた。

春先、日本から潜入させた趙が話していたが、慶尚北道の村で、村人が北朝鮮軍のひとつの中隊を村ぐるみで匿っていた事件があったという。上陸してから村人が自分にむける視線には不審者に対する警戒心が異常と思えるほど強く感じられた。

『本土に揚がったら村人に気を許してはいかんぞ。密告者だらけだからな』

巨済島から船を渡してくれた老漁師の言葉がよみがえった。

陽が傾いてきたのを確認して宗次郎は沢伝いに歩き出した。


固城の街を北側から迂回して、蓮花連峰《ヨンフア》の山麓に着いた頃に夜が明けて行った。ほどなく前方に一軒の農家が見えた。裏手からかすかに煙が立ち昇っていた。

人影が動いていた。朝餉《あさげ》の準備をしているのだろう。

家の者が野良仕事に出るまで、宗次郎は雑木林の中で待った。

二日余り、何も口にしていなかった。水を飲んでいたからひもじいというほどではなかったが、少し食べものを腹に入れたかった。

農具を肩に担ぎ子供の手を引いて出てきたのは女だった。母子は畔道《あぜみち》を南の方に歩いていった。——そうか、男手はいないのだ。

家に残った老婆が一人立ち働いていた。頃合いを見計らって宗次郎は家に近づいた。老婆は宗次郎の姿に気付き、じっとこちらを見ていたが、あわてて家の中に消えた。

用心しながら家の裏手に入った。

「婆さん、わしは怪しい者じゃない。盆会の供養で泗川に帰る途中だ。少し食べ物を分けてくれないか。ただでと言ってるんじゃない。分けてもらえるなら礼をする。ほれ、このとおりだ」

宗次郎は老婆が外を覗いているあたりの壁にむかって掌の中の銀粒を見せた。

「ここには米も、稗《ひえ》も粟《あわ》もないが朝食の残りの水粥ならある」

「それでいい」

宗次郎は粥の椀を飲み干すと懐から別の銀粒を出して言った。

「餅か何かはないか。あればこれと交換してくれないか」

老婆は銀粒と宗次郎の顔を交互に見ていた。

宗次郎は銀粒を老婆に渡し、干し餅を受け取って懐に入れた。

「臥龍山まで山径を行くんだが、軍隊はいるか」

老婆は、知らない、と怯えたように首を横に振った。

「まあいい。婆さんはわしの母親に似ておる。戦争はもうすぐ終るから、身体を大事にして長生きをしてくれ」

宗次郎が老婆にむかって笑い、歩き出そうとすると老婆が言った。

「北の者か」

「そうじゃない」

宗次郎が答えると老婆は納得したようにうなずいて言った。

「山の中には北の兵士が隠れておるという話じゃ」

「そうか、良いことを教えてくれた」

宗次郎が歩き出すと、背後で、気を付けて行きなされ、と老婆の声がした。

闇のむこうから人の気配がした。

宗次郎は歩みを止めて気配を感じた方を窺った。気配が失せた。

それでそこに生きものが、いや人間が潜んでいるのが宗次郎には感じられた。

人数はわからないが、こんなふうに気配が失せたところをみると大勢はいないはずだ。相手もこちらを警戒しているのだろう。危害を加えてこないのなら放っておけばいい。

宗次郎は歩きはじめた。

歩調を速めた。追ってくる気配はなかった。

潜んでいる者もこの戦争の犠牲者なのだろう。敗れようが、追われようが、生きのびなければならないのだ。どんな境遇にいようが生きていかなくてはいけないのだ。

耳の底から声が聞こえた。

『野垂れ死にだけはしてはいかんぞ。何があっても生きて生き抜くんじゃ』

母の声だった。

宗次郎はその声にうなずくようにして山径を下りて行った。

秀泰山を越え、東山里《ドンサンリ》という山里に入った頃、空が明るくなりはじめた。

目の前に臥龍山が聳《そび》えていた。

宗次郎は山の頂きを見上げた。臥した龍にかたちが似ているので、この名前があるのだが、なるほどこれまで越えてきた山とは違って雄大に見える。

——この山を越えれば竹林洞に着く……。

足音がした。

宗次郎は松林の中に入った。

足音とともに乾いた音が聞こえる。見ると山の方から僧侶が一人長い杖を手に歩いて来た。

――こんな夜明けに……。

相手はみるみるうちに近づいて来た。驚くほどの速さだ。笠を深く被っているので歳の頃はわからなかった。

宗次郎は松林から出て行った。

僧侶は宗次郎の姿に気付いて、一瞬、歩調をゆるめたが、すぐに通り過ぎようとした。

「済まないが、竹林洞まで行きたいのだが道を教えてもらいたい」

僧侶は立ち止まり、振りむいて笠を少し上げて宗次郎を見た。

「竹林洞ならこの道を下れば徳湖里《トツコリ》という村に出る。そこから海伝いに西へ行きなさい」

「山を越えて行きたいのだ」

宗次郎が言うと、僧侶はもう一度宗次郎の顔を見直した。

「ならこの道を登って雲興寺という寺まで行き、山門の手前に大きな杉の木があるからそれを左に折れれば臥龍山の頂きにむかう道だ。竹林洞なら臥龍山の西の山径を進みなさい。龍泉寺という寺を目指せば、その寺から一本道で竹林洞に出る」

「ウンコウジ、杉の木、リュウセンジだな」

「そうだ」

「丸一日かかろうか?」

「あなたの足なら半日で行けよう」

「わかった。ありがとう」

宗次郎が頭を下げると僧侶はもう歩き出していた。

宗次郎は僧侶が下りてきた山径を見た。このまま一気に山を越えてしまおうと思った。

これまでのどの山より険しい道だった。

陽が昇るにつれ汗が吹き出してきた。

背中に汗が伝っているのがわかる。

宗次郎は昔、こうして山径を登ったことがあるのを思い出した。

あれはいつのことだったか……。右手の松林から鳥の声がした。時鳥《ほととぎす》だった。その声を聞いていて、山径を登った記憶がよみがえった。

少年の頃の宗次郎は長兄と二人で祖父の墓参に三日かけて山径を登って行った夏があった。両親に言いつけられ、長兄と二人で出かけた。長兄は墓に供える荷を背中に担いでいた。幼なかった宗次郎は山径で足が痛くなり泣き出してしまった。

長兄は宗次郎の足をさすりながら言った。

『痛いものはいつか消えてしまう。ずっとは続かんものだ。痛いのが消えたら強くなる』

——長兄はやさしい男じゃった……。

宗次郎は汗にまみれながら黙々と登った。

雲興寺を過ぎてからかなりの距離になる。そろそろ山の西側に出てよい頃だったが、臥龍山は想像以上に山の懐が広かった。

道の勾配が急に険しくなった。

息を切らしながら坂を登り切ると、風が宗次郎の身体を鷲掴みするように吹きつけてきた。目の前の視界がひろがった。

東から晋陽《チンヤン》、泗川、河東《ハドン》の山河が連なり、その麓に泗川の平野と深く入り込んだ入江が八月の陽光にかがやいていた。西には南海島があり、そのむこうに麗水の山並までが見えた。

美しい眺めだった。ここで戦争があり、大勢の人間が犠牲になったということが信じられなかった。

山の麓にあるはずの竹林洞は手前の山蔭に隠れて見えなかった。右手の山の中腹に伽藍の屋根らしきものが見えた。

あれが朝方、出逢った僧侶が言った龍泉寺かもしれない。

せせらぎの音が聞こえた。

喉が渇いていた。宗次郎は水音のする方角に沢を下りて、山水の流れる岩場で水を飲み、干し餅を食べた。

岩の上で休息をとった。木洩れ日が緑の光となって宗次郎に降りかかっていた。うとうととしてきた。

宗次郎は両手で頬を叩き、水場に下りて顔を洗った。そうして腹に力を入れ立ち上がった。

一気に山を下るつもりだった。

山径を下り、龍泉寺の裏手に着いた。

裏門から境内に入った。人の気配がしない。廃寺なのか、と伽藍の様子を窺《うかが》ったが、僧侶もいないようだった。

ちいさな堂の扉が開いていた。

中に入ると涼しかった。

仏像が仕舞われているのかちいさな厨子《ずし》の扉は閉じてあった。宗次郎は厨子の裏に回り、そこで横になった。

眠気がいちどきに襲って、眠り込んだ。


遠くで人の声が聞こえた。

やわらかな声は長兄の声に似ていた。

宗次郎は、夢を見ているのだろう、と思った。

「これ、起きなさい」

宗次郎は目を開いた。

薄闇の中に顔が浮かんでいた。まだ夢の中か、と思ったが、その顔が声を上げた。

「これ、起きなさい」

宗次郎はあわてて上半身を起こし後ずさった。

「案ずるな。わしはこの寺の者じゃ。昼間覗いたらおまえがあんまり気持ち良く寝ていたんでそのまま寝かせておいた。もうすぐ夕刻になる。いくらなんでもそんなに眠っていては目がつぶれてしまうやもしれんと思い、起こしに来たんじゃ」

老僧が笑っていた。

「これは勝手に入ってしもうて失礼した。このとおりだ」

宗次郎は頭を下げた。

「いや、この寺で休んでもらうのはいっこうにかまわんのだ。寺とはそういうものだ。ただこの御堂は普段閉じておる。大切な弥勒《みろく》が祀ってあるんでな。閉め切ってばかりではいかんので風を入れておいたら、おまえが休んでいたんでな」

「それは済まんことをした」

宗次郎が立ち上がると僧も立ち上がった。

外に出ると薄闇がひろがっていた。ずいぶんと休んだものだ、と宗次郎は思った。

「住まいは近いのか」

「いや」

「これからどこへ行く」

「…………」

宗次郎は返答しなかった。

「竹林洞はここからまだだいぶありますか」

「山門を出て下ればすぐに見える。竹林洞の者か」

「いや、知り合いがいて訪ねてきました」

「そうか、気を付けて行け」

「ありがとうございます」

宗次郎は歩きかけて立ち止まり、僧を振りむいた。

「和尚、このあたりに軍隊はおりますか」

「軍隊？　韓国の軍隊か、それとも北の軍隊か」

「どちらでもいいんです」

「ほうっ、どちらでもいいのか。おそらくどちらの軍隊もおらんだろう」

「戦争のことはよくご存知でしょうか」

「いや知らん。ただ倅が軍隊におって、時折、手紙をよこす、その程度しかわからぬ。兵たちのほとんどは北との境におるらしいな」

「じゃここらあたりでは戦闘はないということですか」

「さあ、それはわからん。おまえ、額に怪我をしておるぞ。傷口を洗った方がいい」

宗次郎が額に触れると指に血糊がついた。

「大丈夫です」

「軟膏でも塗ってやろう。こっちに来い」

僧がすたすたと歩き出したので宗次郎はしかたなしについて行った。

庫裡《くり》に入ると若い僧が一人いた。

「客だ。傷の軟膏を持ってきなさい」

若い僧は丁寧に宗次郎にお辞儀をし、足が悪いのか左足を跳ねるようにして奥に消えた。

「見てのとおりのボロ寺だ」

僧は三和土《たたき》に腰を下ろして頭を掻いていた。

「おまえどこから来た？　北の者ではなさそうだな」

「…………」

宗次郎が黙っていると僧が言った。

「おまえの寝顔はなかなかじゃった。弥勒もつかの間、嬉しかったろう。おだやかな人相だから永く生きられるやもしれん。命を粗末にするなよ」

「ありがとうございます」

若い僧が木箱を手に戻ってきた。

老僧が宗次郎の傷を洗い、軟膏を塗りはじめた。

妙な気分だった。安堵がひろがった。

僧が軟膏を塗っている時、宗次郎は言った。

「日本から来ました」

「そりゃご苦労だな」

僧は平然と言った。

「竹林洞にいる私の妻の弟を救いに来たのです。もしできるなら妻の両親と長兄の子供も日本に連れて帰りたいと思っています」

「おまえ一人でか」

「はい」

「できるのか」

「やってみないとわかりません」

「たいしたものだのう」

若い僧が碗を持ってきた。

「白湯《さゆ》だ。飲んでいけ」

白湯を飲むと身体の中がやわらかくなったような気がした。

「和尚、頼みがあるのですが」

「何じゃ」

宗次郎は懐の中から小袋を出し、そこから金の粒を数粒出した。

「これで私の供養をしてもらいたい」

「おまえの供養？　おかしなことを……」

「いいえ、今回のことが無事に行ったなら私は帰りに必ずここに寄りましょう。もし上手く行かなかったら寄ることはできません。その時は私の供養をしてもらいたいのです」

僧はじっと宗次郎の顔を見つめた。

「よかろう。本堂に上がりなさい」

本堂に上がると老僧は経を唱えはじめた。

本堂に仏像はなかった。経が終ると名前を訊かれた。若い僧を呼んで宗次郎の名前を書かせた。

宗次郎は妻の家族の事情を打明けた。

「……土の中にいるのか。それはもしかして金の家のことか」

「ご存知ですか」

「あの家の女房は信仰の篤い人でな。そうか、そういう事情があったのか。たしか亭主は病いと聞いたぞ」

「ええ知っています」

老僧は若い僧を呼んだ。若い僧は庫裡に行き、巻紙を手に戻ってきた。

その紙に僧が何かを書きはじめた。書き終えると僧はそれを宗次郎に差し出した。

「これはわしの倅に宛てた手紙だ。軍隊に捕縛されるようなことがあったら、それを見せろ。運が良ければ助かるかもしれん」

『朴東林《パクドンリン》』と名前が記してあった。

「酒呑みのドラ息子だ」

老僧はそう言って笑った。

そうして若い僧に、金の家まで宗次郎を送るように言った。断わったが、そうしろと言ってきかなかった。

礼を言って若い僧と二人で山門を出た。

二人して山径を下った。すっかり闇になっていた。

「和尚はいつも客にこんなふうにするのか」

「いいえ、初めて見ました」

「そうか……」

「きっと何かを思われたのだと思います」

「……和尚の息子は軍隊で偉いのか」

「はい、偉い人だと聞いています」

「…………」

やがて道は勾配をなくした。

前方に数軒の家が見えてきた。

橋の上まで来て宗次郎は若い僧に言った。

「どの家かを教えてくれればいい。ここからは一人で行く」

若い僧は一軒の家を指さした。

「あの川沿いの家です」

「わかった。気を付けて帰ってくれ」

宗次郎は肩を左右に大きく揺らしながら歩く僧が闇に消えるまで見送ってから前方の村を見回し、教えられた家を見つめた。闇の中にその家はひっそりと沈んでいた。

――着いた……。

宗次郎は胸の中でつぶやいた。

九章

朝鮮の動乱がはじまった報せを聞いてから一年と数ヵ月が過ぎていた。

宗次郎は村の様子を窺った。

まだ夜中であったからどの家にも灯りは点っていなかった。

川沿いにある義父の家から少し離れて数軒の家が点在していた。

春先、金を届けさせた趙の話では李という家の者が義弟に恨みを抱いてつけ狙っているということだった。対岸にある少し大きな家だろう。

宗次郎は義父の家にむかって歩き出した。

せせらぎの音が聞こえた。周囲の野畑を吹いて流れる風には秋の気配がした。風の中に稲の匂いがするのは、まだ収穫のできる田圃があるのだろう。

宗次郎は家の前に立った。鶏の鳴く声がした。家の中からのようだった。門には閂《かんぬき》がかかっているようだったが、塀そのものがひどくいたんで壊れかけていた。そのありさまがこの家の中に働き手がいないことを告げていた。

鶏が鳴いた。こんな夜中に鶏が鳴くのが妙に思えた。

宗次郎は素早く小橋を渡り、破れた板塀から手を入れ閂を外し中に入った。

そのまま表木戸の前を通り過ぎ裏手に回った。柿の木の葉が星明りに浮かんでいた。

柿の葉が一瞬、ざわっ、と動いた気がした。すぐにけたたましい鶏の声がした。宗次郎は思わず立ち止まった。

目の前の鶏小屋を見た。下の方は木の蔭ではっきりとは見えなかったが、この小屋の下に吾郎が潜んでいるのだろうかと、宗次郎は小屋の奥を覗いた。

また鶏が鳴いた。鶏の動く気配だけがした。

宗次郎は鶏小屋から離れ、裏木戸に手をかけた。

木戸に手をかけると、先刻から鶏小屋の鶏以外の気配がするのに気付いた。

木戸にかけていた手を離し、あとずさった。

その途端、裏木戸が音を立てて倒れた。

人影が唸り声を上げ突進してきた。

宗次郎は咄嗟に左に避けた。相手は勢い余って前につんのめった。宗次郎は目を見開いて相手を見た。自分を強盗と思って義父か義弟が襲ってきたのかもしれなかった。義父でも義弟でもなかった。小柄な男で手に棍棒のようなものを持っていた。男は宗次郎に殴りかかってきた。宗次郎は男の一撃をかわすとすぐに摑みかかり、棍棒を奪い取りそれで横面をはらった。鈍い音がして相手が倒れ込んだ。馬乗りになり首を絞め上げた。

「済まん、助けてくれ。助けてくれ」

「貴様、この家で何をしていた？」

「喰い物を貰ったらすぐに出て行くつもりだったんだ。見逃がしてくれ」

宗次郎は必死で訴える男の表情をじっと睨んでから、二度、三度、顔を殴りつけ、首を強く絞めた。相手がぐったりしたのをたしかめて、すぐに家に入った。

奥に入ると闇の中から嗚咽とともに呻き声が聞こえた。

「お願いです。あの子に危害を加えないで下さい。家にある物はすべて差し上げます。お願いです」

義母の声だった。むせび泣く声が痛々しかった。

「お願いです。どうか助けて下さい。何でも差し上げますから、どうか……」

「お義母さん、宗次郎です」

「………」

泣き声が止んだ。

「お義母さん、大丈夫です。男は片付けました。宗次郎です。今、日本からやってきました」

咳込む声がした。義父のようだった。

灯りが点された。

部屋の隅に義父と義母は身を寄せ合うようにして宗次郎を見上げていた。

宗次郎はすぐに二人に歩み寄った。

二人は信じられないという目をして宗次郎を眺め、宗次郎が義父を抱き起こすと義母が泣きじゃくりながらしがみついてきた。

「宗次郎さん、本当に宗次郎さんなのですね」

義母は宗次郎の手を握り、大粒の涙を流し続けた。

宗次郎は義父を抱きかかえて蒲団の中に寝かせた。痩せて軽くなった身体は三田尻の塩田を取り仕切っていた頃とは別人のように弱り切っていた。

「お義父さん、元気を出して下さい。もう大丈夫です」

義父が何かを言おうとした。妻の要子の名前を口にしていた。

「要子は元気です。もうすぐ五人目の赤児を産んでくれます」

義母が夫に水を飲ませた。

義父は水を飲むと、早口に喋り出した。

「息子を、吾郎を助けてやってくれ。わしのことはいいから息子を頼む」

「わかっています。吾郎君は今も裏の鶏小屋の下に居るのですか」

義父は起き上がり、よろけながら立ち上がった。

三人で裏庭に出た。男が一人倒れていた。

「この男は後で私が仕末をします」

宗次郎はうつ伏せに倒れた男をあおむけにして意識が失せているのをたしかめると軒下にあった縄で縛り上げ、庭の隅に放り出した。

義父母は周囲を警戒するように見回し、鶏小屋の中を覗いた。

義母が灯りを点した。

小屋の床板を外すと、灯りの中に身体を震わせながらおびえるような目付きで宗次郎を見ている吾郎がいた。裏庭の騒ぎを耳にして恐怖に襲われていたのだろう。吾郎は手灯台を手にした相手から目をそむけて顔を隠していた。

「吾郎さん、宗次郎さんが日本から助けに来てくれたのよ。吾郎さん、宗次郎さんよ」

義母の声を聞いて、吾郎がおずおずと顔を隠していた手を広げ、指間から宗次郎を見た。

「吾郎君、助けに来たよ。もう大丈夫だ」

吾郎は宗次郎の声を聞いた途端、床板に頭をぶつけながら首を出し、両手を赤児のように差し出した。

「義兄《にい》さん、来てくれたんですね。義兄さん、義兄さん……」

あとは声にならずただ泣きじゃくるだけだった。

「吾郎君を家の中に入れましょう」

宗次郎は義母に鶏を捕獲させると、鶏小屋をかかえ上げ、床板を外して吾郎を抱きかかえた。

義父以上に吾郎は痩せこけていた。この姿を妻が見たらどんなに嘆き哀しむだろうかと思うと宗次郎は目頭が熱くなった。

吾郎を家に上げ、蒲団に寝かせた。

両親は息子の手を取り、頰を撫で、身体をさすってやっていた。

「苦しかったろう。よく頑張ったな。わしの力が足らんでひもじい思いをさせて済まなかった」

泣きながら息子に訴える義父も痩せ衰えていた。

ひどい異臭がしていた。

「お義母さん、風呂を焚いて下さい」

先刻から吾郎は手灯台の光に目をしばたたかせていた。長い間、暗闇の中にいたので目が弱っているのだろう。

「それと吾郎君の目にぬるい湯を絞った手拭いを被せてやって下さい」

「わかりました」

「私は外の男を片付けてきます」

「あの男は徴用員だ。以前、この家に来たことがある。その時に徴用を逃がれるために過ぎる施しを渡してしまった。それを覚えていたのだろう。放せば必ず仲間とここにやってくるだろう」

義父が言った。

「わかりました」

宗次郎は裏庭に出て縛られた男を起こした。

男は意識を戻した。宗次郎の顔を見てがたがたと震えはじめた。

「おまえは徴用員らしいな。年寄りの家を襲ってこんなことをしているのか」

「もう二度としない。助けてくれ」

男は必死で言った。

宗次郎は男の衣服の中から盗んだものを取り出した。

「全部やる。やるから助けてくれ」

「元々、おまえの物とは違うだろう。今からどこかこの辺りの土の下で眠るのと、これから先の一生、今夜、ここで起きたことを誰にも話さないで生きるのと、おまえはどちらを選ぶ？」

「誰にも話さない。だから助けてくれ」

宗次郎は男の目をじっと見た。

「家族はいるのか」

「息子と娘がいる。助けてくれ」

「おまえの家族と同じようにこの家にも家族がいる。それをおまえは土足で上がりこんでひどいことをした。罪の償《つぐな》いをしてもらう」

男は首を縦に振った。

「これから一ヵ月おまえはその鶏小屋の下でじっとしていろ。喰い物は与えてやる。もしひと言でも大声を上げたらすぐに殺す。わかったな」

「わ、わかった」

「歯を喰いしばれ」

男の目に恐怖の色が浮かんだ。

宗次郎は拳を握って男の顔を殴りはじめた。

男が気を失なったのを確認すると縄を解いて、もう一度しっかりと縛りつけた。そうして吾郎のいた穴に落すと、その上に床板を被せ、鶏小屋を上から置いた。鳥籠の中から鶏を出し、小屋の中に追いやった。

それから二日、宗次郎は家の床下に簡単な寝所をこしらえて吾郎と二人で休んだ。

徴用員のあの男がこの家に押入ることを誰かに話していたら、仲間が来るはずだと思われたからだ。

吾郎はひどく興奮していた。

ほとんど眠ろうとしなかった。

「……そうですか、姉さんは五人の子供の母親になるんですね。早く姉さんに逢いたいな。三田尻の町の、あの美しい海を僕は何度も夢で見ました。もっと様子を聞かせて下さい……」

「吾郎君、今、大切なのは君が体力を回復させることだ。視力も弱っているようだ。一日も早く元の健康な身体に戻さないといけないよ」

「わかってます。一日も早く僕も日本に帰りたいんです」

興奮して語る吾郎はようやく寝息を立てはじめたかと思うとすぐに夢か何かにうなされて目を覚ました。

「やめろ、やめるんだ。やめてくれ……」

叫び声を上げて目を覚ますこともあった。

昼夜の時間の感覚も狂っていた。地下の生活は宗次郎の想像以上に吾郎にダメージを与えていた。

昼間、宗次郎は義父母の世話をした。

義父は心臓の具合いが芳しくなかった。それ以上に義母も弱っていた。

宗次郎はこの家の三人の様子を見ていて、今、この三人を連れて日本に無事に戻るのは不可能だと思った。

治療は近在の村に住む漢方医の調合する薬に頼っているという。

宗次郎は床下の吾郎が寝息を立てているのをたしかめてから二人に話をはじめた。

船が一ヵ月後に巨済島の東の岬にむかえにくることと、三人を日本に連れて帰るつもりだということを打ち明けた。

「宗次郎君、有難い話だが、わしと妻のこの身体ではとてもではないが日本までの密航は無理です。私もこれもここで骨を埋めるつもりで帰ってきたのです。わしたちのことは心配してもらわなくて結構です。ただ息子の吾郎のことだけが気がかりです。今のままではあまりに不憫です。どうか息子を助け出してやって下さい」

義父は宗次郎の手を握って頭を下げた。

義母も泣きながら頭を下げた。

「妻の要子はあなたたちも救って欲しいと言っています。歩けなくとも、この先の入江まで船を調達してきます。その船に乗れば横になったまま巨済島に行けます」

「お気持ちは嬉しいのですが、わしらのことは自分たちが一番よくわかっています。ここはわしの故郷です。骨を埋める土地です」

「………」

義父の言葉に宗次郎は黙った。

「ただ息子のことをよろしくお願いします」

宗次郎はちいさくうなずき、今日はこれ以上話を続けるのを止めた。

「もうひとつ相談なのじゃが……」

「何でしょうか」

「あれが、息子が日本に行くことがいいのかどうかわしにはよくわからんのです」

「私が吾郎君の立場なら、今はここを脱出してこの国のどこかにいるべきだと思います。いずれここに戻ってお義父さんとお義母さんと暮らすべきです」

「わしもそう思っていました。終戦直後に日本人からあんな仕打ちをされるとは思ってもいませんでしたから、息子は祖国で生きるのが一番いいと信じていました。ところが今は国はふたつに分れ、この先どうなるのか見当もつきません。あれはもう日本に戻るつもりでいます。そこのところをあなたからも少し話してやって下さい」

「わかりました」

宗次郎は義父の手を握り返してから義母の手を握った。

「お義母さん、心配はいりません。ともかく元気になるようによく休んで下さい。明日、薬を買ってきますから」

宗次郎の言葉に義母がまた泣き出した。

宗次郎は最後に昆陽面の自分の村に行き、兄の子供たちを連れてくる話をした。

義父はまじまじと宗次郎を見て言った。

「それをあなたは一人ですべてなさるというのですか」

「やれるかどうかはわかりませんが、それをやるために来たのですから……」

宗次郎が苦笑いをすると義父は宗次郎の顔を見直し、二度、三度うなずいていた。

翌日早く、宗次郎は隣り村の漢方医の所に薬を取りに行き、医師から義父母の病状を訊いた。

医師が言うには、二人とも今は安静にしていなくてはいけない。無理をさせるとすぐに発作が起きて、命の保証はできないと言われた。

「遠くに旅をさせるのは無理ですか」

「もっての外だ。死にに行くようなものだ」

「治るにはどのくらいの歳月が必要なのでしょうか」

「早くて二年はかかる。三年、いや五年、もっとかかるかもしれん。治れば運が良かったと思うことだ。野良仕事はさせてはならん。誰か小作人を雇えと言っておいたのだが……」

「わかりました。先生、ひどく衰弱している若者が一人います。昼夜をとわず起きていたらしく睡眠もよく取りません。何より身体が弱っています。何か薬を調合して欲しいのですが」

「年齢は何歳だ？」

「二十一、二歳です」

「待っていなさい」

ほどなく医師は薬を手に戻ってきた。

「この薬は少し高いが、いいか」

「かまいません。これは、両親の一年分の薬代です。こちらが若者の薬代です。後でまた持ってまいります」

医師は目の前に置かれた金の粒を見て目を見開いていた。

医師の家にむかう時もそうだったが、陽が昇ってからは村の道は避け、沢伝いの道を歩いた。

宗次郎は帰り道を急いだ。

ひと山越えて沢を下っている時に下方から人の叫び声がした。

雑木林の中から声のした方角を覗くと、男二人に連れられた男と赤児を背負った女が歩いていた。叫び声は女が出していた。

「連れて行かないで下さい。私の夫《うち》《ひと》がいなくなると私たちは生きていけません。お願いです」

徴用員にすがりつく女を男が蹴り上げた。

倒れた妻に夫が駆け寄った。その夫を徴用員が腕を取って離した。銃を持っていた。

――なんとひどいことを……。

その時、金属音に似た音が響き、上空を爆撃機の編隊が北にむかって通過しはじめた。

宗次郎は下方から目を離し、沢伝いを歩き出した。

沢を歩きながら宗次郎は自分が徴用員の力を見縊《みくび》っていたことに気付いた。

――彼等は銃も使いこなす連中だったのだ。

急いで家に戻り、鶏小屋の下の男を仕末しなくてはいけないと思った。


田圃の中を身をかがめて横切り、裏庭から入ってみると様子がおかしかった。

鶏がけたたましい声で鳴いていた。

小屋の中を覗くと、男が呻き声を上げて胸を掻きむしるようにして倒れていた。

白眼を剝いて口から汚物を吐き出していた。

宗次郎はすぐに背後を振りむき家の中の様子を窺った。

――誰の仕業だ……。

裏木戸を勢い良く押し開いて家の中に入った。

義母が唇をわななと震わせ訴えるような目をして宗次郎に言った。

「宗次郎さんが家を出てからしばらくして、あの男が大声を出しはじめました。あなたが家を出たことを知っているようでした。私は静かにしてくれるように頼みましたが、何度も声を上げるので男の縄をほどいてやりました……」

そこまで話して義母は口に両手を当てて引きつったように上半身を震わせはじめた。

「それでどうしたのです」

「食べ物を持ってくるように言われたので粥を持って行ったのです。私、このままではあの男の仲間がここに仕返しにやってくると思ったので……、粥の中に農薬のカブトギクを入れたのです。大人ならいっとき苦しみますが、死ぬことはないと聞いていたんです。あんなふうになるとは……」

そう言って義母はその場にしゃがみ込んで泣き崩れた。

義母のむこうで天井をじっと睨んだまま義父が身動《みじろ》ぎもせず横になっていた。

宗次郎は義母の背中を抱いて言った。

「お義母さん、それでよかったのです。私でも同じことをしたはずです。よくやって下さいました」

義父が低い声で言った。

「カブトギクは人によっては命を落すこともある……」

「いや連中は人ではありません。私が迂闊《うかつ》でした。今朝、家を出る時にもっと注意をしておけばよかったのです。申し訳ありませんでした。さあお義母さん、横になって休んで下さい。薬はここに置いておきます。それとこれは吾郎君の体力を戻すためにと調合してもらった薬です。食事と一緒に飲ませるようにと言われました」

裏庭に出て鶏小屋を覗くと、男はまだ白眼を剝いたまま汚物を吐いて倒れていた。身体を揺すってみたが反応はなかった。

『人によっては命を落とすこともある』

義父の言葉がよみがえった。

宗次郎は周囲を窺いながら急いで男を穴の中に落とし、床板で隠した。小屋の中は汚物が散らかっていた。鶏を小屋から出して籠の中に入れた。

家の中に入り、義父母に心配はいらないと告げて、床下に入って少し休むことにした。

吾郎が心配そうな顔で宗次郎を見た。

「何があったのですか？　母さんがひどく泣いていたようですが」

「たいしたことではありません。どうですか、身体の方は？　今日、薬をもらってきました。それを飲むと元気になると医者が言っていました。しっかり食べて、よく眠ることです。それが今、一番大事です」

「義兄さん、いつ日本に行くのですか」

「皆の身体が元気になったらです。頑張って体力をつけて下さい。それと医者の話では急に日差しを見ないようにした方がいいそうです。初めは星明りなどを見て少しずつ目をならすのがいいと言われました。今夜、二人で外に出ましょう。少し歩く訓練もしなくてはいけませんから」

「そうですね。義兄さん、日本は今、どうなっているんですか。マッカーサーのアメリカ軍が占領してるんでしょう」

「マッカーサーはアメリカに戻りました。詳しいことはわかりませんがアメリカの大統領ともめたと聞きました」

「なら今は日本が独立を勝ち取る絶好の時ですね」

吾郎が目をかがやかせて言った。

終戦直後の三田尻で吾郎がこんな口調で話していたのを何度となく聞いたのを、宗次郎は思い出した。

そんな吾郎を妻の要子がたしなめていた。若くて純情なのだと言ってしまえばそれだけなのだろうが、こうして村の人の目から隠れていなくてはいけないのも彼の一途《いちず》な性格がそうさせている気がした。

「吾郎君、今の日本は占領下といっても誰も皆、戦時中よりはしあわせに生きていますよ。民主主義というのは悪くありません」

「そうなんですか。でも本当は民主主義ではなく帝国主義なんですよ、義兄さん」

「私は難しいことはわかりませんが、戦争の前と後で日本はがらりと変わったことはたしかです。皆それを喜んでいるはずです。吾郎君、少し眠りなさい。夜になったら私が起こしますから」

「はい」

吾郎が目を閉じたのを見て、宗次郎も休んだ。

床下を動き回る鼠《ねずみ》の足音が騒々しかった。

目を閉じると、先刻見た鶏小屋の男の姿が浮かんだ。

――死んでくれた方がいいのかもしれない。義母には辛いかもしれないが、その方が皆にとっていいはずだ……。

鶏小屋の男の姿が失せると、漢方医の所からの帰り道に見た徴用員に夫を連れて行かれる母子の姿が浮かんできた。

すがりつく女を蹴り上げた男と彼が手にしていた銃がはっきりとよみがえった。

耳の奥から義父の声がした。

『徴用を逃がれるために過ぎる施しを渡してしまった。それを覚えていたのだろう』

義父の話では、その折にこの家に来た徴用員は三人で、鶏小屋の男は手下のようだったと言っていた。

この家からまだ搾り取れるものがあると思っていたから手下の男が一人で乗り込んで来たに違いない。だとすれば残る二人の徴用員も遅かれ早かれここにやって来るはずだ。それに手下の者の行方がわからなくなっていれば……。もしあの男がここに押し込むことを仲間に話していれば間違いなく彼等はあらわれる……。

徴用員のこともあったが、宗次郎には片付けておかなくてはならないことがもうひとつあった。それはこの村の人が義父たち一家を敵対視していることだった。

自分たちの息子を殺害され、隠れていた場所を密告したのが吾郎だと信じている村人たちの気持ちを覆《くつがえ》すにはどうしたらいいのか。

村人の考えをかえなくては、この村に残るようになるかもしれない義父母が安心して暮らすことができない。

——何かよい術はないものか?

いつしか宗次郎は眠りについた。

夜になって宗次郎は吾郎を背負って裏庭に出た。

吾郎を炊事場の石段に座らせ、星を見るように言った。

「綺麗ですね。こんな綺麗な空の下で人が殺し合いをしてるなんて信じられませんね」

吾郎が星空を仰いで言った。

風が強かった。

宗次郎は鶏小屋の下の気配を窺っていた。

気配さえしない。すでに息絶えているからかもしれない。それならそれで仕末をしなくてはならない。他の家は寝静まっているのだろう。風音以外に物音ひとつ聞こえなかった。これほど静かな村の中でこの数日、この家だけ騒ぎがあり過ぎたように思う。村人がこの家の様子を窺っているとしたら、誰かが気付いているかもしれない。

いずれにしても小屋の下の男をどうにかしなくては……。

「義兄さん、僕は一度、この小屋から逃げ出したことがあるんです。台風の夜でした。ここにいることが耐えられなくなったんです。僕がいては父にも母にも辛い思いをさせるだけですから、ここを飛び出して嵐の中を歩き続けました。どこか遠くに行ってしまおうと思ったんです。でも僕には他に行く場所がどこにもなかったんです。臥龍山の洞窟の中に隠れていたところを父が探しに来てくれたんです。父に泣きながら言われました。おまえを探してどれだけ戦場をさまよったか、と……。それを聞いて、僕はこの穴の中でじっと耐えようと決めたんです」

吾郎は鶏小屋を見つめていた。

宗次郎は戦場で息子を探してさまよう義父の姿を思い浮かべた。義父が言ったように親子が離れ離れになるのはよくないと思った。

吾郎が声を上げた。

「義兄さん、鶏の姿が見えませんね。どこかに行ったのですか。あの二羽は時々、喧嘩もしますが、あれで結構仲がいいんですよ」

吾郎が小屋の隅に置いた鳥籠に気付いた。

「そうか、ここにいるのか」

籠を覗き込んだ吾郎が声を上げた。

「義兄さん、一羽が死んでいます。どうしたんでしょう?」

吾郎が悲痛な声を上げ宗次郎を見た。

おそらく鶏小屋の中に散っていた男の口から出た汚物を口にしたのだろう。

「今朝、鶏たちを放していた時、間違って農薬を口にしたそうです。お義母さんがそれで泣いていたんです」

吾郎が横たわった鶏に手を伸ばそうとした。

「触らない方がいい」

宗次郎の言葉に吾郎が手をひっこめた。

「さあ少し歩きましょう」

宗次郎は吾郎の手を引いて歩行練習をはじめた。やはり足元がおぼつかなかった。

「足の指に力を入れなさい。指で地面を摑むようにするんです」

吾郎は歯を喰いしばって歩いた。

宗次郎は背後に人の気配を感じて振りむいた。

義母が立っていた。

吾郎は義母のことも気付かないで一歩一歩進んでいた。


宗次郎は吾郎の体力を回復させるための歩行練習を見守るのが一段落すると、彼を床下に戻らせ、鶏小屋の下の男の様子を見た。

まだ息はあったが、ひどく衰弱しているようでカブトギクの毒がどこまで身体にまわっているのかわからなかった。このままここに置いておくわけにはいかなかった。

宗次郎は夜空を見上げた。夜明けまでにはまだ一時間はあるようだった。

彼は鶏小屋をどかし、息も絶え絶えの男の手足を縄でもう一度縛り上げ、荷を背負うようにして肩口にかかえ上げた。そうして臥龍山にむかって歩き出した。龍泉寺まで男の命がもてば和尚に事情を話し、後のことを頼もうと思った。息絶えればどこかに埋めるしかなかった。

歩き出した途端に汗が吹き出した。男が時折、妙な声を上げて嘔吐した。それが男の叫びに聞こえた。

――義母がそうせずとも、おまえはいずれどこかでこうなったろう。そういう生き方をしていたのだ。

宗次郎は胸の中で呟きながら山径を登った。

龍泉寺の山門が見えた。

東の空が明るくなりはじめていた。宗次郎は歯を喰いしばり山門を目指した。

境内に入ると、数日前に宗次郎を村の入口まで送ってくれた若い僧侶が庭帚を手に立っていた。男を庫裡の木戸前で下ろすと縄を解いた。まだ息をしていた。

和尚があらわれ、宗次郎は事情を話した。

和尚は男を預かることを承知してくれた。宗次郎が礼を言うと、和尚は早く戻るように言った。

宗次郎が歩き出すと、背後で和尚の声がした。

「いつまでもつかわからんものをどうして助けたかのう」

宗次郎は振りむかずに走り出した。

日が暮れてから、宗次郎は自分の生家のある大津里の村にむかった。どこかに小舟でもあれば対岸にある大津里まではさほど時間はかからなかったが、入江の中を舟で移動するのは危険だった。

月明りの下、山中と海岸線を懸命に進んだ。

見覚えのある入江と山影が見えはじめた時には月は中天に昇っていた。

宗次郎が子供の頃に見知っていた田畑は見るも無残に荒廃していた。

生家が見えた。ひっそりとしていて人が棲んでいるようには見えなかった。

——やはり皆戦場に連れ出されたのか。

宗次郎は用心深く家に近づいた。裏手に回ると軒下に衣類が干してあった。

裏木戸を叩いた。

「母さん、母さん、宗来です」

返答はなかった。

もう一度、木戸を叩き、母の名前を呼んだ。

「誰だね、そこにいるのは……」

母の声だった。

「私です。宗来です」

「誰だね。強盗ならこの家には何もない。違う家に行っておくれ」

「母さん、私です。宗来です」

それでも木戸は開かなかった。

宗次郎は木戸を無理矢理こじ開けた。

ちいさな人影が斧を手に震えて立っていた。

月明りで宗次郎の顔が確認できたのか、母は目を見開き、宗次郎の顔を幽霊でも見たように凝視し、すぐに宗来と名前を叫んで胸にすがりついてきた。

母は父の死の哀しみと、大津里が北朝鮮軍と国連軍の激戦地になった時の絶え間ない砲撃で耳がよく聞こえなくなっていた。

その上、息子を戦場に連行され、男手がいなくなった家に北朝鮮軍と韓国軍が交互に侵入してきて、彼女は混乱していた。今日まで生きていたのが不思議なほどだった。

近くに住む次兄の嫁が食べ物を運んで世話をしていた。

母は春先に使いにやった趙に逢い、長兄の子供たちを日本に連れて行く話を覚えていた。

「孫たちの行方はわからない。次男の嫁が戦場へ探しに行ったのだが……、その次男も戦場に……」

母はそう言って大粒の涙を零した。

宗次郎が甥や姪たちを見つけ出して日本に連れて行きたい、と申し出たが、母は頭を横に振るだけだった。

「戦場をうろうろしていたらおまえが殺されてしまう。早く日本に戻りなさい」

「では母さんと義姉さんだけでも一緒に行きましょう」

「それはできない。息子が戦争から帰ってきた時、私がいなければどんなにか悲しむでしょう。次男の嫁もそれは同じはず。それにこの歳で見知らぬ国へ行っても生きてはいけない。私たちのことはいいから、おまえは早くこの国を去りなさい」

そう言ってから母は竈《かまど》に行き、何もないが食事をしていくようにと言って火を焚きはじめた。

火が熾《おこ》る間、宗次郎は母と語り合った。

宗次郎は日本から持ってきた家族の写真を母に見せた。母の顔から初めて白い歯がこぼれた。

宗次郎は三人の娘の写真の顔を指さしながら名前を母に告げた。そうして息子の顔を指さそうとすると母は宗次郎の顔を見て、

「男の子が生まれたのですね」

と嬉しそうにうなずいた。

「直治と言います」

「いい名前ですね。それにこんなにたくさん子供を産んでくれて、あなたは良いお嫁さんを貰いましたね」

「妻のお腹の中にはもう一人の子供が育っています」

「それはよかった。あなたは日本に行って幸せになれたのですね。私はそれをとても喜んでいます。お父さんはあなたのことを死ぬ間際まで心配していました。あなたが里帰りした時に冷たくしたことをとても悔んでいました。お父さんがあなたのことを愛していたのを忘れないで下さい。あなたの日本までの船賃を出してくれたのはお父さんなのですよ」

宗次郎は母の話を聞きながら何度もうなずき、自分でも気が付かないうちに涙が頬を伝っていた。

母がこしらえた粥は懐しい味がした。

宗次郎は懐の中から金の粒を出して母に渡そうとした。

「以前、あなたから届けてもらったものがまだ使わずに残っています。それは自分たちのために使いなさい」

それでも宗次郎が強引に渡そうとすると、母は粒をふたつに分けて言った。

「あなたの息子が二十歳になった時、これをお祖父さんとお祖母さんからの祝いだと渡して下さい」

「ありがとうございます。母さん、一緒に日本に行ってもらえませんか」

宗次郎が懇願しても母は首を静かに横に振った。

「あなたの兄さんのために私はここに居なくてはいけません。さあお嫁さんの家に行って弟さんを救い出して日本に戻りなさい」

母は言って奥に行くと一枚の布を手に戻ってきた。

「あなたの布には血が付いています。これに換えなさい」

そう言って宗次郎の手を握って押し出すようにした。

「母さん、この戦争が終ってこの国に往き来ができるようになったら子供たちを連れて必ず帰ってきます」

「そうなるといいですね。私も頑張って長生きをします」

宗次郎は母の手をもう一度握りしめ家を出た。そこで立ち止まり、母を振り返った。

母は汚れた布で顔の下半分を覆っていた。目が光っていた。

「兄さんによろしく伝えて下さい」

「わかりました」

宗次郎は山にむかって走り出した。


夜明け方、宗次郎は竹林洞に戻った。

「どうでしたか。ご実家の様子は」

義母が訊いた。

「次兄もやはり戦場へ連れて行かれたまま、戻ってきてはいませんでした。長兄の妻と子供までが行方が知れないようです」

「お母さんはお元気でしたか」

「元気でしたが砲撃で耳をやられていました。近くに住む次兄の嫁が面倒をみてくれていました。田畑は荒れ放題でどこにも農作している田畑はありませんでした」

義母の背後から義父の声がした。

「昆陽面の大津里一帯は北が侵攻してきた時に韓国の守備隊と激戦になった。わしも息子を探して、あの一帯を歩いたが砲撃と爆撃の穴だらけで大勢の犠牲者をあちこちで見た。村ごと消滅していた所もあった……」

「母は生きていただけでも運が良かったのでしょう」

「それはわしたちも同じだ。息子も無事でいる。けれど息子を日本に連れて行けば宗次郎君や要子の邪魔になるのではないかと心配だ……」

「ただこのままこの家に隠れているのは無理です。戦争の状況が好くなれば方法もありますが、北は中国軍が参戦してから勢いを盛り返しているようです。アメリカは原子爆弾を使おうとしているという話も聞きましたから、この先どうなるのか見当もつきません。吾郎君が望むのなら日本に連れて行くのもいい方法かと思います」

「日本に行くことが息子にとっていいのか悪いのかわしにはよくわからんのです。生きていることが先決なのはようわかりますが、あの国はわしらの国ではありません。あれが日本に行っても虐げられる暮しが続くでしょう。息子の性格でそれが耐えられるのか……」

そこまで言って義父は咳込んだ。

「あなた、そのくらいにして休んで下さい」

「宗次郎君、わしは息子を甘やかし過ぎたんです。それであなたにこんな迷惑をかけてしもうて本当に申し訳のう思うとります。このとおりです」

義父が身体を起こして宗次郎に頭を下げようとした。また激しく咳込んだ。

「お義父さん、休んで下さい。早く元気になることが大事です。吾郎君はまだ若いのです。彼もお義父さんの気持ちはわかっています」

宗次郎の言葉に義父は頭を横に振った。

義父が寝付くと、義母が宗次郎に耳打ちした。

「昨夜、あなたが出かけられた後、夫と吾郎は言い争いをしました。夫はあなたが命懸けでここまで来てくれたことを息子がわかっていないことを叱りました。あの子はまだ頭が混乱しているのです。三ヵ月の間戦場であの子は酷いものを見たのだと思います。そのことを夫もわかろうとしませんし……。私にはあの子がまだ元の素直な子になっているとは思えません。目が違うんです。何か別のものを見ているように思えるんです。夫も私も我が子のことですからわかるんです。それであなたに迷惑をかけてしまいそうで……」

義母はひどくやつれていた。

「お義母さんももう休んで下さい。私は迷惑などと少しも思っていませんから」

宗次郎は床下に入って横になった。

目を閉じると大津里の母の顔が浮かんできた。母の言葉が耳の奥から聞こえてきた。

『お父さんはあなたのことを死ぬ間際まで心配していました。あなたが里帰りした時に冷たくしたことをとても悔んでいました。日本までの船賃を出してくれたのはお父さんなのですよ……』

宗次郎は物静かで黙々と野良仕事をしていた父の姿が思い出された。その田畑が戦争で無残になっている光景があらわれた。

こしらえた粥を食べる自分をじっと見ていた母の顔がよみがえった。

『母さんは食べないのですか』

笑って首を横に振りながら、私はお腹が空いていませんから、と言った。そんなはずはなかった。母の笑顔が浮かぶと、鼻の奥から熱いものがこみ上げてきた。

「義兄さん」

闇の中に声がした。

はっきりした声に吾郎が眠っていなかったのがわかった。

「義兄さん、僕は義兄さんが言うほどもう若くはありませんよ」

三人の会話を聞いていたのだ。

「わかっていますよ」

「いや義兄さんはわかっていません。僕が戦場で何を見てきたか……。きっと誰に話してもわかってもらえないと思います。僕は昨夜、父さんに言いました。同じ国の人間同士が殺し合うなんて最悪だと、こんな愚かな国はないと言いました。帝国主義の手先になって殺し合いをしているのを誰もわかっていないんです」

「吾郎君は共産主義の国になればこの国がいい国になると思っているのですか」

「そうは思っていません。北朝鮮軍は撤退して行く時に町や村を破壊して行っただけではなく罪のない人たちを、老人も女も子供も皆殺しにしました。地獄のような光景でした。僕は北朝鮮軍の本当の姿を見たのです。だからこの家に戻ったのです」

――やはりそうなのか、北の軍隊に吾郎君はいたのか……。

「このまま戦争が続けば、この国はきっと滅んでしまうでしょう。僕はそれが不安でしょうがありません。でもそれも自業自得なのかもしれません。同じ国の人間に平気で銃口をむけられるんですから……」

吾郎がかすかに笑った気がした。

君はそうしなかったのか、と宗次郎は訊き返しそうになったが、その笑い声を聞いて言葉にするのをやめた。

――こころが病んでいるのだろう。

いずれ時間が解決してくれるのだろうが、今はもう吾郎のこころが回復するのを待っている時間はなかった。

「正直な気持ちを言えば僕は姉さんに逢いたいのです。日本に行って姉さんと逢って、この国のことはすべて忘れて、新しい人生を送りたい。けど父さんが言うように日本に行けば虐げられて生きるようになるでしょう」

「………」

宗次郎は黙って吾郎の話を聞いた。

「義兄さんはどうして日本に渡って行ったのですか」

「………」

宗次郎は返答しなかった。

「義兄さん、教えて下さい。どうして日本に渡ったのですか。どうして日本が敗戦した後、皆と一緒にこの国に帰らなかったのですか」

「……吾郎君は私の故郷の村を見たことがありますか？」

「ありません。どんな所なのですか」

「ここから入江をぐるりと回った昆陽面の大津里に私の生家はあります。昨夜、私は母親に逢ってきました。母親は痩せ衰えていました。それは勿論、この戦争のせいもあるでしょう。働き手の長兄は殺され次兄が戦場に連れて行かれていますからね。しかし戦争がなくとも、私の家はわずかばかりの土地しか持たない農家だったから、三男は嫁も貰えないのが私が生まれた時の事情です。君はどうして私が日本に渡ったのかと訊きましたね。それは簡単な理由ですよ。……生きるためです。それ以外の理由は何もありません。君の父上も、あの塩田の組仲間の人も皆同じはずです。生きるために新しい世界が必要だったからです」

「人間は生きていればそれでいいんですか。そこに希望がなくてもですか」

「私はそう信じています。生きていれば希望は見つかるものだと信じています」

「他所者《よそもの》と虐げられてもですか」

「吾郎君、別に他所者でなくとも人間は弱い者を虐げるものですよ。強く生きていればそんなことは平気なはずです」

「義兄さんは強い人ですね」

「強いのではなく、そうなるしか生きて行けないのだと思います。男であれ女であれ、国を出て新しい土地で生きて行くにはそうならざるをえないでしょう。あなたのお父さんも若い時は皆が頼り、慕う方だったではありませんか。吾郎君にはお父さんのその血が流れています」

「…………」

今度は吾郎が黙り込んだ。

「さあ休みましょう。あなたの体力が回復するのが今は一番大切です」

吾郎は何も答えなかった。


その日以来、吾郎は宗次郎に話しかけなくなった。

吾郎の体力は少しずつ回復して来た。星明りや月明りだけを見せて徐々に慣らして来た目も夜明けの光から朝陽を見ることができるようになっていた。

鶏小屋から出て七日目の朝、宗次郎と義母が目を離した隙に吾郎は家の裏手から田圃の畔道に出て、一人で家の周囲を歩いてしまった。宗次郎はあわてて吾郎を探した。

吾郎が血相を変えて戻ってきた。

「どこに行っていたのです。外に出てはいけないと言っておいたでしょう」

吾郎はあわてて帰ってきたとみえ荒い息をしていた。

「どうしたんです？　誰かに逢ったのですか」

吾郎がうなずいた。

「相手はどんな人でした。村の人ですか」

吾郎が二度、三度うなずいた。

「どこで逢ったのです？　どんな人でした」

義母が訊いた。

「山側の橋のそばにいたら川のむこうから鍬を持った二人の男が急にあらわれて、僕の方を見てじっとしていた。僕が家の方に引き揚げようとすると二人が大声で何かを言って引き返した」

義母がちいさく声を上げ口を手で覆った。

「橋を渡ってきたのなら李の家の者だわ」

「それで二人は何と言っていたんです」

宗次郎が訊いても吾郎は何も答えなかった。

「吾郎君、男たちは何と言っていたんだ」

宗次郎は吾郎の肩を摑んで問いただした。

「吾郎君、大事なことだ。男たちは何と言っていたんだ」

吾郎が口ごもりながら小声で言った。

「……金の家の息子だ。見つけたぞ、と……」

「まあどうしましょう」

「僕が今すぐこの家を出て行くよ」

背後で声がした。

義父が木戸に寄りかかりながら立っていた。

「おまえは床下にいなさい。わしが何とかしよう。さあ宗次郎君も……」

宗次郎は三人の顔を交互に見た。

「お義父さん、李の家には男は何人いますか」

「主人と弟、それに作男を入れて三人のはずだ」

「父さん、僕が李の家の人たちに逢って説明してくるよ。それでわかってもらえないようなら僕の命をくれてやるよ。どうせ……」

吾郎の言葉が終らないうちに乾いた音がして吾郎が鶏小屋のそばまで投げ出されていた。

宗次郎が吾郎の顔を激しく打っていた。

「甘えたことを言うんじゃない。こんなことで命をなくして何になると言うんだ。さあ言われたとおり床下に隠れるんだ。あとは私たちで何とかする」

吾郎はうなだれたまま義母に連れられて家の中に入った。

宗次郎は義父に言った。

「お義父さん、私に考えがありますから、これから話すとおりにして下さい」

宗次郎は家の中に入り、義父母に今から自分がしようとしていることを話した。

「でもそれではあなたに危害が及んでしまいます。どうかわしたちのことは放ってここから逃げて下さい」

「それはできません、私はあなたたちを助けに来たのですから。このとおりお願いですから、私の言うとおりにして下さい」

宗次郎は床に手をつき二人に頭を下げた。

顔を上げると義父母は互いの顔を見合わせ唇を噛んでいた。

宗次郎は義母に野良着を出してくれるように言い、義父に洞窟での事件で息子たちを殺された村人の家の男の人数と年齢を訊いた。

宗次郎は隣りの部屋で義母が宗次郎の身の丈に合わせて野良着を直しているのを確認して、義父の耳元でささやいた。

「お義父さん、拳銃はまだお持ちですか」

義父が驚いた目をして宗次郎を見た。

「以前、要子から話を聞いたことがありますから……」

義父は居間の水屋を動かし、床下から油紙の包みを出して宗次郎に渡した。

宗次郎は油紙を解き、中から拳銃と弾の入った箱を出し、拳銃に弾を込めながら言った。

「念のためです。これを使うようなことがあったら皆して舟で巨済島に行きましょう」

試し射ちをしたかったが周囲に聞こえてはまずいと思い、拳銃を右足の脹脛《ふくらはぎ》に布で巻きつけた。

そうして義母の直した野良着に着換えると、裏庭に出て隅にあった手斧を持って戻り床下に入った。

吾郎は宗次郎を睨みつけた。

「さっきは済まなかったが、君に謝るつもりはない。もうすぐここに村の衆が来るはずだ。その間物音をいっさいさせずにいてくれ。そうでないと私たち全員が死ぬことになる。何とか乗り切るようにしてみるが、上手く行かないようなら私が大声で君の日本語の名前を呼ぶ。そうしたらここからすぐに逃げてくれ。家を出たら裏から塀を越えて西の方に走りなさい。川に出たらそれを上流に行き、龍泉寺で待ち合わせよう。龍泉寺の裏門のそばにちいさな御堂がある。そこで待っていてくれ」

宗次郎は吾郎に手斧を渡した。

「これを使っていたらたぶん龍泉寺には辿り着けないだろう。ともかく逃げることだけを考えなさい。くれぐれも物音を立てないでくれ。頼むぞ」

宗次郎は念を押すように吾郎を見た。吾郎がかすかにうなずいた。


宗次郎と義母は家の表の庭に出て農具を洗っていた。

稲を干す丸太棒を柵に立てかけ水をかけ、干し藁《わら》を摑んで磨いた。義母も同じようにしているのだがただ手が動いているだけだった。

「お義母さん、身体は大丈夫ですか」

「ええ、大丈夫です」

宗次郎は吾郎が李の家の者に見つかったのを知ってから、義父母に自分がすることを説明し、準備を済ませると裏の鶏小屋の穴を埋め、裏手の畔道に出て築山のようになった場所に登り、家の周囲の地形を確認した。そうして家の隅に放り置かれた農具や甕を表の庭に集めて片付け出した。立ち働きながら周囲の様子を窺っていたが相手はあらわれなかった。こうして家の外に出て村人に自分の姿が見えるように立ち働く振りをしていた。しかしすでに昼前になろうというのに李の家の者も村人もあらわれなかった。家の中にいるように言っておいた義母が出てきた。

「お義母さん、家の中で休んでいて下さい」

「いいえ、主人があなたのそばで手伝っている方が村の人の顔もわかるし、いいだろうと言いました。私は大丈夫ですから……」

宗次郎は義母がそうしたいのならかまわないと思った。

ヒィーと人の悲鳴のような声がした。

義母がちいさく声を上げて手にしていた藁を地面に落した。

「お義母さん、鳶ですよ。ほらごらんなさい」

宗次郎が海側の空を指さした。

そこに鳥が一羽ゆっくりと旋回していた。

「家に入られてはどうですか。そろそろ昼食にしましょう」

「そうですね……」

義母が大きくため息を洩らした。

宗次郎は丸太棒をかかえ上げようとして庭の隅に目をやった。花が咲いていた。彼岸花だった。

「お義母さん、もう彼岸花が咲いているんですね」

宗次郎が花を見て言うと義母も花に気付いて彼岸花をじっと眺めていた。

「そうなんです。この彼岸花は主人の母親が植えたものなのだそうです。主人が子供の時から咲いていたと言いますからもう何十年もここにこうして咲き続けているんです。今年も咲いたのですね。気が付かなかったわ」

「いろいろありましたからね。要子も花が好きです」

「はい。あの子は子供の時から花が好きな子でした。宗次郎さん、男の子が生まれてよかったですね。おめでとうございました」

「要子を誉めてやって下さい。秋にはもう一人生まれます」

宗次郎が笑って言うと義母は思わず顔を両手で覆って嗚咽した。

「大切な家族を残して、こんなところまで来ていただいて本当に申し訳ありません。何と言っていいか……」

「お義母さん、そんなふうに言わんで下さい。お義母さんもお義父さんも、吾郎君も、私と要子の大切な家族ですから。さあ笑って下さい。川下の橋の上に人がいます」

宗次郎の言葉に義母が柵越しに川下を覗いた。

男が二人じっとこちらを見ていた。義母が会釈すると相手はあわてて走り去った。

宗次郎は義母に家に入るように言った。

そうして川下の方をむいて仕事を続けた。

宗次郎は村人たちがやってくるのが遅いのが気になっていた。義父から李の家以外に息子を殺された家の男の数を聞いていた。男手を戦場に連れて行かれている家もあったので、多くて七、八人、少なければ五人程度の人数だと思っていた。ただ加勢を呼べば話は別だった。こう時間がかかっているのは加勢を頼んだのかもしれなかった。

家の雨戸が開いた。振りむくと義父が正装に着換えてあらわれ縁側に座った。

「お義父さん、その恰好はどうされましたか」

「今日は盆会だ。この身体では墓にも寺にも行けないからここで盆会をしようと思う」

義母が祭壇を出し、線香を焚いた。

宗次郎は思わず苦笑した。

ほどなく川下の橋の袂に人が屯ろしているのが見えた。

宗次郎は人数を確認した。七人である。

銃を手にしている者もいたし、梶棒を手にしている者もいた。彼等の先頭に野良着と違う衣服を着て帽子を被っている者が二人いた。

──あの二人は何者だ……。

「お義父さん、七人の男がこっちにむかってきます。その中に二人、村の人間ではないような男がいるように見えます。そこから相手を見てもらえませんか」

義父は縁側に立ち上がって、こちらにむかってくる男たちを見た。

「徴用員の男だ。以前、ここにやってきた男だ。あいつら徴用員を呼んだのか」

義父が憎々し気に言った。

「どうしましょう。私が仲間の男にカブトギクを飲ませたことがわかったのでしょうか」

義母が声を震わせた。

「お義母さん、心配はいりません。カブトギクの男は私が仕末しましたから、彼等はそれを知りません。普段どおりにして下さい」

「どうしたらいいのでしょう……」

「お経でも唱えよう」

義父が言った。

二人が経を唱えはじめた。

足音が近づいてきて、目の前に七人の男たちが柵越しに宗次郎たちを睨んだ。

帽子に眼鏡をかけた大柄な男が声を張り上げて言った。

「金、俺だ。徴用員の白だ。昼間っからそこで何をしておる」

義父母は経を読むのをやめて、白の方を見て言った。

「これはご無沙汰しています。今日は私の家の盆会で、この身体ですから墓にも寺にも行けませんので、ここで経を唱えています」

「李の家の者が報せてきたのだが、おまえの息子が戻ってきているそうだな。この男か」

「はい、息子は息子ですが……」

義父の言葉を遮るように白が大声で言った。

「おまえの息子に自分たちの息子を殺されたという家の者がここにいるのだが、それは本当か。そうならすぐに警察に連行するが……」

義父が甲高い声で言った。

「私の息子はそんなことはしていません。それに徴用員さま、この男は私の息子ですが、私の娘《むすめ》婿《むこ》です」

そこで初めて宗次郎は顔を上げて眼鏡の男の顔を見返しゆっくりと頭を下げた。

「娘婿だと？」

眼鏡の男が村人に振りむき何事かを話した。

ライフル銃を手にした男が前に進み出て宗次郎の顔を訝しそうに見た。銃を持った男がもう一人の村人を呼んだ。棍棒を手に持ったその男もじっと宗次郎の顔を見て首をかしげた。

「おまえはどこから来た？」

眼鏡の男が宗次郎に訊いた。

「昆陽面の大津里から来ました。尹《ユン》宗来と言います。今日、義父母が盆会をなさるというのでお手伝いに来ました」

「大津里だと？　大津里のどこだ？」

小柄な徴用員が訊いた。

宗次郎は生家の場所と近所の家の名前を相手に告げた。

小柄な男は肩から下げた鞄から台帳のようなものを出して、大津里の尹の家か、と訊いた。宗次郎がうなずくと、小柄な男がさらに訊いた。

「兄弟の名前を言ってみろ」

「××です。戦場にいます」

小柄な男が眼鏡の男に目で合図した。

「では身体の丈夫なおまえがどうして戦場へ行っていないのだ。さては逃亡してきたのか。本当のことを言え。さもないと……」

眼鏡の男が腰に下げていた拳銃を抜いて銃口を宗次郎にむけた。

宗次郎は眼鏡の男の手に握られた銃をちらりと見て相手の目をじっと睨み返した。

こうなればなるようにしかならないと思った。じたばたするだけ無駄である。

相手は銃口をむけたまま宗次郎を睨んでいた。宗次郎も相手から目をそらさなかった。

「もう一度訊く。おまえは何者だ」

「私はこの家の者だ」

背後で男が声を上げた。

「違う、こんな男は初めて見た。こいつもこの家の息子と同じ北のスパイだ」

李の家の家長だった。

「うるさい。俺がこの男に訊いてるんだ。おまえたちは黙ってろ」

「この男とこの家の息子がわしの息子を殺したんだ」

「そうだ、そうだ。家の甥を殺したんだ」

もう一人の李の家の男が言った。

乾いた音が響いた。

眼鏡の男が銃を撃った。

李の家長が右腕をおさえ、その場にしゃがみ込んだ。他の村の衆が後ずさった。

「黙っていろと言ったはずだ。もう一回言わせると殺すぞ」

眼鏡の男は再び銃口を宗次郎にむけた。

「今までどこにいた？」

「ソウルだ。ソウルの首都師団だ」

「首都師団？　師団長の名前を言ってみろ」

「…………」

宗次郎は口をつぐんだ。

出まかせで言った言葉である。それ以上は何もわかるはずはなかった。

「師団長の名前を言ってみろ。所属師団の将軍の名前を知らぬはずがないだろう」

眼鏡の男が大声で言った。

こめかみがひきつっている。

「朴東林参謀長だ」

眼鏡の男が部下の小男を振りむいた。

小男は首をかしげている。

「疑っているなら本部に連絡してみろ。今師団は板門店にいる」

「板門店？」

眼鏡の男はまた部下を振りむいた。

部下はちいさくうなずいた。

「板門店のことを知っているのか？」

宗次郎は黙ってうなずいた。

朝鮮に上陸する前に戦況をできる限り調べておいた。板門店で休戦交渉が行われることも知っていた。一か八かそれを口にしてみた。当時、韓国内でも正確な戦況を知る人は少なかった。

「その首都師団にいるおまえがどうしてここにいる」

宗次郎は義父母を見た。

二人は血の気が引いた顔で宗次郎を見上げていた。宗次郎は二人に笑いかけてから背後の村の衆をちらりと見て言った。

「義父《ちち》と義母《はは》に義弟が無事だということを報せに来た。そうですよね、お義父《とう》さん」

義父は必死でうなずき何かを言おうとしたが言葉にならなかった。

「弟だと?」

「そうだ。義弟は戦闘で負傷してソウルの陸軍病院にいる。それを報せに来た。名誉の負傷をして勲章をもらったことをな。義弟はそいつらが言ってるような裏切り者とは違う」

宗次郎は強い口調で背後にいた村の衆に言った。

眼鏡の男が口元をゆるめた。

「そんな話を俺が信じると思っているのか。義弟の無事を報せに来ただと? 戦争の真っ最中に家に戻って来ただと? そうしてこれから師団に帰るとでも言うのか」

「師団には戻らない」

「何?」

眼鏡の男が目を見開いた。

「あの師団には戻らない」

「それみろ脱走してきたんだろう」

「そんなものだ」

眼鏡の男が大声で笑い出した。

「いい度胸だ。この野郎……、ハッハハ」

相手が銃をおさめた。

「まあいい、本当か嘘かは晋州の本部に問い合わせればわかる。俺がなぜこの家に来たかはわかっているな」

「徴用員だろう。一人でも多く戦場に人を送るのが仕事だ」

「わかっていりゃいい。俺はこの老《お》い耄《ぼ》れを引っ張りに来た」

「それは無理な話だ。義父はもう一人で歩くことはできない」

「歩けようが歩けまいが俺には関係ない。六十歳以上も全員召集することになった。頭数を揃えるのが俺の仕事だ」

　宗次郎は相手を睨みつけた。

「それともおまえがかわりに行くか」

「………」

　宗次郎は相手の眼鏡の奥の目を覗いた。

「わかった。私が行こう」

「おまえは頭がいい。嫌と言ったら殺したところだ」

　部下が宗次郎の前に歩み寄り、名前と年齢を訊いた。

　宗次郎が答えていると、眼鏡の男が義父にむかって言った。

「数日前にこの家に俺の部下が来なかったか」

　義父は宗次郎を見て言った。

「いいえ、誰も来ませんでした」

「そうか……、今回はおまえを連れて行かない。そのかわりに何か土産をよこせ」

　宗次郎は義父に目配せした。

「もうこの家には私たちの食べ物すらありません」

「嘘をつくな」

「本当です」

「どこかに隠してるだろう。家探しするぞ」

眼鏡の男が義父の首を絞め上げようとした。

宗次郎は眼鏡の男の肩を摑んだ。

「やめてくれ。ここには何もない」

「何だ、その態度は。貴様、俺に逆らうのか」

「私とやり合えばおまえも無事には済まないぞ。おまえにも親はあるだろう」

相手がいきなり宗次郎を殴りつけた。

宗次郎は拳の当たった右頰を手で拭いながら相手を睨みつけた。


義母が水に濡らした手拭いを宗次郎に差し出して右頰を指さした。

「ありがとうございます。大丈夫です。たいしたことはありません」

「宗次郎君、本当に彼等と行くのか」

「軍隊までは連れて行かれはしません。ともかく様子を見ながら行って、機会を見て戻ってきますから」

義母が泣きながら言った。

「……あなたには要子と子供たちが待っているのですから、私たちのことでこんな目に遭わせてしまって……」

「お義母さん、心配いりません。ああやって年寄りを脅かすのは連中も切羽詰っているんでしょう。逃げ出す機会などいくらでもありますよ」

「おまえ、宗次郎君の食事を用意しなさい。あとどのくらい時間はあるのかね」

「さしてありません」

「すぐにこしらえますから……」

義母が台所に行った。

「それと干し餅があっただろう」

はい、と義母が返答すると床板が音を立てて吾郎が顔を出した。

「吾郎君、よく我慢してくれましたね。何とか切り抜けたようです」

「す、すみません。お義兄さん、僕のせいでこんなことになって……」

吾郎が床に額をつけるようにして頭を下げた。

「吾郎君、そんなふうにしないで下さい。私はすぐに戻ってきますから、それまでお義父さんとお義母さんをお願いします。あんな連中に負けやしませんよ。家のことを頼みますよ」

吾郎は黙ってうなずいていた。

食事を済ませ、宗次郎は身支度を終えると義母と二人で家を出た。川下にある集会場に召集された者が集まり、徴用員たちが待っているはずだった。

泣きながら歩く義母に宗次郎は言った。

「お義母さん、さっきあなたがおっしゃったとおり私には要子と子供たちが日本で待っています。このくらいのことはへっちゃらです。美味しいものをこしらえて待っていて下さい」

義母は泣きながらうなずいた。

やがて橋のむこうにちいさな竹林が見えた。

「あの竹林のむこうに集会場があるんですね。わかりました。ここでもう結構です。早く戻って下さい」

見送ろうとする義母を帰るようにうながした。義母が歩き出すと宗次郎が呼んだ。振りむいた義母に宗次郎が言った。

「くれぐれも吾郎君を表に出さないようにして下さい。吾郎君の姿を見た村の衆はまだ疑っているはずです」

「わかりました」

義母が大きくうなずいて家の方にむかって歩き出した時、義父母の家の方角からパーン、パーンと乾いた音が二度聞こえた。

――何だ？　今の音は……。

銃声だ。宗次郎は銃声の聞こえた方角を見た。

義母もその音に気付いて家のある方角と宗次郎の顔を見た。

――家で何かがあったのではないか。もしかして吾郎君が見つかったのでは……。

宗次郎は集会場のある方を振りむいた。竹林の蔭から二人の男があらわれ何事があったのかとこちらを見ていた。

宗次郎は家と集会場の方向を交互に見つめ、

「お義母さん、そこにいて下さい」

と言って集会場にむかって走った。

二人の男と三人の女がいた。

徴用員の姿はなかった。

「徴用の男たちはまだか」

「一度、ここに来たがまた出かけて行った」

先刻、家にやってきた男の一人が言った。

「そうか、じゃあおまえたちはここで待っていた方がいいだろう」

「今しがた何か音がしたが、大丈夫なのか」

「そうか、私には聞こえなかったが。忘れ物をしたので私は家に取りに帰ってすぐに戻ってくる。徴用員が来たらそう伝えてくれ」

宗次郎はそう言い残して家にむかって走り出した。

義母と家に着くと玄関先に義父が柱にもたれかかって立っていた。

義父は川むこうの家を指さしていた。

「あっちだ。李の家で何かあったらしい」

すると李の家の方から女の叫ぶ声が聞こえてきた。

「二人とも家の中にいて下さい。外に出てはいけません」

宗次郎は言って李の家の様子をうかがった。

女の叫び声がした後は物音はしなかった。

橋を渡って、家の裏手に回った。

木戸を開けて家に近づくと中からうめくような声が聞こえてきた。

「なぜこんなことを……。どうして……」

女の声だった。

家の中に入った。宗次郎の姿に気付いて老女が悲鳴を上げた。

「静かにしなさい」

隣りの部屋に男が二人、あおむけとうつぶせになって倒れていた。そのかたわらに李の家長が放心したようにしゃがみ込んでいた。家長のそばにライフル銃が転がっていた。もう一人の李の家の男は突っ立ったままだった。髪を乱した若い女が一人座っていた。あおむけになった男の顔から血が流れ出していた。男のむこうに男の顔から眼鏡が飛んでしまっていた。うつぶせに倒れた男の手の先に台帳が散らばっていた。

何が起ったか一目瞭然だった。

突っ立っていた男がよろよろと壁に近寄り、そこに倒れ込んだ。肩のあたりを負傷しているようだった。若い女が駆け寄り、男の名前を呼んだ。

部屋の隅にもう一人薄汚れた衣服を着た男が壁際にへたりこむようにして座り、口に手を当ててわなわなと震えていた。

「家の者は全部でこれだけか。見ていた者はこれで全員だな」

誰も返答しなかった。

宗次郎は隣りの部屋にいた老婆に同じことを訊いた。

老婆は唇を震わせながらうなずいた。

宗次郎は放心したようにしゃがんでいる家長に歩み寄ると、落着いた声で話しはじめた……。

宗次郎は李の家長と彼の弟と、他の村の衆にまじって、夕刻まで来るはずのない徴用員を集会場の前で待った。

陽が暮れはじめ周囲に闇がひろがった。

「徴用員はどこに行ったんだ」

村の衆の一人が言った。

「どこかに行っちまったんだよ。今日はもう来ないよ。私は家に帰るよ」

女の一人が言って欠伸《あくび》した。

宗次郎はずっとうつむいていた家長の肩を叩き、弟をうながして立ち上がった。

弟は怪我をした肩をかばうように立ち上がった。

宗次郎は李の弟に肩を貸してやり、二人を李の家に送った。皆がそれぞれ集会場を出て行った。

川沿いの道を歩きながら家長が言った。

「これで済むのだろうか……」

「それはわからん。ただこうするしかない。あなたがしなくともあいつらはいずれ同じ目に遭ったはずだ」

家長が嗚咽した。

「……あいつは、わしらを侮辱した……」

宗次郎は黙って隣りを歩いた。

李の家の裏に、宗次郎が言いつけておいたとおり、筵《むしろ》を巻いて縄が幾重にもかけられた荷が荷車に積んであった。

裏に出てきて、手伝おうという李の弟に宗次郎は首を横に振った。

宗次郎が荷車を引き、作男が後を押し、家長が隣りで車輪を押しながら道案内した。

山径に荷車は重かった。家長が言う沼までずいぶんと時間がかかった。月が中天に昇っていた。

やがて前方にそこだけが光っている沼が雑木林の木々の間から見えた。

「あれか?」

宗次郎が言うと、家長がそうだと答えた。

雑木林の手前で荷車から荷物を下ろした。

重石《おもし》のついた荷は大人一人の力でようやくかかえられるほど重かった。

さして大きな沼ではなかった。

蛙《かえる》の鳴き声が四方から聞こえていた。

夏の月が沼の中央に映っている。

「ここで大丈夫なのか」

宗次郎が言うと背後で家長の声がした。

「わしが子供の頃、ここで牛を洗った他所の村から来た新参の作男がいた。牛が沼に入って行き、そのまま沈んだそうだ。それっきり引き縄も尾ひとつも浮き上がってこなかったそうだ。ここで遊べるのは蛙くらいのものだ……」

「わかった」

宗次郎は作男に縄を持って来させ、それを池の縁の木に縛り、衣服を脱いで自分の身体にかけた。そうして縄を引いて具合をたしかめ、ひとつ目の荷を担いで沼に入った。

沼に入るとたしかに足を踏ん張ることができなかった。それでも縁から数メートル先まで出て荷物を沼の中に下ろした。粘り気のある水音とともに荷が失せた。ふたつ目も同様にして沈めた。

宗次郎が身を翻して縁に戻ろうとすると、家長がそこに立っていた。家長の手に縄が握られていた。宗次郎は家長を見た。家長の目が月明りを受けて光っていた。宗次郎が縄を手繰った。その縄を家長が勢い良く引いた。

宗次郎は家長が差し出した手を握って沼から上がった。

荷物から洩れ出した血が宗次郎の肩口にべっとりと付いていた。

空の荷車を作男に引かせ、宗次郎は家長と夜道を歩いた。

家長は独り言のように話しはじめた。

「わしの父親は、日本の軍人に侮辱を受けて首を吊って死んだ。その時、わしは子供で父親がどうしてそんなことをしたのかわからなかった。悔しかったら相手を殺《や》ればいいのではと思った。それがわし自身家族を持って、父親が家族のために耐えたのだとわかった……」

宗次郎は黙って話を聞いていた。

「あの男はわしと弟を徴用しようとした。それまでにさんざ賄賂《わいろ》を受け取っておきながらだ。今日、おまえとやり合った後、あいつは弟の嫁を犯そうとした……」

「もうよせ、そんな話を私に聞かせてどうしようというのだ。侮辱を受けておめおめと生きられないのがこの国の男だ。私も父親からそう教わった。あなたは間違っていない。それよりあの作男は口が固いのか」

「あれは赤ん坊の時から家にいる」

「そうか……。何も見なかった。それを皆が死ぬまで通すことだ」

家長が足を止めた。

宗次郎はそれに気付いて振りむいた。

「おまえに訊きたいことがある」

「何だ?」

「金の息子はわしの息子を北の連中に売らなかったのだな。本当に戦闘で負傷してソウルの病院にいるんだな」

宗次郎は家長の目を見返して大きくうなずいた。

「本当だ。金の息子は私の妻の弟だ。どんな若者かよく知っている。人を売ったりする男ではない」

「………」

家長は黙って宗次郎を見返し、歩きはじめた。


翌日の夜、宗次郎は吾郎を家から連れ出した。

家の裏手から畔道を通って臥龍山の方角にむかった。

「大丈夫なのですか」

吾郎は心配そうに周囲をうかがった。

「大丈夫です。宋の家の先に人家はありません。吾郎君の足の回復の具合も試したくてね。それに少し二人っきりで話をしようと思って出て来たんです」

「話なら家の裏でもできるじゃありませんか」

「あそこにはいつも君のお母さんがいて私たちの様子を見てくれているんです」

「えっ、母さんが……」

「そう、君のことが心配で見守ってくれています」

「………」

吾郎は神妙な顔で聞いていた。

「昨日の午後、私が家を出てから何があったのかを君に話しておきたかったんです。実はね……」

宗次郎は歩きながら李の家で起きたことを吾郎に話した。

吾郎は驚いた表情で何度も宗次郎の顔を見た。

「李の家の人がそんなことを……。じゃああの人たちはこの村を逃げ出すのですか」

「いや、あの家長は逃げ出したりしないでしょう。覚悟を決めてしたことでしょうから」

「覚悟？」

「そうです。あの家長は立派な人です。侮辱を受けたことを許せないとああしたんです。自分の命を懸けてです」

やがて前方に寺の山門が見えてきた。

二人は山門をくぐり境内に入った。

人の気配はなかったが月明りが差し込んだ境内は木々、伽藍、塔頭《たっちゅう》の影が映り、美しい静寂につつまれていた。

本堂にむかう敷石が黒く光っていた。

「この村に入る時、私は最初にこの寺に世話になりました。この寺の住職から吾郎君の家の話を聞きました。それはあなたのお母さんが、あなたが行方知れずになってから、ずっとこの寺で、あなたの無事を祈って、毎晩お参りを続けられたという話です。素足で、この敷石の上を歩かれたそうです……」

吾郎は黒く光る敷石を見つめていた。

「吾郎君、私は君に親の恩を聞かせようとしてこんな話をしたのではありません。君のお父さんとお母さんが一番心配しているのは、君の人生のことです。お二人は君より先に亡くなるでしょう。今だけでもいいから、お二人を安心させることはできませんか」

吾郎はじっと敷石を見つめたまま動かなかった。

「私には難しいことはわかりません。共産主義が人をしあわせにするのか、アメリカが持ってきた民主主義が人をしあわせにするのか見当もつきません。しかし共産主義よりも民主主義よりも大切なのは家族じゃないんですかね。戦場で君が何を見たのか、私には想像もできません。しかし人は人を殺すために生まれてくるのでも人に殺されるために生きているのでもないはずです。しかし生きるために生まれてきたのでしょう。それも家族のために懸命に生きるのが人としてやらなくてはいけないことではないでしょうか……」

それっきり宗次郎は何も言わなかった。

吾郎はゆっくりと歩き出し、敷石の上に立って夜空を見上げた。

宗次郎には吾郎が空を見上げているのか、泣いているのかわからなかった。

ただ真実を伝えることが自分が義弟にできる唯一のやり方だと、昨夜、李の家長の話を聞いて思った。

真実を知ることが、吾郎が生きる気力を取り戻し、生き甲斐を見つけられる何かになるのではないかと思った。残虐なものを目にしたり、非道なものを目《ま》のあたりにし、その哀しみや恨みを抱き続けて生きることがどんなに苦しいかを想像すると吾郎があわれに思えた。

「吾郎君、家に戻りましょうか」

宗次郎が歩き出しても吾郎は敷石の上に立ったままだった。

宗次郎はしばらくその場に立っていた。

吾郎が歩き出した。宗次郎もゆっくりと家にむかって歩いた。

家に着くと義母が表木戸の前に立っていた。

「母さん、まだ起きていたの。僕なら大丈夫だから早く休んで下さい」

義母は微笑しながら首を横に振った。

「私は今起きたばかりだからおまえこそ早く休みなさい」

宗次郎は家に入ると、今日は三人で休むように言った。三人が宗次郎を見た。

「今夜はそうしても大丈夫です。ゆっくり親子で休んで下さい。私は隣りの部屋で休みます」

宗次郎は隣りの部屋に蒲団を敷いてもらって横になった。

親子の話し声は聞こえてこなかった。

ただこの静寂は昨日までの静寂とは違うもののように宗次郎には思えた。

宗次郎が上陸してすでに半月になろうとしていた。


翌日の午後、庭で薪を割っていた宗次郎を義母が呼びに来た。

「あの子があなたに話があるそうです」

宗次郎は手斧を置いて家に上がった。

義父と義母は宗次郎を見て、自分たちは庭に出ているので息子とゆっくり話をして欲しいと床板を指さした。

二人が部屋を出ると宗次郎は床板を取った。

「どうぞ上で話しましょう」

「いや、このままでかまいません。長い間、鶏小屋の下でこうしていたせいか、この方が話し易いんです」

「……そうですか」

「お義兄さん、教えて欲しいんです」

「何をですか」

「僕がこれからどうすべきかをです。お義兄さんに考えがあったら教えて下さい。いや、お義兄さんがこうすべきだと思うことがあれば僕はそうするつもりです」

「吾郎君はどうしたいんですか」

「正直に言って、僕はもう自分のことがわからないのです。ただ日本に帰りたいとあれほど思っていた気持ちが今は失せてしまいました。あそこは僕の国ではありません。ならどうするかと考えても、これだというものが何もないのです。だから自分のことより、父さんと母さんが安堵できる生き方を選ぶべきだと思ったのです。しかしそれがどんな生き方なのかわからないのです。いつまでもここでこんなふうにしていては父さんと母さんにとっていけないことはわかっています。お義兄さんなら何かいい考えがあるのでは……」

宗次郎は床下から自分を見上げている吾郎の目を見た。

「お義兄さん、お願いです。僕はどうすればいいか教えて下さい。いや、おっしゃることに僕は従います」

宗次郎はしばらく黙り込んでいたが、吾郎の目をじっと見つめた後でゆっくりと話をはじめた。

「今の吾郎君にとってこれが一番いい方法ではないかと思うことがあります。あと数日もしないうちに徴用員を探しに人が村にやってくるでしょう。その前に私たちはここを出るべきでしょう。出てどこへ行くかですが……」

宗次郎はこの数日間考えていたことを吾郎に話した。

「わかりました。それが一番いいと僕も思います」

吾郎がはっきりした口調で言った。

「じゃあ準備をはじめましょう。お義父さんとお義母さんを呼んできます」

宗次郎は立ち上がると庭にいた二人を呼んだ。

そうして二人に吾郎と話し合った結果を報告した。

二人は宗次郎の話に耳を傾け、最後に義父が吐息を洩らしながら言った。

「そんな日が来るのだろうか……」

「来ることを信じて待ちましょう」

宗次郎が言うと義母が目に涙をためて何度もうなずいた。

宗次郎は話が終ると、吾郎の出発の準備を両親にまかせて臥龍山にある龍泉寺の和尚に逢いに出かけた。


陽が沈むと、宗次郎と吾郎は家を出発した。

義父と義母はかわるがわる我が子を抱擁していた。

二人は表からではなく裏の畑道を歩いて村を出発した。

村の出口まで来ると吾郎はそこで立ち止まり村を振り返った。臥龍山の稜線が淡く浮かんで紫の夜雲がゆっくりと流れていた。

「いつかこの村に帰ってこられるのでしょうか」

「帰らなくてはいけません。お父さんとお母さんはずっと待っているはずです」

吾郎はうなずき踵《きびす》を返して歩き出した。

「今夜はどこまで行くのですか」

「夜が明ける前までに智異山《チリサン》を越えてしまいましょう」

「ソウルまでは何日かかるんでしょうか」

「早ければ五日か六日で市内に入れるはずです」

「五日か六日……」

吾郎は自分に言い聞かせるように呟いた。

「疲れたら言って下さい。大切なのは無理をしないことです」

「大丈夫です。三田尻にいた時も走ることは得意でしたから」

宗次郎はうなずき目指す北の方角を見た。

雲が勢い良く夜空を流れていた。風が強かった。雨になりそうな気配の風だった。

宗次郎は農道を歩きながら風の中から海の匂いが失せたのに気付いた。

――これから山の中を歩き続けなくてはならない。

宗次郎は背後で聞こえる吾郎の足音に、時折、耳を傾けながら歩いた。しっかりした足音だった。

上陸して十四日目の夜だった。

十章

夜半から雨が降りはじめた。

夏の雨だから身体の芯まで冷えることはなかったが、それでも山中を歩く二人には暗闇の中を降り注ぐ雨はこたえた。

雨の山道を歩く者はまずいなかったから二人は速度を上げて歩き続けた。

時折、木々の中からザワッザワッと物音がすることがあった。その度に二人は足を止めて音のした方に耳をそばだてた。獣であろうが、北朝鮮軍の逃亡者が隠れている可能性もあった。息を潜めて、次の動きに注意したが何の気配もしなかった。

宗次郎は前を歩きながら背後の吾郎の足音を聞いていた。吾郎の体力が心配だった。長い間、穴の中での生活をしていた吾郎の身体は衰弱しているはずだし、若いといってもしばらく歩かなかった足の筋力は極端に落ちている。その身体でいきなりの山越えである。どこまでこたえられるか宗次郎にもわからなかった。

初日はゆっくりしたペースで歩くと宗次郎は決めていた。途中、二度、休息した。大木の下で雨宿りをしながら義母のこしらえてくれた干し餅を囓《か》じった。

「今頃、三田尻では水天宮の夏祭りをしている時ですね。子供の頃、姉さんと二人で小遣いを貰って勇んで夜店に行ったものです……。精霊流《しょうろう》しもありましたね……」

吾郎は日本にいた時をなつかしむように言った。

「進駐軍の許可が出て二年前から精霊流しを再開しました。戦争で死んだ人が多いのでえらい数の精霊でした」

「そうですね。日本の戦争は終ったんですものね。この国の戦争はいつになったら終るんでしょうね」

「さあわかりません。板門店で話し合いがはじまると聞きましたが」

「そんなことをしても、どうせ次の攻撃のための時間稼ぎなんだ」

吾郎が急に強い口調になり吐き捨てるように言った。

宗次郎は吾郎の表情をじっと見て、膝を叩いて言った。

「さあ出発しましょう」

二人は立ち上がって歩き出した。

歩きはじめると背後から吾郎が言った。

「義兄さん、さっきはすみませんでした。もう戦争の話はしませんから……」

「…………」

宗次郎は何も答えなかった。

先刻、吾郎が戦争のことを吐き捨てるように言った姿を見ていて宗次郎は不安になった。

ソウルに着けばおそらくいたる所で皆が戦争の話をしているはずだ。その時、彼がさっきのような話し方をすれば、立ち所に相手は吾郎を違った目で見はじめるだろう。見ず知らずの土地で他所者がいったん違う目で見られると何か事が起きた時、命取りになりかねない。ましてや宗次郎はこれから吾郎を軍隊に潜り込ませようとしている。吾郎はこれまでの自分を捨て去らなくてはいけない。吾郎がまったく別の人間になれるかどうか宗次郎は見当もつかない。

朝鮮に上陸し、吾郎の置かれた状況を見て宗次郎は彼がこの国で生き抜くのに最良の方法が何なのかを考え続けた。あれ以上、地下の穴倉に隠れていれば吾郎より先に義父母のどちらかが疲労で死んでしまうだろう。もっと最悪なのは村人に隠れていたことが発覚することだった。龍泉寺の和尚に逢ったことで、宗次郎は吾郎が軍隊に入るのが一番良い方法だと思いついた。しかしそれとて相手に逢って交渉してみるしかないのだ。断わられれば他の方法を探すしかない。石を隠すには石の山の中に放るのが最上の策だと聞いたことがあった。それもこれも吾郎が今までの自分を捨てる覚悟がなければどうしようもなかった。

背後でまた声がした。

「義兄さん、さっきはすみませんでした。もう二度とあんな言い方はしませんし、戦争の話も金《こん》輪際《りんざい》しません」

宗次郎は足を止めた。

吾郎の方を振りむかないで前方の暗闇を睨みつけて言った。

「そうして下さい。でなければ君のご両親も、要子も、君の顔を二度と見ることができなくなるでしょう。君がそうしなくてはならないのは、生きるためです」

「わ、わかりました」

「さあ進みましょう。石南《ソクナム》という村まで行ってひと休みします」

宗次郎は歩調を速めた。

石南で短い休息をとり、沢伝いを進みながら夜が明ける前に實相寺《じっそうじ》の裏手の沢に着いた。

宗次郎は林の中に吾郎を待たせて、寺の周辺を偵察した。實相寺の裏手に古い寺の別舎といくつかの小屋があり、しばらく使用されていないのか人の気配もしなかった。宗次郎は吾郎を迎えに行き、二人して小屋のひとつに入り、休むことにした。

空が少しずつ白みはじめると二人は小屋の隅に隠れるようにして眠った。


昼過ぎに宗次郎は起きて、うつろにしている吾郎に、辺りを見てくるから休んでいるように告げて小屋を出た。

雨がしとしとと降り続けていた。

高台から真下にある寺を見た。開山八二八年の實相寺は戦禍のために荒廃していた。

わずかに石塔が残り、伽藍は半分以上が焼け落ちていた。それでも残った舎に僧たちの姿があり、中には炊事の煙りが立ち昇っている舎もあった。

さらに高台に登り、咸陽《ハンヤン》一帯からその先に連なる蘆嶺《ノリヨン》山脈の山岳地帯を見た。ソウルに行くにはまず大田まで行かなくてはならない。その大田までの道は、左回りで光州を回るか右回りで大邸へ行くのが通常のルートだった。全羅北道《チョルラプクド》の山岳地帯は山越えをするには険し過ぎた。

宗次郎は山越えを選んだ。

主要道路を二人の男が歩くのは危険だった。軍の車輌もひっきりなしに通っているだろうし、検問所も設けられているはずだ。徴用員も目を光らせている。自分一人なら何とかなるが、不測の事態が起きた時、吾郎が機敏に行動するのは無理に思えた。吾郎はまだ体力が回復していなかった。

険しい山岳地帯といっても道がないわけではなかった。ところどころに山村はあり、狭いながらも耕地があるのだから村人が通る山道はあった。大田まで行けばソウルまでの半分の距離を進んだことになる。そこからはソウルまでの進み方を考えればいい。もし大田までしか行くことがかなわなかったら、大田で軍隊に掛け合うかして、吾郎が生きながらえる方法を見つければいい。

宗次郎は小屋に戻り、少し休むことにした。

吾郎はすっかり目を覚ましていた。

「どんな様子でしたか？」

「寺は戦災に遭って半分以上が焼け落ちていました。夕刻になったら山を下って咸陽の東を回って居昌《コチャン》盆地を抜けるつもりです」

「東のルートを進むんですね」

「はい。南原《ナムウォン》から全州《チョンジュ》に抜ける山岳の道が一番早いのでしょうが、全州には軍の基地がありますから避けた方がいいでしょう。吾郎君、身体の方は大丈夫ですか」

「はい、少し足が張っていますが、たいしたことはありません」

「では夕刻まで休みましょう」

宗次郎が横になろうとしても吾郎は上半身を起こしたままだった。

「休んでおいた方がいいですよ。今夜は昨夜より長い距離を進みますから。眠れなくても横になって目を閉じていたらいいのです」

「大丈夫です。あの穴倉の中で僕は昼間眠って夜中に起きていましたから」

吾郎はそう言って横になった。

小屋の外で鳥の鳴き声がした。

天井の隙間から差し込む日差しが先刻より明るくなっている気がした。

——雨が上がってくれればいいが……。

宗次郎はそう祈りながら眠りについた。

夕刻、目覚めると吾郎はすでに起きていた。小屋の裏手の窓が開かれ、そこに昨夜濡れた合羽がわりに使った筵が干してあった。

宗次郎は吾郎が動き回っていたのを気付かないほど眠り込んでいた。

——疲れているのか……。

宗次郎は干された筵を眺めて苦笑した。

考えてみれば上陸してから一夜たりとも熟睡した日はなかった。

宗次郎は吾郎が干した筵をもう一度見た。

——これでいい。二人してソウルまで行くのだから……。

宗次郎は支度をはじめている吾郎の背中を見ながら、吾郎も若い時には剣道でそれなりの力量を持った学生だったのだから自分が思っているより頑強な身体をしているのかもしれないと思いはじめた。三ヵ月近く、戦場で生き抜いたのだから強靱な胆も持ち合わせているはずだ。

二人は日が沈んでから山を下りた。

咸陽の東の丘の沢を進み、居昌盆地の山裾をひたすら歩き続けた。

雨は上がって、夏の星座がきらめいていた。

やがて東の彼方に伽倻山《カヤサン》の頂きが黒い影となってあらわれた。

二人は立ち止まって伽倻山の稜線を眺めた。

高句麗《コグリヨ》、百済《ペクチエ》、新羅《シルラ》の三国が生まれる以前、先史の時代からこの半島の重要な国のひとつであった伽倻国の霊山である。山懐には多くの名刹《めいさつ》があり、人々が国の宝と誇る峰々だった。

「あれが伽倻山ですね。堂々とした山ですね」

吾郎が言った。

宗次郎は初めて目にする山にこころを動かされていた。

――美しい山だ……。

遠い日のことがよみがえった。

「私の幼な友だちが、この山の中の寺に入りました。小作農になるか、坊主になるかしかありませんでしたからね。彼は泣きながら伽倻山に行きました。無事でいてくれればいいのですが……」

宗次郎は泣きながら村を出て行った友のうしろ姿を思い出していた。

――そうするしか生きて行けなかったのだ……。

宗次郎は山の頂きから目を離し、歩きはじめた。

道は険しい山道にかわった。

せせらぎの音が聞こえた。

「少し休みましょう。水を汲んできます」

「義兄さん、僕が行ってきます」

「君は休んでいて下さい。私は今日の昼間、君のお蔭でよく休むことができましたから。これから先はもっときつい道になります。身体を休めておいて下さい」

宗次郎が笑って言うと吾郎がうなずいた。

美味しい水だった。

二人して、岩の上に座って干し餅を齧じった。

渓谷を抜けて流れる風が心地良かった。

山鳩が鳴いていた。周囲に人の気配はなかった。つかの間だがこころが安らいだ。

吾郎は口数が少なくなっていた。何かを考えているのだろう。こうしていると、この国で今も戦闘がくり返されているとは思えなかった。

その時、耳の底でかすかに金属音がした。

宗次郎は音が聞こえてくる方角の空を見上げた。音は次第に大きくなり、南の上空に爆撃機の編隊があらわれた。十機余りの爆撃機が十字架のような影になって上空を通過し北にむかっていた。

吾郎も空を見上げていた。

編隊が行き過ぎた。

「さあ出発しましょう」

途中、二度、道に迷ったが何とか居昌盆地を抜けた。

夜が明ける頃に金陵《クムルン》の山岳地帯に入った。

二人は木樵小屋を見つけ、そこで休むことにした。

険しい道であったが吾郎もよく踏ん張ってくれた。

明日、金泉《キムチョン》を抜ければ大田までは山道とはいえ、主要道路だから少しは楽になるはずだった。

小屋に入り、食事を摂ると、吾郎はすぐに鼾を掻きはじめた。やはり山道はこたえたのだろう。

宗次郎は天井を見ながらソウルに入ってからのことを考えた。

戦争の動向がわからなかった。

吾郎を首尾よく韓国軍に入れても北朝鮮軍に敗れることになればどうしようもなかった。

宗次郎は韓国軍の敗戦はないと思っていた。山口県に駐留するアメリカ軍や連合国軍の兵士の様子や豊かな物資の量を目にしていた。兵士たちは明るかった。朝鮮の戦争に勝つという自信にあふれているように見えた。吾郎から聞いた北朝鮮軍の過酷な状況から判断しても、この半年、一年で半島のすべてを連合国軍が制するように思えた。

吾郎が寝言を言った。

誰かの名前を呼んでいた。窓から朝の光が差し込んでいた。

寝顔を見ると、まだあどけなさが残っていた。鼻のあたりが妻の要子に似ている。やはり弟なのだ。

宗次郎は吾郎の寝顔を見ていて、義弟が哀れに思えた。この先しばらく嫁を貰うこともなく独りで生きて行かなくてはならない。

吾郎の指先がかすかに動いている。その指を見て、三田尻の直治の手を思い浮かべた。

——皆、元気にしているだろうか……。

宗次郎は妻や子供たちに逢いたいと思った。


水天宮の夏祭りが終り、三田尻の町には秋の気配を思わせる風が流れるようになっていた。

初夏に飛来してきた燕は仔を産み、その仔鳥たちが巣立ちを済ませて入江の水際を勢い良く飛翔しはじめていた。

堤の道には夏草が色をかえ、早いコスモスが海風に揺れていた。

塩辛トンボが高山の庭にもやってきた。

直治が縁側の柱につかまり、そのトンボにむかって何か声を上げている。

「そうね。トンボね。もう秋なんですね」

要子が直治に声をかけると、じっとこちらの顔と声を確認するような目をしてまた何事か声を上げる。少しずつ言葉を覚えようとしているのだ。

女将さん、女将さん……。玄関の方から若衆の呼ぶ声がした。

要子は加代に直治を頼んで玄関に出た。

「神戸から荷が着いたそうです」

若衆が表に停車しているトラックを指さした。

「そう、じゃ居間の方にあげて下さい。それと権三さんを呼んできて下さい」

「権三さんはさっき港の方に行かれました。夕方までには戻ると言っておられました」

「そう、それなら戻ってみえたら母屋に来てくれるように言っておいて。時夫君か林さんがいたら呼んできて」

「わかりました」

すぐに時夫がやってきた。汗だくである。

「何でしょうか、女将さん」

「休みの日に悪いんだけど、今、何か用を頼まれているの？」

「いや用というほどのことじゃありませんが……」

「何をしているの」

「あっちで皆と草野球をしてまして……」

「いつ終るの」

「もうじきです。俺が逆転ホームランを打ってケリをつけますから」

「そう、じゃ終ったら頼みがあるの」

時夫は返答せずにもじもじとしている。

「何か約束があるの。あるんならおっしゃい」

「あの……、映画を見に行こうかと」

「ならいいわ。行ってらっしゃい」

林があらわれた。

「何かご用でしょうか」

「実はね、母屋の庭の柳の枝を少し切って欲しいの。来週あたり台風が来るかもしれないとラジオが言っていたから今のうちに枝を切っておきたいの」

「わかりました。おい時夫、納屋から鋸《のこぎり》と斧を持ってきてくれ」

「お、俺は今、野球の試合の最中だ」

「野球だ？　何を言ってるんだ。女将さんの用を何と思ってるんだ」

「だって今、女将さんもいいと言ってくれたんだ。そうですよね、女将さん」

要子は時夫の話を聞かずに奥に入った。

背後で二人の声が聞こえた。

「時夫、おまえ、権三さんにも言われたろうが。オヤジさんの留守の間は女将さんの言いつけを守るようにって。野球だと？　おまえ何を考えてるんだ。何？　映画だと。映画は夜だって見られるだろう。台風が来るから柳の枝を落とすんだぞ。わかってんのか」

「だってよ……」

「だっても糸瓜《へちま》もあるか」

要子が廊下を歩いて行くと次女のヨシミが鉛筆を手に子供部屋から出てきた。

「夏休みの宿題は終ったの？」

「まだぜんぜん終らない。母さん、理科の宿題の押し花は大丈夫だよね」

「大丈夫じゃないでしょう。あなたたちが貼りつけるんでしょう」

「えっ、そんな……。だってあと三日しかないんだよ。他の宿題で一杯だもの」

「それはあなたがなまけていたからでしょう。押し花はヒロミ姉さんと二人でやりなさい」

長女のヒロミが顔を出した。

「ヨシミちゃん、私の消しゴム持って行かなかった？」

ヨシミがポケットの中をさぐって赤い舌をペロリと出し、消しゴムを姉に返した。

「さあ頑張りなさい。おやつに西瓜《すいか》をあげますから」

二人は手を叩いて部屋に戻った。

縁側に戻ると三女のサトミと直治が加代から西瓜を食べさせて貰っていた。

「加代さん、直治とサトミが食べ終ったらヒロミとヨシミもおやつにして下さい」

「わかりました」

返答した加代のむこうから権三があらわれた。

要子の顔を見て会釈した。

「権三さん、夕方でもよかったんですよ」

「いや、たいしたことはしてませんでしたので」

「休みの日までご苦労さんです。じゃ権三さん、奥の部屋へ」

要子は奥の部屋で待つ権三に西瓜を持って行った。

「これはどうもおそれいります」

権三は日焼けした顔で西瓜を頬張りはじめた。

要子は美味しそうに西瓜を食べる権三を見ながら、権三たちが宗次郎を上陸させて戻ってきた日のことを思い出していた。

「半月後に、その岬に迎えに行くのですね。けどもしそこにあの人がいなかったらどうするのですか」

「待つつもりです」

「でもずっとそこに船を置いておくわけにはいかないんでしょう」

「いや、それでも待ちます。私はオヤジさんを一人で上陸させたことを後悔しています。家に戻りましたら女房に呆れられました。どうしてあんただけでも無理にでもついて行かなかったんだと。まったく女房の言うとおりだと思いました。このとおりです。申し訳ありませんでした。ですから私はオヤジさんをあの岬で何日でも待つつもりです」

「あなたにそう言って貰うとこころ強いし、ありがたいわ。でもあの人が一人で上陸することは私も聞いて知っていたんです。だから気になさることはありません」

「いや、それでも私は不甲斐ない男だとつくづく思いました」

「でもあの人は権三さんが無理にそうしようとしても、あなたを気絶させてでも一人で行ったと思います」

「そうですか……」

そこで初めて権三が白い歯を見せた。

「女将さん、オヤジさんは必ず帰ってこられます。私たちが迎えに行ったら、あの岬に立っていらっしゃいます。私にはわかるんです。これまでオヤジさんといろんな修羅場を切り抜けてきましたから……」

「私も信じていますよ」

「女将さんの願いは水天宮の神さまにきっと届いております」

権三が言った。

要子は、権三が自分のお百度参りを知っているのだと思った。

あの夜から半月が過ぎた。正確には十六日目になる。

権三が西瓜を食べた手を手拭いでふいた。

「それでいつ出発するのですか」

「あと五日したら三田尻を出ます。唐津の港で船の整備をして、九月の七日には唐津を出ます」

「わかりました。私の方で準備するものはありませんね」

「何もございません」

「そうですか、ちょっと待って下さい」

要子は寝所に行き、簞笥を開けて奥の方から用意しておいた金を入れた包みを取り出し、それを手に戻ってきた。

要子は包みを権三の前に出した。

「無事にあの人を唐津の港まで連れて帰って下さったら、これでどの町に行かれてもかまいませんから思う存分、あの人の疲れを取ってやって下さい」

権三は包みに目をやり要子の顔を見た。

「よろしいんですか」

要子はうなずいて言った。

「あなたも光山さんも林さんも充分に疲れを取って、この家に帰ってきて下さい」

権三が引き上げた後、要子は庭に出て柳の木を見上げた。

今朝まで重く茂っていた枝が切られて、そのむこうに青空が見えた。

――もう少ししたら夫が帰ってくる。今頃、この空の下で夫は両親や弟とどこかを歩いているのだろうか。もしかしたら両親も弟も、そしてあの人の親戚も皆この家にきて一緒に暮らせるかもしれない……。

要子はそうなったらどんなに幸せだろうかと思った。

柳のてっぺんの枝が揺れていた。上空は風が強いのだろう。

台風の季節を迎えようとしていた。夫がその岬に立っている日は、せめて天候が良い日であって欲しいと思った。

「母さん、押し花を貼りたいんだけど」

長女のヒロミが庭に出てきて言った。

要子は柳の木の下で切った枝を片付けている林と時夫に礼を言って縁側に戻った。

縁側の端に古新聞を何枚も重ね、その上に重しの石を置いて押し花がこしらえてあった。

いつの間にか子供たちが皆集まっている。

石を取り、新聞紙を丁寧に剝がした。

中から綺麗に押し花になった草花があらわれた。

春紫苑《はるじおん》、紫蘭《しらん》、きんぽうげ、山吹草、うつぎ、額紫陽花《がくあじさい》、ひなげし、夕顔……。

子供たちは新聞紙の間から花が出てくる度に歓声を上げた。

金泉から大田までの山道は主要道路だけに軍の車輛が何台も通過した。

宗次郎と吾郎は沢伝いを、道を見下ろすようにして進んだ。

途中から二人は検問所のある主要道路を避けて線路沿いの道を選び、時折、線路の枕木の上を歩いた。

夜が明ける前に二人は大田の手前に聳える西台山《ソテサン》の山麓に到着した。

二人は竹林を見つけると中に入り、落ちた竹の葉の上に倒れるようにして眠った。

宗次郎は昼前に一度、目を覚まし、山の中腹まで登って、そこから大田の街並を見た。

まばらに家並があり、そのむこうに軍の兵舎と戦車、トラックが見えた。

街の周囲の丘には木々がほとんど残っていなかった。爆撃により丘陵地帯の木々は吹き飛ばされていた。激しい戦闘の様子がそれでうかがえた。

大田攻防戦は朝鮮戦争の中でも大激戦だった。ソウルが陥落し、後退を余儀無くされたアメリカ軍と韓国軍は大田に一大防御線を引き死守する覚悟で北朝鮮軍を迎え撃った。

大田に陸軍本部、駐韓米軍司令部が置かれ激しい戦闘がくりひろげられた。しかし南進する北朝鮮軍は破竹の勢いで大田市内になだれ込んだ。市民にも大勢の死傷者が出た。司令本部はさらに釜山に後退した。大田は火の海となり、すべての建物が破壊された。

マッカーサーの仁川《インチョン》上陸作戦で北朝鮮軍が敗走しはじめた時もまた大田は激戦の地となった。北と南の攻撃によって大田周辺の丘陵地帯は木々をほとんど失なった。

宗次郎は大田の彼方の地形をじっと見ていた。

丘陵のむこうに清州《チョンジュ》、天安《チョナン》、平澤《ピョンテク》、水原《スウオン》があり、その先にソウルがある。

ここからは平野部がほとんどでわずかに山岳地帯はあるが、昨日までのように一千メートル近い山はない。せいぜい五百メートルほどの山があるくらいだった。

それでも宗次郎はわずかな山岳地帯を進もうと決めていた。

論山《ノンサン》、美湖《ミホ》平野と平澤、禮唐《イエダン》平野の間を東から西へ連なる車嶺《チャリョン》山脈に、明日まず入ろうとしていた。

宗次郎は地図に記しておいた鶏龍山《ケリヨンサン》と金鶏山《クムケサン》、そして天安の背後に聳える黒城山《フクソンサン》を結ぶルートを確認した。

宗次郎が竹林に戻ると、吾郎は起きていて水筒を差し出した。

「すぐそばの渓流の水です。伽倻山の水ほど美味くありませんが……」

「ありがとう」

宗次郎は喉を鳴らして水筒の水を飲んだ。

美味かった。

「近くに人家はありませんでしたか」

「ありません。ただ西の渓谷のむこうから煙りが上っているのが見えました」

「吾郎君、ここから先は軍の基地が多いので昼間行動する時はなるたけ木の蔭から物を見るようにして下さい。私たちは肉眼で見ていますが歩哨《ほしよう》に立っている兵士は双眼鏡で監視をしていますから……。戦争が続いている限り、北の偵察兵と間違われて容赦なく狙撃されるおそれがありますから」

「わかりました」

「ともかく昼間はじっと身を潜めておくことです」

二人は竹林の中に入った。

宗次郎は地図をひろげて今夜の行程を吾郎に説明した。

「これからは同じ山岳地帯でも山の高さも低く家が多くなります。よほど警戒して進まないと何が起こるかわかりません」

宗次郎は言って荷物の中から拳銃を出して吾郎に渡した。

「使い方はわかりますか」

「わかります」

「これを撃つ時はたぶん最期の時だと思って下さい」

吾郎は口を真一文字にしてうなずいた。

「ともかくたっぷり休みましょう。今日からは進めるようなら夜明け方も進みます。身体の方は大丈夫ですか」

「はい。義兄さんはどうですか」

「私は大丈夫です。歩けと言われれば中国国境まで歩いてみせます」

宗次郎が笑って言うと、吾郎も笑い返した。

数時間後、けたたましく鳴り響くサイレン音で二人は目を覚ました。

——戦闘か……。

宗次郎は竹林の間から空を見上げた。

「何でしょう?」

吾郎が訊いた。

「いやわかりません」

すぐに金属音がして大田の彼方の空から二機の戦闘機が飛来してきた。

——どうしたのだろうか。制空権は国連軍が握っているはずだが。

サイレンは鳴り続けていた。

ほどなく背後から黒い影がそれまで聞いたことのない凄じいエンジン音とともに北の方に飛んで行こうとしていた。奇妙なかたちをした戦闘機だった。

「ミグだ」

吾郎が言った。

「何ですか、それは」

「ソ連の最新式の戦闘機です。一年前に戦場の上を飛ぶのを見ました」

また金属音がして、黒い影が飛んで行った方角に二機の戦闘機がむかって行った。

「こんなことはよくあるのですか」

「いや、僕もミグを見たのは一年振りです。とうとうソ連が参戦したのでしょうか」

宗次郎は吾郎の言葉に顔を歪めた。

どこかで正確な戦況についての情報を手に入れなくてはならないと思った。

宗次郎は空を仰いでいる吾郎に言った。

「今日は少し早くに山を降りて、夕刻前に、大田の街に入りましょう」

「街に行くのですか」

「はい。いずれにしてもソウルに着けば街の中に入らなくてはなりません。大田に入って私たちのことがばれるようならソウルに行っても同じでしょう。まずこれから下の村に行きます。そうして……」

宗次郎は吾郎に大田の街に入る前の手筈を説明した。

二時間後、二人は麓の村を林の中から観察し、めぼしい農家を一軒見つけ、そこを訪ねた。

七十歳を過ぎていると思われる家長と年老いた小作人の二人しか男手はいなかった。あとは女と子供だった。

家長は突然あらわれた宗次郎たちをひどく警戒していたが、農作物を高い金で譲り受けたいと申し出ると納得してくれた。小作人が作物を用意しはじめた。

宗次郎は軒下にあった背負子《しょいこ》もふたつ譲って欲しいと申し出た。家長は黙って背負子に作物を積み上げてくれた。

宗次郎が礼を言って出発しようとすると、家長が大田の市場にある一軒の店の名前を教えてくれて、自分の名前を告げればいいと言った。

二人は大田にむかって歩き出した。

まだ陽が高い時刻に道を歩くのは初めてのことだった。吾郎の顔が強張っているのがわかった。村を出ると道は大きな道にかわった。

むかいから数人の家族が歩いてくるのが見えた。男一人に女が三人、一人の女は赤児を抱いていた。

「緊張しないことだ。自分が百姓だと思いこめばいいんだ。必要以上に相手を見ることもない」

相手が少しずつ近づき、怪訝そうな顔で宗次郎たちを見ているのがわかった。

「やあ、どうも」

宗次郎は彼等に声をかけ、うしろから来る吾郎を振りむいて笑った。吾郎も笑い返した。

「精が出ますのう、気を付けて」

相手の男が言った。

「そちらも」

宗次郎が言うと、気を付けて、と背後で吾郎が相手に言った。

足音が遠ざかると宗次郎が笑って吾郎を振りむいた。

「どうやら二人とも百姓そのものらしい」

何人かの人とすれ違ったが、無事にやり過ごせた。

一人だけ道の脇に腰を下ろしていた老人が行き先を訊いた。

宗次郎は農家の家長から教えて貰った市場の店の名前を告げた。老人は納得したようにうなずいた。

やがて大田の街に入った。

宗次郎は屋台を出している女に市場の場所を尋ねた。

女は市場の方向を指さし、安くするならその作物を買うよ、と言った。宗次郎は届け先が決っているのだ、と笑った。すると女は金額を口にして吾郎の背負子の作物を覗いた。吾郎は女から逃げるようにして宗次郎の先を歩き出した。

大声がして前方から兵士が数人やってきた。

「目を見るな」

宗次郎は吾郎に小声で言った。

兵士たちは宗次郎と吾郎を気にも止めず大きな声で話しながら通り過ぎた。

市場の中に入った。あちこちから炊飯の煙りが立ち昇っていた。大声で客を呼ぶ女の声や物売りの掛け声が往きかっていた。

宗次郎は唐辛子を売っている女に農家の家長から教えて貰った店の場所を尋ねた。女は数軒先の店を指さした。その店は葦簀《よしず》で囲んであった。他のどの店より煙りが立ち込めていた。

宗次郎は葦簀の隙間から中を覗いた。

男が一人、宗次郎を見た。宗次郎は男に家長の名前を告げた。男は裏に回るように言った。裏に回ると数人の男女が大鍋のそばで立ち働いていた。肉をさばいている者、野菜を切っている者、蒸籠の火加減を見ている者……。皆が忙しく働いていた。

女の一人が宗次郎たちを見つけて、積荷をそこに置くように言った。二人は背負子を下ろし荷を女の指示した場所に積んだ。先刻の女がやってきて積荷を確認し、懐から金を出して宗次郎に渡した。

宗次郎は掌の中の金を女の方に差し出し、

「飯と酒をやりたいんだが」

と言った。

「飯はただでいいよ。酒は払っとくれ」

そう言って女は宗次郎の掌から金を少し取って店の奥にむかって大声を出し、二人に店の中に行くように手を振った。

店に入ると客でごった返していた。小柄な女が店の隅を指さした。戸板が置いてあるだけのテーブルに二人はついた。七、八人の客が酒を飲んでいた。酔っ払っている男もいた。小柄な女が飯と酒を運んできた。

「酒は適当にしておいた方がいいだろう」

宗次郎は吾郎にささやいた。

隣りの三人の男たちが話をしていた。

「三回目の交渉が物別れに終ったって話だ」

「北がえらく強気らしいな」

「それじゃ、また爆撃がはじまるな」

「北は時間稼ぎをしてるんだろう。どうして一気に叩いてしまわないんだ」

「さあ、その理由がわからない」

「相変らずこっちの爆撃は国境を越えないってな」

「そりゃそうだろう。中国国境を越えたら中国軍が雪崩《なだ》れこんでくるからよ」

「金日成はどこにいるんだ」

「まだ山の中に隠れてるらしい」

「安東の近くの村の話は聞いたか?」

「ああ聞いたよ。村の住人が皆でぐるになって北の兵士を匿っていたらしいな」

「そうよ。村のあちこちに穴を掘って匿ってたって言うぜ。その兵士の数の方が村の住人より多かったって話だ」

「北の兵士だってやりたくて戦争をしてるわけじゃないだろうにな」

「おい、声がでかい。北の肩を持つようなことを口にしたらしょっぴかれるぞ」

三人は周囲を見回し、宗次郎と吾郎の顔を見て笑ってうなずいた。

宗次郎は三人に顔を近づけて言った。

「今日、西台山でソ連の最新式の戦闘機を見たんだが、ソ連が参戦してくるのかね」

三人の男の一人が言った。

「ミグだろう。あれが飛んできたのは半年振りくらいじゃないのか。脅しをかけただけだろう。どうせもうソ連に戻ってるさ。ソ連が参戦することはないな。参戦するつもりならマッカーサーの仁川上陸の直後にやってる。ソ連の主力部隊はヨーロッパに行っているって話だ」

宗次郎は話の真偽をたしかめるように相手の顔を見返した。

「おい、何か俺の顔についてるか」

相手が宗次郎を睨みつけた。

二人の仲間が男に、やめとけ、と小声で言った。

「俺の顔に何かついてるかと聞いてるんだ」

仲間が男の腕をおさえた。男はその手を払いのけた。

宗次郎は相手から目をはなさなかった。

この野郎、と相手が宗次郎に摑みかかった。それより早く宗次郎の拳が相手の顔を打ちつけていた。相手がもんどり打って倒れた。宗次郎が立ち上がって相手を見下ろした。気絶していた。

二人の仲間を睨みつけた。二人は宗次郎から目を逸らした。

「吾郎君、行くぞ」

宗次郎たちは裏手から店を出た。

二人は背負子を担ぐと足早に市場を立ち去った。

「このまま大田を突っ切ってしまおう」

すでに陽は落ちて家々に灯りが点っていた。

急ぎ足で市街を歩き続けた。

前方の空が明るかった。宗次郎は立ち止まった。

軍の施設か、検問所があるような気がした。

「引き返そう。走りますよ」

宗次郎は来た道を戻り出した。二人は夜の市街を走り抜けた。

前方に橋が見えた。宗次郎は橋を渡らず河原に下りた。

「これは捨ててしまいましょう」

宗次郎は川の中に背負子を放り投げた。

吾郎も背負子を投げた。宗次郎は水際にしゃがみこむと水をすくって顔を洗った。吾郎も水をすくって飲んだ。

「さっきはどうなることかと思いました」

「済まなかった。ああするしかなかった」

「義兄さんの力は凄いですね」

「相手が酔っていたからです。あの葦のあたりで少し休みましょう」

二人は葦の群生する水辺に行き、そこで横たわった。

宗次郎は先刻の男たちの話を思い返していた。

ソ連が参戦することはない、と言っていた男の話は信用がおけそうな気がした。それに大田の北側の空が明るくなっていた。夜になってあれだけ灯りを点しているということは、制空権は国連軍が握っているということだ。

やはり戦況は膠着状態にあるに違いない。

そうでなければすれ違った兵士たちがあんなに大声で話し、笑っているはずがない。

市中に入って人に逢うのは、あの店にいた男との一件のように何が起こるかわからない。

――やはり当分は山の中を進もう。

ただこの先、ソウルが近づくと検問所が待ち受けているに違いなかった。

――何か方法を見つけなくてはならない。

それがどんな方法なのか宗次郎にも見当がつかなかった。


宗次郎は葦の中に身を横たえて、夜空にまたたく夏の星座を眺めていた。

かたわらで吾郎の寝息が聞こえていた。

宗次郎は夕刻、市場の飯屋で耳にした話を思い出していた。

『三回目の交渉が物別れに終ったって話だ……』

『北がえらく強気らしいな』

――開城での北朝鮮と国連軍の休戦交渉はまだ続いているのだ。

宗次郎がこちらに渡る前に日本で集めた情報では、一回目の交渉がはじまったばかりだった。

――ずいぶんと長い交渉だな。

宗次郎が聞いたところでは交渉は北が屈してすぐに解決するのではということだったが、北がえらく強気らしい、というのが本当なら北朝鮮軍も交渉で強気に出ることができる切り札があるということなのだろう。

それはやはりソ連軍の参戦ではないのか、と宗次郎には思えた。

『ソ連が参戦することはないな。ソ連の主力部隊はヨーロッパに行っている……』

飯屋でからんできた男の顔が浮かんだ。

いい加減なことを口にする男には見えなかった。

――どういうことなのだろうか……。

戦況が逆転し北が優位に立てば吾郎を韓国軍の中に入れても、また退去、逃亡の日々を吾郎は送らなくてはならない。それでは吾郎があまりに可哀相だった。

――最前線はいったいどうなっているのだろうか。

大田にいた兵士たちの笑顔がまた浮かんだ。

戦況を知るには兵士の表情と物資の流れを見ればいい、ということが、日本の敗戦前に軍需物資の輸送に携わっていた経験でわかっていた。大田で見た兵士の表情には余裕さえ感じられた。

――やはり国連軍優位で戦況は進んでいると考えた方がいいのだろう。

宗次郎は朝鮮戦争において国連軍と韓国軍のふたつの勢力が北朝鮮と戦っているのではなく、そのほとんどはアメリカ軍の力に頼っていることを知っていた。

――アメリカはこれ以上戦況をひろげたくないのかもしれない。

韓国軍が前線でアメリカ軍のお荷物になっているという噂を聞いた。

市場での男の言葉が耳の奥に響いた。

『安東の近くの村の話は聞いたか？』

『ああ聞いたよ。村の住人が皆でぐるになって北の兵士を匿っていたらしいな』

『そうよ。村のあちこちに穴を掘って匿ってたって言うぜ。その兵士の数の方が村の住人より多かったたって話だ』

――そんなことが起こるのだろうか。

『北の兵士だってやりたくて戦争をしてるわけじゃないだろうにな』

たしかに男の言うことには一理あった。

安東近くの村の事件は七月の終わりに発覚した。

その村で北の兵士の姿を見かけたという密告があった。韓国軍は一個部隊を派遣して偵察に行かせた。

昼間はどこにでもある村と同じように農作業をしている村人の姿しかなかった。ところが夜になると村の家々に灯りが点り、宴をやっているのか賑やかな声がしはじめた。家々を覗いてみると北の兵士たちと村人が仲良く食事をし酒盛りをしていた。村人は皆家族のように北の兵士を持て成していた。さらに驚いたのは北の兵士たちが夜半に村の田畑を耕し農作業を手伝っていたことだった。

八十人の村人に対して百五十人の北の兵士が村のあちこちの地下に潜伏し、しかも仲良く暮らしていたのだから、韓国軍司令部はその事実を知って愕然とした。

元々、国が分断される以前は大勢の小作農たちが往き来していた。自分の夫や息子のような年齢の兵士を女たちが匿いたくなるのは自然なことだった。ましてや田畑を耕す人手をすべて戦場に連れ去られているのだから野良仕事を手伝ってくれる姿を見れば情も湧いたはずだ。

国境はあってないようなものだった。

安東の近くの村で起こった事件が象徴するように、村人たちが北の兵士に恨みを抱くことは少ないと思われた。そのことは朝鮮戦争が勃発して以来、アメリカ軍の悩みのひとつだった。北朝鮮軍と戦うと韓国軍に逃亡者が出ることや、韓国兵の戦闘意欲の低下は改善されなかった。ホワイトハウス、アメリカ議会、ワシントンの目は拡大していくヨーロッパの共産圏の問題に向きつつあった。議会では、極東アジアの勢力分布は日本とフィリピンを死守できればいい、という見解まで出ていた。そのことが休戦交渉における弱腰となってあらわれ、北朝鮮の交渉人につけいる隙を与えていた。

そんな中で李承晩はアメリカの消極姿勢に反発するようにさらに新しい兵力の増加を図るために六十歳以上の男子までを兵役に徴集する新法を議会で成立させた。

吾郎の父や李の家の家長までを徴用員が連れて行こうとしたのは、そんな時期だった。

――アメリカは朝鮮半島を見捨てるのかもしれない。

宗次郎がそんな想像をしたのは強《あなが》ち間違いではなかった。

――そうなるとこの半島はどうなってしまうのだろうか……。

宗次郎は上天に浮かんだ月を仰ぎながら呟いた。

宗次郎は吾郎を起こした。

「出発しましょう」

吾郎は目をこすりながら起き出した。

二人は河原に出て顔を洗った。

夏の月が皓々とかがやいていた。

月が映る川面のあちこちに水しぶきが上がった。魚のようだった。

「アユですかね。ハヤかな」

吾郎が言った。

宗次郎も魚影が跳ねるのを見ていた。

「覚えていますか。三田尻にいた頃、佐波川《さばがわ》にアユを釣りに出かけました」

宗次郎も義父と吾郎が二人して釣竿と魚籠《びく》を手に釣りに出かけていく姿を見ていた。

「父はアユを釣るのが上手かったんですよ。義兄さんは魚釣りはしませんでしたか」

「私も少年の頃、昆陽面の川で魚を捕っていました」

「日本ではしなかったのですか」

「しませんでしたね。ただ君のお父さんにアユをご馳走になったことは何度もありますよ。美味しかったです」

「魚なら簡単にソウルまで行けるんでしょうね。人間は厄介ですね」

魚の水音は失せ、せせらぎの音だけが周囲に響いていた。

「義兄さん、ソウルには行けるんでしょうか」

吾郎がか細い声で訊いた。

「もう道程の半分以上はきています。清州、天安、水原を越えればソウルです。あともう少しの踏ん張りです」

「そうですね」

二人は顔を拭って北にむかって歩き出した。


軍事施設があきらかに多くなっていた。

山林の中から様子を窺うと検問所が目立ちはじめていた。

その山林でさえ鉄条網や哨戒の兵士の姿を見るようになっていた。

翌日の朝方、宗次郎は廃屋になった小屋に吾郎を待たせて清州の村に一人で入った。

宗次郎はこれ以上、潜伏しながら移動するには限界があると判断していた。

宗次郎は清州の村にある一軒の鍛冶屋を見つけ、そこで一人で鉄を打っていた老人に声をかけた。

「一刻も早くソウルまで行きたいのですが、何か良い方法があったら教えて貰えませんか」

宗次郎はそう言って懐から金の粒を出し老人に見せた。

老人の目は宗次郎の手の中の金の粒に注がれていた。

老人は金の粒のひとつを指でつまんで鼻先に近づけた。

「おまえ一人か」

「いや、もう一人、弟がいます」

「二人とも通行証がないのか」

「そうです。力を貸して貰えませんか」

宗次郎はそう言ってさらに倍の数の金の粒を出した。

老人は手にしていた金の粒を自分の懐に仕舞うと、

「暗くなったらここに来い。仕事場は閉めているが裏手にわしの住いがある」

「わかりました」

「ソウルのどこへ行くんだ？」

「朴東林将軍のところです」

宗次郎の言葉に老人がじっと目を覗いた。

「その金はどこで手に入れた」

宗次郎は老人を見返し、

「日本から持ってきました」

と返答した。

すると老人が日本語で言った。

「二人とも日本から来たのか」

「いや私だけです」

宗次郎も日本語で言った。

陽が暮れて宗次郎は吾郎を連れて鍛冶屋の裏手にある老人の住いにむかった。

前方にそこだけ灯りが点った家が見えた。宗次郎は家に近づこうとして立ち止まった。

様子がおかしかった。

「吾郎君、伏せろ」

宗次郎は吾郎にぶつかるようにして右手に身を伏した。

同時に銃声がした。数発続き、頭の上で風を切る音が通過した。

銃声が止んだ。

「殺されたくなかったら手を上げて出てくるんだ」

吾郎を見た。

頭を抱えて伏せていた。

「もう一度言う。殺されたくなかったら手を上げて出てくるんだ」

二人とも黙ったまま地面にへばりつくようにしていた。

「吾郎君、そのままあとずさるんだ」

ふたたび銃声が鳴り響いた。

地面を撃ちはじめた。小石が飛んできて頬に当った。

「吾郎君、次に銃声がしたらそのまま右に走るぞ」

銃声がした。

二人は同時に走り出した。

背後では怒声と銃声がしていた。しばらく走り続けた。

「吾郎君、もういい。ゆっくり歩くんだ」

二人は山にむかって歩き出した。

「何があったんですか」

「私が迂闊だった。危ない目にあわせてすまなかった」

宗次郎は朝方見た鍛冶屋の老人の顔を思い出し、唇を噛んだ。

その夜は移動を中止して廃屋にじっとしていた。

夜明け前、宗次郎は吾郎に待っているように告げて山を降りた。

雨が降り出していた。

宗次郎は昨日の鍛冶屋と裏手の住いの様子を林の中から見ていた。

家灯りが点った。

夜明け前から働き出すのだろう。老人ともう一人、男が住いからあらわれ、鍛冶屋の中に入って行った。

宗次郎は素早く林の中から飛び出し、鍛冶屋の裏手に回った。

中から声がした。

口笛が聞こえてきた。歌を歌っている。

宗次郎は裏口に身体を寄せた。歌を歌いながら老人が出てきた。

宗次郎は老人の前に出て、目を丸くしている相手を殴りつけた。老人は崩れるように倒れた。

その物音に気付いてか中から声がした。

「どうしたんだい。まだ酒が残ってるんじゃないのか。しょうがないな、もう歳なんだから……」

あらわれた男は倒れている老人を見つけ駆け寄った。

宗次郎は男の背後に回り、後頭部を殴りつけた。唸り声を上げて男は片膝をついたがすぐにむかってきた。宗次郎は相手の顔を蹴り上げた。あおむけに倒れた相手に馬乗りになり拳を打ち込んだ。相手はぐったりしていた。

「やめてくれ。息子に手を出さんでくれ。金は返すから」

老人が訴えた。

それでも宗次郎は男を殴り続けた。

「おれたちはおまえのせいで死ぬところだった。その代償を払って貰う」

「やめてくれ。わしを、わしをやれ」

宗次郎は男の胸倉を鷲掴みにして、ぐったりした様子を老人の方にむけた。

「頼む。助けてくれ。一人息子なんじゃ」

「ソウルへ行く車はどこから出ている」

「村の東に物資の集積場がある。そこの運転手に話をつければ車に乗りこめるはずだ……」

「何という名前の運転手だ」

「姜《カン》だ。わしの名前を言えばいい。頼む、息子だけは助けてくれ。金の粒の残りは裏の家にある。車が出るのは夜の八時だ」

宗次郎は老人の息子をもう一度殴りはじめた。

「やめてくれ。何でもする」

「おまえが集積場に連れて行け」
「わ、わかった……」

トラックはソウルにむかって夜の道を疾走していた。

荒っぽい運転だった。

積荷の間に吾郎と二人でしゃがみ込んだ宗次郎は、時折、身体が浮き上がることがあった。

その度に吾郎が積荷に手をかけていた。

運転席のラジオから米軍の放送局が流すテンポの良い音楽が流れていた。

宗次郎は苦笑いをした。

昨日まで夜の山の中を神経を尖《とが》らせて歩き続けた一晩の道程を、トラックは一時間もかからずに走っていた。韓国兵の歩哨の目や北朝鮮軍の逃亡兵を警戒することもなかった。

何よりも驚いたのは、このトラックの積荷が日本から運ばれた物資で、門司港を出港したのが一週間前でしかなかったことだった。積荷は兵士への日常の支給品で毛布、石鹸《せっけん》、歯ブラシ、髯剃り……といったもので、武器弾薬は別の輸送班が運んでいるということだった。そのせいか運転手は凸凹《でこぼこ》道をスピードを緩めることなくアクセルを踏んでいた。

人間が密入国をしようとすれば、過酷な行程を乗り越えなくてはならないのに、石鹸は難なく海峡を越えソウルまでトラックに揺られながらむかっている。

それが宗次郎には可笑しかった。

――それほど人がすることは愚かな手順を踏まねばならないということか……。

夕刻、ソウルまで同乗するのを掛け合った運転手は、鍛冶屋の主人をきつく脅しておいた分ひどく簡単に承知してくれた。

「運び賃はいくらだ。金がいいのか」

宗次郎が訊くと運転手は無頓着そうな顔で、

「女房が時計を欲しがっている」

とぶっきら棒に言った。

宗次郎は鍛冶屋の主人を闇市に連れて行き、そこで女物の時計を買わせた。

主人は代金を欲しいと言ったが、宗次郎は前に渡した金の粒で充分釣りが来るだろうと取りあわなかった。

運転手は時計を渡すと満足そうにうなずいた。

出発して一時間後に最初の検問所で停車した。

運転手は運転席から物音を立てないように幌のむこうから言った。

点けっ放しのラジオから女の歌声が聞こえていた。甘い声だった。すべてが英語の放送だった。

検問の間、二人とも息を押し殺していたが、拍子抜けするほど簡単なものだった。

二度目の検問が終った後、運転手が荷台の中を覗いた。

「兄貴《オッパ》、大丈夫かね」

宗次郎は自分がそう呼ばれたのだと思わなかった。

懐かしい言葉の響きだった。

九州の炭坑で働いていた当時、ようやく同じ国の年下の者が数人できた頃、彼等から宗次郎は〝兄貴〟と呼ばれたことがあった。

「ああ、大丈夫だ。今、どの辺りだ？」

「あと一時間で水原だ。あそこからは少し道が混む。小便をしたかったらどこかで停まるから言ってくれ」

「そうするよ。ラジオだが韓国の放送は聞けないのか」

「朝の六時になったら少しだけ流れる」

「その時に聞かせてくれるか」

「わかった。兄貴……」

運転手が宗次郎を呼んだ。

「何だ？」

「女房はあの時計を喜ぶだろう。ありがとうよ。兄貴」

宗次郎は運転手が何度も、そう呼ぶので苦笑した。

隣りで吾郎も笑っていた。

宗次郎は吾郎の笑顔を見て、この国に来て初めて二人が笑い合ったことに気付いた。

「吾郎君、小便は大丈夫かね？」

「はい。義兄さんは？」

「私は大丈夫だ。吾郎君、少し休んだ方がいい。どうやらこの車の中はこれまでで一番安全な場所のようだ」

「そうですね。少し休みます」

車の揺れにも慣れたのか、吾郎が目を閉じた。

宗次郎は懐の中からお守り袋を出した。それは妻の要子が出発前夜に宗次郎に持たせた水天宮のお守りだった。

宗次郎は袋の紐を解いて中からちいさな棒を取り出した。それはマッチ棒の軸だった。唐津を出た夜の船中で宗次郎は六本のマッチ棒の軸に五本の線を刻んだ。上陸すれば徹夜で歩きとおさねばならない時もあるだろう。そうすれば日数の感覚がおかしくなるかもしれない。権三たちがあの岬に自分を迎えにやってくるのは丁度一ヵ月後の三十日目が過ぎた夜明けだった。彼等とてあの沖合いでずっと停泊はできない。それでも自分の姿がなければ権三は命懸けで待つだろう。権三はそういう男である。彼等が生きるも死ぬも、自分が無事にあの岬に立てるかどうかだ。

その日数を確認するために宗次郎はこの棒を噛み刻んできた。棒はすでに三本しか残ってなかった。そのうちの一本の棒が欠けていた。宗次郎は棒の先を噛んだ。そうしてひと刻み分を吐き捨てた。

――あと十一日である。


トラックが停車した。

運転席から男の声がした。

「兄貴、ここなら外に出ても大丈夫だ」

宗次郎は積荷の間から起き上がった。

吾郎を起こした。後部の幌を開くと運転手が笑って立っていた。背後の空が白みはじめていた。

車を降りて伸びをすると、さすがに身体の節々が音を立てた。

車は峠の上に停車していた。

「ほれ、あれが……」

運転手が車の前方に立って北の彼方を指さしていた。

宗次郎はトラックを回り込んで運転手の隣りに立った。

「おう――」

宗次郎は思わず声を上げた。

夜が明けようとする空の下に無数の家々が密集した街が浮かび上がっていた。上陸して初めて見る光景だった。

「ソウルだ」

――これがソウルか……。

宗次郎は生まれて初めて見た韓国の都をじっと見つめた。

夥しい数の家がひしめき合うように黒い影をこしらえていた。戦時下のために家灯りはなかったが、左方の海の方角からわずかに立ち込めはじめた朝靄《あさもや》がゆっくりと波打ちながらソウルの街に流れ出していた。

戦争の只中にある首都には見えなかった。それほど夜明け前のソウルは静かで威厳に満ちていた。

「戦争をしてるとは思えないほど静かで美しい街ですね」

吾郎が言った。

「ソウルでの戦闘はもう三ヵ月近くないから」

運転手は言って上着のポケットから煙草を取り出して宗次郎に差し出した。

日本で駐留軍の兵士が家によく持ってきたラッキーストライクだった。

「吾郎君、一服貰おうか」

吾郎が寄ってきて運転手の煙草を一本取った。宗次郎も煙草をくわえた。葉の香りが鼻を抜けた。

運転手がライターで点けてくれた火を吸い上げると、煙草の味が口の中にひろがった。美味かった。一瞬、目眩《めまい》がした。ひさしぶりの煙草の味だった。

ソウルの方角から吹き上げてくる風が心地良かった。

海風だった。

海の匂いのする風を吸うのもひさしぶりだった。

「ソウルに着く前に少し頼みがあるんだが……」

宗次郎が言うと、運転手は、何だ、と宗次郎を見た。

「こんな野良着でソウルに入るわけにはいかない。着る物を手に入れたい。それとあと少し手に入れたいものがある」

「何が欲しいんだ」

「ドル紙幣と、時計だ」

「女房に土産品か」

運転手が笑って言った。

「いや、人に贈るんだ。男物の高級時計が欲しい。それに酒だ。上等のブランデーが手に入る店を知っているか」

運転手は黙ってうなずいた。

運転手は笑うと欠けた歯が覗いて愛嬌のある表情をしているのだが、黙っているとふてぶてしく見えた。

闇市で買った女房の時計ひとつで、こんなに親切にしてくれることが宗次郎は少し気がかりだった。この男を信用してよいものかどうか迷っていた。年齢は自分とさしてかわらないように思えた。身体付きは小柄で瘦せているが、シャツの下の骨格も筋肉もしっかりしていた。男の強靱さが伝わってくる。

裏切ったり、騙すような男には見えなかった。

それどころか宗次郎は男に逢った時から奇妙な親近感を抱いていた。それが兄貴と呼ばれた時、以前どこかでこの運転手に似た男を見た気がした。

宗次郎は吾郎に先に乗り込むように言った。

運転手はソウルの街を見ていた。

「兄貴、もう一本やるかね」

宗次郎が近づくと運転手は煙草を差し出した。

「いや、さっきので充分だ。美味かったよ。トラックの荷を搬入する時間は大丈夫なのか。迷惑をかけていないか」

「そりゃ気にしなくていい。搬入は基地の門が開く八時だ。俺ほど速くトラックを飛ばせる運転手はこの辺りにはいない。道中、荷台の中では大変だったろう。この半年で俺は百回以上この道を往復している。砲弾が飛び交う時だって走ったのさ。この往還じゃ、俺はちょっとした者なんだ」

「そうか、それは頼もしい」

宗次郎は運転手を見つめていた。

「私は尹宗来だ」

「尹兄貴だな。俺は姜基天《ギチヨン》だ。安東姜氏の末裔《まつえい》だ。基天と呼んでくれ」

宗次郎はトラックの方をちらりと見て言った。

「あれは私の女房の弟だ。事情があってソウルに連れて行かなくてはならない。今はきちんと礼ができないが、いずれ必ずあんたには礼をするつもりだ」

「礼が欲しくて俺はやってるんじゃない」

姜の口調が険しくなった。

「俺はあんたにそうしたいからやっているだけだ。何かを貰おうとして俺は行動したことはない。俺はそんな男じゃない」

姜は宗次郎の顔をじっと睨んだ。

宗次郎も姜を見返していた。

「姜さん、いや基天、悪かった。ただ私は必ずあんたに挨拶にくる。信じてくれ」

「わかっているよ。尹兄貴、最初に逢った時から俺はあんたを信用したんだ。俺の家は代々任俠《にんきょう》の血筋なんだ」

姜が手を差し出した。

宗次郎は姜の手を握りしめた。姜が痛いほど握りしめた。宗次郎も力を込めて握り返した。


トラックは峠道を猛スピードで下りはじめた。

積荷が右に左に揺れた。

吾郎の言葉に宗次郎はうなずきながら右手をじっと見ていた。

「派手な運転ですね」

上陸してから、初めて人と握手した。

『俺はそんな男じゃない……』

姜の言葉と力強い握力が掌に残っていた。

——たしかに人を疑い過ぎていたのかもしれない……。

トラックは水原の街に入ると湖畔沿いを走り、やがて一軒の商家の前で停車した。

宗次郎たちは幌の隙間から外の様子を窺っていた。

姜は商家の前に立ち木戸を叩きはじめた。大声で店の者を呼びながら木戸を叩き続けた。まだ夜明け前である。

「ずいぶんと強引な人ですね。でも親切な人ですね」

吾郎が姜を見ながら言った。

眠そうな顔をした店の者があらわれた。男は姜の顔を見ると愛想笑いをして、すぐに木戸を開けた。

一言、二言、姜は相手に話した後、トラックの方を振りむいて手招きした。

宗次郎たちはトラックを降りて素早く店に入った。

店というより倉庫のような建物だった。

中に古着が山と積んであった。

姜が店の男に言った。

「ソウルでひと仕事するんだ。上から下まできちんとした物を揃えてくれ」

「この店の物は皆きちんとしていますよ」

男は笑って言い、宗次郎と吾郎の体格を見た。

「旦那はずいぶんと大きな人ですね」

宗次郎を見て男が言った。

「上物にしてくれよ」

姜が男に言うと、男は古着の山を掻き分けて宗次郎たちの服を揃えた。

宗次郎たちは野良着を脱いで男が出してきた古着を着た。

着換えた吾郎に男が革靴とハンチング帽を渡した。吾郎がそれを被った。さまになっていた。

「吾郎君、似合うよ」

吾郎が笑った。

「義兄さんこそ、役人のようですよ」

宗次郎に店の男がソフト帽を渡した。

「これを被れというのか」

宗次郎は苦笑した。

「それならソウルに入っても大丈夫だ。怪しい者には思われない」

姜が笑って言った。

店の男が脱ぎ捨てた野良着を古着の山の中に放り投げようとした。

「待ってくれ。私の野良着は返してくれ」

宗次郎は野良着を受け取ると、それを丁寧にたたんで紐でひとまとめにした。

「義弟《おとうと》さんのはいいのかね」

姜が訊いた。

「必要ない。彼はもう野良着を着ることはない」

宗次郎ははっきりした声で言った。

古着の代金は姜が立替えてくれた。

「済まないな……」

宗次郎が言うと姜は返答もせず首を横に振るだけだった。

「ドルと、あとのものはソウルで手に入れた方がいい。水原にはブランデーなんてものはないからな」

店の男が何度も姜と宗次郎たちに頭を下げて礼を言っていた。

「ソウルまでは一時間かからない。まだ時間があるので腹ごしらえをしよう。腹の具合いはどうだ」

「えらい空《す》きっ腹《ばら》だ」

吾郎を振りむくと大きくうなずいた。

宗次郎と吾郎は姜が案内してくれたソウルの市場の隅にある木賃宿で、姜が戻ってくるのを待った。

宗次郎は日本から持って来た金の半分近くを姜に渡した。闇ドルを手に入れるのに姜は自分一人が動く方がいいと言った。宗次郎は姜の言葉に従った。

約束の時刻になっても姜は戻ってこなかった。

「姜さんは遅いですね」

吾郎が言った。

「…………」

宗次郎は返答しなかった。

渡した金の粒を換金すれば女房の時計どころの金額ではない。

──信じるしかあるまい。

宗次郎は横になった。

「吾郎君、姜が帰ってきたら起こして下さい」

「わかりました」

ジタバタしても仕方あるまいと思った。

ひと休みして、姜が戻らなかったら次の手筈を考えればいいと思った。

眠ろうとしたがなかなか寝付けなかった。宗次郎は姜の顔を思い浮かべた。

『俺は安東姜氏の末裔だ。俺の家は代々任侠の血筋なんだ』

――ヤクザか……。

宗次郎は日本でも何人かのヤクザとつき合っていた。

所詮ヤクザにまともな人間がいるはずはなかったが、それでも何人かの信用できる男はいた。

「ヤクザなら半々だな……」

「義兄さん、何か言いましたか?」

胸の内でつぶやいたつもりが声に出ていた。

「いや何でもない。吾郎君、君も少し眠っておいた方がいい。夕刻になったら街に出てみる」

宗次郎はようやく寝付いた。

宗次郎は三田尻の入江沿いの堤道を歩いていた。これは夢だとわかっているのだが、桟橋の方から近づいてくる人影が妻の要子と子供たちとわかると、皆の顔をもっと近くで見たいと思った。近づこうとするのだが足が前に進まなかった。もどかしさに歯ぎしりをした。誰かが背後から宗次郎の肩を鷲摑みにしている。その手を払いのけようとしたが、肩を摑んだ手は異様な力だった。どけ、離すんだ、宗次郎は声を上げた。すると背後から声がした。

「兄貴、兄貴」

目を開けると姜が笑って立っていた。

「おう、戻ってくれたか」

宗次郎はゆっくりと上半身を起こした。

姜が布袋とブランデーを手にしていた。

「ブランデーが手に入らなかったので米軍のＰＸまで行った。それで遅くなってしまった」

「そりゃ済まなかった」

「それとあんたが言ってた朴東林将軍は韓国第七師団にいる。面会に行くのなら早くした方がいい」

「どうしてだ」

「あと数日でまた戦闘がはじまる。開城の休戦会談は決裂したようだ。こっちに大量の仕事が入った。今度は武器弾薬だから戦争が再開するのは本当だろう」

姜が宗次郎に布袋を手渡した。

「集めさせるのにも時間がかかった。こんな大口はめったにないらしい」

宗次郎は布袋を開けた。

古いドル紙幣が多いせいかかさばっている。

「ずいぶんな量だな」

「ウォンならこの十倍になるぜ」

宗次郎はドル紙幣の三分の一を手で摑んで姜に差し出した。

「礼はいらんと言ったはずだ」

「あって困るもんじゃない」

「俺は一度言い出したら、それを曲げない男だ。けどあんたに聞いておきたいことがひとつある」

　宗次郎は姜の顔を見た。

「あんたは北の者か」

　宗次郎は首を横に振った。

「私は日本から来た。今は事情は話せない。だが再会することができたら本当の話をしよう」

「そんな話は聞かなくていい。ソウルでの仕事が上手く行くといいな。じゃあ俺はもう引き揚げる」

　吾郎が起き出した。

「あっ姜さん」

「吾郎君、姜さんは清州に帰るそうだ。礼を言いなさい」

「姜さん、いろいろありがとうございました」

「礼なんかいい。清州に来たら寄ってくれ」

　宗次郎がベッドの隅から束ねた野良着を取り出した。

「姜さん、汚いもので悪いが、これを預っておいてくれないか。ソウルでのことが上手く行けば帰りにこれを取りに行けるかもしれない」

「わかった」

　今度は宗次郎が手を差し出した。

　姜が力を込めて宗次郎の手を握り返した。

夕刻、宗次郎は一人で宿を出た。

第七師団の本部がある漢江《ハンガン》の三区《サンク》までは歩いて一時間の距離だった。

国連軍兵士を乗せたジープや韓国軍兵士を乗せたトラックがせわしなく往き交っていた。

――もうすぐ戦争が再開するというのは本当らしい……。

遠くで雷の音がした。

雲行きが怪しかった。すぐに大粒の雨が落ちはじめた。

宗次郎は雑貨屋の軒下に入った。

雨足は強くなるばかりでやみそうになかった。

宗次郎は通りのむかいにホテルがあるのに気付いて、そこに駆け込んだ。

扉を開けて入ろうとするとドアボーイが、ここは外国人専用だ、用のない者は入れない、と言った。宗次郎はボーイの胸をドンと突いた。

「用があるから来たんだ」

すぐに蝶ネクタイをした白髪頭の従業員が駆け寄り、宗次郎の前に立ちはだかるようにした。

「どなたかとお約束ですか？」

宗次郎は上着のポケットからドル紙幣を出し相手の手に押し込んだ。

「傘を一本都合つけてくれ」

相手はドル紙幣をたしかめるようにして宗次郎の顔を見返した。

「上等な傘だぞ」

「承知しました」

ほどなく男は傘を手にあらわれ、英国製です、と差し出した。

宗次郎は傘を差して通りを歩き出した。

激しい雨のせいか通りから人影が消えていた。

漢江に出た。

雨に煙った漢江は対岸がおぼろに霞んでいた。橋は皆戦闘で壊れたのか仮設の橋が雨の中に筏《いかだ》のように浮かんでいた。

師団本部の建物が見えた。

建物といっても金網越しに仮設の木造小屋が並んでいるだけだった。

正門脇の小屋の前に立つ兵士に、第七師団の朴東林将軍に面会に来たと告げると、第七師団はさらに先にあると言われた。

川沿いの道をさらに進んだ。時折、落雷の音がして稲光りが走った。

第七師団の門前で歩哨の兵士に朴将軍に面会に来たと言った。

将軍は夕刻、出かけた、と兵士が言った。

「今夜はお帰りになりますか」

「それはわからない。おまえ、将軍と面会の約束をしているのか」

「いいえ、していません」

「それなら逢えるわけがないだろう。とっとと帰れ」

兵士が追い払うような仕草をした。

「将軍の父上からの手紙と届け物を持ってきたのです」

「将軍のご家族ですか」

急に口調がかわった。

「そうです」

「それでも規則は規則なので軍務局に申し出て下さい」

「今日でなくては困るのです。待たせて貰います」

「将軍は一度、外出されるとお戻りは遅くなりますよ」

「かまいません」

宗次郎は門の脇に立って前方の道をじっと見つめた。

兵士もそれっきり何も言わず、小屋の中に入った。

宗次郎は雨の中に立ち続けた。

雨足は衰えることがなかった。一時間、二時間……と時間が過ぎて行った。

途中、何度か門番の兵士が小屋の窓から宗次郎を覗き見ている気配がしたが宗次郎はじっと傘を手に立っていた。

宗次郎は雨に煙る道を見つめながら胸の中でつぶやいた。

――ようやくここまで来たのだ。これしきの雨は何ということはない。

道のむこうに流れる漢江は闇の中に沈んでいる。以前、これと同じような光景を目にしたことがあるような気がした。それがいつのことでどんな場所なのか思い出せなかった。

夜の十時になって、歩哨の兵士が交替した。

申し送りをしている声が雨音の中で聞こえた。

兵士が近づく気配がした。気配がする方に目をやると、若い兵士が近づいて来て言った。

「今夜は引き揚げられてはどうですか。将軍は遅くなられますよ」

「ご心配なく。どうしても今夜逢わなくてはならないのです」

「ではお名前を聞いておきましょう」

「尹と言います。泗川郡の臥龍山、龍泉寺の住持の使いで来たとお伝え下さい」

「泗川郡、臥龍山、龍泉寺の尹さんですね」

「はい」

「規則であなたを中に入れるわけにはいきません。将軍がお戻りになったら報せますから」

「ありがとうございます」

靴音が遠ざかり、小屋の戸が閉まる音がした。

すでに五時間が過ぎていた。

宗次郎は前方の闇に目をやった。

――たしか今夜と同じ雨の夜だった……。

思い出せなかった。

疲れているのだろうと思った。疲労が見たこともない闇をそんなふうに思わせているのだ。

雨音の中に声がした。

『兄貴、兄貴……』

耳の底でその声が聞こえた途端、その闇が炭坑を脱出して海を渡る時に見た闇だとわかった。

仲間の声だった。

六人の仲間と監禁同様の宿舎を逃げ出し、海沿いの道をひた走り、最後に暗黒の海峡を渡りはじめた時に見た闇だった。

――そうか、妻に妙な懐かしさを抱いたのは、あの仲間と似ていたからだ……。

その時、目の前の闇を裂いて車のヘッドライトの灯りが見えた。

「おい、将軍が戻られたぞ」

兵士の声がした。

門を開けようとする兵士の姿がヘッドライトの灯りに白く浮かび上がった。

宗次郎が車に近づこうとすると兵士が制した。

「待て、勝手に近寄るな」

兵士が敬礼して運転手が窓を開けた。

歩哨兵が何事かを運転手に告げていた。運転手が宗次郎を見て、車の中の後方を振りむいた。

「おい、こっちに来なさい」

兵士が宗次郎を呼んだ。

宗次郎は運転席の窓から後部席に座る朴将軍に大声で言った。

「龍泉寺の住持から将軍に手紙を預ってきました」

「何だと？　誰だ、おまえは」

「父上からの手紙と届け物を持ってまいりました」

「よく聞こえん。ドアを開けろ」

後部席のドアを兵士が開けた。

「泗川郡、臥龍山の龍泉寺の住持さまから……」

「おまえはさっきから何を言うとる。誰だ、おまえは」

運転手が言った。

「将軍の父上の知り合いの方です。ご親戚でしょう」

「こんな奴は知らん。おう、ヘネシーか。おまえが持ってきたのか。何、話がある？　今夜は人の話なんか聞いてわかるか」

将軍は泥酔していて呂律《ろれつ》が回らなかった。

宗次郎の話を聞いてもまるで理解できなかった。

「将軍、父上からの手紙です。そこに父上と私の願い事が書いてあります」

宗次郎は必死で訴えたが、手渡した手紙を車の外に放り投げてしまう始末だった。

ここで将軍との面談を拒絶されたら苦労してソウルまでやってきたことが水の泡になってしまう。

宗次郎は持参した洋酒を差し出した。

「おっ、ヘネシーか。おまえが持ってきたのか」

その時だけ白い歯を見せたが、

「何、話がある？　誰だ、おまえは……」

と話を聞ける状態ではなかった。

「行け」

将軍が運転手に命じた。

歩哨兵が背後から、宗次郎の上着を鷲摑みにして車から引き離そうとした。

宗次郎は胸のポケットからドル紙幣の入った封筒を出して、車のドアが閉まる直前に将軍の手に握らせた。

車が発進した。

宗次郎は門の中に消える車を見ていた。

歩哨兵が走り出し、車のそばに行った。

「だめか……」

数十メートル走ったところで車が停車し、クラクションが鳴った。

何事かを話していた。

雨の中で宗次郎は傘も差さずに様子を見守っていた。もうずぶ濡れだった。

歩哨兵が宗次郎の方を向いて、手招きした。

宗次郎は雨の中を将軍の車にむかって走り出した。


夜中に全身ずぶ濡れで木賃宿に戻ってきた宗次郎を見て、吾郎は驚いていた。

「大丈夫ですか、義兄さん」

「大丈夫だ。かわったことはありませんでしたか」

「義兄さんが出て行ってからすぐに姜さんの使いという人が来て酒を置いていきました」

吾郎が枕元を指さした。酒壜が置いてあった。

「ここの宿の主人にもです」

宗次郎が笑って言った。

「義理堅い男だな」

「それで朴将軍には逢えたのですか」

宗次郎はうなずいた。

「明日の、いやもう今日か、夕刻に面会できる。吾郎君も一緒に行って下さい」

「では上手く行ったのですね」

「いや、将軍はひどく酔っていて話はできなかった。明日、話をします」

「……そうですか」

吾郎は心配そうに言ってから、何か身体を拭くものを持ってきます、と帳場の方に行った。

宗次郎は胸のポケットから将軍が放り投げた手紙を取り出した。

文字の半分が雨に濡れてにじんでいた。何が書いてあるのか半分近くは読めそうになかった。

宗次郎は舌打ちした。

吾郎が布切れを手に戻ってきた。

吾郎は墨がにじんで判読できなくなった手紙を見た。

「これはひどいですね。僕がかわりに書きましょうか」

「いや、それはかえって怪しまれる。親子だから何とかなるだろう。明日は酒をつき合わされるかもしれないから、吾郎君はよく寝て体力をつけといて下さい。私は昼間、明日の面会場所を見てきます」

「どこで逢うのですか」

「将軍のお気に入りの店のようだ」

「そんなところで……」

吾郎がうかない顔をした。

「基地の中で逢うよりはいいでしょう」

宗次郎が笑って吾郎を見た。

「せっかくの背広が台無しですね」

「それでも縫製がしっかりしているのだろう。乾かせば平気でしょう」

「義兄さん、帽子はどうしましたか」

吾郎の言葉に宗次郎は頭に手をやった。

「おや、本当だね。私も少し興奮していたようだ。どこかに忘れてしまったらしい。いや、元々帽子をかぶるのは苦手でね。要子が何度か用意してくれたことがあったが、出かける度にどこかに置いてきた。その帽子が何日かして戻ってくる」

「ハッハハ、犬のようですね」

「たしかに犬のようだね」

宗次郎は身体を拭い、ずぶ濡れになった衣服を天井の紐に掛けて横になった。

悪寒がしたが、眠気が襲いそのまま寝入った。

翌日の昼間、宗次郎は朴将軍が指定した、『明洞《ミヨンドン》の〝さくら〟』という店を探しに行った。

〝さくら〟という名前からして、日本の統治時代にあった料亭のようなものを宗次郎は想像した。

露天商の女に〝さくら〟の場所を訊くと、すぐにわかった。

店は洋館風の五階もある石造りの建物だった。

役所か銀行に使われていたもののようだった。

階段を上がった玄関にアルファベットで〝ＳＡＫＵＲＡ〟と看板が掲げられていた。将校クラブに使用されているようだった。

正面玄関の扉は閉まっていた。

扉を叩いたが応答はなかった。通りがかった男が、店が開くのは夕刻だ、と教えてくれた。店の者に逢いにきたのだが、と訊くと、裏手に回れば誰かいるだろう、と言ってから気を付けなよ、そこには気質《たち》の悪い女がいるそうだから、と笑って忠告してくれた。

裏手に回ると、トラックが一台停車して食材らしきものを搬入していた。

店の調理場の者だろうか、でっぷりと肥えたハンチング帽を被った男が帳面を手に運び込まれる物をチェックしていた。トラックの中から鶏の鳴き声がした。若い男が数羽の鶏が入った籠を手にハンチング帽の前に立った。ハンチング帽は籠の中を覗くと、顎をしゃくり中に入れるように命じていた。たくさんの肉、野菜が搬入されていた。

――たいしたものだ。

宗次郎は少し離れた場所に腰を下ろして男たちを見ていた。店の者はこのハンチング帽一人のようだった。

トラックの荷の大半が納められたところで宗次郎は立ち上がり、ハンチング帽に近づいて行った。

「すみません。この店の人ですか」

ハンチング帽は振りむいて宗次郎を見ていた。

「従業員の面接は三時からだ。出直して来い」

男はぶっきら棒に言って中に入ろうとした。

「雇われにきたんじゃない。この店の主人に用があってきたんだ」

ハンチング帽は立ち止まって、もう一度宗次郎の方を振りむいた。

「警察の旦那かい。ここじゃ、あんたらの力は通用しないのはわかってるでしょう」

「そうじゃない。店の主人に話があってきただけだ」

「誰だ、おまえは」

「今夜、ここで朴東林将軍と逢う約束をしている者だ」

「将軍と?」

男はじっと宗次郎を見た……。


宗次郎は店の一階にあるホールの椅子に腰を下ろして相手が来るのを待っていた。

ホールの中央には広い踊り場があり、奥にはバンド演奏のための楽器が置かれたスペースもあった。毎夜、ここで将校たちがダンスを楽しんでいるのだろう。戦時下とは思えないような豪華な装飾である。

——戦争というもんはいつだってこういうものなのかもしれん。

数人の掃除夫が入ってきて、宗次郎にちらりと目をやってから仕事をはじめた。

『今夜、朴将軍の予約は入ってないぞ』

先刻、ハンチング帽の男が言った言葉が思い出された。

あれだけ泥酔していたから将軍は約束を覚えていないかもしれない……。

宗次郎は腹に力を込めた。ウムッ、と声を出した。一人でいろいろ思いあぐねても仕方ないと思った。

ホールに乾いた靴音が響いた。

見ると赤いドレスを着た女が日傘を手にこちらにむかって歩いてくるのが目に止まった。踊り子だろうと思った。

女は真っ直ぐ宗次郎に近づいてきた。

「あなたが朴将軍と待ち合わせている人？」

「そうだ」

「私がこの店の主人です」

宗次郎は目を見開いて女を見返した。

「これは驚いた……」

「何が？」

「いや、これほどの店を女が、いやあなたのような人が経営していたんで」

フッフフフ、女が笑った。

「それで用件は何？」

「今夜、私は将軍を招待する。どうしても将軍にしてもらいたいことがある。それを店の人に協力して欲しくて、頼みにきた」

「あなたの言ってることがよくわからないわ。ここは将校クラブで、食事とお酒とダンス、それ以上のことは何もないわ」

「それ以上のことをしてもらいたい」

「そんなことはできないわ」

「いや、してもらう」

女はじっと宗次郎を見ていた。宗次郎も女から目を離さなかった。

巨済島の岬に権三たちが迎えに来る日まであとわずかしかなかった。それでも彼はあせったり、性急に行動しようとはしなかった。

――なるようにしかなるまい。

そんな気持ちと、

――必ず、今回のことはやり通せるはずだ。

という奇妙な自信が湧いていた。

こんな感情を抱いたのは初めてだった。

宗次郎は半島に上陸してから昼となく夜となく寝る前に妻や子供の顔を思い浮かべた。脳裡に浮かんでくる家族の表情はいつも笑って楽しげだった。一人一人の表情がよみがえる度に、宗次郎は自分が生還できると信じるようになった。

家族というものが、これほど勇気を与えてくれるとは思ってもみなかった。吾郎にしても彼が日本にいる頃、彼の口から出てくる言葉はどこか甘えがうかがえて腹の立つこともあった。宗次郎の前で吾郎は平気で自分に学のあるようなことを話した。それに対して嫉妬《しっと》を感じたこともあった。しかし鶏小屋の下に横たわっている義弟を見た時、何としても生きながらえて欲しいと思うようになった。その一人息子を命を懸けて守ろうとする義父、義母を見ていて、この親子がいつか笑って暮らせる時を迎えさせたいと願うようになった。その日を迎えることはできるはずだという信念さえ湧いてきた。

「お名前を教えて下さる」

女が丁寧に言った。

「尹宗来」

「私は金美順《キムミスン》。上の事務所で話をうかがおうかしら」

そう言って女は先に歩き出した。

宗次郎は立ち上がって、女のあとに続いた。

宗次郎は美順に、今夜、朴将軍に最上の持て成しをして欲しいこととドルを手に入れてもらいたいことを申し出た。

宗次郎はテーブルの上に残った金の粒と、ダイヤを出した。

金の粒は宗次郎が巨済島にむかう時に使うためのものだった。ダイヤは最後の最後に使う時があるかもしれないと持っていたものだった。

美順は表情ひとつ変えずにテーブルの上の宝石を眺めていた。

「これをあなたはどこから持ってきたの？」

「………」

宗次郎は返答しなかった。

「今、こんなものが手に入る国はわずかしかないわ。フィリピンか、日本か、あとは北朝鮮の一部の人たちね」

「……日本だ」

宗次郎は低い声で言った。

「そう……」

美順は平然と言って、ダイヤを指先でつまんで外光に透かすようにして見ていた。

「今夜、青年を一人、将軍の席に連れて来る。その青年を軍隊に入れてくれるように将軍に頼みたい」

「そんなことは簡単でしょう。今、韓国軍は一人でも兵隊が欲しいんだから。別に将軍でなくとも徴兵事務所の受付に行けばすぐに兵隊になれるわ」

「その青年を死なせたくないんだ」

「兵士は誰でも死ぬものでしょう。それとも戦場に行かせないように将軍に頼むの」

「そうじゃない。犬死にをさせたくないんだ。その青年がいつか両親の下に帰る日が来ればいいと思っている」

「それで朴将軍を選んだわけ。まあ間違っていないかもしれないわね。あの将軍は純粋な軍人よ。少しかわっているけど」

「ドルへの換金はできるか」

「わかったわ。金の粒は換金に行かせる。このダイヤは私がいただくわ」

宗次郎は美順を睨んだ。

「価値はわかっているわ。あなたの望みも聞いたわ。最上の持て成しと青年の未来ね。夕刻の六時にここに来て」

そう言って美順は右手でドアを指さした。

宗次郎はこのまま部屋を出ることをためらった。テーブルの上にあるものは最後の金とダイヤだった。もしこの女が、先刻、通りすがりの男が言ったように、気質の悪い女であったら、今日までのすべてのことがふいになる。

宗次郎は一瞬目を閉じてから、夕刻の六時だな、と言ってドアにむかって歩き出した。

「宴席は五階の特別室。入口であなたの名前を言えばいいわ。今夜、朴将軍の予約は入ってないわ。将軍は気まぐれで我儘《わがまま》なお酒だからいつも遅くになってあらわれるの。でも今夜は時間通りに来るように連絡してあげるわ。宴会は七時から。最上のものを用意しておくわ」

宗次郎は美順の言葉を聞いてドアを開けた。


豪華な料理が並べられたテーブルの上に、くしゃくしゃになったソフト帽が置いてあった。

その帽子を眺めながら朴将軍が無邪気に笑っていた。

「クックク、美順、可笑しいだろう。この汚い帽子のお蔭で今夜もおまえに逢うことができたんだ。そうでなければわしは今頃、三十八度線まで進軍していたところだ。見てみろ、この帽子を。わしは李承晩が釜山に逃げ出した時に被っていた帽子かと思ったぞ。クックク」

宗次郎と吾郎はテーブルの向いに正座し、神妙な顔で腹をかかえて笑っている将軍を見ていた。

上機嫌であらわれた将軍は、昨夜、車の中に残されていたソフト帽を運転手が届けにきた話をした。将軍は宗次郎のことを何ひとつ覚えていなかった。運転手は、今夜〝さくら〟で将軍の親戚と逢う約束をしたと報告した。しかし今日は開城の交渉が決裂して、再攻撃の作戦が開始される日だった。出発の準備をしている時に思わぬ電話が入った。美順からだった……。

宗次郎はテーブルの上の帽子には目もくれず将軍の顔をじっと見ていた。

「おやじの手紙を持ってきたと言うが、そんな奴はこれまでも何人もいた。わしのおやじは手紙好きだ。あることないこと頼んでくる。そんなものはわしはいつも放っておく」

宗次郎の隣りで正座している吾郎の身体が少し動いた気がした。

宗次郎は胸のポケットから手紙を出した。

「将軍、この手紙は……」

話をはじめると将軍が大声で言った。

「おい、話はあとだ。まずは酒だ」

美順が手を叩いた。

ドアが開いて女たちがあらわれた。

将軍が女たちを見回した。

「ほう、今夜は格別いい女たちを揃えたな」

将軍は宗次郎の顔を太い指先でさして言った。

「おまえ、なかなか気がきいているな」

宗次郎のそばにも女たちが座った。

酒がグラスに注がれた。

「よし乾杯だ。おまえ名前は何だ？」

「尹です」

「よし尹、わしと祖国のために乾杯しろ」

宗次郎は美順をちらりと見た。美順がちいさくうなずいた。宗次郎は声を上げて言った。

「朴将軍と大韓民国のために乾杯」

女たちも唱和した。

将軍がグラスの酒を喉を鳴らして飲み干した。宗次郎もそれを見てすぐに酒を飲み干した。

「美味い。韓国万歳だ。さあ喰おう、飲もう。明日からの戦いのために英気を養おう」

女たちが将軍にしなだれかかるようにして酒を注ぎ、料理を将軍に食べさせはじめた。

美順が宗次郎と吾郎に食事をするようにすすめた。宗次郎は吾郎の顔を見て箸を手に取った。

吾郎は緊張していた。

宗次郎はここに来る前に吾郎に伝えていた。

「将軍は純粋な人のようです。今夜の私たちの申し出を聞いて、きっと吾郎君に気持ちを尋ねてくるでしょう」

「何の気持ちでしょうか？」

「この国への忠誠心です。祖国のために命を投げ出せるかと」

「…………」

吾郎はしばらく何も言わずに目をしばたたかせていた。

「迷ったら竹林洞のお父さんとお母さんのことを考えなさい。二人の顔を思い浮かべて、それで出てくる気持ちを正直に話せばいいのです」

吾郎は目を閉じて、自分に言い聞かせるようにうなずいていた。

宴が酣《たけなわ》になり、楽士が入ってきて女たちが踊り出した。

将軍も女たちの中に入って踊っていた。

「そろそろ話した方がいいでしょう」

美順が耳打ちした。

将軍が足元をふらつかせながらテーブルに戻ると美順が水を持って来た。

水などいらん、と言う将軍に美順は水を無理矢理飲ませた。

宗次郎は将軍の名前を呼んで、畳の上に両手をついて頭を下げた。

「この青年は私の義弟で金五徳と言います。この五徳を将軍の軍隊に入れていただきたいのです」

将軍は吾郎を睨んだ。

「おい、そこに立ってみろ。五体は揃っているのか。ハッハハハ」

吾郎が起立した。

「おまえ軍隊の経験はないな」

将軍が吾郎を見て言った。

「は、はい」

「歳はいくつだ」

「二十一歳です」

「なぜその歳まで軍隊に入っていない」

「そ、それは……」

口ごもった吾郎にかわって宗次郎が言った。

「弟は日本で生まれ育って終戦で帰国したのです」

「おまえに訊いてはいない。日本のどこで生まれた」

「山口県の三田尻です」

「日本か……サクラ、サクラ、ヤヨイノソラハ〜」

将軍がからかうように歌い出した。

「将軍、話を聞いてあげなさい」

美順は強い口調で言った。

将軍は不満そうに美順を見て、吾郎にむかって大声で言った。

「おまえは祖国のために死ねるか。わしのために死ねるか」

「はい、死ねます」

「ならここで死んでみろ」

宗次郎が顔を上げて将軍と吾郎を見た。

吾郎は狼狽《ろうばい》したように宗次郎を見返した。

「さあ、ここで死んでみろ」

将軍はかたわらに置いた拳銃をサックの中から抜き取った。

「おまえの言うことが本当かどうか試してやろう。そこに立っていろ」

将軍は銃口を吾郎にむけた。

「死ねるんだな」

「はい」

吾郎が大声で言った。

宗次郎は腰を浮かせて身構えた。脹脛《ふくらはぎ》に縛りつけていた拳銃に手を伸ばした。

「その歳まで軍隊に入っていなかったのはおまえに事情があったからだろう。さっきからおまえがしている起立の姿勢は北朝鮮の軍隊のものだ。わしの目は節穴じゃない。それでも、祖国とわしのために死ねるんだな」

「はい、死ねます」

吾郎が言った。

宗次郎は拳銃を摑んだ。

「目を閉じろ。わしはおまえを成敗してやる」

宗次郎は将軍の目を見ていた。動けば射ち殺そうと思った。

将軍の目が動いた。宗次郎が銃を引き出した。

銃声がした。女たちの悲鳴が聞こえた。

「ハッハハハ」

将軍の笑い声が響いた。吾郎は立ったままだった。

すぐにドアが開いて兵士が一人入ってきた。

「将軍、大丈夫ですか」

将軍は笑っていた。そうしてゆっくりと立ち上がると宗次郎にむかって言った。

「明日、こいつを基地に連れて来い」

将軍は兵士にむかって将校の名前を告げ、吾郎を指さし口早に何事かを命じていた。

「よし、わしは戦場に行く。また米軍の司令本部がわしに作戦が遅れていることで文句を言い出しておるだろう。尹と言ったな。わしはおまえの方が兵士に欲しいぞ」

宗次郎はあわてて拳銃を足元に隠した。

歩き出した将軍は足元もしっかりしていた。

——酔っていなかったのか……。

玄関まで送りに出ると、美順が店の者にいくつかの箱を軍のトラックに運ばせていた。将軍は満足そうにうなずき美順の肩に手を回していた。

車が勢い良く発進した。

通りのむこうに消えると、見送っていた美順が宗次郎に封筒を差し出した。

「これはダイヤの代金。半分は今夜の宴会に使ったわ」

「それはあんたが取っておいてくれ」

美順は首を横に振った。

美順と女たちに礼を言って宗次郎と吾郎は〝さくら〟を出た。

玄関を出て階段を下りようとすると若い男が追い駆けてきて、宗次郎にソフト帽を差し出した。宗次郎はそれを見て苦笑いをすると、ちらりと建物を見上げた後、帽子を被って歩き出した。

十一章

宗次郎と吾郎は漢江沿いの道を二人して歩いていた。

今朝早くに二人は宿を出て、入隊に必要なものを市場で買い求め、遅い朝食をゆっくりと摂った。

宗次郎は南大門《ナムデムン》を見たいと言う吾郎の希望で、ソウル最古の木造の建物を見学した。

宗次郎は南大門を見て、この国には誇るべき歴史があるのだとあらためて思った。

南大門から朴将軍の師団のある漢江まで歩いた。

二人して往来を歩いていると、つい数日前まで山の中を這いずるようにしてソウルにむかっていたことが嘘のように思えた。

吾郎は朝からほとんど口をきかなかった。

入隊してから少し金も必要だろうと宗次郎が金を持って行くように言ったが、吾郎は断わった。

一昨日までの雨が上がり、真夏の陽差しが照りつけていた。

川風が頬に当たった。

ひっきりなしに兵士を乗せたトラックが砂埃を上げて通り過ぎて行った。

吾郎が立ち止まって堤道の下方を見ていた。

「綺麗ですね」

吾郎がぽつりと言った。

見ると堤道の斜面にコスモスが所狭しと咲いていた。

そこだけが戦争と無縁の場所に思えた。

「昔、三田尻で……」

吾郎はそこまで言って言葉を止めた。

しばらく二人は風に揺れるコスモスと漢江の流れを見つめた。

吾郎が歩き出した。

宗次郎も歩き出した。

やがて前方に朴将軍の師団の名称を記した看板が見えてきた。

二人は川とは逆方向に師団の入口にむかって進んだ。

八月の陽差しに照らされた白い一本の道がゲートまで真っ直ぐに続いていた。まぶしいような道の白さだった。

宗次郎は朝から同じ言葉が頭の中を巡っていた。

——この方法が正しいのか。吾郎君のためによかったのか……。

それを今さら口にしても仕方なかった。

吾郎の沈黙が宗次郎には切なかった。

やがてゲートの前に立つ歩哨兵の顔がはっきりと見えてきた。

歩哨兵は二人の姿を確認すると番小屋に入り、無線の応対をしていた。

宗次郎は歩哨兵に会釈して、昨晩、兵士から告げられた将校の名前と吾郎の名前を言った。

そこで待つようにと兵士は命じた。

三十分余り、二人は照りつけるゲートの前に立っていた。

兵舎から兵士が一人ゲートにむかって歩いてきた。まだ子供のように若い兵士だった。

「金五徳か」

兵士は命令口調で訊いた。

「はい」

吾郎は彼より歳下であろう兵士に応えた。

若い兵士が宗次郎に言った。

「家族はここで帰れ」

宗次郎は返答をしなかった。

彼は手に持っていた古い革鞄を吾郎に渡した。コトッ、コトッとそれしか入っていない洗面道具が音を立てた。

宗次郎は吾郎に低い声で言った。

「どんなことがあっても生きて下さい」

吾郎は下唇を噛んでうなずき、

「ありがとうございました」

と深々と頭を下げた。

宗次郎は笑ってうなずこうとしたが、顔が歪んだだけで、ぎこちなく会釈をした。

若い兵士のうしろを吾郎は黙って歩きながら基地の中に入って行った。

途中、若い兵士が何事かを大声で言った。

吾郎は直立不動で返事をして相手に頭を下げた。

宗次郎はその様子をじっと見ていた。

ふたつの人影が照りつける八月の陽差しにかげろうのように揺れていた。

二人が兵舎の棟の中に消えると、宗次郎はゆっくりと白い道を歩き出した。


宗次郎は吾郎を見送ると、木賃宿に戻り、不必要なものはすべてそこに置いてソウルの市街を南にむかった。

ソウルの街は騒然としていた。

昨日までとはあきらかに様子が一変しているのがわかった。軍隊の車輛は砂塵を上げて北にむかって行く。兵士たちの顔付きもかわっていた。

住人たちが移動をはじめていた。彼等の表情でこれから起こることが察知できた。

――また戦争がはじまるのだ。

街の北方で火の手が上がっていた。

北のスパイが火をつけたと大声を出して走る人がいた。

空を見上げると編隊を組んだ爆撃機が次から次に北上していた。これまでに見たことのない爆撃機の数だった。

宗次郎は爆撃機から目を離すと南にむかってひた走った。

ソウル郊外に出ると宗次郎は南にむかう幹線道路を探した。

すぐに道はわかったが、そこは南に避難しようとする人々の車輌や荷車でごったがえしていた。荷物を山と積んだ牛や馬を引いている人たちもいる。

宗次郎は避難する人の中から若い男を探し、訊いた。

「軍需物資を運ぶ道があるだろう。それはどこだ」

「それならもっと海よりの道だ。けどそこは一般人は通れないぞ」

宗次郎は海側を目指して駆け出した。

崩れ落ちて、住む人のいない家屋が何軒もあった。耕地は荒れ放題だった。

戦場になっていたのだろう。それも激戦地であったことが荒廃した周囲の風景で理解できた。

一時間近く走り、小高い丘を登り切ると海が見えた。

海岸線沿いに北上する車輌が列をなしていた。

南下する車輌の姿はほとんどなかった。

道路を警備する歩哨兵もいなかった。

宗次郎は丘を下った。走り出してすぐに宗次郎は息を止めた。

丘の斜面のあちこちに大きな穴が空いていた。それらの穴がこれまで見てきた爆撃の跡とどこか違っていた。

——何だ、これは……。

宗次郎はゆっくりと周囲を見回し、足元を見直した。よく見ると腰の高さに竹の棒がいたる所に突き立ててあった。

——地雷だ。

宗次郎は息を止めた。

どちらに移動していいのかわからなかった。動くに動けなかった。

「オジサン、オジサン」

背後で声がした。

振りむくと少年が一人立って手招いていた。

「そこから真っ直ぐうしろに下がって。その場で向きをかえて、足跡のついてる所を踏んでくるんだ」

宗次郎は少年の言うように向きをかえて慎重に足跡を踏んで進んだ。

汗が全身から流れ出している。

「気を付けて、転ばないように」

たしかに少年の言う通りだ。足跡ばかりに気を取られていると身体のバランスを失ってしまう。

ようやく竹の棒のない地域に出た。

「もう大丈夫」

「坊や、ありがとう」

「この辺りの丘は何万個って地雷が埋まったままになってるんだ。北が侵略してきた時に防御線をこしらえたんだ」

宗次郎は丘陵地帯を見回した。

軍の道路に辿り着くにはかなり迂回しなくてはならないようだった。

「坊や。海に出たいんだが、どこかに抜け道はないのか」

少年は笑って手を差し出した。

宗次郎はポケットから一ドル札を出し少年に渡した。

ドル紙幣を見た少年の目がかがやいた。

インフレになっている韓国紙幣よりドルの方が価値があるのを少年はわかっているのだ。

「ついておいで」

少年について宗次郎はもと来た丘を越え、谷間まで降りた。水がほんの少ししか流れていない小川があり、川伝いに二人は進んだ。やがて大きな岩がいくつか転がっている場所に突き当たった。水は大岩の下に流れ込んでいた。岩をぐるりと回ると、そこに藪があった。少年は勝手を知っているかのように藪の中に入った。宗次郎も続いた。中に坑道の入口のような木枠が組まれていた。宗次郎は立ち止まって坑道の奥を覗いた。

少年は笑って手招きしている。言われるままに進むと中はひんやりとして左右の壁からは水が滴り落ちていた。古い坑道の跡らしい。しばらく下りの道を進むと、道は平坦にかわった。それからかなりの距離を二人は歩き続けた。やがて、前方からかすかに光が見えた。そこで道は途絶え、光が差し込む手前は土や礫《こいし》が崩れ落ちていた。

少年は器用に出口まで登った。宗次郎は踏み出す度に崩れ落ちる礫を何度も踏み直しながらようやく出口に辿り着いた。少年はすでに外に出ている。宗次郎は顔を出した。草の匂いとともに潮を含んだ風が頬に当たった。

少年の背丈ほどある夏草の中を前方に見え隠れするちいさな頭を追って歩いた。

やがて突風が寄せて視界がひらけた。崖の上だった。眼下に海がひろがっていた。黄海《ファンヘ》だ。いくつかの島が浮かんでいた。船舶も見えた。

「オジサン、どこに行くの？」

少年が訊いた。

「泗川だ」

宗次郎は周囲の地形を見ながら、軍の幹線道路を探した。

「そこはどんなとこなの？」

「ちいさな村だ」

「オジサンの家があるの？　家族がいるの？」

「家族はずっと南の方だ」

「そこまで行くの？」

宗次郎は幹線道路がないのを不思議に思った。

「そこに家族が待ってるの？」

少年は執拗に同じ質問をしていた。

「軍の道はどこにある」

少年が背後の雑木林のむこうを指さした。

宗次郎は雑木林に入り、沢を登った。車のエンジン音が聞こえてきた。人の声もする。林の中から様子を窺うと軽機銃を手にした歩哨兵が数人、大声を上げていた。

三班、積載ヲ急ゲ。六班、積載完了、積載数、確認セヨ……。右手には隊列を組んで走る兵士もいた。

宗次郎は軍の基地の中に出てきていた。

宗次郎はあとずさりながら雑木林を下った。少年が待っていた。

「ここは基地の中なのか」

少年がうなずいた。

今さらあの坑道に戻るわけにもいかない。

宗次郎は海の地形を睨んだ。

「ここは何という土地だ」

「安山《アンサン》の近くだよ」

前方に浮かぶ島には村落があったが眼下には村落はなかった。宗次郎は地面に伏して崖から真下を見た。一軒の小屋が見え、ちいさな入江があった。ただその先の島の裏手に哨戒艇らしき船首が木々の間から覗いていた。

宗次郎は空を見上げた。陽は傾きかけていたが暮れるまでにはまだ時間があった。夏草の中に入って横になった。抜けるような青空がひろがっている。少年の姿がなかった。起き上がって探すと崖の先端に立っていた。

「おい、こっちに来い。そこは危ない。狙撃されるぞ」

「へっちゃらだ。三日前もここにいた」

「三日前が大丈夫だから、今日が大丈夫だということはない。鳥を撃つ兵隊だっている」

少年は草叢に入ってきた。宗次郎と同じように草の中にあおむけになった。

「オジサン、逃げてるの」

「そう見えるか」

奇妙な音がした。何の音かと耳をそばだてると、すぐにまた音がした。少年の腹が鳴っていた。

宗次郎はポケットの中から干し肉を出して少年に半分千切ってやった。少年はむさぼるように食べた。左手だけを使う。干し肉が口からこぼれ落ちそうになった時、少年の右手が動いた。右手は親指だけを残して他の指が切断されていた。

「親はいるのか」

「そんなものいない」

「兄弟、親戚は?」

「皆死んじまった」

「北の軍隊にか」

「アメリカの爆弾だ。今くれたもの、もっとあるの?」

宗次郎は残りの半分を少年に渡した。

少年がすぐに口に入れようとした。

「腹が減ってるなら一気に食べるな。かしてみろ。こうしてちいさく千切って、奥歯で味がなく

なるまで嚙むんだ。そうすれば空腹は二日、三日しのげる」

少年は言われたように干し肉を細かく千切り嚙みはじめた。真剣な目付きで口を動かしていた。宗次郎は日本にいる直治のことを思い出した。一歩違えば、この少年が直治であったかもしれない。

「寝座《ねぐら》はどこだ?」

「あの坑道の近くに別の坑道がある。別にどこでも寝れるさ」

「一人でいるのか」

「一人の方がいい」

その時、少年の表情が曇った。

「ソウルに行ったことはあるか」

少年はうなずいた。

「明洞はわかるか」

「高い建物があったとこだ」

「そうだ。今は数えるほどしか残ってない。その残っている建物に〝さくら〟という名前の店がある。そこに行って金美順という女を訪ねろ。私に行くように言われたと言え。私の名前は尹宗来だ。私の言ったことをくり返してみろ」

「ソウルの明洞、高い建物、〝さくら〟……」

少年が口ごもった。

「金、金……」

「金美順だ。私の名前は？」

「尹宗来」

宗次郎が笑うと少年も笑った。

「そこに行けばどうなるの」

「寝る所と食べ物はくれる。働かせてくれるかもしれない。だが」

宗次郎は少年の右手を摑んで引き寄せた。

「だが盗みは絶対にするな。わかったか」

「わかった」

「じゃ陽が暮れるまでに帰れ」

「オジサンはどうするの」

「私も家に帰るんだ」

そう言って宗次郎はポケットの中からドル紙幣を数枚渡した。

「ボクもオジサンと行くよ」

「そこはおまえが行けない所だ」

「………」

少年は唇を嚙んでうつむいた。

「ソウルに行け。何とかしてくれる。さあ行くんだ」

少年は坑道にむかって歩きはじめ、数歩で足を止め、ポケットの中から干し肉を取り出し半分に裂いて宗次郎に渡した。

「ありがとうよ」

宗次郎は少年の姿が夏草の中に消えるまで見つめていた。


夜になって宗次郎は崖を降りて行った。

足場がなく、浜に着くまでかなり時間がかかった。

小屋は漁師小屋ではなかった。

浜に打ち上げられた流木や海草の様子では、この入江にはしばらく人が入っていないようだった。

その理由はすぐにわかった。

すでに白骨化したかなりの数の遺体があった。軍服の星の紋章で、それが北朝鮮軍の兵士の遺体だとわかった。

ここから部隊が上陸しようとしたのだろう。もしかするとあの崖から墜ちたのかもしれない。

月明りに流木や海草と重なって浮かぶ遺体は人骨とは思えなかった。波打際に魚が跳ねていた。水音があちこちでした。

宗次郎は磯沿いに南へ進んだ。

夜が明けようとする頃、前方に何艘かの船の灯りが見えた。漁船のようだった。戦時下でも漁をしているのだ。

漁船がいるということは近くに帰港地があるはずだ。そこに行けば船を調達できるかもしれない。

宗次郎は岬の上に這い上がった。そろそろ漁も終るはずだ。そこから船の帰港する場所を見届けることにした。

船は対岸の入江の奥に戻って行った。岬から対岸まではかなり距離があった。潮目を見ると満潮にむかっていた。

宗次郎は岬の背後にある藪の中に入って休んだ。

蟬の鳴き声で目覚めた。

宗次郎は藪から出て岬の突端に立った。

宗次郎は自分の目を疑った。眠る前には満潮にむかって水を湛えていた湾から海水が引いて一面に潟がひろがっていた。対岸まで道がつながろうとしている。

黄海は潮の干満の差が激しいとは聞いていたが、ここまでとは思わなかった。

宗次郎は急いで岬を駆け下り、潟の中を歩き出した。

無数の海鳥が海底を剝き出した潟の中に餌を求めて群がっていた。鳥たちが宗次郎の姿をまぎらわせてくれていた。

対岸の家並がはっきり見えはじめると、潟の中に桶船を出して漁をしている女たちの姿が目に止まった。女たちは宗次郎を気にもとめず砂地の中を銛《もり》で突いていた。

宗次郎は一人の若い娘に声をかけた。

「あんたは漁師の娘さんかい」

娘はびっくりしたように顔を上げ、宗次郎を見て、そうだ、と田舎訛《なま》りで返答した。

「おやじさんに逢えるかね」

「今は寝てるよ。潮が満ちるまでは皆休んでる。父さんじゃなくて祖父さんだ」

「そうか、祖父さんに話がある。家を教えてくれないか」

娘は港の方を指さし、彼女の家と名前を教えてくれた。


夕暮れには宗次郎は潟で声をかけた娘の祖父の船に乗船していた。

舳先には昼間の娘が座っていた。

船は最初、他の漁船とともに漁場に出て、陽が落ちると仲間の船に合図を送って船首を南にむけた。

雲坪《ウンピョン》の港から出た船は島づたいに唐津《ダンジン》の入江沿いから瑞山《ソサン》海岸を南下し、泰安《テアン》を越えて真っ直ぐ辺山半島《ピョンサン》にむかう進路を取った。

老人は海図を見ながら、

「わしが若ければ、このまま済州海峡を抜けて泗川まで連れて行ってやるんだが」

と申し訳なさそうに言った。

「いや、辺山まで行ければ充分です。こんな有難いことはない」

「この辺りで網を曳いても食べるのがやっとだ。それを何日もの漁と同じ謝礼を貰えるのだからできる限りのことはしてあげたいが、何しろ船のエンジンが古いんでな」

「祖父さん、辺山までで充分に有難いとおっしゃってるんだから」

気のいい娘だった。

空には満天の星がかがやいていた。

波はおだやかだった。娘は舳先で星を見上げていた。辺山には嫁いだ彼女の姉がいるという。娘は姉への土産品を包んだ布袋を両手で抱いていた。

「泗川に家があるのかね」

「妻の両親がいます。そこを訪ねます」

「そりゃ喜ぶだろう」

宗次郎は海路を選んで良かったと思った。少年に感謝せねばと思った。これなら竹林洞に着いて義父母を医者に連れて行けるかもしれない。

「義父さん義母さんは元気なのかね」

「そうだといいのですが……」

「きっと元気だよ」

娘が歌を口ずさんでいた。

往路があれほど過酷だったことが嘘のようであった。

のどかな気分だった。

その気持ちを掻き消すように南西の方から不気味な音が聞こえてきた。

爆撃機の編隊である。それも大編隊だ。

老人も娘も表情を曇らせて上空を仰いでいた。南方から飛んできた爆撃機だった。

老人が小声で言った。

「あれの父親も、兄も戦争にかり出されたまま戻ってきません。生きておるのか、死んでおるのかもわかりません」

爆撃機の編隊はそれから三度、上空に飛来した。どの編隊も宗次郎がこれまで見たことがないほどの爆撃機の数だった。

海岸沿いを航行していた船は泰安を過ぎると沖合いを進みはじめた。うねりが出ていた。

前方から船影が近づいてくるのが見えた。

「お客人、船底に入ってくれますか」

宗次郎は船底に入った。

サイレンの音が聞こえた。哨戒艇なのだろう。

エンジン音と老人の声がした。

「どこの船だ。どこへ行く？」

「雲坪の船で、辺山まで孫娘のお産の手伝いに行きます」

哨戒艇はほどなく遠ざかった。

――賢い老人だ。私は運が良かったのだ……。

甲板を叩く音がして、宗次郎が戸を押し上げると娘が笑って手を差し出した。

辺山半島に上陸すると宗次郎はそのまま山中に入り、井州《チョンジュ》、任實《イムシル》、南原《ナムウォン》、求禮《グレ》、河東《ハドン》までひた走った。

一日中、休むことなく山中の径を進んだ。宗次郎は最後の気力を振り絞って山道を、獣道を、沢の中を、谷底を、吹き出す汗も拭わず進んだ。藪から飛び出す鳥も獣も目には入らなかった。この山脈を越えれば自分が生まれ育った故郷の山河があり、そのむこうに自分を待つ家族がいる。

宗次郎の頭上には昼夜絶えることなく爆撃機が飛んでいた。

北の地ではすでに戦争がはじまっているのだろう。この国はまだ混沌としていて何も終ってはいない。山津波のような爆撃が続き兵士も民もただ逃げ惑っているだけなのだ。

なぜこうなったのか誰一人その理由を知らないし、この先何が起こるのかもわかっていないのだ。

——私は帰る。あの家へ帰るのだ。

宗次郎はこの半島に上陸して以来、初めて帰還することを自分に言い聞かせた。

やがて前方に臥龍山に連なる峰々が姿をあらわした。

宗次郎は山景を一瞥すると峠道をさらに速度を上げて走り出した。

喉が渇き、身体中の水分は失せて、朦朧としはじめていた。それでも宗次郎は走り続けた。

最後の峠を登り切り、眼下に泗川の平野と海が見えた時、宗次郎はようやく足を止めた。

腕も足もわなわなと震えていた。吐き出す息がぜいぜいと音を立て、汗はすでに一滴も出ることはなかった。

近くに水音がした。宗次郎はその音のする方によろよろと歩き、木々の間から水煙りを上げる滝を目にすると、岩場によじ登り、そこからゆっくりと滝壺にむかって飛び込んだ。

目が覚めた時、空には星がまたたき、滝の水音が周囲に響いていた。

宗次郎は横たわっていた岩場から静かに起き上がり、せせらぎの中に立って顔を洗った。

体力は回復していた。

見ると腕や手に無数の傷があり、血がこびりついていた。衣服のあちこちも刃物で突かれたように裂けている。宗次郎は血糊を水で洗い、衣服を着直した。

何かの気配に気付き、宗次郎はそちらに目をやった。

滝壺の右手に影が動いていた。

――何だ？　誰だ……。

雲に隠れていた月が滝壺に差し込んだ。

それは二頭の鹿であった。

立派な骨格をした親鹿のそばに寄り添うように仔鹿が立っていた。

親鹿は宗次郎に気付いたのか、じっとこちらを見ていた。その目の光は人間をおそれていなかった。仔鹿は宗次郎に気付かないのか水の中に口を入れて可愛い首を振っていた。月明りの下で、二頭の鹿の姿は美しい幻のように映った。

仔鹿が宗次郎に気付き、きょとんとした表情でこちらを見た。

宗次郎はかすかに微笑んだ。

彼はゆっくりとあとずさり、滝から離れた。

沢道を降りると、前方に見覚えのある風景が見えてきた。

宗次郎は竹林洞の村の様子を窺った。

義父母の家も、その手前にある李の家も静寂の中に沈んでいた。

「ああ、あなた、宗次郎さんなのですね。本当に宗次郎さんなのですね」

表木戸を開けて宗次郎の顔を見た義母が唇を震わせながら言った。

そうして家の奥にむかって走り出した。

「あなた、あなた、宗次郎さんが戻ってこられましたよ」

「何、宗次郎君が……」

義父の声がして、すぐに二人は木戸口にあらわれた。

「おお、宗次郎君、よく帰ってきてくれた。さあ中に入って下さい」

宗次郎が家の中に上がると、二人はかわるがわるに宗次郎の肩や手に触れて何度もうなずいた。

「まあずいぶんと痩せてしまって……」

義母が宗次郎の手を握ったまま言った。

「それで、吾郎はどうしました?」

義父が心配そうに訊いた。

「おそらく大丈夫だと思います……」

宗次郎は吾郎を軍隊に入隊させるまでの経緯を二人に話した。

二人は宗次郎の話を目を見開いて聞き、途中から泣きはじめた。

「そんなことができたのですか……。ありがとう、宗次郎君。わしは君に何と礼を言っていいのかわかりません」

義父は宗次郎の手を取り、その手に顔をつけるようにして嗚咽した。

「吾郎君がお二人に伝えて欲しいということを聞いてきました」

「おう、吾郎が何と？」

「お父さんとお母さんに、自分は必ず生きて帰ってきますから、それまで元気に暮していて欲しい、ということです」

それを聞いて二人は声を上げて泣き出した。

「私は明日の夜にはここを発《た》たねばなりません。お義父さん、お義母さん、その後、お身体の具合はどうですか」

「息子の無事を聞いて元気が出てきました。ほれこのとおり」

義父が笑って右手を上げ力瘤《ちからこぶ》をこしらえる仕草をした。

宗次郎が笑い返すと、義母も泣きながら笑い歯を見せた。

その夜、宗次郎はひさしぶりにやわらかな蒲団に寝た。

義父の話では徴用員が死んだことについてしばらく調べがあったが、そのあとは何も罰せられるようなことはなかったという。

義母が落着いた口調で李の家の話をした。

「李の家長が主人に謝りを言いに来ました。吾郎のことで誤解をしていたことと、私たちのことを徴用員に告げ口したことをです。他の家の人たちはまだはっきりと納得はしていないようですが、彼等も息子たちの居場所を密告したのが吾郎ではないことがわかったようです。本当にありがとうございました」

こんなおだやかな義母の表情を見るのはひさしぶりだった。

翌朝、宗次郎は隣り村の医者に二人を連れて行き、診察してもらった後、薬を調合してもらい、それを手に家に戻った。

宗次郎は義父母に金を渡した。

「こんなことまでしてもらって……」

二人は何度も礼を言った。

「この金は田畑を元に戻し、作付けするための小作人の費用になさればいい。そのうち何年かしたら吾郎君が軍隊の給与を手に戻ってくるでしょう」

「そうさせてもらいます」

夕刻、宗次郎は義母がこしらえた料理を食べ、どこからか用意してくれた酒を少し口にして別れの宴を張った。

義母が宗次郎の前に包みを差し出した。

「これはあなたたちの新しい赤ん坊の肌着です。上等なものではありませんが、あなたと吾郎が家を出た日から少しずつ縫ってきました。要子が赤ん坊の時に着たものと同じものです。こんなものしか娘に贈れませんがどうぞ渡してやって下さい」

「ありがとうございます。要子もさぞ喜ぶでしょう」

食事が終ると、宗次郎は立ち上がった。

義父母は村の外れまで宗次郎を見送った。

「宗次郎君、無事に帰って下さい。今回のことは家内とわしは一生忘れません」

どうぞご無事で、と義母が深々と頭を下げた。

「お義父さん、お義母さん、この戦争は必ず終ります。いつか私は妻と子供を連れて逢いに来ますから、それまで元気でいて下さい」

「はい。その日を待っています」

「では……」

宗次郎は二人の顔を見直し、山にむかって歩き出した。

宗次郎は臥龍山の山道に入ると、坂道を登り切り、龍泉寺の山門を潜った。

月明りに伽藍が美しく浮かび上がっていた。

庫裡の木戸を叩いた。返答がなかった。

それでも叩き続けると中から声がして若い僧があらわれた。

宗次郎は若い僧の顔を覚えていた。相手も宗次郎のことを覚えていた。

「その折は世話になりました。和尚はいらっしゃいますか」

「生憎、伽仰の方で法養がありまして二日前から出かけています」

「……そうですか。それは残念なことだ」

宗次郎は懐の中から包みを出して僧に渡した。

「これは私からのお礼です。一ヵ月程前にここに来た時、私は和尚に、私の法養をして欲しいとお願いしました。和尚に伝えて欲しい。どうやら法養はまだ先のようですと。それと和尚の手紙のお蔭ですべてが無事に終りましたと……」

「それはよろしゅうございました。和尚もさぞ喜ばれるでしょう。ありがたく頂戴いたします」

僧は丁寧に頭を下げた。

「失礼ですが貴僧は名は何と言われます」

「知念と申します」

「そうですか。立派な僧になって下さい」

「ありがとうございます」

宗次郎は会釈すると、境内の中を抜けて裏門から山に入ろうとした。左手にちいさな堂が見えた。ここで半日寝ていて和尚に起こされた日のことを思い出した。

和尚の言葉がよみがえった。

『おまえの寝顔はなかなかじゃった。弥勒もつかの間、嬉しかったろう』

宗次郎は堂に手を合わせ、裏門を走り抜けた。


崖の下から吹き寄せる海風が宗次郎の頬を撫でるように流れていた。

夜が明けようとしていた。

宗次郎は先刻、目覚めてから岬の突端に座り込み、まばたきもせず水平線を見つめていた。

下方で磯に寄せる波音が聞こえている。折良く満潮にむかって潮は寄せていた。

やがて西の方角から豆粒のような船影がこちらにむかってくるのが見えた。

宗次郎は目を凝らした。その船影が権三たちの乗る船かどうかはわからなかった。

それでも船はまっすぐ岬にむかって進んでくる。

船のかたちがはっきりと確認できた。

そこで宗次郎は初めて大きく息を吐いた。そうして両拳で膝頭を力一杯叩くと、

「ヨオーッシ」

と声を上げ、木の下に立って甲板で手を振る権三にむかって両手を上げた。

宗次郎が船に乗り込むと、権三が目をうるませて宗次郎の顔をまじまじと見つめた。

「お帰りなさいませ」

権三が言うと、光山と林が大声で、お帰りなさいまし、ご苦労さまでした、と頭を下げた。

宗次郎は二人を見て、ちいさくうなずき、エンジン音を上げながら舵を一杯に回した船のデッキに腰を下ろした。

宗次郎の視界の中で揺れる巨済島の島影がゆっくりと消えて行き、やがて前方に夏の陽差しにかがやく水平線がひろがった。

権三が水に浸しておいた手拭いを絞って渡した。

宗次郎が首から胸元を拭うと、権三はどんぶりを差し出した。

「唐津の水です。女将さんにオヤジさんが船に上がったらまず水を持って行くように言われました」

宗次郎はどんぶりを片手でつかむと喉を鳴らして一気に飲み干した。

「冷たくて美味いのう」

権三が宗次郎を見て嬉しそうに笑っていた。

「唐津港を出る時、氷を三貫ほど積んできました。もう一杯いかがですか」

宗次郎も笑ってうなずいた。

林がどんぶりを手に船室に入り、すぐに戻ってきた。

二杯目もすぐに半分近く飲んで、宗次郎は大きく息を吐いた。

「首尾はいかがでしたか」

「うん……」

そう言ったきり宗次郎は黙った。

権三も林も宗次郎の顔を見ていた。

宗次郎は残りの水を飲み干して口を拭った。そうして空のどんぶりの底をじっと見ながら、

「できるだけのことはした。あとは皆が自力で踏ん張れば何とか生きて行けるはずだ」

と言うと、権三と林の顔が明るくなった。

「それはよろしゅうございました。光山、唐津の港が見えたら、大漁旗を上げるぞ」

権三が操舵室の光山を見て笑った。

光山が、わかりました、と白い歯を見せて答えた。

「オヤジさん、少し休まれますか」

権三が煙草を差し出し、火を点けながら訊いた。

宗次郎はゆっくりと煙草を吸うと、美味そうに煙りを吐き出し、

「そうしよう」

と立ち上がった。

船底に入り、横になったが、まだ自分が朝鮮を離れた感覚がしなかった。

エンジンは全開の音を立てていた。

宗次郎は目を閉じた。

ソウル、漢江沿いにあった師団本部の正門のそばで、若い兵士に頭を下げている吾郎の姿が浮かんだ。

——あれでよかったのか……。

宗次郎はまた同じことをつぶやいた。

よかったのか、悪かったのかは、もっと先になってわかることだろう。それまでずっと吾郎のことを自分は背負い続けるのだろう。

宗次郎はデッキの上の権三たちの声や、無線の音がする度に目を覚ました。その度に耳をそばだて周囲の気配をうかがった。ほどなく自分が日本にむかう船の中で休んでいるのがわかると、また目を閉じた。一ヵ月の間に宗次郎の神経は敏感になりすぎていた。

睡眠をとっているつもりでも、宗次郎の睡眠はほとんどが仮眠状態だった。

ようやく宗次郎が深い眠りについたのは船底で身を横たえてから、数時間経った後だった。

再び目を覚ました時、何度も夢を見たような気がするのだが、夢の内容は何ひとつ覚えていなかった。船のエンジン音は停止し、錨《いかり》を下ろしているのか、船は波にゆっくりと揺れていた。

宗次郎は船底からデッキに出た。

「どうした？」

「はい。海上保安庁の巡視船が、この周辺を巡航するかもしれないという情報が無線で入りました。この頃、朝鮮からの密航者が増えているそうです。こっちは唐津からの出航許可がありますから問題はないのですが、でくわしてしまうと、それはそれで面倒だと思いまして……」

「わかった」

「もう少し休んで下さい」

宗次郎は船底に戻った。

ほどなくエンジン音がして船はまた進みはじめた。

宗次郎は目を閉じた。眠れそうになかった。今しがた短時間睡眠をとったので身体が起きてしまっている。この一ヵ月間、そのくり返しだったから仕方がなかった。

宗次郎は船底の低い天井を見ていた。

闇の中に土塊《つちくれ》が剝き出した丘陵があらわれた。

戦場の、それも激戦区の戦闘の跡であった。

上陸してから何度となく目にした戦争の傷跡がよみがえってきた。

上陸している間は、先に進むことが大事だったから、戦場の跡をゆっくりと眺めた記憶はなかったのだが、今になってこうしてはっきりとよみがえってくることが宗次郎には不思議に思えた。


激戦がくりひろげられた一帯は街も村もあとかたなく失せていたが、その周囲にあったはずの耕地や雑木林までが穴だらけになっていた。一ヵ月間の半分以上を山中を進んでいたから、こんな場所までと思われる沢や谷までが爆撃に被《あ》って山崩れを起こしたり、川が決壊して山地のかたちをなしていない土地も見た。およそ人家も見当らぬ山中にまで爆撃は行なわれていた。

宗次郎は日本で鉄クズの回収をしている男が朝鮮戦争が勃発してほどなく鉄の値段が上がり、嬉しそうに話していた言葉を思い出した。

『宗次郎さん、鉄の値段はどんどん上がりますよ。アメリカはね、日本との戦争が本土決戦になると目算していて爆弾を山ほど生産したんですよ。それが余って困ってたんですよ。だから朝鮮で戦争をはじめたんです。余った爆弾をすべて朝鮮に落そうとしたわけですよ』

――そんな馬鹿な理由で戦争をはじめる国があるものか。

宗次郎は男の話を聞いていて不愉快になった。

しかし昨日まで朝鮮で見てきた無残な山河の姿を思い返してみると、男の話があながち嘘ではないようにさえ思えた。

夜空を編隊を組んで北にむかう爆撃機の姿がよみがえった。

爆撃機が北の地を破壊する凄惨な爆撃を想像した。

――あの国は、昔のようなゆたかな土地を取り戻すことができるのだろうか……。

宗次郎は大きな吐息をついた。


船が唐津の漁船団と済州島の沖合いで合流した時には陽はすでに沈んでいた。

宗次郎たちは船団が漁を終えるまで待機した。

夜の三時に漁船団は網を上げて唐津港にむかった。

船団の最後尾について船は南東にむかってエンジンを全開させた。

四時を少し過ぎると東の空が色味をかえはじめた。明けの明星がまたたいていた。

「今日も天気はいいようですね」

隣りで権三が言った。

「ようやく晴れてくれました。お帰りの日が荒れ模様ではと心配していました」

宗次郎が金星を仰ぎながらうなずいた。

「それにしても雨の多い夏でした」

宗次郎はまたうなずいた。

たしかに雨が多かった。ずぶ濡れになりながら吾郎と二人で山中を歩き続けた夜が思い起こされた。

「一ヵ月振りにお逢いしたのですが、オヤジさんは若返られたように見えました。少し痩せられましたか」

「そうかもしれん。山の中を歩きづめだったからな……」

「そんなに大変でしたか……。よく無事に戻られました」

宗次郎は黙ったまま二度、三度うなずいた。

——無事にか……。

宗次郎は胸の中でつぶやいた。

無事に生還した実感が湧かなかった。

生命とりになるような危険な目に遭っていたのかどうかもはっきりとはしない。

宗次郎は権三に渡された煙草を取ろうとポケットの中に手を入れた。

中からお守り袋が出てきた。ライターの火でそれを照らした。袋を逆さにして中身を手のひらの上に出した。

マッチ棒の切れ端だった。日数を数えるために用意していた最後の一本である。

「何ですか」

権三が訊いた。

宗次郎は笑って、手のひらを海風の方にかざした。マッチ棒は風にさらわれ音もなく浮き上がって背後の海に飛んで行った。

もうひとつ大き目の袋が出てきた。

金の粒と宝石を仕舞っておいた袋である。

中に要子への土産品が入っていた。

「ほとんどは山の中を歩きどおしだったが、帰りに、ソウルの南の雲坪というちいさな港から老漁師に頼んで船を出してもらった。辺山半島まで海路で越えたんだが、いい漁師だった……」

「ほう、それはよろしかったですね」

「雲坪は入江の奥まった場所にあるんだが、真珠の養殖をしておる」

「ご覧になったんですか」

「いや、その漁師の孫娘が船を雇ったお礼にと真珠をよこした」

「人のいい娘さんですな」

「うん、子供たちもああいう娘になって欲しいものだ」

「きっとそうなります、女将さんがしっかり育てていらっしゃいますから……」

夜が明けて、前方にかすかに島影が見えてきた。

「赤ん坊は元気か」

宗次郎は生まれたばかりの四女のことを訊いた。

「はい。大きな声で泣かれます。きっと丈夫になられるでしょう」

船団の先頭を航行する船が船笛を鳴らした。尾を引くように他の船の船笛の音が周囲に響いた。

「オヤジさん、着きました」

光山が声を上げて前方を指さした。

宗次郎は立ち上がった。

前方に長い陸地が朝陽の中に連なっているのが見えた。

宗次郎は唐津港に上がると、そのまま世話になった網元の家を訪ね、権三が用意しておいた礼金と酒を渡した。

今夜は泊っていって欲しい、と申し出た網元に宗次郎はすぐに三田尻に帰ることを告げた。

宗次郎は権三に、三田尻に電報を打つように言った。

「オヤジさん、女将さんから博多でも下関でも少しゆっくりして疲れをとってから三田尻に戻るように言われていますが……」

「いや、今日中に戻ろう」

宗次郎はきっぱりと言った。

権三は宗次郎の顔を見て大きくうなずいた。

「そうですか、わかりました」

宗次郎は網元の家を退出すると、その足で波止場に出た。

船団はすでに魚の陸揚げを終えていたが、それぞれの家族が各船のそばに群がって楽しげに話をしていた。

漁の余禄の魚を入れた木箱を女衆と子供たちが覗き込んでいた。

赤児を抱いた若い女房と夫らしき漁師が笑って話している。白髪頭の好々爺《こうこうや》が煙草をくゆらせながらベテランの漁師の話を聞いている。棒を手にした少年が三人、桟橋を声を上げて走っている。海鳥が鳴いて、朝顔の花が海風に揺れている……。

どこにでもある漁村の朝の風景である。

宗次郎は、のどかな風景を見て思った。

——ここには戦争の気配すらない……。

それから宗次郎は湾のあちこちに点在する島の、さらにむこうにひろがる海を睨んだ。

一日で行けるあの半島では今日も銃声がしているのだ、と思うとやるせない気持ちがした。


一時間後に船は唐津港を出発した。

宗次郎は船底に入って休んだ。

デッキでは宗次郎の様子がいつもと違うので皆黙って航行を続けていた。

光山が権三に訊いた。

「権三さん、オヤジさんは疲れてらっしゃるんでしょうね」

「うん、おそらくあの岬に辿り着くぎりぎりまで踏ん張っていらしたんじゃろう」

「それにしてもオヤジさんはたいした人ですのう。ドンパチと戦争をやっとる国にたった一人で乗り込んで行かれたんじゃものな。並の人間にはできんことですのう」

二人の話を聞きながら林が心配そうに言った。

「少し痩せておられましたのう」

「そうじゃな。山の中を歩きどおしじゃったとおっしゃった。ソウルまで行かれたそうだ」

「ソウルまで？　それでよう生きて戻られました」

林が感心したようにうなずいた。

「いつか今回の話を聞いてみたいもんじゃのう。俺らからするとびっくりするようなことがあったんじゃろうのう」

「そうよな。びっくりするようなことをオヤジさんは平気でやり遂げられたに違いないわ……」

権三は二人の話を聞きながら、あらためて宗次郎の強靱な精神に感心していた。

こころなし元気がなく見えるのは、この一ヵ月の間に起こったことの整理をしようとしていらっしゃるに違いないと思った。

——私らの想像もつかんことがあったのだろう……。

権三は、今回朝鮮であったことを宗次郎は誰にも話さないような気がした。


唐津港からの電報を郵便配達が届けに来たのは朝の九時だった。

加代が大声で玄関先で叫んだ。

「女将さん、電報です」

台所で朝食の後片付けをしていた要子は玄関に急いだ。

「高山さん、唐津から至急電報です」

いつの間にか子供たちも玄関に集まっていた。

赤ん坊を抱いた加代も立っていた。

ご苦労さま、と配達人に告げて、要子は電文を開いた。

「父さんから、ねえ、母さん」

「お父やん、お父やんか」

子供たちが要子のまわりに集まった。

オヤジサン　ブジ　トウチャク　ミナ　ウマク　イッタムネ
キョウ　ソチラ　カエル　ゲンゾウ

電報を持つ要子の指がかすかに震えはじめた。

子供たちの前では泣くまいと決めていたのだが涙があふれ出した。

「ねえ、母さん、父さんは帰ってくるの？」

「お父やん、お父やん、帰るのか」

子供たちが声を上げて要子にすがりついてくる。

要子は唇を嚙んで、声を震わせながら子供たちにむかって精一杯の笑顔を見せて言った。

「そうよ。父さんが今日、帰ってみえるわ」

そう言ってから要子は、その場に泣き崩れた。

「どうしたの？　母さん」

「母さんが泣いてる」

サトミが泣き出した。

「お母やん、お母やん、泣くな」

直治が要子の涙を拭おうとしている。

「さあ皆、お母さんを少し一人にしてあげましょう」

加代が言って、子供たちを奥に行かせた。

要子は玄関先にうずくまってしばらくむせび泣いていた。

背後から足音がした。

「お母やん、お母やん、泣くな。泣くな」

直治がそばに来て頬をすりつけるようにした。

要子は直治を抱きしめた。

耳元で、泣くな、泣くな、と声がする。

「ええ、もう泣かないわ。ター君、水天宮に行きましょうか」

うん、と直治は嬉しそうに笑ってうなずいた。

要子は加代に食事と酒の準備をするように言って、若衆に事務所と権三の妻の弥生に、今日、船が三田尻に入ることを伝えるように申しつけた。

「女将さん、オヤジさんが着かれたって本当ですか」

時夫が顔から汗を吹き出しながら飛び込んできた。

「そうよ。もうこちらにむかっていらっしゃるそうよ」

要子が笑ってうなずくと、時夫は叫び声を上げ両手を突き上げた。

「ヨオーッシ、今夜は宴会だぞ。女将さん、皆に報せてきます」

「時夫君、事務所の方にもお願いね」

女衆が東の棟から挨拶に来た。

皆口ぐちに、要子に祝いを言っている。

――皆わかっていたんだわ……。

それを口にせず、皆が宗次郎の帰りを待ってくれていたのが要子には嬉しかった。

また涙があふれてきた。

要子は直治を連れて水天宮にお酒とお礼を包んで出かけた。

この一ヵ月間、毎朝夕、要子が水天宮に宗次郎の生還を祈って、お参りしているのはこの界隈《かいわい》でも有名になっていた。

要子が社務所に挨拶に行くと、宮司は要子の清々しい表情を見て、よろしかったですな、とだけ言って、直治の頭を撫でてくれた。


午後の三時過ぎに、船が響灘から関門海峡を通過して周防灘に入ったことが三田尻の港湾事務所に無線で報された。

居間の柱時計が五時を報せると、要子は子供たちを連れて桟橋にむかった。

入江の堤道に塩辛トンボの群れが飛んでいた。夏草の匂いに秋の気配がした。風は海から寄せて、満潮にむかう潮が静かに入江の水道に上がっていた。

桟橋に着くと、すでに高山の若衆や、男衆、女衆が待機していた。

おめでとうございます、と皆が要子に挨拶した。

港湾事務所にいた時夫が戻ってきて、船が佐多《さた》岬を通過した、と報せた。あと二十分もしないうちに船があらわれるはずだ。

やがて岬の蔭から、一艘の船が姿をあらわした。

桟橋の突端で沖合いを見ていた時夫が、見えたぞ、と大声を上げて戻ってきた。

要子の目にも船影ははっきりと確認できた。傾きかけた陽差しの中を、船は波を蹴立てて要子の立つ桟橋にむかってくる。

船笛が音を上げた。一度、二度、そして三度目が長く尾を引くように続いた。その笛音を聞いて皆が声を上げた。

マストに旗が揚げてあるのが見えた。

『女将さん、むこうでの仕事の首尾が上手く行ったと聞きましたら、大漁旗を上げておきますので』

権三が三田尻を出港する前夜、要子の所に挨拶に来て、朱色と黄色に紺色の縁取りの派手な旗を見せた。

たしかにあの旗がマストで揺れていた。

でも朝鮮でのことは、今の要子の胸の中にはなかった。生きて帰ってきてくれた、それがすべてだった。

エンジン音がはっきりと耳に届いて、デッキの中央に立つ夫の姿が見えた。

桟橋に迎えた人たちが歓声を上げ、宗次郎を呼んでいる。

大将、オヤジさん、高山さん……、それぞれの呼び方で夫を出迎えている。

宗次郎の顔がはっきりと見てとれた。

権三に持たせたシャツに着換えてくれている。

「お父やーん」

直治が声を上げた。

要子は直治を抱きかかえた。

「お父やーん、お父やーん」

直治が声を上げる。

「父さん、父さん」

ヒロミ、ヨシミ、サトミが声を上げる。

宗次郎が自分を見た。ちいさく会釈すると、かすかにうなずいた。

それから宗次郎は迎えの衆を見渡した。

船が岸壁に近づく。林の手からロープが投げられ、時夫が受け止めて船を寄せる。

林が桟橋に飛び下りた。若い衆が渡り板をかざす。

宗次郎がゆっくりと渡ってきた。

直治が下ろしてくれとせがむ。要子は直治を桟橋に下ろした。直治と女の子たちが宗次郎にむかって駆け出した。

四人の子供が宗次郎の足元にすがりついている。夫は一人一人の子供の顔を撫で、直治を抱き上げた。直治が声を上げ、笑っている。

宗次郎は直治を抱いたまま要子を見て、真っ直ぐに歩いてきた。

要子は深々と頭を下げて、

「お帰りなさいませ。ご無事で何より……」

と言おうとしたが、宗次郎はその言葉をさえぎるように要子の身体を抱擁した。

息が苦しくなるほどの強い抱擁だった。宗次郎はそのままじっと動かずにいる。

皆の前で夫がこんなふうに要子を抱擁するのは初めてのことだった。

要子はあふれ出す涙をそのままにしてしっかりと目を閉じた。宗次郎の熱い吐息が首すじにかかった。

要子はじっと動かずに夫のぬくもりを受け止めていた。


もうすっかりと白髪になり、若い当時は、浜相撲で高山宗次郎と渡り合ったという身体をややかがめるようにして、シミゲンさんこと、清水権三は煙草を一服吐き出した。

「……あの時の、オヤジさんと女将さんの姿は、今でもこの目の奥にしっかりと焼き付いていますよ」

そう言ってシミゲンさんは、遠くを見るような目で煙草を吸った。

「あとにもさきにもオヤジさんが皆の前で、女将さんをあんなふうになすったことはなかった。よほど嬉しかったんでしょうね……」

弥生さんが奥からお茶を持ってきた。

「ずいぶんと長い話ですね。昔の話ですか」

弥生さんの声にシミゲンさんは、ちいさくうなずいた。

「もう陽が暮れますよ。坊ちゃん、食事を召し上がっていって下さい」

「いや、オフクロが待っていますから……」

「そうですか……」

弥生さんが奥に消えると、シミゲンさんは煙草をもう一本取り出してから言った。

「むこうでの話を聞いたのはオヤジさんと二人で簡易保険の旅行で温泉に行った時のことです。オヤジさんも少し酒が入っていましたからね。ずっと胸の奥に仕舞っていらしたものを話して下さったんでしょう。翌朝、オヤジさんは私に言われました。〝昨晩は少し酒に酔っていたようだ。何か与太話をおまえにしていたら、それは忘れてくれ〟とね。人の生き死ににかかわる話もありましたから、ご自分の胸の中におさめておこうと決められていたんでしょう。だから若も、この話を、ここだけの話にしておいて下さいまし……」

「わかった。お母やんも知らないのかな……」

「たぶん、そうでしょう。オヤジさんは外で見たものを家の中で話されるような人じゃありませんから……」

「うん、わかった」

窓から差し込む夕陽にシミゲンさんの二の腕からのぞいた刺青が浮かび上がっていた。

子供の頃、この背中の般若《はんにゃ》にさわりたくて、彼を困らせたことがよみがえった。

二の腕の刺青に皺が寄っていた。それが、あの戦争の最中に船で乗り出した男たちの出来事と、目の前の老人の時間の隔世を感じさせた。

「……けど、たいした方ですよ。もしあの時代に戻ることができて、同じことをできる男が何人いるかと考えると、オヤジさん以外に、それができる人を、私は知りません」

そう言ってシミゲンさんは二度、三度とうなずいた。

「ボクもそう思うよ……」

ボクが返答すると、シミゲンさんは目を細めてボクを見つめてゆっくりと一度うなずいた。


ボクたちはバスの停留所にむかった。

二人して入江の堤道を歩いた。

今はもう半分近くが埋立てられて、海の水もわずかにしか上ってこなくなった塩田所にむかう水道であったが、それでもかすかに潮の匂いは寄せていた。

「若、東京の仕事はどうですか？」

「さあ、どうなんだろうね。たいしたことはしてないから」

「そんなことはありません。私にはわかります」

「何がだい？」

「あなたは、オヤジさんと女将さんの跡取りの方です。それがどれだけのことかというのは、この私が一番知っています」

「親は親だよ。親子と言っても違うさ」

シミゲンさんが立ち止まってボクを見た。

「そんなもんじゃありません」

シミゲンさんの目が光った。

「……そう。じゃ頑張るよ」

ボクの言葉にシミゲンさんは納得したようにうなずいた。

入江の幅が一番広い所に来た時、シミゲンさんは空を見上げた。

たくさんの燕が群れをなして飛んでいた。

「おお、もう渡りがはじまるんですね」

春に大陸から渡ってきた燕たちが、若鳥とともに大陸に帰る準備のための飛翔をくり返していた。

「無事、渡ってくれるといいですがね」

ボクもシミゲンさんも鳥の群れを眺めた。

シミゲンさんを見ると、入江の先の方をじっと眺めていた。

そこに今はもう船が着くことがなくなった旧桟橋の岸壁の跡があった。

満潮にむかう波が朽ちた岸壁に打ち寄せてしぶきを上げていた。

バスがやってきてボクは乗り込もうとした。

背中にシミゲンさんの手がふれた。

ボクが振りむくとシミゲンさんが言った。

「オヤジさんの背中にそっくりですね」

「ありがとう」

ボクが言うと、シミゲンさんはちいさく笑った。

バスは家にむかって走り出した。

停留所を振りむくとシミゲンさんはずっと手を振っていた。

ボクは家のひとつ前の停留所でバスを降りた。

新桟橋のむこうに旧桟橋が見えた。

旧桟橋の岸壁は半分、潮をかぶっていた。

耳の底から声が聞こえた。

『海を見に行こうか、ター君』

若くつやのある声は、遠い日の母の声であった。

まだ五、六歳だったボクを母は、時折、桟橋に連れて行った。ハミングしながら海風の中を歩く母をボクはまぶしそうに見上げていた。

『この海のむこうに母さんの生まれた村があるのよ。今頃は小川のそばにホウセンカが咲いていて、とても綺麗なの……』

『そこに祖父ちゃんや祖母ちゃんがおるのか？　そこはどんな所なんや』

『お祖父さんもお祖母さんも、母さんの家族皆がいるわ。気候もおだやかで、村の人たちは皆やさしくて、それはそれは美しい村なのよ』

『そこは遠い所なの？』

『そうね。そんなに遠くはないけど……、近くて遠い所だわね』

母は若く美しかった……。

ボクはぼんやりと沖合いを眺め続けた。

耳の奥でまた声がした。

父の声だった。それは幼いボクが父に母の生まれた村は遠いのか、国境があって渡れないのか、と訊いた日の会話だった。

『遠くなんかあるものか。潮の加減が良けりゃ一晩で行けるぞ。国境？　そんなもんが海の上にあるものか。わしは一度も見たことがないぞ』

父はどんな時にでも子供たちに苦労話をしたことがなかった。しかし半日、シミゲンさんの話を聞いていてボクは何度も吐息をついた。父のことを何ひとつわかっていなかったのだ。青春時代、ボクは粗野で乱暴な父より、一度しか逢っていないオジさんのことを尊敬していた。家業を継ぐことを拒否し、父とボクは殴り合いまでした。

長い間、ボクは間違っていた。上陸すれば生還できるかどうかわからぬ、あの当時の半島へ、父は母や叔父のために、いや家族のために平然と海を越えて行ったのだ……。父に済まないことをしていた。

そう思うと、鼻の奥から熱いものがこみあげてきた。ボクは海にむかって叫んだ。

「お父や～ん」

薄暮の海が視界の中で揺れていた。

ボクは海を見続けた。火照った頬を海風が撫でた。

いつの間にか燕の姿は失せて周囲に闇がひろがろうとしていた。

岬の突端の無人燈台に灯りが点っていた。

どこからともなく船笛の音がした。かすかにエンジン音が届いたが、船影は見えなかった。

ボクはゆっくりと家にむかって歩き出した。
前方に家灯りが揺れていた。

初出　「小説現代」２００７年１月号〜５月号
２００７年７月号〜２００８年11月号
２００９年１月号〜９月号
単行本化にあたり、連載時のタイトル「ボクのおじさん」を改題しました。

装丁　長友啓典　脇野直人＋Ｋ２

伊集院　静
1950年山口県生まれ。'81年短編小説「皐月」でデビュー。'91年『乳房』で第12回吉川英治文学新人賞、'92年『受け月』で第107回直木賞、'94年『機関車先生』で第7回柴田錬三郎賞、2002年『ごろごろ』で第36回吉川英治文学賞をそれぞれ受賞した。主な著書に『白秋』『アフリカの王（上・下）』『あづま橋』『海峡』『春雷』『岬へ』『美の旅人』『少年譜』『羊の目』『スコアブック』『作家の愛したホテル』『志賀越みち』がある。

お父《とう》やんとオジさん
二〇一〇年六月七日　第一刷発行
著者――伊《い》集《じゅう》院《いん》　静《しずか》

発行者――鈴木　哲
発行所――株式会社講談社
東京都文京区音羽二―一二―二一
郵便番号一一二―八〇〇一
電話　出版部　〇三―五三九五―三五〇五
販売部　〇三―五三九五―三六二二
業務部　〇三―五三九五―三六一五

印刷所――大日本印刷株式会社
製本所――黒柳製本株式会社
定価はカバーに表示してあります。

ISBN978-4-06-216244-9